[清] 王闿运 著 — 朱汉民 主编

王闿运集续编

（三）

岳麓書社·长沙

湖湘文庫

续编

全书总目录

前　言

六書爲造字之本，其名初見於《周禮》，後劉歆《七略》言爲"象形、象事、象意、象聲、轉注、假借"六端，至東漢許慎撰《説文解字叙》始條析其義，以爲：

> 一曰指事，指事者視而可識，察而見意，上下是也。二曰象形，象形者畫成其物，隨體詰詘，日月是也。三曰形聲，形聲者以事為名，取譬相成，江河是也。四曰會意，會意者比類合誼，以見指撝，武信是也。五曰轉注，轉注者建類一首，同意相受，考老是也。六曰假借，假借者本無其字，依聲托事，令長是也。

許氏創解六書名義，但其中語焉不詳、事類不清者仍時時有之。有清以來，治經之風大盛，自乾嘉已還，學者又以小學爲治經之根底，崇慕許（慎）、鄭（玄）之學，故治《説文》、析六書者不勝枚舉。其中，戴震所創"四書二體"説影響最大。此後學者或補苴其説，或申延其論，或另立新法，使得六書研究成爲清代許學之中的顯學。王闓運《六書存微》（下稱《存微》）便是這一學術風潮下的産物。

是書題"湘潭王湘綺夫子原定""弟子桂陽陳兆奎隱庵輯存""弟子衡陽喻謙昧庵述微"。據篇首王闓運、喻謙二序，知是書初爲王氏教授季女習篆的教材，乃王氏裁剪綴合《説文》而來，其編次、分類源於王氏早前對於六書名義的理解。是稿初未流行，弟子陳兆奎存其説於《王氏六書存》中，後喻謙以爲本，敷延申述撰成十二卷本《六書述微》，並敬呈壬秋。後以師説已遷，喻書又屢經删削、調整，終以今見八卷本《六書存微》面世。故是書雖題王氏，但實成於喻謙之手。其以王氏“原定”，是其編次、分類尚存壬秋六書之旨；“存微”者，是其本自陳氏《存》與喻氏《述微》。

《存微》八卷，諸卷以六書條目名之，但因王氏於兩漢以來六書名義多有異義，於“形聲”之外，别創“諧聲”“亦聲”二目，故成八卷之目：卷一象形、卷二指事、卷三會意、卷四形聲、卷五諧聲、卷六亦聲、卷七轉注、卷八假借。其中象形、指示、會意三卷又分細目，象形中分天物、山川、井邑、草木、人物、禽鳥、獸畐、蟲魚、器用、服飾等十目，指事中分對文、反文、獨體、合體、增文、省文、變文、分體、假體、複體等十目，會意則分兩體、三合、假借三目。卷目之首，先辨其名義，述其與他類之異。後將《説文》九千餘字，依其造字之法，置於諸卷諸目之下，令其六書之屬皎然明晰。對於各字的注疏解説，前三卷較詳，此後諸卷大率裁切許注而已。其各字疏文則多以徐鍇《説文繫傳》、段玉裁《説文解字注》二書爲據，偶及他説，後略作案語以斷其構形含義。

是書對六書的分類與定義，多迥異於前儒。如其所别“諧聲”“亦聲”者，雖此前學者如王筠《説文釋例》等著既已言之，但皆以之爲“形聲”屬類，而不違漢代六書舊目。王氏獨列二目，頗悖於許學傳統。另如其定“象形”之義，認爲：“夫有形必有物全體乃成象。”即便許慎認定的口、耳、目諸字，由於“或取其一支，或寫其半體，或爲形容之詞，或爲初生之號，既非全形，則不成物”，皆不當在象形之列，可謂新異之論，以至於民國學者馮汝玠評其説爲“大背六書原旨”“尤爲臆斷”。

《存微》不循常軌，闡述形聲、指事、轉注多有新意，對於研究晚清民國時期的六書學史具有一定的價值。同時，結合王氏小學存稿，亦可從中一窺王闓運的小學研究成就。

《存微》有民國五年東洲講舍刻本，今據此整理點校。

《校補許氏説文古籀釋》爲湖南圖書館藏清光緒年間稿本。據卷首王闓運序文，是作撰於光緒十二年丙戌（1886），光緒十三年（1887）經由周蔆生與王代功抄録、王闓運校改，而成是本。今據此本整理點校。

《説文》載“古文”四百餘則，其注或有詳略，或付闕如，有鑒於此，王氏於許氏“未加注釋”者一一補之，粗成是稿。雖題“古籀釋”，實則主要圍繞許書“古文”展開，其論多引金石文字爲據，與其時《説文》學的新風向頗有關聯。清人崇慕許鄭，研究《説文》成果斐然，乾嘉學者因聲求義，湧現一批《説文》名作，此中又以“《説文》四大家”最爲人知。及至清末，許學轉軌，學者嘗試援引金石文字疏解《説文》形體，並將研究拓展到古文、籀文、新附字等領域。其中對於許慎稱述“古文”的研究，則經由莊述祖、吴大澂的工作，初具規模。如吴大澂《説文古籀補》通過比勘研辨，認爲許慎所謂古文“疑皆周末七國所作”，爲此後王國維創立“戰國文字東土西土説”打下基礎。

王闓運濡染時風，既而有所撰作，其文對《説文》古文來源之理解，亦不乏新意。據抄本卷前緒論，自述其説是由《説文叙》中的線索而發，以許慎所述“古文”非所謂“倉頡古文”，而是王莽時“甄豐所定古文”，並列五證論之。後以“古文與篆文合”“古文增多於篆文”“古文省減於篆文”“古文與篆文異”

四目分別部居，末有“闕疑”存未明其形體名義者。每類之下，仿《説文》原注之例，引古書、金石以及近人論説，補苴許注之未詳者。

又文稿中數言“下補某字”者，其補字皆見於卷末“補遺”中，如古文“中”字末云：“以下補君字。”古文“奭”字末云：“此下補難字、[illegible]字、[illegible]字。”所涉補文可於“補遺”中檢之。由此亦可得知王氏此文非爲最終定稿，增補諸例尚未及置於有關類目之下。

就王闓運注文内容而言，前儒注解多引徐鍇、段玉裁、桂馥、嚴可均、王筠等先賢著作，古文形體則據《汗簡》《古文四聲韻》所載古文，兼及《宣和博古圖》《積古齋鐘鼎彝器款識》所存金石文字。其於形義分析力求信而有徵，雖較莊述祖《説文古籀疏證》、吴大澂《説文古籀補》二書所載古文字形稍顯不足，注解文字亦局限於許氏未注者，但從中亦足反映此時學者研治《説文》的新風向，對於探究《説文》古文研究史庶幾有所裨益。

馬　濤

二〇二三年十二月

目　录

六書存微

校補許氏説文古籀釋

六書存微

叙

六書之學，大壞於隸，但取流傳，不問所由。若馬援所言四下羊，許慎所言馬頭人，猶知有形聲者也。自唐以來，師説殆絶，二徐始復究之，然觀其新坿及非聲諸説，非能達董者也。至於近代，乃有諸儒致力於此，然皆以遵許為能，未敢發明。其蔽在不分六書而重解字，以説為經，莫能致疑，至以後世里語上誣經典，如以鬼為可畏，以醜為恥，其可閔笑非文字之總也。余既冠，乃知讀經則先識字。聞羅先生與曾文正説轉注而疑焉，時左文襄教子作篆，余亦以篆教女，既而子女篆皆勝其父，乃悔幼之失學也。今之教識字者，翦紙各書，余以為即《内則》所謂“方名”。值兵亂，經二十三年，乃得居家教授，始欲分别六書以教小女。分别形事似易實難，蓋口耳之類，竝曰“象形”，及其畫成，實又非物，既乖許説，又亂古傳，此之不分何云識字？於是粗發其端，判分其類，方欲徧窺經義，解釋積疑，顏子所歎竭才，曾侯譬之敗葉，誠不暇也。同縣郭子、衡陽喻生，竝好學深思，郭有《六書討原》始分形事，今來東洲，喻生以《六書述微》十二卷見示，驚其鉅製，讀之旬日，其分部釐然，誠可謂當矣。夫以有跡之文，舉隅昭示，厤年二千，曾莫之分，乃著作滿車，自謂經師，儒林流傳，不其恧與？今既區别，誠便後學，就有微異，大指可尋。惟其標題乃云王氏雖同三家四氏之義，而本非章句掠美為嫌，故宜仍本許書，庶幾理董云爾。乙卯五月乙亥朔王闓運題。

述

古者六書之敎，掌於保氏。世有傳書，以養國子。大哉孔聖，宏我籀史。天地之道，一畫原始。貫三爲王，合十爲士。牛羊舉形，黍禾入水。鳥者盱乎，狗者叩爾。分別六書，燎於掌指。吁嗟秦火，不焚史篇。漢興尉律，諷籀九千。新莽居攝，徵求遺編。更始之亂，缺而不全。鄦慎《説文》，廣收俗字。雖入鳥部，互相褓厠。隹本象形，加鳥何意？復訓隹聲，自亂其例。近代諸人，各有疑議。畫物不明，混形於事。轉注取聲，假借取義。悠悠衆口，莫之能易。紛紜萬耑，疇區其類。湘綺夫子，天縱將聖。學博思淵，方名昉始。教篆裁箋，判別精細。厥誼昭然，蘋藻教成。有齊季女，因以遺焉。故六書之説，唯桂陽陳氏獨守其傳，完夫部郎，默志師法。信古彌堅，假自瓊閨。手寫一通，題曰“王氏六書存”。莘莘學子，群欲借觀，乃屬謙讎校，釋其疑難。偶下已意，略致推研。首説形事，敬呈講筵。未達微旨，莫稱哲顔。及再削藁，親承訓言。始知師説，更殊於掅。條説數事，猥蒙奬勸。謁選入都，就正於陳。益加贊勖，雅意諄諄。乃時易世殊，斯編付刊。而良朋殂謝，撫卷增歎。因爲摹篆，略窺一斑。匪敢自擬，用志不諼。若夫俗文乖謬，諸家異説。偏旁誤加，方音各別。皆就陳編，逐類剖決。將以曉學僮，通玄怡。理群侖，究萬始。尋道之原，繹文之理。既竭愚才，不能罷止。幸印高山景行，大雅承命。校勘手篆，心寫梨棗。已殘見聞，猶寡擁篲清塵，企望達者。丙辰春三月庚午朔衡陽喻謙謹述。

卷一

象形

鄦《叙》説象形云："畫成其物，隨體詰詘，日月是也。"此葢史篇舊文，取保氏遺意而分别之。夫有形必有物，全體乃成象。三代以來，字學之通論非鄦所刱説也。若分支半體，既不成物，斯非全形，不在畫成之例者，皆不得相混也。孔子曰："牛羊之字以形舉。"又曰："視犬之字如畫狗。"聖門講求六書，其説象形，不外畫成之旨，知鄦書所説由來舊矣。是知名無虚寄，形不偏立，物有全體，象取純備，品類雖殊，各有專形。故鄭樵别象形爲十種，今兹所説雖不盡如鄭氏所分，然所謂天物之形者，日、月、雨、靁是。山川之形者，山、屾、厂、石、川、𡿨、巜、卝、水、𣶒、泉、仌、氏、𠂤、𨸏皆是。井邑之形者，冋、井、𩫖、田、弖是。艸木之形者，屮、丰、竹、來、木、桼、朿、禾、朮、米、朩、尗、韭、瓜是。人物之形，人、儿、兒、女、子是。禽鳥之形，隹、鳥、朋、烏、舄、焉、燕、乙之類是。獸嘼之形，牛、虎、爲、羊、豕、彖、㒸、象、馬、廌、鹿、㲋、兔、犬、鼠、嘼是。蟲魚之形，貝、昜、魚、虫、蠆、它、龜、黽、卵、萬、禹、禼、巴、已皆是。器用之形者，叀、册、鬲、盾、革、刀、互、甘、丌、豆、皿、凵、缶、矢、朱、凷、㫃、鼎、臼、网、圂、舟、殸、匆、壺、珡、瑟、匚、曲、甾、瓦、弓、糸、率、金、㽞、勺、几、且、斤、斗、矛、車是。服飾之形者，玉、冃、巾、帶、市、衣、、求、兂、皃是。凡此十類，皆有物可象，故爲象形。若耳、目、口、自、𡿺、面、牙、爪、又、手、、角、、乑、鹵、耑、卪、、而、彑、亢、囟諸文，或取其一支，或寫其半體，或爲形容之詞，或爲初生之號，既非全形，則不成物名，尚未正何所取象，故師説皆以爲不在象形之列，不得入此篇也。葢六書之中唯象形、指事難於分别，鄦於耳、目之類，皆説爲象形，故學者惑焉。然耳指所聽，目指所視，口指所食言，推古聖造字之原，皆爲指事而作，雖曰象形，實象事也。葢畫物必有全形，一端可以見事，又所以執，手所以掌，爪、牙所以搏噬，皆事也。故舉一體者，不得謂之象形，明矣。謹依師説區分其類，凡全體象形，畫成其物，合於古説者，彙入此篇，使學者因名按物，即字求形，一見瞭然云爾。

實也。太陽之精不虧。从□一，象形。凡日之屬，皆从日。鄦書"昌"下載籀文作，知"日"篆古本作⊙，《魏正光中碑》猶有作⊙者，可證古聖造字但作●，爲純形。後加○，象曰旁气暈，以别於火之，爲合體象形，則彌文矣。小彖求工，乃結方體作，説者以从○●爲从□一，順小篆以改《史篇》。後人遂以□爲回帀之□，一爲一二之一，反疑師説象形者爲會意字，則大謬也。鄦叙六書皆本之《史篇》，其説象形，明舉日月爲例，何得爲會意？首舉日月者，重天物也，今分十類仍以爲首，猶古志也。古文。象形。段玉裁説象中有烏，此葢古文奇字也。

闕也。太陰之精。象形。凡月之屬，皆从月。段玉裁説象不滿之形，亦純形也。吕翼文説鄦叙舉日月爲例，實與闕所謂體

也。陽主生，非實無以發育；陰主殺，非闕無以收藏。案，《記》言："播五行於四時，和而後月生也。"是以三五而盈，三五而闕，蓋月隨地遊行，因地熱力而運，故云"地和而後月生"。或云：月本無光，受日光而明。方合朔時，日在上，月在下，則月向天者有光，向地者無光，故人不見。及至望時，月向人者有光，故見其圓滿。若至弦時，則依光之遠近以爲參差，故上弦三五而盈，下弦三五而闕。☽正象弦時，如弓弦，☾象其始生魄，古但作☾形。

雨水从雲下也。象雲覆之水霝其間也。凡雨之屬皆从雨。鄦書"雨"下出此爲古文。冂象雲，㣺象水霝其間。《公羊傳》曰："觸石而出，膚寸而合，不崇朝而徧雨天下。"蓋興雲乃能致雨，故先冂之，而後見㣺，亦古合體象形之樸質者。鄦以"雨"爲正篆，次雨後，今説形，故先古文。雨或从一象天，冂象雲，㣺象水霝其間也。李陽冰寫作雨。段玉裁遂説"㣺者，水字也"。則是會意矣。王筠説"'丨'所謂'引而上行讀若囟'者，此地气上騰也，冂則天气下降也。仌則雨點，非巛變爲㣺也。"案，丨與仌皆象雨下霝形，本古文雨而省，亦合體象形者。

靁陰昜薄動，生物者也。象畾間有回轉形。回，靁聲也。鄦書靁下出此爲古文。案，回本最初之古文"靁"字。鄦書"回，靁聲也"，本《史篇》舊訓，是古讀回若靁。回本象雲靁回轉形，嫌與古文云相近，乃加畾象靁物形，專以回爲回轉字。大篆加冂，小篆省作畾，此古今文字繁簡之變也。靁籀文。从雨省。鄦書"靁"下出此云："籀文靁間有回。回，靁聲也。"本籀書原文，亦古音也。凡聖人名物多取其聲，此靁亦是也。《書》曰："烈風雷雨。"又曰："天大雷雨。"蓋靁鳴必雨，故大篆加雨，爲合體象形。𩂩古文靁，蓋古文奇字，省畾爲〇〇。靁篆文。省靁爲畾。

云山川气也。象回轉形。凡云之屬皆从云。鄦書云下出此爲古文。段玉裁説："此最初古文，象回轉之形。其字引而上行，所謂'觸石而出，膚寸而合'者也。"王筠説："有形之物而屬於天，故用天左旋之法，不與回之象雷同矣。"案：此本古文純形最簡質者，今畫家猶作云形，所謂隨體詰詘畫成其物者也。因説形，故先古文。云古文。省雨。鄦書以"雲"爲正篆，出"云"於下，順文説之，故曰"省雨"。段玉裁説："古文無雨，非省也。二，蓋上字。象自下回轉而上也。小篆加'雨'作'雲'，後遂叚'云'爲'曰'，如'詩云'即'詩曰'是也。"雲篆文。从雨。云象回轉形。是鄦説"雲"亦以从"云"爲象形，蓋舊説也。云爲純體象形，嫌與回混，乃變作云。小篆更从雨者，《易》曰："雲行雨施。"故加雨爲合體象形。

右天物象形之文五　重七

山宣也。宣气散，生萬物。有石而高，象形。凡山之屬皆从山。吕翼文説："宣散者，斥△象也。《易·係傳》曰：'山澤通气。'繼長增高，山之體也。多不過三，故以川象之。"案：山，象峰巒嵯峨形。中空者，象气之宣通。今畫者作山形，知古本作山也。

嶽東岱、南霍、西華、北恒、中泰室。王者之所以巡狩所至。象高形。鄦書"嶽"下出此云："古文。象高形。"案：古本作㞤形。嶽高於山，故重叠象之。今圖畫猶作㞤形，蓋山㞤與自自同，各有專形。𡴀非省丠，丠非从𡴀，小篆變𡴀作山，遂變丠作𡵉，皆書法求工，非古意也。山嶽爲宇宙最大之物，故象其層高之形。山小於嶽，故但見三峰而已。古聖造字，體物之精如此。隸作𡶒，俗又作岳。嶽篆文。獄聲。葢小篆以𡵉不得聲，乃變爲諧聲字。

厂山石之厓巖，人可居。象形。凡厂之屬皆从厂。鄦說"厓"云"山邊也"。"巖，厓也。"吕翼文説："厓，邊也。邊亦半也。與對彼合彼之形同也。廣居屋、厂可居，與工飾、巫舞同一詞例。彼工、巫皆言同意，知此脱佚久矣。"案廣、厂各自爲物，皆有專形，非有⺄乁相對之文，不得爲半體也。厈籀文。从干。段玉裁説："从干聲。"然則象形與聲相亂者，實始於史籀繁文之世。

石山石也。在厂之下，口象形。凡石之屬皆从石。厂本山邊縣石，上古之世，人多就居之。後因厂爲屋，則厂有專名，更加口以象石形。口非口、非甘，古當作𠙴，象空峒石竅形。今畫家猶作𠙴形，不必正方。書家求工作方口形，又嫌與口、口混，故於厂下見之，則知爲石亦合體象形字也。王筠説："石與果一類，本以〇象石形，而此形多矣，乃以厂定之。"此指小石言之，不足盡石形。或曰口形方正，主謂已治之石，又不得空中。皆非也。

卝銅鐵樸石也。象形。鄦書"磺"下出此爲古文，云："《周禮》有'卝人'。"吕翼文説："象銅鐵在樸中，其理從横，可辨治五金，性質剛柔不同，皆具於一樸，故造文者以從横象之，與丱同意。侌昜水火藏於地，受气不全，則不成卝也。又王懿榮據西國卝人説，讀《洪範》'从革'爲'从横'，此剖卝之教勿絶其理，以字形證之，其是與?”案：‖象剖分之理，▬▬象樸石形。古本作卝與丹同意。丹砂在中，卝金在旁，與古文“金”从▬▬在土中同。段玉裁據《九經字樣》《汗簡》以卝、卵爲一字，遂奪鄦書“磺”下之古文卝，於“卵”下出卝爲古文“卵”，轉失鄦書之舊。䃮篆文。从石，黃聲。讀若穬。

〱水小流也。《周禮·匠人》爲溝洫，枱廣五寸，二枱爲耦。一耦之伐，廣尺，深尺，謂之〱。倍〱謂之遂，倍遂曰溝，倍溝曰洫，倍洫曰巜。今凡〱之屬皆从〱。段玉裁説：“〱、巜、巛三篆下皆宜曰‘象形’，鄦不言者，省文也。”案小水獨流，無他，水相入，故以〱象之，亦獨體象形最古之文。一與丨無專物，故不得爲實形，〱、巜、巛皆地上物。有形可象，故不得爲事，此形事之辨也。鄦所引《周禮》爲《考工記·匠人》職文，唯〱作甽，用後起字。甽古文〱，从田川。段玉裁説：“〱、巜皆古文。”此當是。籒文。从田川，會意。畎篆文〱。从田，犬聲。六畎爲一畮。案：小篆以〱甽不得聲，故改从犬聲。

巜水流澮澮也。方百里爲巜，廣二尋，深二仞。凡巜之屬皆从巜。段玉裁説：“水流涓涓然曰〱，浯浯然則曰巜。”案：巜大於〱，故書巜者重〱以象之。巜、〱皆水流也。水大流多，故重畫以象之。《考工記》云：“方百里爲同，同間廣二尋，深二仞爲澮。”古本作巜，後假“澮”爲之。

巛毌穿通流水也。《虞書》曰：“濬〱巜距巛。”言深〱巜之水會爲巛也。凡川之屬皆从川。巛大於巜，故畫者三之。三〱以象川流，與山、𨸏同，亦多不過三也。𠂤、𨸏由土層積，𠂤小故二之。𨸏大，故三叠，各有專形。巜會水少，巛會水多，巜巛皆象其流。巜非省巛，巛非从巜，𡿨各自爲物，皆有實形，故不得在事意之區。與二三不同者，一、二、三無專形也。

水準也。北方之行。象衆水竝流，中有微昜之气也。凡水之屬皆从水。段玉裁說："火，外陽内陰。水，外陰内陽，中畫象其陽。云'微陽'者，陽在内也。"王筠說："水本當作☵。益、㓝諸文所从是也。後孳乳字多用作偏旁，不便書寫，故直之，因並本字而直之。猶𡿨本作巛，偏旁難於相合，故曳長之作𡿨，因並本文曳長之也。其實水本象形，觀繪水者，有長有短，皆水紋也。"案：伏羲畫卦爲中國文字之始，水火二字本坎離而變。☵即水，☲即火也。古但以☵☲爲水火，後文字漸繁，造文者隨體詘詰，畫作水火，乃別讀☵☲爲坎離。水實火虛，故水字中畫不斷，亦實形也。

淵回水也。象形。𠂇又岸也，中象水皃。鄦書"淵"下出此云："淵或省水。"斥𣶒爲象形，八爲𠂇又岸，𣶒象水皃，皆《史篇》"𣶒"下舊訓。古但以𣶒象形，後加水旁作"淵"，則俗字也。鄦反以此爲省水者，便文耳。葢鄦以"淵"入水部，不得不以"淵"爲正篆，而以"𣶒"爲或省。其實，𣶒有專形，本最古之文。囦古文。从囗水。段玉裁說："囗其外，水其中。"案：當从回省。象水回轉形。若水在囗中，則止水耳，非回水也。此訓回水，故知从回省，爲會意字。淵𣶒或从水。鄦書以"淵"爲正篆，故次"𣶒"，今說形，故先𣶒。

泉水原也。象水流出成川形。凡泉之屬皆从泉。白象穴，小象水流出成川形，古本作泉，隸即因之作泉。《释水》："濫泉正出。正出，涌出也。沃泉縣出。縣出，下出也。氿泉穴出。穴出，仄出也。”此分言之耳，其實凡泉出皆有穴，此正象自穴出形。

仌凍也。象水凝之形。凡仌之屬皆从仌。段玉裁說：“象水初凝之文理也。”王筠說：“初寒蹙凌作此形，極寒仌裂亦作此形。”案，仌本山川中自然之物，有實形可象，故仌亦純體象形。古文。今用“冰”爲仌凍字。鄦於此下出“冰”篆，又出“凝”爲冰之俗字，是冰、凝本一字。仌、冰實二字。

氏巴蜀名山岸脅之旁箸，欲落墮者曰氏，氏崩聲聞數百里。象形。凡氏之屬皆从氏。揚雄賦：“響若氏隤。”舊傳本“象形”下有“乁聲”二字，葢淺人所加。段玉裁說：“氏象傍於山脅也。”案：古彝器文《毛公鼎》作氏，《散氏盤》作氏，《頌鼎》作氏，皆以乚象山脅旁箸形，丨象欲落橢形，亦純形字。小篆求工，變作氏，十亦象欲落橢形，即丨之變，而横畫之，知非从乁聲也。

𠂤小𨸏也。象形。凡𠂤之屬皆从𠂤。徐鉉曰：“今俗作堆。”段玉裁說：“象小於𨸏，故𨸏三成，𠂤二成。”王筠說：“𠂤、𨸏是土而非石，層累而高，不能如山之突然隆起，故以𠂤、𨸏象之。”案：古本作𠂤，象積土形，層累而上，今畫家猶然。𠂤、𨸏各有專形，故不得言从𨸏省，與山、厽、乚、巜、巛同。

𨸏大陸山無石者。象形。凡𨸏之屬皆从𨸏。段玉裁說：“象土山高大而上平，可層累而上。首象其高，下象三成也。”鄦於“山”下曰：“有石而高。象形。”此言“無石”，以別於有石者也。鄦書分別之嚴如此。案，古本作𨸏，象層絫形，與山石之隆起者不同。或說側山爲𨸏，陋矣。𨸏古文。上象絫高，下象可層級而上也。

右山川象形之文十五　重八

巴越之赤石也。象采丹井。●，象丹形。凡丹之屬皆从丹。此亦合體象形者。象采丹井，《史記》所謂“丹穴”也。復加●，象丹形者，嫌於形不備，故以●明之。古文丹。凵象丹穴口也。不得言从口。亦古文丹。

八家爲一井。象構韓形。●，罋象也。古者伯益初作井。凡井之屬皆从井。此與丹同，亦合體象形者。加●明其爲汲井也。𨛦云“罋象”，汲井必用罋，●在井中，其形乃全，亦非外加之物。與丹不同者，此象九區分晝構韓形。𨛦云“八家爲一井”，即古井田之説也。或疑井、丼本兩字，井爲井田，丼爲汲井，𨛦始合而一之。《穀梁傳》曰：“古者公田爲居，井灶葱韭盡焉。”不嫌井田中有汲井也。

度也。民所度居也。从回。象城𩫖之重，兩亭相對也。或但从囗。凡𩫖之屬皆从𩫖。此亦合體象形者。外𩫖内城，故从回，象重圍之形，知非从回水之回也。𠆭象亭形，《漢典略》曰：“雒陽十二城門，門一亭。”必兩亭相對，其形乃全。故以𠆭象之，不嫌重也。𨛦云“或但从囗”者，明當時師説不一，故寫本各殊，𨛦廣異聞耳。段玉裁説：“當有𩫖篆，在‘皆从𩫖’之下，爲𩫖之重文。”案：𨛦不出𩫖篆者，嫌从囗於外𩫖之形不顯，不得爲或體，𨛦所不从也。

陳也。樹穀曰田。象四口十，阡陌之制也。凡田之屬皆从田。段玉裁據《韵會》引作“象形。口十。阡陌之制也”，謂口與十合，所以阡陌有一從一横之象。王筠説：“古者田皆井授，經界必正，口以象之。溝涂四通，十以象之。此通體象形字，不可謂之从十也。”鄦不以爲从口十者，欲明田有專形，不得在事意之區也。

𠃨耕治之田也。象耕田溝詰詘也。鄦書“疇”下出此爲古文。吕翼文説：“コ匸象東南畝，不先畫東南畝，則𠃨之爲溝，其形不見。”謙案：𠃨、コ、匸皆象耕田洫溝水流詰詘之形，與巜巛同意，空處皆田也，不必更畫畝形。コ匸與巜之ココ八象短流，合不象畝形，畝必成方也，田字可見。段玉裁説：“《韵會》引‘𠃨’云‘象耕田溝詰詘也’。”此據古本《説文》，所引不誤。今本《説文》“疇”下誤作“从田象耕屈之形”，蓋淺人所改。

疇鄦書以“疇”入田部，故出𠃨於下云：“疇或省。”案：𠃨本最初古文純體象形者，疇蓋大篆加田旁爲合體象形。今説形，故先𠃨。

右丼邑象形之五　重三

屮艸木初生也。象丨出形，有枝莖也。古文或以爲艸字。讀若徹。凡中之屬皆从中。尹彤説。此云“象丨出形”，明丨亦隨體畫成之形，非从丨也。古字當作屮，象艸初生之形，本古艸字。艸有專物，故爲實形。徐鉉曰：“丨，上下通也。象艸木萌芽通徹地上也。”此説似是而實非，學者不可不察。

丯艸蔡也。象艸生之散亂也。凡丰之屬皆从丯。讀若介。吕翼文説：“艸蔡，蓍也。蓍叢生百莖，故云散亂。”丰、蓍古今字。丨象蓍生莖形，彡象旁出，散亂。丯有專物，亦純體象形者，與中同意。

竹冬生艸也。象形。下垂者。箁箬也。凡竹之屬皆从竹。此象竹葉畫成之形，與林艸不同者，中木皆成字，重之則爲會意。雖成文，不竝之則箁箬之下垂之形不顯，又嫌與巾同故，鄦書無个字。段玉裁欲據此以補“个”篆，誤矣。

周所受瑞麥來麰。一來二縫，象芒朿之形。天所來也，故爲行來之來。《詩》曰：“詒我來麰。”凡來之屬皆从來。此鄦書説形最詳之文，段玉裁説：“‘一來二縫’不可通，《诗·思文》正義作‘一來二夆’當爲‘二麥一夆’，夆即縫之省。夆者，朿也。二麥一夆爲瑞麥，如二米一稃爲瑞黍，同夆即同稃矣。”案：麥即來，夆即縫。象二縫，謂夆朿，象麥之一穗自垂。此純形字。

冒也，冒地而生。東方之行。从中。下象其根也。凡木之屬皆从木。此本純體象形者。古彝器作木形，如《木父丁爵》作，上象枝榦，下象根，不必言从中也。徐鍇曰：“中者，木始甲坼，萬物皆始於微，故木从中。此曲説也。”吕翼文説：“‘未’下云：‘象木重枝葉形’，不言从木。‘桼’下云：‘桼如水滴而下’，不言从雨。於‘未’見專形之例，於‘桼’見同意之例。又禽、离頭相侣，龟、兔同頭例亦數見。而昧者又以木生必微，當从中，乃與鄦例相謬，可謂思而不學者。”其説是矣。

木汁可以髤物。象形。桼如水滴而下。凡桼之屬皆从桼。木汁爲桼，因名其木爲桼，是有實物可象。吕翼文説：“此以汁在木爲形，不言从木，亦足證木下从中之謬。嫌木汁不得竝舉木形，故明斥其斤割桼言之。”案：汁从木出，不舉木，則形不見，故以象如水滴之形，而以木爲體，亦合體象形者。

木芒也。象形。凡朿之屬皆从朿。讀若刺。此木芒，則木形自明，故不言从木。不以木爲體，則朿形不見，但作不成字，又嫌與羊角相混，故造文加於木，則形自全，亦合體

象形者。吕翼文説："'桼'下、'未'下、'朿'下皆不言从木，而'木'下乃云从屮，其譌自明。朿有專物，故有實形。"

嘉穀也。二月始生，八月而熟，得之中和故謂之禾。禾，木也。木王而生，金王而死。从木，象垂穗形。凡禾之屬皆从禾。王筠説："禾字上揚者葉也，垂於左者穗也，下象根。禾止一直根，以其耐旱，俗呼旱根。三十日不雨而不死也。"案：禾與秀絶相侣，唯吐穗時禾垂秀揚爲異，故造文者屈筆下垂以象其穗。吕翼文説："未、朿皆不言从木，足明禾从木之誤。俗本作'从垂省'，垂象其穗。段玉裁訂之是也。"

稷之粘者。象形。鄦書以"秫"爲正篆云："朮象形。"下出"朮"篆云："秫或省禾。"案：本純體象形。古文朮，垂穗倍於禾，故重一筆。古當作，象莖葉，象根，象垂穗重疊。小篆求工，變作，上體反與同，誤也。朮、禾同類，各有專形，故皆象形。朮或从禾。鄦以"秫"入禾部，不得不先"秫"云"从禾朮。象形"。本古文，籒加禾，爲合體象形。今説形，故先。吕翼文説："齒以止爲聲，秫以禾爲名，象形與諧聲相亂，蓋當時官書有此俗字，師説誤入正篆。徐鍇本作'朮聲'，謬矣。"

粟實也，象禾實之形。凡米之屬皆从米。段玉裁説："四點者，聚米也。當作圜形，十其間者，四米之分也，今作長點者誤。"吕翼文説："禾之爲穀，秉气中和，故以十象其德。十，中和之象也。此其異於麥菽者也。十之气發越爲粟，以象之，如眾星之環衛北辰者。然此其形有專屬，故鄦目言之以爲禾實，足明之矣。此與十同意。'十'下云'四方中央備矣'，言乎其法象天地也，故以爲中和之德。"案：凡米皆長形，惟高粱形圜。作長

點者不誤。乂正象米形，非聚米也。十象禾秉無根葉之形，故見禾實，非四分之也。如吕説則从十會意，是自亂其例。

𣏟枲也。莖皮可分析也。象形凡𣏟之屬皆从𣏟。讀若髕。案：𣏟本古枲字，純體象形者。後加台爲聲，乃專枲名，而以𣏟爲分枲莖皮字，其實𣏟爲枲之古文。禾、𣎳皆象形古文，此𣏟不得獨異。舊本鄦説作“分枲莖皮”也。从屮，八象枲莖皮也，於六書不甚曉，故吕翼文駁之謂：“枲，牡麻也。字形與𣏟同，故知𣏟爲壯大形。績麻者，剥其皮而剖之以爲縷，莖壯則皮堅，織絺者利之。屮 八皆無專字，故以分皮言之，皮去而莖猶存，故不可从八，會意。又屮爲初生之艸，非可分者，而俗師誤以爲象意，由未悟同而不从之例，故多窒耳。然則當云‘象莖皮可分之形’。”謙案：鄦書𣏟部出“枲”爲正篆，出“𦆕”爲籀文，其實本一字。𣏟爲古文，枲爲小篆，下又出林部云：“葩之總名也，象形。”不言从二𣏟者，林亦𣏟之重文，與屮艸二字同。疑鄦書“林”下象形之訓，舊本當在“𣏟”下，未有本篆不象形，而从𣏟者反得象形，此理之不可解者也。蓋鄦書經後人竄亂者亦復不尠。

尗豆也。象尗豆生之形也。凡尗之屬皆从尗。段玉裁説：“豆之生也，所種之豆必爲兩瓣而戴於莖頂。故以一象地，下象其根，上象其戴生之形。”吕翼文説：“尗豆結房如蓮實，一莖嘗有數十房，房數豆，故以三垂象之，多不過三也，與𠧪同意。𠧪吐穗上見與此下垂者互相明，𠧪尗亦至不之例，但𠧪下象深土，此上則莖跗爲異耳。此⺊當爲厂，疑亦隸變之迹。”吕説較段爲長，亦與今豆角形似。此本純體象形古文，故鄦不言从一，又不言下象根形，不得與木、耑同也。如吕説，古篆當作𡿨，小篆求工，變作朩。

韭 菜名。一種而久者，故謂之韭。象形。在一之上，一，地也。此與耑同意。凡韭之屬皆从韭。吕翼文説："據鄦以韭、耑同意，則韭亦題也。韭無歧根，故與耑同而異也。而傳本以一爲地，韭實不必言地。耑言地者，以區上下耳。《曲禮》曰：'韭曰豐本。'《周官經》'有韭菹'。菹以配醢，根老者其耑乃澤，故以'豐本'爲號。"案：韭一種而久，故以地言之，吕不知象形有合體者，故不以一爲地，嫌有兩體。

瓜 瓜也。象形。凡瓜之屬皆从瓜。"蓏"下曰："在木曰果，在地曰蓏。"故以蓏釋瓜。瓜即蓏也。段訂作"蓏"，是也。吕翼文不知"瓜"即"蓏"，乃改其訓爲："天瓞也。象剥瓜而瓤見也。一曰瓜有藤蔓垂實卤卤然。"謂此下説形之文久佚。瓜一而瓜二，其義判然，而傳本乃以瓜訓瓜，又不言形何所斥皆非其例。案：鄦既言象形，○象瓜瓞，𠂆象其蔓，人所易曉，故鄦不煩言也。若以爲象削瓜形，則字義當爲削瓜矣。且瓜有專物，自象全形，徐鍇説："外象其蔓，中象其形。"是矣。

右艸木象形之文十四　重一

又鄦書所説象艸木形而不得爲實形者，如𣎵象艸木𣎵𣎵然盛，𠂹象艸木華葉𠂹，𢎘象艸木之華未發圅然，𠧪象艸木實𠂹卤卤然，耑象物初生之題，皆狀物形容之詞，既無專物又無全體，皆不在象形之列。鄦雖説形，實象事也。學者不可拘泥鄦注，疑爲實形，使説六書者無从分曉也。

人 天地之性最貴者也。此籒文，象臂脛之形。凡人之屬皆从人。上象臂，宜短。下引而長者，象脛。起筆微重，則身首亦具此，則立人形也。今畫家猶作形，寫者整齊之作，則誤也。吕翼文説："據此言籀文，則知爲古文，人下引而上下云云，用字之例也。其説形舊文蓋久佚矣。"案：象人形，蓋古文人字。古以三爲天，以爲大，以爲人，象人正，立形。後三爲一二三之三，乃以天为三，以爲大小之大，而更造側立人形之，以别之古文。奇字作，象人屈服形，故爲仁人，非此古文人字也。自爲一物不似人形。

仁人也。古文奇字，人也。象形。孔子曰："在人下故詰屈。"凡儿之屬皆从儿。此亦隨體詰屈，古之純形字，故引孔子説證之。吕翼文説："當時師説以體詰屈，象仁者之自貶損以利人，與籀文判然爲兩字，故彼直云'籀文'，此訓仁人。然則鄦云'奇字人'者，謂奇字以爲人耳。"案：籀文象臂脛側立，此象人體屈服，舊爲兩字，分二部久矣，故鄦不得出此於"人"下爲古文也。

孺子也。从儿。象小兒頭囟未合。段玉裁説："囟者，頭會㛴蓋也。小兒初生，㛴蓋未合，故象其形。"案：象㛴蓋未合，但作，嫌與杵臼相混，故加儿，亦合體象形。

婦人也。象形。王育説："凡女之屬皆从女。"段玉裁説："象其揜斂自守之狀。"王筠説："女篆下半侣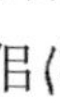，亦在人下，故詰屈之意。"案：""下云："象褱子形，一曰象乳子也。"知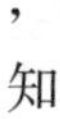爲純體象形，上象身首，故加爲乳形，則爲母女子以身事人者，故下體詰詘與同也。

十一月陽气動，萬物滋，人巳爲偁。象形。凡子之屬皆从子。李陽冰説："子在襁緥中足併也。"王筠説："子有首，有身，有手足，小兒之手不能下垂，故上揚以象之。"案：古本作，爲

純體象形。小篆求工，乃引向上，非小兒手不能下垂也。又金刻作，亦有兩足垂手形。古文子。从巛，象髮也。與甾同意，亦合體象形字。籀文子。囟有髮，臂脛在几上也。案：臂謂也，巛象髮，象兩脛也，亦合體象形字。

右人物象形之文五　重二

又皆象人形，然既用爲大小之大，則無專物可指，當在假物指事之例。至於耳目口鼻諸文，皆偏體指事，不得爲全形也。

鳥之短尾總名也。象形。此與鳥爲長尾禽總名對文相起，然經傳鳥、隹同文用字者多通變也。俗又加鳥旁作雖，於形义無可説，《詩》“翩翩者雖”，釋文“雖本作隹”。《尔疋·釋鳥》“隹其夫不”，釋文“隹旁或加鳥，非”。鄦不出“雖”爲或體次“隹”下者，嫌“隹”不得説从鳥，故入鳥部，猶可言隹聲也。鄦又出“隼”於“雖”下云：“或从隹。一。”然則隹、隼、雖三者實一字。吕翼文據已爲辟藏詘形，如爲短尾羽，同意，則隹亦短也。然以字形，羽尾相齊，故師説云然。

長尾禽總名也。象形。鳥之足佀，从。凡鳥之屬皆从鳥。此純體象形字，不得更有所从，鳥畫足，隹不畫足者，尾長則足高，故見足也。、皆畫其足，作形，不言所从，則知此言鳥之足佀。“从”者，爲淺人所增。

神鳥也。象形。飛群鳥从，以萬數，故以爲朋黨字。鄦於“鳳”下出此爲古文，葢純體象形之最古者，象頸背首尾形。段玉裁説：“象其首及羽翼。”然則鄦引天老曰：“麐前鹿後，蛇頸魚尾，龍文龜背，燕頷雞喙，五色備舉。”爲説形之文，當注此下。朋或从鳥。鄦云："亦古文鳳。"葢中古專以朋爲朋黨字，乃加鳥旁爲鵬鳥字以别之，當起於"鳳"字之前，亦古俗字也。故崔注《莊子》亦以"鵬"爲古"鳳"字。篆文朋。此葢起於大篆，時嫌鵬从朋鳥，兩體皆象形，於六書無可説，故更造从鳥。凡聲之鳳，鄦以此入鳥部，故先"鳳"引天老曰"鳳之象也，鴻前麐後，蛇頸魚尾，鸛顙鴛思，龍文龜背，燕頷雞喙，五色備舉。出於東方君子之國，翺翔四海之外，過崑崙，飲砥柱，濯羽弱水，莫宿風穴，見則天下大安寗"。案：此本後起形聲字，則純體象形最古之文，今説形，故先。

孝鳥也。象形。孔子曰："烏，盱呼也。"取其助气，故以爲烏呼。凡烏之屬皆从烏。此亦純體象形，與鳥同。但鳥畫目，烏不畫目者，以純黑不見目也。又慈烏與鷹隼異性，故不見其疾視與。古文烏。象形。王筠説："烏象立形，象飛形。"謙案：象反哺形。者，省爲之，與篆文烏省鳥爲之同，皆不畫目也。者，象众烏子向之反哺。、皆省，三之者，畫者之列，多不過三也。此本合體象形古文，篆文時嫌於六書不甚曉，故相承用烏。象古文，烏省。琅邪繹山碑作，葢隸變之迹。

䧿也。象形。鄦於此下出篆文从隹昔，明舄爲象形古文，故以䧿訓舄，用今字釋古字也。古用爲履舄，取其形近，隸變作鵲，今呼喜鵲所在有之。吕翼文疑舄頭與鼠頭同，謂"鵲種非一，因地而異，造字者不一師，其與鼠頭同者，未識何地"。案：舄身尾小，其頭較他鳥爲大，故履舄象之。畫字者但詰詘象其形，不必與鼠頭同也。篆文舄，从隹昔，葢从昔聲。本後起形聲字，因舄既專履舄，乃别作"䧿"爲䧿鳥。

焉 焉鳥，黄色，出於江淮。凡字，朋者羽蟲之長，烏者日中之禽，舄者知太歲之所在，燕者請子之候，作巢避戊己。所貴者故皆象形，焉亦是也。鄦以舄、焉入烏部，而不言从烏省者，蓋烏亦省鳥爲之。然則烏、舄、焉三者皆省鳥，而不得言从鳥省者，貴之使得爲專形，故鄦於此發其凡也。焉、舄既非从鳥，當各自爲部，蓋《史篇》舊文本以烏、舄、焉次鳥部末，不言从鳥省，鄦但依類次之，本古聖相承，知部居之學起自後賢也。師説焉、鳥即黄鶯，蓋黄鶯當春而鳴，其音清婉有節可聽，《詩》所謂“睍睆黄鳥，載好其音”者也，然至秋則音變，亦識時之候鳥也。

燕 玄鳥也。籋口、布翄、枝尾象形。凡燕之屬皆从燕。段玉裁説：“廿象籋口，北象布翄，火象枝尾。”王筠説：“燕象飛形，故畫其背。烏之古文於省六翮而爲四，燕之翮亦四，蓋飛則不全見也。”吕翼文説：“形如畫成，不嫌於詰詘之繁。”郭廷敬以爲，燕趙地名，从黄省从北，與冀同則是會意矣。師説何得云象形？案：燕即籀文乚，嫌與乙混，故更象飛形。

乚 玄鳥也。齊魯謂之乙，取其鳴自呼。象形。凡乙之屬皆从乙。徐鍇曰：“此與甲乙之乙相類，其形舉首下曲，與甲乙字少異。”案：乚古本作乚，象小鳥側飛向上之形，故不見足。燕輕，飛則因風斜掠，故造文者作側形以象之，舉首向上而尾下曲也。小篆引長作乚，遂與甲乙之乙相混，乃更作燕象布翄、枝尾之形。蓋乚爲請子候鳥，《商頌・玄鳥》周祀高禖爲世所重，故特制專形以象之。鄦知乚、燕本一字，但於説解見之，不并入一部者，以燕次魚後龍前，合乎部首之例，故乚仍承燕，隸變作乞，與乙别。師説乚即求乞之乞，燕來請子，故借鳦爲乞。請子始於有族，夏以前不必請子，然則乚本古文，燕爲大篆，後以乚爲乞求字專用叚義而燕遂專乙鳥義。俗又加鳥作鳦。或从鳥。此與朋之俗字加鳥作鵬同，皆後起俗字，於六書無可説。

右禽鳥象形之文八　重六

彘也。竭其尾，故謂之豕，象毛足而後有尾，讀與豨同。凡豕之屬皆从豕。舊本有“按今世字誤以豕爲彘，以彘爲豕。何以明之？爲啄、琢从豕，蠡从彘，皆取其聲，以是明之”三十三字，義不可曉。段玉裁正之，謂當是“以豕爲豕，以彖爲彖”，以啄、琢从豕聲，蠡从彑部訓豕之彖爲聲，而今俗作啄、琢，蠡俗又作蠡，是豕誤爲豕，彖誤爲彖也。然通觀鄦書，無此文法，故徐鉉以爲後儒所加也。吕巽文説：“禮升首於室，鼎唯載牲體，故不言首也。此主牲體，故言毛。毛，血腥祭也。牲不貴髀與蹄，而言足尾者，蓋斥游牝言之。養牲者，敬之道也。牛不見足，豕不見首，皆主牲體言之，故畫形不必全。”謙案：牛、羊之字以形舉也，説解不言首足者，文不備耳。其實豕古篆作，上象首形。小篆求工，變作。禮有升首之典，因特造字，象豕頭，畫空爲之以作，不成字。古文。段玉裁説與亥同，此下當有“象毛足”三字，“希”下亦云“象毛足”也。

脩豪獸。一曰河内名豕也。从彑，下象毛足。凡希之屬皆从希。讀若弟。案：此本古文豕字也。象頭尾毛足之形，本全體象形字，不必言从彑。後分彑爲豕頭，與𦍌爲羊角，虍爲虎文同，皆先有羊、虎諸文而後分作𦍌、虍爲分體指事。鄦出“一曰河内名豕”也者，蓋當時河内評豕爲希，知希即古豕字，後專用豕爲羊豕之豕，乃以希爲脩豪獸之偁。《尔疋・釋獸》曰：“貄，脩豪。”一作“肆”，篆作䌛，古文作，象四足有毛之形。希、䌛本一字，籒時文繁，乃增加筆畫作，隸變作肆。豕、肆聲近。籒文。案：加象脩豪形，是籒時已用此爲脩豪獸之專名，知豕皆古文也。古文。案：象前後毛足形，即之省也。

如野牛而青。象形。頭與禽离同。凡之屬皆从。吕翼文説："凡云同意者，嫌其从，故明其各有專形也。此兼以同意説，不更言毛足以彼顯此也。據此知禽离亦獨體，上體與同，下體與内同。如桼上體與同，下體與雨同也。"案：象頭角，象四足有尾，亦純體象形字。古當作，小篆變作，段玉裁據《論語》《爾雅》疏所引《説文》有"其皮堅厚可制鎧"七字。古文。从儿。段玉裁説："以其似人䏶也，虎足亦與人足同。"案：亦象頭角形，下象其足，不必言从儿。漢隸作兕。

長鼻牙，南越大獸，三年一乳。象耳牙四足之形。凡象之屬皆从象。吕翼文説："鼻卷舒無定形，故不可畫。，耳也。，牙也。耳申牙蹉，亦畫例也。"案：物之有尾、耳者，莫不舒卷，不獨犬馬然也。象以長鼻、牙爲形，不畫其鼻、牙則形不顯。右畫作，宜引長，正象鼻形。象耳，象牙，下象尾足。鄦書出古文"豫"作，正象兩牙形。此葢大篆，更象其鼻，其形益肖。

怒也、武也。象馬頭髦尾四足之形。凡馬之屬皆从馬。吕翼文説："爲頭，其髦也，如人有兩髦。然則古篆當作，馬與凡獸同，惟髦爲異。"案：鄦書古籒二文均以象馬首，象髦，本作。小篆求工，變作，寫法稍殊，而象形則同也。古文。象頭，象髦，象足。籒文。馬與髟同，有髦。此鄦明言古籀同也。段據《玉篇》載籀文作影，謂大篆作“影”，與古文少異，疑寫者筆誤。

解廌獸也，似牛一角。古者决訟，令觸不直者。象形。从豸省。凡廌之屬皆从廌。吕翼文説：“廌一角兩耳，故不言與鹿、虎頭同。”然云觸不直，亦猛獸也。解、廌亦複音，與閶闔、噭咷同。吕以此爲獨體象形，不得言从豸省。案：亦以象四足，不言从豸省，此自象四足形甚明。段玉裁又以爲當有“豸亦聲”者，亦非也。吕説是。

獸也。象頭四足之形，鳥、鹿足相佀。凡鹿之屬皆从鹿。吕翼文説：“此亦舉全形，然不言封與尾，欲明鹿爲豆實殺於大牲，故詞有詳略。舊本有‘从’字，葢淺者增入。”段玉裁據《韵會》“鳥、鹿足相比”，謂當从比。案：鄦云“鳥、鹿足相佀”，本同而不从，言从，則贅矣。若从爲比密，則是會意矣，尤謬於六書者也。鹿之異於凡獸者，以角不以足，故古籀作，正象其角之歧出。小篆作，與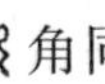角同，皆以象角形。象頭，象腹，象竭其尾回首側立形。畫其背象，頭角三封及尾之形。王筠説：“鹿尾恆豎，故側立見尾。”

獸也。似兔青色而大。象形。頭與兔同，足與鹿同。凡㲋之屬皆从㲋。此鄦君明説同而不从之例。㲋雖合兩體象形，然不得言从兔、从鹿省者，㲋有專物可象，非合二體會意。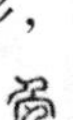籀文。案：此非疊二也。不从兔省，葢象其頭下當作，象兩足屈伏形。篆本作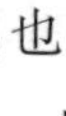，與古文作同。隸作㚟，《中山經》：“其獸多㚟。”

獸名。象踞後其尾形。兔頭與㲋頭同。凡兔之屬皆从兔。

此兔象踞形，故但見前足。者，足也，亦與鹿足同。鄦不言者，不見全足省文也。而左引者，象其尾也。王筠説："兔字下半似古文人。作者，足也。末一筆作者，尾也。"案：龟、鹿足皆作形，兔不得獨異。龟又兔之大者耳，其形本相似也，故造文者省龟之後趾爲尾形也。段以爲足，象蹲踞者，不誤。王説非是。

狗之有縣蹏者也。象形。孔子曰："視犬之字如畫狗也。"凡犬之屬皆从犬。王筠説："犬有頭、耳、足而無尾者，犬尾行則盤曲而負於尻，蹲則下垂而附於股。字象蹲踞形也。《印林》疑爲象走形。筠意兔善走，故人於恍惚中見兩足，虎字象蹲踞形，亦兩足。犬乃家畜，不當以兔爲例，故疑爲踞形，又疑古文簡質，犬字乃側面形，故舉二以見四。"案：王説此犬字無尾者，蓋以寫者作，下象兩足形，與古文同。不知此篆自象側臥形，象首、耳，象足及尾之形。犬盤曲見前兩足，後足屈伏，身與尾俱。古彝器文作，則畫其縣蹏。吕翼文所謂"牛則畫封，馬則鬣，兔則後，犬則蹏，各有專形"，此其是與？

穴蟲之總名也。象形。凡鼠之屬皆从鼠。段玉裁説："上象首，下象足、尾。"案：鼠能穿穴齧物以齒，故畫其齒。，古齒字。不言从臼者，鼠有專形，不得爲从也。王筠説："鼠首之大，幾如其身，腹大而足短，其行卑伏而曳尾，字形象之。惟頭與兒舄字同形，竊所未喻。"《印林》曰："鼠之性好囓。疑象其齒不與兒舄同意。"案：象頭形，兒象腦蓋未滿，舄象頭平，大鼠象齒，雖取象各别，然同頭則同形，又何足異？但段説"下象足尾"者，鼠行卑伏，本不見足，象其腹、尾耳。

罝犍也。象耳頭足地之形。古文"罝"下从。凡罝之屬皆从嘼。段玉裁說：“吅田象耳與頭，禸地謂古也。”案：古文本作嘼，禸地謂其本从禸也。此下說解亦《史篇》舊文。小篆改作古，不見禸地之形，故鄦言古文“嘼”下从禸以明之。小篆以古象口，凡嘼禸地則口鼻下臭。吅象兩耳，田象頭，古象口鼻。小篆改古則爲純體象形，鄦書不更出古文作嘼，省文也。

闟周成王時，州靡國獻闟，人身反踵，自笑。笑即上脣掩其目。食人。北方謂之土螻。《爾雅》云：“闟闟如人，被髮，一名梟羊。”从内象形。段玉裁說：“囟象其首，𦥑象其手執人。”案：闟有專形，故合囟、𦥑、内以象之，鄦不言从囟、从臼者，不得在會意之區也。此字葢起於周成王時，其文繁重，亦籀書也。

右獸嘼象形之文十七　重十

貝海介蟲也。居陸名猋，在水名蜬。象形。古者貨貝而寳龜，周而有泉，至秦癈貝行錢。凡貝之屬皆从貝。段玉裁說：“象其背穹隆而腹下岐。”吕翼文說：“魚尾與貝尾同，知字形當作貝，象其腹有交文，與魚形近似。”案：鄦書“鼎”下云：“籀文以鼎爲貝字。”是鼎、貝本一字，分古籀。古但象其背介隆起之形，籀更加八象其足、尾之形。小篆時用貝爲貨貝，以鼎爲三足和五味之鼎，而變其音讀。古今文字遞更之迹於此可見，不必如吕所說改篆也。

易蜥易、蝘蜓、守宫也。象形。秘書說曰：日月爲易，象陰陽也。一曰从勿。凡易之屬皆从易。段玉裁說：“上象首，下象四足，尾甚微，故不畫。”鄦引緯書《參同契》云“日月爲易，象侌易”者，謂上从日象易，下从月象侌，然非六書之本。下體又不似月形，故非鄦所从。“一日从勿”者，謂从旗勿之勿，亦無此象，葢當時師説不同，鄦并采之以廣異聞耳。

水蟲也。象形。魚尾與燕尾相似。凡魚之屬皆从魚。段玉裁説：“魚、燕尾皆枝，故象枝形，非从火也。”案：象魚頭，据“角”下云：“角形與刀魚相似。”知魚頭鋭與刀角同也。象魚有鱗，象其尾，亦純體象形之文。

一名蝮博，三寸，首大如擘指，象其臥形。物之微細，或行，或飛，或毛，或蠃，或介，或鱗，以虫爲象。凡虫之屬皆从虫。段玉裁説：“象冤曲垂尾形。”《印林》説：“虫專爲蝮，象其臥形，指蝮言之。葢昂其首而蟠曲者，蝮之臥也，非凡蟲之象。”王筠謂：“鄦説凡兩義，首四句本之《釋蟲》，此一義也。‘物之細微’以下，指凡蟲而言，所以領部，明其爲昆蟲之總名也。”吕翼文説：“欲明臥形，必先舉其仰首之象，詞義精詳，足明隨體畫成之例。”

毒蟲也。象形。段玉裁説：“鄦不曰从虫而但曰象形者，虫篆有尾，象其尾也。蝎之毒在尾，《詩》：“卷髮如蠆。”箋云：“蠆，螫蟲也。尾末揵然，似婦人髮末上曲卷。”然其字本不从萬，以象其身首之形。俗作“蠆”，非。案：象其足，象其身首，象其下身及尾，亦合體象形字。蠆或从䖵。段玉裁説：“蠍尾有雙鉤者，故或从䖵。”案：此葢籒文。

虫也。从虫而長，象冤曲巛尾形。上古艸居患它，故相問無它乎。凡它之屬皆从它。段玉裁説：“冤曲者其體，巛尾者其末。象其臥形，故詘尾而短，象其上冤曲而下巛尾。故長詘尾謂之虫，巛尾謂之它。”王筠説：“它與蚰大小，非二物大，它盤曲昂頭居中，以向物，而尾垂於下。它字象之。鄦君説从虫而

長者，非它之字形。从虫而長也，謂它由虫長成耳。”《吴語》“爲虺弗摧爲蛇將若何”，韋注：“虺，小蛇大也。”虺即虫，蛇即它。此小者名虫，大者名它之徵也。虫它有專形，故分二篆。它或从虫。此後起諧聲俗字，轉失其本形，蓋當時已叚它爲他。

舊也。外骨内肉者也。从它，龜頭與它頭同。天地之性，廣肩無雄，龜鼈之類，以它爲雄。象足甲尾之形。凡龜之屬皆从龜。此鄦説合體象形最詳審者，龜以它爲雄，其種本合體象形而成，故字亦从它頭，形本與它同也。段玉裁説：“从它者，象它頭，而已左象足，右象背甲，曳者其尾也。”古文龜。此象背甲首尾，爲純體象形之最古者。

鼀黽也。从它。象形。黽頭與它頭同。凡黽之屬皆从黽。徐鉉曰：“象其腹也。”案：此亦合體象形，與龜同。黽頭與它頭形同，故字亦从它，下蒙此，故知象腹也。籀文黽。段玉裁説：“古文象其頭腹，籀文更象其長足善跳。”案：《本艸》：“鼀，一名長股。即今蝦蟇。”故籀加象長股形，不得言从會意也。案：龜亦籀文，以象足，以黽不見足，嫌形不備，故以足之。

凡物無乳者卵生。象形。凡卵之屬皆从卵。段玉裁説：“此冡上黽，象形言之，卵未生則腹大，卵侌易所合，天地之襍也。故象其分合之形。”王筠説：“卵謂魚卵，自腹中剖視之，有膜包裹，兩包相比，故作卵以象之。外象膜，内象子之圓也。引《禮記·内則》鄭注：‘卵讀爲鯤。鯤，魚子也。’爲證。”案：鳥亦卵生，後用此爲鳥卵字，别作鯤爲魚子，遂異其音讀。鄭知古

音，王因發明古誼，卵本魚子，故以次魚、黽之後。

萬蟲也。从厹。象形。段玉裁說：“其蟲四足象獸，故从厹。”亦合體象形者。案：虫部有蠆，亦以𡿺象足與身形。鄦不言从蠆省者，以萬、蠆各有專形，不得在會意之區。蠆蓋長身似虫，萬則四足似獸者與？

禹蟲也。从厹。象形。段玉裁說：“蓋亦四足，夏王以爲名，學者昧其本義。”案：口象蟲頭。今所見黑蟲大如巨臂，四足，身首兩截，能穴地行水，作圓孔深尺許，屋下卑溼處往往有之。从厹者，四足蹂地，去土穿穴。夏王胼手胝足，穿地行水，故因以爲名云。𠢞古文禹。上象其頭，銳能穴土。下象蹂地去土之形。皆合體象形字。

禼蟲也。从厹。象形。讀與偰同。段玉裁說：“殷王以爲名，見《汉書》。俗用偰、契字。”案：禼即《爾雅》“竊脂”“竊丹”“竊藍”“竊黃”，蓋九雇農桑候鳥，扈民不婬。禼爲司徒，因以名焉。𥜿古文禼。案：㓞、𡿺皆象其身首。卜、巛其首上之毛角，與鬮𡿺皆以囟象其首，此禼亦是也。

巴蟲也。或曰：食象它。象形。凡巴之屬皆从巴。王筠說：“巴亦盤曲形。”徐鍇曰：“一所吞也。”乃望文爲義，且附會食象之說也。其《祛妄篇》作巴，是也。與它它同一象形。蟲類皆好盤曲，蟲小則曲少，它、巴大則曲多。夢英作巴，斷之也。今本作巴，亦隸變之迹耳。鄦書次己後者，段玉裁說：“非从己也，取其形似而軵之。”案：此依鍇本作巴，當次虫、它之間。《山海經》曰：“巴蛇食象，三歲而出其骨。”亦最大之它也。古篆當作巴，與巴、它均象盤曲之形。但它盤首居中而尾垂，巴則曲而右轉，巴則曲而左轉，以此爲異。

右蟲魚象形之文十三　重六

臾艸器也。象形。《論語》曰：“有荷臾而過孔氏之門。”鄦於“蕢”下出此，言古文象形，引古文《論語》以證之。案：田象艸器，人象繫器之繩可負荷也。因説象形，故類次之。蕢篆文臾。鄦以此入艸部，云：“从艸貴。”爲形聲字。其實“貴”从臾聲，蕢又从貴得聲，展轉相从，幾失其初。玆因説形，乃先臾篆本其所始亦以見古文質樸多純形也。

冊符命也。諸侯進受於王者也。象其札，一長一短，中有二編之形。凡冊之屬皆从冊。冊象簡札長短相間。⊂者，編之也。蔡邕《獨斷》曰：“其制長者一尺，短者半之。”此漢法也。鄭引《鉤命決》云：“《易》《詩》《書》《禮》《樂》《春秋》策長皆二尺四寸，《孝經》謙半之，一尺二寸。《論語》策八寸尺二寸者，三分居二，又謙焉。”此古制也。《聘禮記》云：“百名以上書於策。”即冊之叚借字，鄭注《尚書》云：“三十字一簡之文。”《漢志》云：“劉向曰：古文簡有二十五字者，有二十二字者。”長短有不同也。一冊五簡，當百字以上，與《聘禮記》合。笧古文冊。从竹。爲合體象形。葢後起古文加竹耳。

鬲鼎屬。實五觳。斗二升曰觳。象腹交文，三足。凡鬲之屬皆从鬲。上象其口，乂象腹交文，下象三足。亦純體象形字。䰛鬲或从瓦。㽁《漢令》鬲从瓦厤聲。

盾瞂也。所以捍身蔽目。象形。凡盾之屬皆从盾。徐鍇曰：

"𠂆象盾形，必加目者，以𠂆於形不備。目者，知所以捍身之用者也。目及之，乃以盾蔽之。"是爲合體象形。鄦不言从目者，明不得在事意之區也。《周禮·司兵》"五盾"。盾有專物，故爲實形。吕翼文說："目當爲吕，象手所持繫紐。"

𠦒箕屬。所以推棄之器也。象形。凡𠦒之屬皆从𠦒。官溥說。𠦒與𠀠同，故云箕屬。但𠦒有柄，故以十象其柄。𠀠以竹爲之，故其文乂。𠦒以木爲之，故其文十，從横之象也。鄦言所以推棄之器，亦說形詳審者。王筠說："鄉中轢禾，所以推而聚之，之器似此形。"案：此即今糞𠦒。

刀兵也。象形。凡刀之屬皆从刀。案：籀文[illegible]从刀，如此正象刀環形。古刀柄上有環，故造文者象之，爲純體象形。小篆作刀，但象有柄及鋒刃形。《禮記·内則》："佩用有刀。"知古刀柄有環。《禮》："割牲執鸞刀。"《詩》："執其鸞刀。"毛傳："刀有鸞者，言割中節也。"蓋謂刀柄之環鸞然中節。五兵各有專名，鄦以兵釋刀，通名之耳。

互可以收繩者也。象形。中象人手，所推握也。鄦出此於"笠"下云："笠或省。"案：此本純體象形古文。互象器，𠃌象人所手相推握者。今所見猶然。鄦以"笠"入竹部，故先笠，今說象形，乃首互。笠互或加竹。吕翼文說："正篆。加竹，俗字也。故鄦注或體駁之。象形與諧聲相亂，自兩漢已然。笠箕加竹，齒函加聲，鄦皆有駁文，鄦之功於是爲大。"

𠀠所以簸者也。象形。鄦於"箕"下出此爲古文箕。案：此亦純體象形之古文。乂象編竹形，凵象器，與𠦒同意。箕𠀠或从竹丌。鄦出此爲正篆，云："从竹𠀠。象形，下其丌也。"凡箕之屬皆从箕。案：此加竹丌，亦後起俗字，與“笡”同。鄦以“簸”从箕，故以“箕”爲部首。今説形，故先𠀠。亦古文箕。段玉裁説：“下象竦手。”案：加𠬞亦合體象形。亦古文箕。段玉裁説：“此象箕之多口形，不得言从八。”籒文箕。古箕有丌，所以奠箕者。隸變作其，本此經典通，用此爲語詞。籒文箕。案：籒時已用其爲語詞，故復加匚以别之。匚籒文匚字也，然則六書之亂，當在𤳿文之世。

下基也。薦物之丌。象形。凡丌之屬皆从丌。讀若箕同。此亦純體象形者。平而有足，可以薦物。

古食肉器也。象形。凡豆之屬皆从豆。案：此本獨體象形。中象其腹所容，上象其蓋。舊本有“从口”二字，蓋淺人所增，非鄦例也。據“皿”下云：“與豆同意。”知此亦獨體無从。古文豆。鍇本如此。大徐本作，但用筆微省。皆純體象形者。正篆本此而變，不得更言从口。

飲食之用器也。象形。與豆同意。凡皿之屬皆从皿。讀若猛。此象器有兩耳形。古鐘鼎作，籒文作，象口侈而中有實，與古文豆同。但豆有蓋，皿無蓋，又嫌皿有兩耳，故以同意顯之，明造文者、無殊，取象其形而已。凵下亦云：“飯器。”故皆無蓋。

凵盧飯器。以柳爲之。象形。凡凵之屬皆从凵。凵以盛爲形，故言飯器，足以明之。皿下亦云：“飯器。”皆以盛爲形，故皆無蓋。凵有専物，實獨體象形之古文也。凵或从竹。厺聲。蓋小篆嫌凵與凵口之凵無别，乃改爲形聲字，其實厺本从凵聲，⿱竹厺又从厺，展轉相从，幾失其本，與臾蕢同。鄦竝録之，以見文字變更之原。形聲之用，便於俗學，古文樸質，轉難區别，此孳乳之字所以浸多也。《士昏禮》注作“⿱竹厺籚”，《方言》作“厺簾”。

瓦器。所以盛酒漿。秦人鼓之以節謌。象形。凡缶之屬皆从缶。亼象蓋，凵象器，中象所實，亦純形也。但缶有大小，《記》門外缶大於門内壺。韋昭説：“缶，庾也。”庾實二觳，《論語》包注：“十六斗曰庾。”《尔疋·釋器》“盎謂之缶”，郭注：“缶，盆也。”鄦云：“盎，盆也。罌，缶也。”盎、罌聲轉通用，此缶之小者也。

弓弩矢也。象鏑栝羽之形，與午同意。古者夷牟初作矢，凡矢之屬皆从矢。此亦純體象形者。古文作，象矢鏑。象矢桰。桰者，檃弦處岐，其耑以居弦也。中象羽形。吕翼文説：“午所以舂也。俗作杵。午、矢皆所摧殘物者，故其鏑同。但午有桰無羽，桰以木爲之。據‘午’下有同意之文，而此下乃云‘从入’，脱譌較然。”

兩刃臿也。从木𠂇。象形。宋魏曰：“芣也。”此亦合體象形者。但作𠂇，嫌與羊角𠂇混，故加木以明之。木者，其柄也。𠂇者，其刃也。師説即今爬也。《方言》曰：“臿，燕之東北朝鮮洌水之間謂之斛，宋魏之間謂之鏵，或謂之鍏；江淮南楚之間謂之臿；沅湘之間謂之畚；趙魏之間謂之喿；東齊謂之梩。”段玉裁説：“芣、鏵古今字也。”或从金，亏則爲形聲字矣。玄應曰：“芣，古文奇字作鋘。”亏、吴、華皆聲轉。

檻也。以藏虎兕。象牢檻之形。鄦出此於“柙”下云：“古文柙。”案：此爲純體象形，實最初古文也。吕翼文説：“柙以藏虎兕，較牛羊之牢爲堅密，故有重檻亦容。，象桎梏薄地，使不得上突，如今時獄中門限。”或从木，甲聲。鄦以入木部，故以此爲正篆，其實“柙”本後起字，嫌與混，故相承用柙。

旌旗之游象形。讀若偃。古人名，字子游。凡之屬皆从。鄦於“㫃”下出，爲古文㫃字。大徐本云：“象形，及象旌旗之游。”小徐本作：“象旌旗之游及㫃之形。”則舊説爲象形字無疑。象旌上㮇羽，象杠首上見之皃，象旌旗之游。小篆本此微異，但上不相連，於綴㮇之形不見。今説形，故先古文，亦《史篇》舊例。篆文。从中曲而垂下㫃相出入也。鄦云：“旌旗之游㫃蹇之皃。”則此亦象形也。段玉裁説：“當云：‘从中曲而下垂者游。从入，游相出入也。’”是以爲入，則爲會意字。案：此本古文而變者，亦象㮇羽形，非从入也。

三足兩耳，和五味之寶器也。昔禹收九牧之金，鑄鼎荆山之下，入山林川澤，螭魅蝄蜽莫能逢之，以協承天休。《易》卦、巽木於下者爲鼎，象析木以炊也。籀文以鼎爲貝字。凡鼎之屬皆从鼎。吕翼文説：“鼎頭當與鬲頭同，故‘鬲’下云：‘鼎屬。’而諸本皆作目，亦隸變之譌。”案：鄦云：“籀文以爲貝字。”是此字籀時以象介蟲足形，小篆時用爲和五味之鼎，以鼎與鬲形相近耳。古彝器文作。

舂也。古者掘地爲臼，其後穿木石。象形。中米也。凡臼之屬皆从臼。吕翼文説：“‘舂’下云‘古者雝父初作舂’，則其來已舊，掘地亦污尊之制，麤疏可知，故以象其掘穿之痕，非米也。臼言米在中，井言甕在中，皆與獨體之例相違，非鄦舊也。”案：象臼中空形，有米則知其爲臼也，故加象米形，此合體象形之最精者。又鄦書部居，臼本蒙米而次之，米亦以象形，若以爲掘穿痕，則尚未成臼也，且未知其爲坎陷也，與何以爲臼。考《太平御覽》《世本》“雝父作舂杵臼”，宋衷曰：“雝父黄帝臣也，此自主穿木石言之耳！非上古掘地之臼。非掘痕甚明。

庖犧所結繩以漁。从冂。下象网交文。凡网之屬皆从网。冂象其覆，㸚象其合交之目，非从冂會意也，亦合體象形之古文。”吕翼文說：“文离諸形，皆爲乂，亦凡詞也。此複乂者，以网有凡有目。凡謂之綱，《書》曰：‘若网在綱’，綱者，持网繩，所以收發者也。目則眾繩之坿綱者，《春秋傳》曰：‘前目後凡。’”案：吕删“从冂”字，謂网有綱目，吕以象形皆獨體，故以冂象綱，以㸚象目，其實鄦本舊師説，合兩體以象形者甚多，不可易也。网或从亡。案：以亡爲聲，與齒从止聲同，皆後起俗字。网或从系。古文网，从冂，亡聲。籒文。从冃。

籍也。禮天子諸侯𢊁有黼繡純飾。从厂因，象形。與石同意。鄦於巾部“席”下出此，云：“古文席，从石省。”案：此當从厂，鄦書“厂”下云：“山石之厓巖，人可居。”又“广”下云：“因广为屋，象對剌高屋之形。”此从厂，象人所居屋下之形，因象敷席方正有文，中作㐅形者，象織席之文也。賓主相見，設𢊁必在屋下。但作“因”嫌形不具，故加厂以明之。因在厂下爲𢊁，與口在厂下爲石同，皆合體象形之古文。舊本當云“與石同意”，展轉譌脱爲“从石省”。段玉裁遂云下象形，上从石省聲，非也。古象形不與聲混。篆文。从巾，庶省。案：鄦以此入巾部，故先篆文。兹説形，故先古文。徐鉉曰："席以待賓客之禮，賓客非一人，故从庶。"段玉裁以爲庶省聲，非也。此當从广，广猶厂也。廿當作，象席方正形，與囨同，巾以拂之也。

船也。古者共鼓貨狄，刳木爲舟，剡木爲楫，以濟不通。象形。凡舟之屬皆从舟。案：此本當作，爲純體象形。象船倉篷，象船頭及尾之形。尾有舵，所以使船ナ又上下者，故以象之。吕翼文説："此据《易傳》文，説爲刳木形，其楫也，楫所以進船。古彝器文作，横寫之，純象船形，今畫家猶然。小篆求整直，寫作，轉失其真。"

樂石也。象縣虡之形，殳所以擊之也。古者毋句氏作殸。鄦"書磬"下出此云"籒文省"。案：此本合體象形。上中與豈言陳樂立而上見者同。段玉裁説："此从中，謂虡之上出可見者，崇牙樹羽是也。一象栒之横，丨象虡之植，象編殸係焉。或曰象殸之股，丿象殸之鼓，殸之縣也，股横出而鼓直。凡言磬折者，取象於此。"但作，則未知其爲縣石也，與編磬也。與殳以擊之，其聲硜硜然，則知其爲殸也。小篆加石，非籒省也。鄦以磬入石部，故先磬而出殸於下，順文説之耳。篆文。从石。亦合體象形。古文。从巠。葢巠聲，亦後起古文。

州里所建旗。象其柄有三游，襍帛，幅半異，所以趣民，故遽稱勿勿。凡勿之屬皆从勿。段玉裁説："象柄，彡象三游。"吕翼文謂："此詞義詳確不謬，畫成之例，則篆體當作。"案：鄦言"襍帛幅半異"，謂正幅半赤半白，然則三游之外更有襍帛爲正幅，故見爲彡，自象其柄，亦古之純形字。勿或从㫃。

此後起俗字，以旗、旟、旂皆从㫃，故加㫃耳，不知旗六游，旟七游，旂九游，於字形無可畫，不得不諧聲，故皆以㫃爲形。若勿有專形，則無取乎㫃矣。先聖制勿以趣州里之民，後因增其游數以爲等差，其制皆始於勿，唯此勿有專形，實最古之文。

昆吾圜器也。象形。象其蓋也。凡壺之屬皆从壺。壺圜器，不得言从大，此斥蓋形言之也。不取大義，又不取大形，故知非从大也。舊傳本上有“从”字，寫者誤衍。此以象壺形，以象。蓋亦合兩體象形者，是物本有兩體也。《聘禮》注曰：“壺，酒尊也。”古者昆吾作匋，壺者，昆吾始爲之，故稱昆吾圜器。

禁也。神農所作，洞越，練朱五絃，周加二絃。象形。凡珡之屬皆从珡。段玉裁説：“象身、首、尾也。上圜下方，故象其圓。”王筠説：“此背面形。以象首及仙人肩，下二畫，雁柱也。直者二七，絃分繫也。上，蓋臨岳形。”古文珡，从金。

庖犧所作弦樂也。象形。鄦書“瑟”下出此爲古文瑟。案：此本純體象形，古文中者，絃也。畫者之列，多不過三也。者，臨岳也。者，身長下方之形。象首之廣也。以古文推之，知先有而从之，此最古之文。自周文、武時於珡加二弦，乃别造篆，加二直畫於中作，明後聖所增益也。又省中之，亦多不過三之意也。又取之象其身者，而曲之以象其圓長之形。然則籀文本此而變。古文先造，後造，故，从。周加珡絃，先改珡篆，後改瑟篆，故瑟从珡。曾朝祐説：“从聲。”非也。篆文。从珡，必聲。此亦大篆也。

匚受物之器。象形。凡匚之屬皆从匚。讀若方。段玉裁説："此其器蓋正方，文如此作者，横視之耳。"王筠説："匚蓋避凵作此形，凵以避凵弇上以别之。匚字更無避法，側之而已。"案：凵盧飯器也。不弇上，則不適用，故以凵見凵盧實形。匡、匪、匜、匱皆受物之器，側傾則泄也，此指未受物之器而言，故見爲横形耳。吕翼文説："一畫之文最古，非後世文家之事，當云與厂冂同意，亦人所居穴也，然鄦以受説形，亦不謬於畫成之例。匚非厂穴甚明，籀作𠥱可證。"𠥱籀文匚。案：此象竹器織文。别於凵凵諸文，曲爲蠶薄，故此仍横之。

曲象器曲受物之形。或説曲蠶薄也。凡曲之屬皆从曲。段玉裁説："匚象方器受物之形，側視之。曲象圜其中受物之形，正視之。"案：蠶薄本圜器，此鄦采當時師説以廣異聞者，其實與𠥱皆起於籀，不必分方圜。古文作𠃊，不象圜形，隸作曲。𠃊古文曲。本作𠃊，嫌與隱匿之𠃊同，故文之。

甾東楚名缶曰甾。象形。凡甾之屬皆从甾。段玉裁説："口大而頸少殺，故篆作甾。"案：此與缶形略同。缶以凵象器，此亦以凵象器。缶以午象蓋及中所實，此作丰在中亦同。但寫者於凵引而上之，則丰微下，是缶、甾本一物，但秦人呼缶，東楚名甾，方音既殊，又所造之器異地，則形弗同。缶、甾各有專形，故古聖造文分二篆。太史公曰："自彭城以東，東海吴、廣陵，此東楚也。"甾古文甾。案：丰非字不得言从三之者，畫者之列多不過三也。小篆省作丰。

瓦土器已燒之總名。象形。凡瓦之屬皆从瓦。案：《記》言"毁方瓦合"，瓦有專形，後以爲總名耳。段玉裁説："象卷曲之形。”王筠説：“瓦之爲物，其坯爲圓形，劃爲四而不絶之，既乾之後，乃就所劃之處敲而拆之，故瓪瓦合四而成規。瓬瓦則不然矣。以字形觀之，外則屈曲，中有界畫，蓋象其初爲圓箭形。專指屋瓦，乃有實形可象，鄦以瓦部諸文惟甍爲屋瓦，故以總名説之。”

以近窮遠。象形。古者揮作弓，《周禮》六弓：王弓、弧弓以躲甲革甚質。夾弓、庾弓以躲干侯鳥獸。唐弓、大弓以授學躲者。凡弓之屬皆从弓。王筠説：“弓本作，象弛弓形，垂於左者，弦也。”案：古彝器亦作，皆象彎弓形。若弛弓，則作形。吴大澂據亞尊有，釋爲弛弓形，其近之乎。《記》曰：“凡遺人弓者，張弓尚筋，弛弓尚角。右手執簫，左手承弣。”箋言：“簫，弭頭也。謂之簫簫邪也。弣，把中。”此篆上曲作者，象弓簫也。中作彎形者，弓弣也。弓不畫弦者，弦與弓本兩物也。觀篆可知。

細絲也。象束絲之形。凡糸之屬皆从糸，讀若覛。段玉裁説：“象束糸之形者，謂古文也。小篆作，則有增益。”吕翼文説：“者束其端，外見三，則多之極也。故言細。”案徐鍇説：“一蠶所吐爲忽，十忽爲絲，糸五忽也。”物甚細者，象其端之垂也，亦純形字。古文糸。象糾合相束形。

捕鳥畢也。象絲網上下其竿柄也。凡率之屬皆从率。段玉裁説：“象絲網，干象竿柄。”吕翼文説：“此説形詳審之文，既舉全形，則絶不言从玄以自亂其例。据此知説象形，又以形爲从某者，皆俗師所補，非其舊矣。”

五色也。黄爲之長，久薶不生衣，百鍊不輕，从革不韋，西方之行，生於土，象金在土中形。凡金之屬皆从金。鄦於“金”下出此爲古文金。段玉裁説：“此象形而不諧聲。”案：此本最古之純形字。◇象取金之穴，與囙、井同。穴在土上，金在土中，故以乀象金砂，其形自見，不必言从土也。又楚公鐘金旁作金，象兩穴形，以⺀在穴旁，象金，知古本不从土。金篆文。从土ナ。又注象金在土中形。今聲。案：小篆以金不得聲，故改从今聲。鄦以小篆時从金者多，故以金爲部首，兹説形，故先古文。

鐙酒器也。象形。鄦於“鐙”下出此云：“鐙或省金。”案：此本純體象形古文也。後以金爲之，乃加金旁耳，非省金也。象兩耳有口，古爲瓦器與金同，今所呼酒盟，器形正相似。段玉裁説：“或曰《詩·行葦》‘大斗’字當作盟，是也。”鐙篆文。从金。鄦以入金部，故先篆。今説形，先古文。

勺挹取也。象形。中有實，與包同意。凡勺之屬皆从勺。案：ʃ象器形，上其柄也。中有所實，謂一也。一非字，象所盛之物，故不得言从，但作ʃ，雖足象器形，又嫌與ʃ混，故加一於中以實之，亦合體象形者。

几踞几也。象形。《周禮》五几：玉几、雕几、彤几、髤几、素几。凡几之屬皆从几。段玉裁説：“象其高而上平可倚，下有足。”吕翼文説：“丌則云薦，几則云踞，其形自見。”案：鄦引《周禮·司几筵》文唯“髤”，今本作“漆”。

且薦也。从几。足有二横，一其下地也。凡且之屬皆从且。案《禮記》：“有虞氏以梡，夏后氏以嶡，殷以椇，周以房俎。”鄭注：“梡，斷木爲四足而已。嶡之言蹷也，謂中足爲横距之象。

《周禮》爲之距。椇之言枳椇也，謂曲橈之也。房爲足下跗也，上下兩間，有似於堂房。《魯頌》曰：“籩豆大房。”是且爲夏制，蓋象其足中横距之者，且與几本相似，然各自爲物，各有專形，當與龜它頭、鳥鹿足同例，亦合體象形之文。古文以爲且。又以爲几字，據小徐本如此。案：此即有虞氏之梡，斷木爲四足而已，後因夏后氏中足爲横距，乃更造且篆以象之。又以爲几，以几亦著於地也，此可見古今文字變更之原。

斫木斧也。象形。凡斤之屬皆从斤。段玉裁説：“横者象斧頭，直者象柄，其下象所斫木。”案：此純象斧形，不見所斫木。段氏分而二之，非也。吴大澂據《天君鼎》作，蓋古本作。小篆求工，於下引長，遂不滿畫，古彝器可證也。

十升也。象形。有柄。凡斗之屬皆从斗。段玉裁説：“上象斗形，下象其柄也。斗有柄者，蓋象北斗。”王筠説：“先有斗形，而北斗、南斗象之，因名以斗，非取象於星也。《六書正譌》作，即鄦君之所斥人持十者。”

酋矛也。建於兵車，長二丈。象形。凡矛之屬皆从矛。段玉裁説：“直者象其柲，左右象其英，《詩·鄭風》傳云：‘重英，矛有英飾也。’《魯頌》傳云：‘朱英，矛飾也。’”案：《考工記》有酋矛、夷矛，酋矛常有四尺，夷矛三尋，鄦不言夷矛者，舉類以曉人，不煩言也。古文矛，从戈。亦合體象形。

輿輪之總名。夏后時奚仲所造。象形。凡車之屬皆从車。段玉裁説：“象兩輪一軸一輿之形。此篆横視之乃得。”案：吴大澂所據《孔作父癸鼎》作，與段説正合。籀文車。段玉裁説：“从戈者，車所建之兵，莫先於戈也。从重車者，象兵車聯綴

也。重車則重戈矣。”吴大澂據《毛公鼎》作𨏥，《盂鼎》作𨏥，謂古“車”字也。又《立戈父丁卣》作𨏥，《咎作父癸卣》作𨏥，皆古“車”字，象輪轂轅輗之形。或从戔，非。吴意謂此籀文从重，戈者，即此𨏥之譌，亦不爲無據。葢古本作𨏥，籀時文繁作𨏥，小篆求工，變作車，皆不失爲純形字。

右器用象形之文四十三　重三十有四

王石之美，有五德。潤澤以温，仁之方也。䚡理自外可以知中，義之方也。其聲舒揚，專以遠聞，智之方也。不撓而折，勇之方也。鋭廉而不忮，絜之方也。象三玉之連，丨其貫也。凡玉之屬皆从玉。此與王形近而義别。王从三，爲天地人之道，故中畫近上。此象佩玉之連，玉之列多不過三，亦畫例，非从三也。鄦言“丨其貫”者，明非从丨也。王言三畫而連其中，孔子曰：“一貫三爲王。”亦貫通之義，而非繩貫之也。此專斥貫謂繩貫，實純體象形者。徐鉉引李陽仌説：“三畫正均，如貫玉也。”以别於中畫近上之“王”，隸變作玉，顯而易别。𠙷古文玉。象有絲組。荀偃以朱絲係玉二瑴。

𠥓佩也。象形。鄦於“曶”下出此爲籀文，曶云：“一曰佩也，象形。”案：鄦書無笏，古象笏字葢如此。《玉藻》曰：“凡有指畫於君前者，用笏。”笏所以書思對命，紳笏皆卑者之制，亦事佩也。上端以指畫，下方以書，此正象笏形。既爲實物，自有專形，故入象形。與正篆異義者，當時師説厲禖，各據所見也。

曶出气詞也。从曰𠥓，象气出形，《春秋傳》曰：“鄭太子曶。”鄦出此爲正篆，以其入曰部，故言从曰，其實笏制最古，臣記事於君前，恐其忽忘，因書於笏，引申有忽忘義。古籀皆作𠥓，象笏形。小篆時以其用爲飄忽、奄忽，乃改从曰，而師說亦訓爲出气詞，皆後起字義，鄦故以象形正之。俗又分作笏、忽兩文，而㫚、曶廢。

冃小兒蠻夷頭衣也。从冂。二其飾也。凡冃之屬皆从冃。案：二非字，象所飾者之形，冂但象其覆蓋，則未知其爲頭衣也與，幬帳也與，故加二以明之，亦合體象形者。不言从二，故不得爲會意。荀卿曰："古之王者有務而拘領者矣。"楊注："務讀爲冒。"蓋上古聖人未制冠冕，但用冃覆首而已。後世文物大備，而冃遂爲小兒及蠻夷頭衣，然則冃亦象形字之最古者。

巾佩巾也。从冂。丨象糸也。凡巾之屬皆从巾。巾有系可佩於帶，故以丨象之，冂象其覆物之形。《周禮・幂人》注："以巾覆物曰幂，亦合體象形，非从冂會意也。"吕翼文說："佩巾，事佩也。《內則》曰：'左右佩用。'巾必有綦組，以好之系。不言組者，嫌若異物，巾下言系，玉下言貫，詞例皆相似。"

帶紳也。男子鞶革，婦人鞶絲。象繫佩之形，佩必有巾。从巾。冖象帶絲，卌象繫佩之形，必加巾者，佩必有巾，合之其形乃全，此鄦說合體象形之最明者。段玉裁改鄦說"从巾"爲"从重巾"。案：帶有專形，卌象繫佩下垂，巾、冖象帶形，非重巾也。

巿韠也。上古衣，蔽前而已，巿以象之。天子朱巿，諸侯赤巿，大夫蔥衡。从巾。象連帶之形。凡巿之屬皆从巿。吕翼文說："壓裳縫之飾也，以韋爲之，後起諧聲字从韋犮聲。冕、弁、冠皆用韋者，以存古制。茹毛之世，衣鳥獸之皮，先知蔽前，不忘恥也。故後聖貴之。"案：此本作巿。上象帶，與帶篆之冖同，故鄦云“象連帶之形”也。篆文市，从韋，从犮。葢形聲字。徐鉉曰：“今俗作紱，非。”

依也。上曰衣，下曰裳，象覆人之形。凡衣之屬皆从衣。舊本作象覆二人之形。段玉裁説：“覆二人謂貴賤皆覆。”案：一衣何能覆二人？不詞甚矣。二字葢誤衍也，但言象覆人之形足矣。孫星衍説：“二人當作三レレ，古文肱也。”案：一人無三肱，亦非也。象覆，象人端坐，兩夾衣紋向下之形。王筠説：“象領衺，非入字也。”

艸雨衣，秦謂之萆。象形。鄦於衰下出此爲古文。案：象覆，象領，象編艸參差之形。本純體象形之最古者，故先之。吕翼文説：“裘、衰皆坿重文以存疑，凡象形字兼義兼聲皆當時俗字，師説誤入正篆者，故據古文駁之。裘、衰皆有專形，不待从衣造字之例，形不可畫而後求之於義，義不可訓而後求之於聲，若相褋複，則俗字也。篆文。从衣。鄦入衣部，以此爲正篆，本後起俗字。

皮衣也。象形。與同意。凡求之屬皆从求。鄦於“裘”下出此，云：“古文省衣。”案：此本純體象形最古之文。象皮毛之形，象領卷及背中革縫。《詩》曰：“羔羊之縫。”補箋謂執皮者攝毛於内，故見革縫余毛然，故云“與同意”。篆文以象形，嫌人不曉，故加衣耳，非古省衣也。寒則索，因叚借爲乞字。漢時師説有分、爲二字者，故以爲从衣，求聲。鄦所不从，乃下己意以駁之，云：“一曰象形與衰同意”者，斥求言之也。朱駿聲説：“从又持尾省，會意。”不知求乞爲衣求之叚借義，妄生新説，以又持尾會索求之意。其實獸尾不可持，持之則噬人，何能遂所求？其説陋矣。或疑爲九聲，亦非也。古本作，上圜象衣領，後誤作，遂生異説，今陝西衣求者，猶以革爲表，其形可見也。篆文。从衣，求聲。一曰象形，與衰同意。鄦於“衰”下曰“从衣，象形”。是鄦意以衰、裘皆合體象形，明求非聲也。衰之古文，以象領，以象領，皆純形也。

首笄也。从人匕。象形。凡先之屬皆从先。段玉裁説：“此非相與比敘之匕，乃象先之形。先必有岐，故加匕於人上，則首笄之形顯矣，亦合體象形字也。左象其所抵以固弁者。俗先。从竹，从朁。

冕也。周曰覍，殷曰吁，夏曰收。从皃，象形。段玉裁説：“象皮弁之會。”鄭康成説：“會，縫中也。”案：但作，嫌與小混，故加皃以明。在皃上，則形具矣。亦合體象形。籀文覍，从収，上象形。案：象覍形，但作，嫌與混，故加収象兩手承覍之形，則形乃顯。或覍字。隸變作弁。本此象覆首之覍，與同，非从人也。从収者，本籀文而變。

右服饰象形之文十一　重八

象形之部都一百三十五文　重八十五文

卷二

指事

鄦君説指事曰："視而可識，察而可見，丄丅是也。"葢象形實而指事虛，象形有全物，指事無定形，隨所指而可見，如丨在一上爲丄，在一下爲丅，丨非專物，一無定形，但以一爲體，則高底之義相起而明，此吕氏翼文所謂對文起義者也。又舉𠃌𠃍以比附其例，謂鄦誤説爲象形，不知鄦於指事之屬，往往多説以形，葢事因指而明，若指其掌然無形，則無可指矣。所謂事可識、可見者，明明有形在也，不得疑鄦所説之形不可謂之事也，審矣。且指事之支流甚廣，略致推求，厥有十類：其對文指事者，如丄丅止𡳿彳亍爪𠬝丮𠬪𠂈又𠂇予𠦒丂𠄎亯𣆪夂𡕒本末𡳿帀身𠂤欠旡𥄉県后司𠂎𠂔永𠂢不𡉉𠄌𠃊厂乁亅𠄌𢆶𢇁孑孓已㠯之類是。其有指事之文，起於象形、會意之後者，如乏𣥠𠙵𨙹匕𠂉𠂢𠂎丸𠫓諸文，不得與正𣥠可邑人从印𠂆子諸字相對起義者，則以正𣥠可邑从印𠂆皆兩體會意。人子又爲象形，此乏𣥠諸文，實起於其後，但反到其形以明之，所謂反文指事者也。其獨體指事者，則一丨丶，乃入凵厶乚乙之類是也。又有併體指事者，或二之，或三之，非合併則事不明，如三气芻八勺十卜爻冓羽𠀀厶叒彡弱二幵厽宁叕之類，分之則刅𢎗㚔，皆不成文，故不得在會意之區。若獨體之字，有物爲形，無物爲事，此六書之通例也。但事必因物以明，若牟芈之屬，不先出牛羊之形，則無以見事。事不空見，假形以立，既窮於形，必坿於所从之形以見義，或增其文，或省其文以起之，如牟廴疋咢只𠯑𤔔叉叉父夬尹㞢刃刅巨乎朱果朵㐅冂尙卒兆豕馬、馬畢亦夾取母毋广乓升叀丑未皆增其文以起義者也。若谷凵支丫𠧪虍不梟𥫗夕片谷非卂弦鹵俎弋𤔔了酉之類，皆省其文以起之。又有變其文以起之，如禾勹大夭交尣，是皆不离於所从之母文，而義乃得緣之而起，若以耳所聽，目所以視，口所以食，言既非全物，亦無全形，故師説皆以爲指事之支流也。至於形容之詞，小大之數，不假物以明之，則事不顯，故列采動口𥝌臼牙谷西厷目䀠眉自白冎肉胃肩角麥吕毛皃百面拜而𠃊亢囟心耳𦣝手𠂢也力之屬，爲分體象事者三十七文。列示王屯小丵革臣乚幺工巫豊豐皿主皀高京畗亩夂弟久樂才出生𡴀乇𠂹巢壺囧毌㢧卣𩫏亯㬰凶耑疒肯㒳襾户方丏文豸火囪大亣夫立巛霝飛西户門民氐土甶四亞五七九甲丁戊己庚壬癸寅丣午申酉之屬，爲假體象事者八十三文。或为人物之分体，或假人物之全体，要足以明其事而后已。更有一体半支不足以明其事者，則假两体三体以明之，故列画壼夒舍㿝爵蜀鼠畺离之屬，爲複體指事之文十。凡此十類，略加研考，皆顯而易見，學者引而申之，發其微旨，於指事之文觸類可通，庶不爲古人所愚乎？

丄高也。此古文上字。指事也。凡丄之屬皆从丄。此鄦書説六書明以爲指事者，蓋《史篇》舊文。不言从丨在一上者，丨不成字，故籀作二，篆作⺊，無專物，無定形，不得屬形意之區也。上篆文丄。段以二爲古文，以丄爲篆。案：二爲籀文。丄，籀文丄从之，隸變作上，本小篆。二籀文丄。依籀文丄補。

丅底也。指事。此與丄爲對文相起。吕翼文説：“高底者，詞例與反文到文同，以一爲體，則高底之義相起而明。”丅篆文丅。段以二爲古文，以丅爲篆文，而删丄丅二文，是未見秦碑者，徐本不誤。二籀文丅。據偏旁補。

止下基也。象艸木出有阯，故以止爲足。凡止之屬皆从止。基阯是事，足止亦不成物，此與𣥂亦對文相起。凡人行步則一止一𣥂相背，故步从止𣥂，足相剌，𣥠亦如是。

𣥂蹈也。从反止。讀若撻。吕翼文以此爲反文指事，蓋以止爲象形，不知此亦丄丅之例，非正匕之例。

彳小步也。象人脛三屬相連也。凡彳之屬皆从彳。三屬者，上爲股脛，次之足，又次之舉步。則脛動而三者相連，是説事之文也。

亍步止也。从反彳。讀若畜。此與彳亦對文相起。小步爲彳，步止爲亍。案：彳亍古躑躅字，《魏都賦》曰：“澤馬亍阜赭。”《白馬賦》曰：“秀騏齊亍。”

爪丮也。覆手曰爪。象形。凡爪之屬皆从爪。此與𠬝同部對文，亦丄丅之例。鄦云象形，實象事也。覆手丮之，是説事之文也。事必因形而見，故鄦於此類往往説以形，學者不必以此而泥之。

𠬝亦丮也。从反爪。闕。鄦謂闕其音讀。案：此即古“掌”字，楊雄《河東賦》：“河靈矍踼，𠬝華蹈衰。”蘇林曰：“掌據之，足蹈之也。”小顔云：“𠬝，古掌字。”酈注《水經·河水篇》引此作“掌”，蓋覆手曰爪，仰手曰掌，對文相起，其義易明。

丮持也。象手有所丮據也。凡丮之屬皆从丮。讀若戟。象手有所丮據，指事言之也。吕翼文説：“當言‘从手’，坿形以起義。傳本脱‘从手’字，非其例也。”乙非專字，不知丮與𠬶同部對文，亦丄丅之例。鄦言象手有所丮據，坿形之義自明，不必言从。

𠬶亦持也。从反丮。闕。此亦闕其音讀也。毛傳云：“拮据，戟挶也。”丮讀如戟，故反丮讀如挶，今人讀居玉切是矣。手部云：“局戟，持也。”與此義同。然則丮𠬶即戟挶之古今字。

又手也。象形。三指者，手之列多略不過三也。凡又之屬皆从又。此𠂇又亦丄丅之例。𠂇指其𠂇手，又指其又手，是指事也。

𠂇𠂇手也。象形。凡𠂇之屬皆从𠂇。此與上又對文相起，鄦雖説形，實象事也，與止𣥂彳亍同。

予推予也。象相予之形。凡予之屬皆从予。推予是事也，無定物，故無專形，以8指相推予之物，以丿指其事。

幻相詐惑也。从反予。《周書》曰：“無或譸張爲幻。”吕翼文説：“推予以誠，故詐者反之。”案：此與予同部對文相起，亦丄丅之例。

丂气欲舒出丂，上礙於一也。丂，古文以爲亏字。又以爲巧字。凡丂之屬皆从丂。此亦鄦書説象事之文，與𠀀同部對文相起。

𠀀反丂也。讀若呵。吕翼文説：“𠀀者，怒也。丂者，上礙於一气不得舒，故怒呵者反之。”鄦云讀若者，主用字言之，明丂，呵爲古今字。

亯獻也。从高省，曰象進孰物形。《孝經》曰："祭則鬼亯。"凡亯之屬皆从亯。亯獻亦事也。此象進孰物，亦説象事之文，與㫗對文相起。享篆文亯。

㫗厚也。从反亯。凡㫗之屬皆从㫗。徐鍇曰："亯者，進上也。以進上之具，反之於下則厚也。"案：進上爲亯，反亯爲㫗，義亦相起。

夂从後至也。象人两脛後有致之者。凡夂之屬皆从夂，讀若黹。此鄦説象事之文最詳審者，與㐄同部對文相起。

㐄跨步也。从反夂。䑞从此。跨步爲㐄，後至爲夂。跨步者，謂前行也，故與後至之義相起。

本木下曰本。从木，一在其下。此以一指其所在，與上丁同，亦坿形見義者。徐鍇曰："一説其處也。"𣎴古文。

末木上曰末。从木，一在其上。案：本、末同部，亦對文相起，以一指其在上者爲末，在下者爲本，非从一會意也。

㞢出也。象艸過屮，枝莖漸益，大有所㞢也。一者，地也。凡㞢之屬皆从㞢。案：㞢與帀亦對文相起。㞢往奮發，無所限制，帀則有限制也。

帀周也。从反㞢而帀也。凡帀之屬皆从帀。周盛説。吕翼文説："師字从此。帀則畫地爲營域，使不得分散，故以反㞢起其事。"

身躳也。象人之身。从人。凡身之屬皆从身。此與㐆亦對文相起。身者，出身以事人，故《語》曰：“事君能致其身。”此从人，而指其屈伸俯仰之事。舊本有“𠂆聲”，段玉裁說：“𠂆非聲，葢淺人所增。”然段又以爲申省聲，亦非也。

歸也。从反身。凡㐆之屬皆从㐆。徐鍇曰：“古人所謂反身修道，故曰歸也。”吕翼文說：“言歸者，本造字之義，非訓詁也。”案：出身事人，反身歸㐆，義亦相起。

張口气悟也。象气从儿上出之形。凡欠之屬皆从欠。《曲禮》：“君子欠伸。”凡人欠伸，則張口气悟。此言象气从儿上出，亦說事之文。

㱃食气屰不得息，曰旡。从反欠。凡旡之屬皆从旡。此與欠亦對文相起。張口气悟爲欠，气屰不得息曰旡，故於文反欠爲旡，今假用僾唈噎欭字，而古義廢。古文旡。隸作先，本此而變。

百同古文𦣻也。巛象髮，髮謂之鬊，鬊即巛也。凡𦣻之屬皆从𦣻。此與県亦對文相起。𦣻者，指自𦣻也。有罪自𦣻減死，故反之則爲斷𦣻到県也。

到首也。賈侍中說此斷首到縣県字。凡県之屬皆从県。此以到文起其斷義，則𦣻者謂得保其𦣻也。

繼體君也。象人之形。从口。《易》：“后以施令告四方。”凡后之屬皆从后。此不言“从人”，則非會意。葢以口爲形，而以𠂆指其所施之令，則君體自明。鄦引《易》說从口之意，而以𠂆爲象人之形，亦說事之詳審者。

臣司事於外者。从反后。凡司之屬皆从司。此與后亦對文

相起。君施令爲后，臣司事爲司，故於文反后爲司。

卩瑞信也。守邦國者用玉卩，守都鄙者用角卩，使山邦者用虎卩，土邦者用人卩，澤邦者用龍卩，門關者用符卩，貨賄用璽卩，道路用旌卩，象相合之形。凡卩之屬皆从卩。此與㔾同部對文相起。鄦說象相合之形，明卩爲半體，亦指事也。

㔾卩也。闕。鄦不言此从反卩者，以卩象相合之形，卩爲半體，故知此亦卩也，而闕其音讀。案：𠨍爲反印，从此知此亦反形起義。

永水長也。象水巠理之長永也。《詩》曰：“江之永矣。”凡永之屬皆从永。此與𠂢亦對文相起。正流則永長，衺流別𠂢則不能長。

𠂢水之衺流別也。从反永。凡𠂢之屬皆从𠂢。讀若稗縣。徐鍇曰：“永，長流也。反即分𠂢也。水部別作派，爲後出俗字。”

不鳥飛上翔不下來也。从一，一猶天也。象形。凡不之屬皆从不。此不至與丄丅同，皆以一指其所在。[illegible]非字，但象鳥上翔耳，故不得爲會意。鄦雖說象形，實指不下來之事也。

至鳥飛从高下至地也。从一，一猶地也。象形。不上去而至下來也。凡至之屬皆从至。此鄦說不上去而至下來，是鄦以不至二字爲對文相起也。[illegible]亦非字，但指鳥下至之象耳。吕翼文疑鄦書有[illegible]二文爲象形，不知[illegible]不从一以起之，則義無可說，於形不顯。是知[illegible]本不成文，非鄦書脱佚。

丿又戾也。象𠂇引形。凡丿之屬皆从丿。

乀𠂇戾也。从反丿。讀與弗同。此與丿同部對文相起。丿象𠂇引，乁象又引，與𠂇又同。鄦不言又引者，明反丿相起也。

厂 抴也，朙也。象抴引之形。凡厂之屬皆从厂。虒字从此。此與乁象𠂇引者詞例同，亦對文指事者。徐鍇曰：“象丿而不舉首。”

乁 流也。从反厂。讀若移。凡乁之屬皆从乁。此與乀丿同例。鄦不言象抴引，明與厂相起。訓流者，亦抴引之義。

亅 鉤逆者謂之亅。象形。凡亅之屬皆从亅。讀若橜。此與𠄌同部對文相起。鉤逆者自下逆上。鄦雖象形，實象事也。

𠄌 鉤識也。从反亅，讀若窡。案：戉斧字从此爲聲。鉤識者，用𠄌表識其處，謂文書𠄌絕之與亅相起。

𢇍 斷絲也。象不連體絕二絲。鄦於系部“絕”下出此，云：“古文絕，象不連體絕二絲。”案：此説象事之文，斷絲是事也。以絲爲母文，以丿指其所斷者，與㡭同部對文相起。絕 篆文。从刀糸。卩聲。鄦入糸部，故先“絕”。

㡭 續也。反𢇍爲㡭。小徐本“繼”下出此，云：“或作㡭，反𢇍爲㡭。”寫者脱此篆，於文不可曉，段玉裁補之，是也。𢇍、㡭對文相起，本指事之最古者，後乃加糸旁作“繼”。繼 篆文。从糸㡭。

孑 無又臂也。从了乚。象形。此與孓爲對文相起，與丄丅𠂇又同。孑無又臂，孓無𠂇臂，二者反乃足相起也。

孓 無𠂇臂也。从了亅。象形。吕翼文以孑、孓二文爲象事之雙文相起者，謂此下傳本皆誤加“象形”字，葢校者補之。然六書之例，唯象形獨體無从，若實形，不得又言“从”，“从”則爲事矣。不言从子者，从子則在片夕之例，非相起之例。若其文單出，則在乀乁之例，亦非相起之例。凡無从則爲形，有从則爲事，又不得以觀象之例疑之。案：孑孓，古拮据字，言無𠂇又手不能行也。《廣雅》："孑孓，蜎也。"郭璞云："井中小蛣蟩，赤蟲也。"郭以蛣蟩釋孑孓，蓋俗加虫旁从吉厥爲形聲，與拮据同。孓讀居月切，据厥雙聲。

巳已也。四月陽气已出，陰气已藏，萬物見成文章，故巳爲它。象形。凡巳之屬皆从巳。《律書》曰："巳者，言萬物之已盡也。"《釋名》曰："巳，畢布巳也。"辰巳之巳既久用爲已然，已止之已，故即以巳然之巳釋之。案：此與㠯同部對文相起。鄦言"陽气巳出，陰气巳藏"，亦說事之文，下蓋有"一曰巳爲它"。象形。此近十二屬之説，廣異義耳。傳本脱誤，則詞意不明。

㠯用也。从反巳。賈侍中説㠯意㠯實也。象形。此引賈説與"巳爲它，象形"同，皆別一義，廣異聞耳。其實巳爲已盡，㠯爲用始，兩義相起，終則有始，故於文反巳爲㠯。師説"㠯"即古"胎"字。

右對文指事之文五十　重九

乏《春秋傳》曰："反正爲乏。"案：从一从止爲會意，此反文指事，起於會意之後者，不得與之對文相起也。不正則情理匱乏，義亦相反相成。吕翼文説："《射禮》曰'乏参候道'，三分之一爲獲者，禦矢之次，無形可畫，故以反正起其事乏者。所以辟矢與正鵠之受矢者義相反，故以反文起之而形見矣。"

𠬞引也。从反廾。凡𠬞之屬皆从𠬞。案：廾从𠂇又，會意，不得與之相對起義。象引物於外，故反以指其事。，或从手、从樊，蓋樊聲也。

不可也。从反可。此篆大徐本文一下有“新附”二字，蓋寫者誤衍。《三蒼》：“叵，不可也。”《說文叙》亦云：“雖叵復見遠流。”知鄦書有“叵”云“不可”者，釋反文之例。《論語》曰：“予所叵者。”

从反邑。𨛜字从此。闕。闕謂闕其音也。此亦反文見義。邑从口卪，會意，故不得與之相起。

變也。从到人。凡匕之屬皆从匕。案：爲象形字，故到之則爲指事。形气澌滅者，無常形，故以爲變。

相與比叙也。从反人。匕亦所以用比取飯。一名柶。凡匕之屬皆从匕。此反文見義，謂人與人相比叙，則反其面以應之，與人相對，故从反人以起事。鄦書凡云“亦”者，詞例與“或說”“一曰”同，廣異聞耳。

密也。二人爲从，反从爲比。凡比之屬皆从比。此亦反文見義，不言从二匕者，鄦不以爲會意也。古文比。

按也。从反印。印从爪卪，會意。用印必向下按抑之，故𢑏从反印以起其義。俗从手，隸變作抑。

圜傾側而轉者，从反仄。凡丸之屬皆从丸。此亦反文起義。吕翼文說：“仄者人在厂下，不能圜轉自如，與丸之走阪異矣。故以起之，此亦漢人說指事舊文。”段玉裁說：“圜則不能平立，故从反仄以象其事。仄而反復，是爲丸也。”

𠫓不順忽出也。从到子。《易》曰：“突如其來。”如不孝子突出，不容於内也。𠫓即《易》突字也。凡𠫓之屬皆从𠫓。子有專形，故不與𠫓相對，然鄦所説“如不孝子突出”，其義實相起。吕翼文説：“突从犬𠫓，从到子，非一字，經師以其同義而通用之耳。”𠫯或从到古文子。

右反文指事之十　重三

一惟初大極，道立于一，造分天地，化成萬物。凡一之屬皆从一。段玉裁説：“一之形於六書爲指事。”案：此爲獨體記事之文。吕翼文以一爲象天地浮於四遊之形，不知天地即兩體，究非專象一物，一爲指事明矣。古聖造字，所以記事，一畫開天，爲數之始。段説是。弌古文一。師説从弋，所以記數也。

丨下上通也。引而上行，讀若囟。引而下行，讀若退。凡丨之屬皆从丨。此鄦所説一字數音，皆因事爲名。囟之言進也，進退是事也，亦獨體指事之文。

乃曳詞之難也。象气之出難也。凡乃之屬皆从乃。气之出難無形，故以乃象其事而已。隸作乃。𠄎古文乃。𠄏籒文乃。

丶有所絶止，丶而識之也。凡丶之屬皆从丶。段玉裁説：“此於六書爲指事。凡物有分别，事有可不，意所存主，心識其處者皆是。非專謂讀書止、輒乙其處。”

入内也。象从上俱下也。凡入之屬皆从入。徐鍇曰：“从上俱下入而散也，陰陽气入地則流散。”段玉裁説：“自外而中也。上下者，中外之象。”

冂回也。象回帀之形。凡冂之屬皆从冂。凡冂繞之，所以防奸，此但指其所回帀之處，亦獨體指事者。

厶姦衺也。韓非曰：“倉頡作字自營爲厶。”凡厶之屬皆从厶。段玉裁説：“自營爲厶，六書之指事也。”葢姦衺自營，無形可畫，但以厶指其懷厶之事而已，不與了相對者，了从子省也。

乚匿也。象迟曲隱蔽形。凡乚之屬皆从乚。讀若隱。此亦獨體指事之文。匿亡者，迟曲隱蔽，無形可見，故但以乚指其隱曲之處而已。鄦雖言形，實不得在象形之列，明矣。

乙象春艸木冤曲而出。陰气尚彊，其出乙乙也。與丨同意。乙承甲，象人頸。凡乙之屬皆从乙。鄦云“與丨同意”者，謂與自下而上通之，丨同，爲獨體指事之文也。乙自下出，上礙於陰，故冤曲難伸。云“其出乙乙”者，乙乙，難出之皃。《史記》曰：“乙者，言萬物生軋軋也。”軋軋，即乙乙之叚借。又云：“乙承甲象人頸”者，冢上大一經之文，别一義，廣異聞耳。

宀交覆深屋也。象形。凡宀之屬皆从宀。交覆深屋是事也，古者屋四注，以宀指其交覆之事耳。

右獨體指事之文十　重三

三天、地、人之道也。从三數。凡三之屬皆从三。三本乾卦，象《易》气三連之形。其道則合天地人，謂之三才。因爲一、二、三之三，則以三平列，分指天、地、人，爲合體指事。段氏據《韵會》所引“於文一耦二爲三”與鄦言“天、地、人之道”不合，二爲地之數。弎古文三。从弋。古以三爲乾，又以三爲天、地、人三才，故加弋以記數。

雲气也。象形。凡气之屬皆从气。气無專物，亦無實形，此亦指天、地、人之气，故蒙三而次之。气無形可畫，但以指其出气之事而已。鄦雖説象形，非實物也。

刈艸也。象包束艸之形。此指刈艸之事以長條束其小枝，故以指其所束之艸。必重之其事，乃顯束芻者必疊之也。不言从勹中者，不在會意之區也。

别也。象分别相背之形。凡八之屬皆从八。分别無定，物亦無實形，但以指其分别相背之事而已。

相糾繚也。一曰瓜瓠結丩起。象形。凡丩之屬皆从丩。此亦合體指其相糾繚之事，分之則不成字，故非會意。鄦出“一曰”者，廣異聞耳。

數之具也。一爲東西，丨爲南北，則四方中央備矣。凡十之屬皆从十。此亦記數之文。不言从一丨者，鄦以一爲指其東西所在，則一非一、二、三之一，丨爲指其南北所在，則丨非上下通之丨，分之皆不成字，與會意殊也。必合一、丨兩體以指之，則四方中央備而數具。

灼剥龜也。象灸龜之形。一曰象龜兆之縱横也。凡卜之屬皆从卜。灼剥是事也，以一指其所灼，以丨指其物。或説象龜兆之縱横者，以丨指其縱，以一指其横，與十同意。古文卜。

交也。象《易》六爻頭交也。凡爻之屬皆从爻。吕翼文説：“二交也，象《易》六爻相交也。从重乂，乂，古文五字。乂，侌昜在天地間交午也。《易》之爲數，六爻共一侌昜。爻爻各一，侌昜交而後相應相成，此製字取象之義也。鄦書脱佚久矣，容頭相形近而誤，昧者遂以爲蓍艸之頭，疑不能明，而複文之義隱矣。”案：此六爻相交，指卜爻之事而言必重之，其事乃見。今卜者猶然，鄦不言从重乂者，乂爲侌昜交午，非説爻之象也。

羽鳥長毛也。象形。凡羽之屬皆从羽。與飛同。鳥飛則羽張，故竝彐以指之。彐不成字，不得爲會意。鄦雖説形，而字實指其羽飛之事也。段以几部有㐱，謂“羽从竝参”，非也。長毛必有耦，故彡之所謂六翮者與？

冓交積材也。象對交之形。凡冓之屬皆从冓。此象結冓之事也。必兩體對相交積，其事乃見，亦竝體指事之文。

亼三合也。从入一。象三合之形。凡亼之屬皆从亼。讀若集。徐鉉曰：“此疑只象形，非从入一也。”案：三合無專物，亦無定形，不得爲象形，更非會入一之意。

冂邑外謂之郊，郊外謂之野，野外謂之林，林外謂之冂。象遠界也。凡冂之屬皆从冂。丨象各分介畫，一象遠介聯亙。是一非一、二、三之一，丨非分別之八，但合之指其遠界所在而已。冋古文冂。从口。象國邑。謂國在冂内也。坰冂或从土。小篆加口，俗又加土旁。

叒日初出東方湯谷，所登榑桑叒木也。象形。凡叒之屬皆从叒。日出之地非人迹所到，故叒木亦不可見，但以叒指其日初出登榑桑之象。吕翼文説：“叒以日初登之光爲形，桑以向日之光爲形。”其説近之。[illegible]籒文。

彡毛飾畫文也。象形。凡彡之屬皆从彡。毛者，聿也，所以畫者也。畫飾無專物，亦無實形，但以彡指其所飾畫之文耳。

橈也。上象橈曲，彡象毛犛橈弱也。弱物并，故从二𢏺。此鄦説并體指事之文。𢏺非字，不得屬會意。

地之數也。从耦一。凡二之屬皆从二。鄦言地之數者，明一、二、三皆古人記事之文，以代結繩爲指事之最古者。古文二。从弋。亦古記數之文，與弌弎同。弋，猶个也。

平也。象二干對冓上平也。凡幵之屬皆从幵。此以二干起其岐頭兩平之事。不言从二干者，不从干會意也。

絫坺土爲墻壁。象形。凡厽之屬皆从厽。此合三△者，指絫坺土之事也。一臿土謂之坺。

辨積物也。象形。凡宁之屬皆从宁。此亦竝體指其積宁之事，與冓同，非實形也，無專物可象。

綴聯也。象形。凡叕之屬皆从叕。綴聯是事也，無專物可象，不得爲實形，亦合體指事之文。與冉、冓同。

右合體指事之文二十　重六

牛鳴也。从牛。象其聲气从口出。吕翼文説："此云象，亦象事也。無專字，故知非會意，但以增文爲起義耳。聲與气雖若有形，然必坿於所从，故知此形亦事也。形實而事虛，事者，虛形也。"案：此不出牛之形，則事無由見，故增以指其聲气从口出而事顯矣。

長行也。从彳引之。凡廴之屬皆从廴。吕翼文説："引之以起其長意也。引之非有專字，故不屬會意。"

足也。上象腓腸，下从止。《弟子職》曰："問疋何止？"

古文以爲《詩・大雅》字，亦以爲足字。或曰胥字。一曰疋，記也。凡疋之屬皆从疋。吕翼文説："當云足病也。腓腸無形可畫，而云象者，象事之例也。牟之聲气、軎之軸耑，皆無形而可象之者，皆有以起之故也。'腨'下云：'腓腸也。'《素問》云：'痿厥腨痟。'王冰説：'足肚酸痛爲腨痟。'腨或爲踹，腸或爲脹。腓之言變也。或説聲气、軸耑之象，較腓腸爲實，然其形不能獨具，必坿於所从而後有象，則不可直謂之形，但可謂之事也。'止'下云：'象艸木出有址。'故以'止'爲'足'，用字之義也。"

嵒多言也。从品相連。《春秋傳》曰："次於嵒北。"讀與聶同。山水字篆作山，知山非字，但指其三口相連之事，吕翼文説："嵒以山爲連，亦無專字，其例較然。"

只語已詞也。从口。象气下引之形。凡只之屬皆从只。吕翼文説："此亦象事，非形也。下引無專字，亦增文起義之例也。引气本無形可畫，故不能自具其體，必坿形以見意，从口，則其所坿形也。象形之形，實指事之形虚也。"

世三十年爲一世。从卅而曳長之，亦取其聲。吕翼文説："引之、曳之皆明其無專字，且坿於所从，非異體也。於所从之文增之以爲起義，其非會意、諧聲自明。而傳本乃云亦'取其聲'，曳既非字，而云取聲乎？其謬甚矣。"

䰜歷也。古文亦鬲字。象孰飪五味气上出也。凡䰜之屬皆从䰜。吕翼文説："此亦象事也，當云'从鬲'。傳本濫脱耳，無从者爲形，有从者爲坿。形則虚也。故气可言形，而䰜但爲事也。"案：鬲、䰜古本一字，後分而二之。鬲既爲專形，而䰜但以弜指其孰飪气上出之事也。

手指相錯也。从又。象叉之形。吕翼文説："此亦象事，非形也。凡無專形者，皆不可言形，傳本久亂矣。形，實也。事，虚也。無形，坿所从以起其事。或增之，或省之，皆不離於所从之母文，而義乃得緣之而起。"

手足甲也。从又。象叉形。亦增文指事字，與叉同，皆从又，爲坿形見義。段玉裁説："叉，爪。古今字。《曲禮》：'大夫士去國不蚤鬋。'蚤，即叉字也。鄭注：'蚤讀爲爪。'此葢以⺀指其叉鬋之事。"

巨也。家長率教者。从又舉杖。丿非專字，此舉之者，亦引之、曳之之例，但以丿指其所舉之杖而已。

分決也。从又屮。象決形。徐鍇曰："コ，物也。丨所以決之。"案：屮非專字，不得爲會意，亦指其所決分之事耳。

治也。从又丿，握事者也。段玉裁説："又爲握，丿爲事。"案：丿無專字，但指其所握之事，不得爲會意也。古文尹。

羊鳴也。从羊。象聲气上出，與牟同意。段玉裁依《五經》文字《篆韵》諟作"羋"云："气出不徑直也。"吕翼文説："云'同意'者，嫌丨與乚異事也，葢造字者不一師，故繁簡或異。"案：牛大聲气盛，故以乚象之。羊小气微，故以丨指之。

刀堅也。象刀有刃之形。凡刃之屬皆从刃。刀堅爲刃，今語猶然。丶非字，但指其刃之所在。吕翼文説："言堅者，明其無專字，此亦象事，非形也。"

傷也。从刃从一。徐鍇曰："一刃所傷。指事，謂指所傷之處。”开或从倉。

規巨也。从工。象手持之。持之與引之、曳之、繫之同一詞例，皆無專字，但增其文耳。巨或从木矢。矢者，其中正也。古文巨。

語之余也。从兮。象聲上越揚之形也。以兮爲母文，以乁指其聲上越揚之事，亦牟、坐之例也。

赤心木，松柏屬。从木，一在其中。徐鍇曰：“赤心木之總也。一者記其心，棗木亦然。指事也。”案：赤心不可象，故以一識之，亦增文之例。

木實也。从木。象果形在木之上。案：果爲木實總名，⊕非專字。指果之在木上者，與朱、未同。

樹木垂朵朵也。从木。象形。此與采同意。徐鍇曰：“今謂華爲朵，亦取其下垂也。此下从木，其上𠃜但象其垂形，無聲，非全象形字。權而言之，則指事也。”案：鍇謂𠃜不成字，故曰無聲，此以𠃜指其樹木之垂，故以木爲母文。段玉裁説：“宋本作（作）采，今本作采。采、采皆會意。朵則不同，此言其㮶槩而已。”

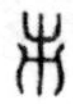止也。从朩。盛而一横止之也。此以朩爲母文，而一以止之。一非字，與母同。

覆也。从一下來。凡冂之屬皆从冂。段玉裁説：“一者，所以覆之也。覆之則四面下來。”案：此从一下來，亦引之、曳之之例，皆增文指事者也。

敗衣也。从巾。象衣敗之形。凡㡀之屬皆从㡀。此从巾，爲坿形見義，非實形也。八非專字，但指其敗衣之處而已。

隸人給事者衣爲卒。卒，衣有題識者。段玉裁依《韵會》云："古以染衣題識，故从衣一。"案：此／非字，但指其所題識之處而已，故必以衣爲母文，而增其文以起之。不屬會意，不必言从衣一也。

廱蔽也。从人。象左，右皆蔽形。凡兜之屬皆从兜。讀若瞽。此亦坿形見義，不得爲實形。⊂⊃非字，乃以坿於儿者起其事，又不得爲會意。廱蔽之物無可畫，故但以⊂⊃指其左右蔽之事而已。吕翼文説："鄦言讀若瞽明，即兜之通變字也。兜指事，瞽諧聲耳。"

豕絆足行豖豖也。从豕，繫二足。此與牟、羋、羿、馽諸文同，不先出豕之形，則其事無所坿，故必以豕爲母文，而以＼指其絆足之事。＼非專字，不得屬會意。豖豖，絆足艱行之皃。

馬一歲也。从馬，一絆其足。讀若弦。一曰若環。此與豖爲豕絆足詞例同，亦坿形見義。以＼指其所絆之足而已。

馬後左足白也。从馬，二其足。讀若注。段玉裁説："謂於足以二爲記識，如馵於足以一爲記識也。非一二字。"案：此嫌與馵同，故又增其文作⺀，以指其左足白處也。＼⺀皆不成字，不屬會意。

絆馬足也。从馬，口其足。《春秋傳》曰："韓厥執馽前。"讀若輒。此與馵詞例同。馵小，故絆小，此从馬加◯。◯不成字，非會意，但指其所絆。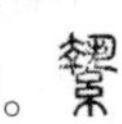馽或从糸。執聲。

亦人之臂亦也。从大，象兩亦之形。凡亦之屬皆从亦。亦者，兩臂下當空處，無實形可畫，故从大爲母文，而以八指其兩亦之所在，亦增文指事之例。八非字，不得屬會意。

夾盜竊褱物也。从亦，有所持，俗謂蔽人俾夾是也。宏農陝字从此。挾持，亦虛形，不足爲形，故坿於形以起其事。此从亦爲母文，與刅从刃爲母文同，皆增文指事之孳乳寖多者。

耴耳垂也。从耳，下垂。象形。《春秋傳》曰“秦公子輒”者，其耳下垂，故以爲名。此與只从口，象气下引同一詞例。乀非字，但指其下垂耳。

母牧也。从女，象褱子形。一曰象乳子也。此言象，皆象事也，與刅、夾同例。从女，亦坿形見義。八非字，但象其褱袌乳子之事也。

毋止之也。从女，有奸之者。凡毋之屬皆从毋。鄦不言从女一者，以一非一二之一，指有奸之者耳，非从女一會意也。

广因广爲屋，象對刺高屋之形。凡广之屬皆从广。讀若儼然之儼。此以厂爲母文，以丨指高之事，故云“象對刺高屋形”。此注“因廣爲屋”，當作“因厂”，謂因山石之厓巖人可居，因以爲屋，增其文以起之。

氒木本。从氏，大於末。讀若厥。此亦坿形見義。以一在氏下，指其本大於末也。不言从氏一者，一非字，但識其處，不得爲會意。小徐本作“从氏而大於末也”。段玉裁以爲：从氏丁，氏猶是下，謂此木之下。丁者，木本也。木榦大於上體，故製其字从氏丁，則改篆矣，非也。

升十龠也。从斗。亦象形。此从斗，亦坿形見義。丿非字，十升爲斗，故以丿指於斗，明升入於斗也，亦增文指事之例。段玉裁説："此當爲十合也，合龠爲合，龠容千二百黍。"又云："丿象耳形。"非也。

軎車軸耑也。从車。象形。杜林説。吕翼文説："此亦牟、羋之例，屬象事，而杜林乃以形爲偁，据此則當時師説龐褫久矣，而鄦獨於此無一曰存疑之文，鄦之過也。"案：鄭康成説："轂末小穿曰軹。"而軎出於此穿外，此以囗象其穿耳，出囗則軎見，亦增文指事字。徐鍇曰"指事"，是也。轊軎或从彗。葢以彗爲聲。

丑紐也。十二月萬物動用事。象手之形，時加丑，亦舉手時也。凡丑之屬皆从丑。吕翼文説："言紐者，明其以聯綴爲起義，非有專字，與叉叉同，亦象事也。言其時寒气有加。亦緣陰極陽生，人感陽气欲舉，動其手足而寒復拘攣之，故紐也。用事，謂農事也。云'舉手'者，舉手攜鋤時乃知紐也。"

未味也。六月滋味也。五行木老於未。象木重枝葉也。凡未之屬皆从未。此从木，亦坿形見義，以凵指其枝葉重出之象。凵無專字，不得屬會意。既以木爲母文，則更不得爲實形，亦增文指事之例。

右增文指事之文四十　重六

㕣山間陷泥地。从口，从水敗皃。讀若沇州之沇，九州之渥地也，故以沇名焉。段玉裁説："谷字、𠰥字皆从水半見。㕣亦从水半見，出於口也。水敗土而滔泥多，是曰㕣。"吕翼文以此爲省文指事之例，云“水敗皃”者，明亦半見之義，與谷、酋、簮、俎諸文同。蓋所从省者不足爲母文，則必更从某以起之。古文㕡。段玉裁說：“下蓋从谷，上从列骨之殘𣦵字。𣦵象水敗也。”

張口也。象形。凡凵之屬皆从凵。此𠕋雖明言象形，實象事也。凡人仰面欠伸、張口气悟，則不見其上，故以口爲母文，而省其上以起之，與片夕同，亦省文指事之例。

去竹之枝也。从手，持半竹。凡支之屬皆从支。吕翼文說：“此以半義起其所去之事也。去枝則竹不具體，故半之而意顯矣。𠕋書凡云半竹、半木、半月、水半見、羽不見，皆與凡云省者，互相明其云从省而說解非半義，則其文脱譌，而俗師以意推補耳，非其舊也。”古文支。段玉裁說：“上下各分竹之半，手在其中也。”

羊角也。象形。凡𦫳之屬皆从𦫳，讀若乖。段玉裁說：“知爲𦍌角者，於𦍌字知之也。”案：此以𦍌爲母文，省之以起其義者也。

列骨之殘也。从半冎。凡歺之屬皆从歺。讀若蘖岸之蘖。徐鍇曰：“冎，剔肉置骨也。歺，殘骨也。故从半冎。”徐鉉曰：“義不應有中一，秦刻石文有之。”吕翼文說：“此以殘說半義也，與片夕同例。”古文歺。

虎文也。象形。凡虍之屬皆从虍。此與𦫳同，亦省文指事者。不言从虎、从羊、省者，羊角、虎文視而可識，不煩言也。既以虎爲母文省之以起其義，則𠕋雖言象形，非實形也。徐鍇曰：“象其文章屈曲也。”

𣎴伐木餘也。从木無頭。《商書》曰："若顛木之有甹𣎴。"鄦出此爲"⿰木獻"之古文，葢指事之最古者，以木爲母文，省之以起其義，與片同意。呂翼文說："𣎴伐木餘，故省木以起之。片爲判木，故省其半體。𣎴爲伐木，故省其上體，義皆審確，當云與片同意。今脱佚矣。"⿰木獻鄦於木部出此爲正篆，云："从木，獻聲。"葢小篆形聲字。櫱或从木，辥聲。

梟不孝鳥也。日至捕梟磔之。从鳥頭在木上。呂翼文說："磔者，釋斬頭之義，此以省文起其磔意也。"段玉裁改篆爲从鳥，非是。

昔乾肉也。从殘肉日㫚晞之，與俎同意。仌不成字，指其殘肉之象日者，所以晞此殘肉者也，亦指其乾肉之事而已，與从日會意者不同。段玉裁說："俎从半肉且薦之。昝从殘肉日晞之，其作字之恉同。"呂翼文說："殘亦省也，以殘爲起義也，嫌肉自殘，故目言日晞，以起指事有偏旁之學也。"案：肉作肉，此仌本从肉省也。𦠞籀文。从肉。籀時好繁，更加肉以足之，亦當時之俗字。隸變作腊，《周禮·腊人》："掌乾肉，凡田獸之脯腊膴胖之事。"用籀文。今分昔爲今昔字，腊爲脯腊字，葢昨之殘肉日乾之，因有昨昔義。

夕莫也。从月半見。凡夕之屬皆从夕。半木、半月皆𠇗月木爲形以起其事。月木即其母文，故不嫌其虚也。若所省者不爲母文，則必更有所从，谷、㕯、酉、昝、俎皆是也。此莫夕月未全見，故省月以起其事。

片判木也。从半木。凡片之屬皆从片。呂翼文說："此以省形爲起義，絶不與五書相亂，故凡云‘省者’，皆其義所從出，非省減之省也。”

谷泉出通川爲谷。从水半見，出於口。凡谷之屬皆从谷。吕翼文説：“出者，由山徑之蹊間而出，又有口以約之，宛曲而乃得通，亦陷泥也。故與㕡同意。此説半之義也。谷、㕡皆不純水，但㕡瀦而谷流，㕡小而谷大，此製文詳略之異也。此當云‘與㕡同意’，今脱佚矣。”

非違也从飛下翄，取其相背。凡非之屬皆从非。此“从飛下翄”，謂从飛省而下見其翄，翄垂則有相背之象，則飛亦半見之義也。卂省非，非省卂，互相起也。古本作非，小篆變作非耳。

卂疾飛也。从飛而羽不見。凡卂之屬皆从卂。飛而羽不見者，疾之甚也，故省飛以起其義。吕翼文説：“言疾者，釋不見之省義，不見猶半見也，皆省也。水不暫停，月不深冥，飛不瞬息，各有所起。”

弦弓弦也。从弓，象絲軫之形。凡弦之屬皆从弦。此从弓，亦坿形見義。言“象絲軫”者，亦象事之文也。不言从古文系者，明幺爲省絲以起其事，嫌系爲細絲，不足見義也。徐鉉曰：“今别作絃，非是。”

鹵西方鹹地也。从鹵省，象鹽形。安定有鹵縣，東方謂之㡿，西方謂之鹵。凡鹵之屬皆从鹵。此以㐅象鹽，於事不顯，故省鹵以起之，明其爲鹵方鹹地，故以鹵爲母文，亦省文指事者。

俎禮俎也。从半肉在且上。“辪”下云：“與俎同意。”明日與且皆母文，此言半，彼言殘，亦互相起且所以薦也。禮有設俎，有徹俎。

弋橜也。象折木衺銳著形。从厂象物掛之也。此“象折木衺銳”者，謂省木作乀也。與谷从水敗皃詞例同。厂象物挂之，謂象事也。乀不成字，故不得爲會意。

𤔔治也。幺子相亂𠬪治之也。讀與乳同。一曰理也。此以𠬪爲母文。冂不成字，指幺子相亂，亦并省之例。以省起其亂也。宵小同惡相濟，不可分治，如幺子然也。亂即𤔔之後起字。

了尥也。从子無臂。象形。凡了之屬皆从了。此从子無臂，是从子省也。以省起其了戾。孑、孓既對文相起，皆以子爲母文也。段玉裁説：“尥，行脛相交也。凡物二股或一股結糾紾縛不直伸者，曰了戾。

酋繹酒也。从酉水半見於上。禮有大酋，掌酒官也。凡酋之屬皆从酋。此與谷同。谷从八，象水敗皃，起其陷泥之義。此以醳爲義，故以八象水半見，各有所起。

右省文指事之文二十一　重五

禾木之曲頭止，不能上也。凡禾之屬皆从禾。吕翼文說：“此變文起義，嫌有所增，故明其曲頭而已。”此交尣之例，非牟、坐之例也。

勹裹也。象人曲形有所包裹。凡勹之屬皆从勹。此以人爲母文，變而下曲，指其有所包裹之事。知非乂、丗之例。

夨傾頭也。从大。象形。凡夨之屬皆从夨。傾頭將有所視聽是事也，故以大爲母文，而傾其頭以指之。亦變文相起之例，非實形也。

屈也。从大。象形。凡夭之屬皆从夭。夭屈亦事也。故以大爲母，而屈其頭以指之。吕翼文說："此當云'象其屈也'，與禾曲頭同一詞例。矢、夭皆言形，實非象形。"

交脛也。从大。象交形。凡交之屬皆从交。吕翼文說："此當云'从大而交其足'，與傾頭、曲頭同一詞例，或言交，或言屈，或言尳曲，或言傾曲，皆似畫成詰詘之狀，然必坿於形以起事，則非形也。"

尳曲脛也。从大，象偏曲之形。凡尣之屬皆从尣。事意皆可言象，惟形有專物，此既从大而偏曲之，亦變文以起其事耳。

古文。从㞷。

右變文指事之文六　重一

辨别也。象獸指爪分别也。凡釆之屬皆从釆。讀若辨。𬜁敘云："倉頡見鳥獸蹏迒之迹，知分理之可相别異也，於是始造書契。"案：此象獸指爪分别，因之造字，實象事最古之文。古文釆。此本最初古文。篆者嫌與平近易誤，乃加八作釆，亦當小篆前。《尚書》"平章""平秩"，惠棟説"平"即此"乇"字而誤者。

獸足謂之禸。象形。此與釆皆分體象事之文。師說有物者謂之形，無物者謂之事。手、口、耳、目皆指事也，𬜁皆誤爲象形，尚未通六書之奥與。𬜁以此入采部云："从采田，象其掌。"明⊕非田。𢀓字下出禸爲古文，蓋本古文而變者。此蓋指熊番食品之貴者，故古聖專爲製字。或从足从煩。蓋後起聲以

别之，爲形聲字。嫌𢑚番不得聲也。

口人所以言食也。象形。凡口之屬皆从口。言食皆事也，故畫口以指之。《頤象傳》曰："君子以慎言語，節飲食。"

𦧄咽也。上象口，下象頸脈理也。鄦於"嗌"下出此爲籀文，亦象事之最古者。咽嗌之事不可明，故畫𦧄以指之，仍以口爲母文。口爲人身之一端，𦧄又爲口中之一端，既非全物，皆不得爲實形。嗌篆文。从口，益聲。

𠀀口齗骨也。象口齒。鄦於"齒"下出此爲古文。案：𠀀亦口中之一端，故省口爲母文，以𦥒指其齗骨，亦分體象事之文。齒篆文止聲。鄦以此爲部首，統从齒者四十三文。以籀文皃作貌加聲旁證之，知此當於大篆繁文時所造。

牙牡齒也。象上下相錯之形。凡牙之屬皆从牙。牙又齒中之一端，象上下相錯，指牙齒之事也。戴侗説："齒當脣，牙當車。"車，輔頰也。今謂之丁牙、丁壯也。牡亦壯。𤘗古文牙。

谷口上阿也。从口，上象其理。凡谷之屬皆从谷。口上阿，亦口外之一端，故以口爲母文，而以仌指其理。理深故畫複，阿則文曲。仌無專字，故不得在會意之區。𧮫谷或如此。𦝫或从肉，从豦。

㕁舌皃。从谷省。象形。舌出口耑，又谷外之一事，故省谷以起之，非實形也。段玉裁説："㐁象吐舌也。从谷省者，謂人也。"㐁古文㕁。讀若三年導服之導。一曰竹上皮，讀若沾。一曰讀若誓。弼字从此。

臂上也。从又，从古文。鄦於此下出𠃋爲古文厷，象形。案：厷爲又之一端，古但曲𠃋象之，嫌事不顯，故加又以起之。以又爲母文，以𠃋指其曲肱之事而義備。𠃋古文厷。象形。案：此本臂上半體，非全形也。厷或从肉。

人眼也。象形。重童子也。凡目之屬皆从目。目所以視也。師説凡不成物者，皆不得爲象形，此目指其所視耳。古文目。

目圍也。从䀠㇆。讀若書卷之卷。古文以爲醜字。此以䀠爲母文，以㇆指其目圍之回轉，與眉之㇆同。㇆非字，故不得爲會意。段玉裁以爲㇆丗之㇆，誤矣。

目上毛也。从目象眉之形。上象頟理也。凡眉之屬皆从眉。此以目爲母文，舉目即知眉之所在，故以⺈在目上指之。⺈無專字，不屬會意。仌與谷同，皆象其理，若阿若毛，非有專形，故謂之事。事，虛也。

鼻也。象鼻形。凡自之屬皆从自。此即古鼻息字。气從自出，因爲自從人之生也由自始，又以爲自始至終，乃别作鼻爲口鼻字。案：自亦分體指事字，非實形。古文自。以一象頟題，非从一也。

此亦自字也。省自者。詞言之气从鼻出，與口相助。凡白之屬皆从白。此鄦説古今文字之變，明自、白爲一字也。葢造字者不一師，或增之，或省之，取足明其事而已，非别有意也。

剔人肉置其骨也。象形。頭隆骨也。凡冎之屬皆从冎。剔肉置骨是事也，無可指，又凡骨無專斥，故畫頭隆骨以起之。

胾肉。象形。凡肉之屬皆从肉。此指切肉之事，故訓爲胾肉。胾者，大臠也。《禮經》言“胾四豆”，盛豆中者，必片切之而不離也。《禮》：“午割勿没絶而祭之。”故不離也。横切爲午切者，斷其理也。鄭君説：“午割使可絶也，勿没爲其分散也。”象大臠正方中，指其午割勿没之事也。

穀府也。从肉。象形。此从肉，亦以肉爲母文，而以指其穀府。葢胃在腹中不可見，臠切之乃見，亦祭祀取腸胃之事也。

髆也。从肉。象形。此指豚肩而言，亦祭肉也。故以肉爲母文，以指其肩髆之象。肩胃皆分體，不得爲實形。非字，不屬會意。俗肩从户。案：本戶而省，非从户也。葢淺人所增。

獸角也。象形。角與刀魚相似。凡角之屬皆从角。此指鹿角解而言，亦分體象事者。凡獸有角，所以觝觸鬥角，亦事也。

匘葢也。象皮包覆匘下，有兩臂而夊在下。讀若范。此以夊爲母文，以在上指其兩臂匘葢，亦分體指事字。

脊骨也。象形。昔太嶽爲禹心吕之臣，故封吕侯。凡吕之屬皆从吕。吕骨節相承，亦分體象事之文。篆文吕。从肉，从旅。葢旅聲。沈彤説：“項大椎之下二十一椎曰膂骨，或謂弟八節下乃曰膂骨。”

眉髮之屬及獸毛也。象形。凡毛之屬皆从毛。此專斥治皮毛之事而言，故以指其腠理，以指其彩輇。毛部所屬五文：毴、輇、毬、𣯛、氈，皆指獸毛。人之毛既眉髮而冄須別之，不與毛同也。

頌儀也。从人白。象人面形。凡皃之屬皆从皃。段玉裁説："上非黑白字，乃象人面也。"案：此以人爲母文，以白指其頌皃之事。兒或从頁，豹省聲。籀文皃，从豹省。

頭也。象形。凡百之屬皆从百。此與𩠐同。𩠐行而百廢者，𩠐有對文，其義顯也。吕翼文説："字形與冎、自皆相似，訓頭者，斬頭也。'冎'下云：'頭隆骨也。''自'下云：'象鼻形。'此與二者形近，蓋造文者取象於獻馘者耳，故無耳目之制也，然則百彑亦同意例也。故皋人縣首竿，其字从𥄉到文，是其證也。"

顏前也。从百。象人面形。凡面之屬皆从面。此謂與人相面也，故與背爲反對，亦以百爲母文，以口指其顏前之象。吕翼文説："此亦象字非形也。口不成字，不得爲會意。"

毛冄冄也。象形。凡冄之屬皆从冄。王筠説："冄蓋髥之古文，象頰須之形。"《釋名》曰："隨口動摇，冄冄然也。"本形容之詞，亦分體象事者。

頰毛也。象毛之形。《周禮》曰："作其鱗之而。"凡而之屬皆从而。案：此即耏之古文，謂皋不至髡者完其而鬢。後加彡作耏，又改作耐，而遂爲頰毛字。其實此舉而以指去頰毛之事，亦分體象事之文。

豕之頭。象其鋭而上見。凡彑之屬皆从彑。讀若罽。吕翼文説："鋭廉也。頭骨隆起，與冎形近似，故鋭也。上見謂其首見於肩上也。一其肩也。禮有升首之典，故特畫首。"案：六畜皆有頭，獨爲豕頭制字者，蓋豕爲天子至士庶所通用，故升首多見豕頭，亦分體指事者。

人頸也。从大省，象頸脈形。凡亢之屬皆从亢。此以大爲母文，省之以起其事，以八指其頸脈。八非字，與冓同，亦分體指事者。亢或从頁。

頭會𡿺蓋也。象形。凡囟之屬皆从囟。案：《内則》正義引此云：“囟，其字象小兒腦不合也。”蓋乂爲頭會，而宀蓋之如覆屋，然中空四區，則指其未合之處，亦虛形也。古文囟字。或从肉宰。

人心土藏在身之中。象形。博士說：“以爲火藏。”凡心之屬皆从心。土藏者，古文尚書家說。火藏者，今文家說。亦分體指事之文，非實形也。

主聽也。象形。凡耳之屬皆从耳。耳主聽，目主視，心主思慮，自所以臭，口所以食言，爲人身之五官，故古聖專爲製字，以指其所司之事。鄦雖説以形，非實形不成物也。

顄也。象形。凡𦣝之屬皆从𦣝。𦣝本古文頤。鄭《易》注曰：“頤中口車輔之名也。震動於下，艮止於上。口車輔動而上，因輔嚼物以養人，故謂之頤。頤，養也。”蓋口下爲車，口上爲輔，合口車輔三者爲𦣝。《左氏》云：“輔車相依。”案：此本指𦣝養之事，故無專形，非實形也。籀文。从𩠐。此蓋以𩠐爲母文，以𦣝指其𦣝養也。篆文𦣝。从頁，與𩠐同。

拳也。象形。凡手之屬皆从手。此又手也，便於作事，故古聖有專文，與乚同。《詩》曰：“麾之以肱。”𠂇不便於麾，故與手皆無對文。今人舒之爲手，卷之爲拳，鄦以拳訓手，明其舒卷自如，此亦分體象事，非實形也。𠂿古文手。王筠説："此不足象形，又與背吕之𠂹相似。"

𠂹背吕也。象脅肋形。凡𠂹之屬皆从𠂹。段玉裁據小徐本有"讀若乖"，謂"丨象背脊居中而直，一象人要，仌象背左右脅肋之形也"。案：此合三者以指之，亦分體指事之文，非實形也。

也女也，陰也。象形。舊傳本作"女陰也"，則不詞。故師説以爲女也、陰也，即古地字，象橢圜形。案：此屬乁部，當言"从乁"，乁訓流也。地中有江河流行，故以乁爲母文。小徐本有"乁聲"二字，葢淺者所增。或説 象女子褻褻之事，故鄦氏并説之。𠯑秦刻石也字。

力筋也。象人筋之形。治功曰力，能圉大災。凡力之屬皆从力。此以人筋之體指其用力之事，筋動則力出，是作事也。不得爲實形。

右分體象事之文三十七　重二十四

示天垂象見吉凶，所以示人也。从二三，垂日、月、星也。觀乎天文，目察時變，示神事也。凡示之屬皆从示。此以二爲母文，而假日、月、星之體，以川三垂指其見吉凶示人之事，葢假體指事之文。川非字，故不得在會意。𡔈古文示从一。一猶二也。

王天下所歸往也。董仲舒曰："古之造文者，三畫而連其中，謂之王。三者，天、地、人也。而參通之者，王也。"孔子曰：

"一貫三爲王。"凡王之屬皆从王。此以三爲母文，假天、地、人之體，以爲王者所貫通，而以丨指其一貫之道。丨非字，故不得爲會意。吕翼文説："鄦於'王'言連，明丨非專字。"古文王。徐鉉引李陽冰説："中畫近上，王者則天之義。"

難也。象艸木之初生，屯然而難。从中貫一。一，地也。尾曲。《易》曰："屯剛柔始交而難生。"此假艸木初生之體，以指其屯難之事，故以中爲母文，而曲尾以指之。案：鄦於"王"下不言从丨，於屯下不言从一，皆以一貫説之，明其非會意字也。

物之微也。从八，丨見而八分之。凡小之屬皆从小。此假分物之體以指其微小之事，故以八爲母文，以丨指其至微之物。鄦不言从丨者，以丨非上下通之丨，不得在會意。

叢生艸也。象丵嶽相竝出也。凡丵之屬皆从丵。讀若浞。此假艸叢生之體，以指其丵嶽相竝出之事。段玉裁説："字或作嵯嶽，吴語不經見者謂丵嶽。"疊韵字也，師説即鸑鷟。

獸皮治去其毛革更之象。古文革之形。凡革之屬皆从革。鄦言獸皮治去其毛，亦説事之文也。爲治獸皮之具，所以張其頭尾四足而皮不卷，乃可治去其毛，古之遺法，今人所習見。此以口爲獸皮，而以指其治去其毛之事，亦假體指事之文。古文革。从三十。三十年爲一世，而道更也。臼聲。此則更革本訓，本别一説。或疑出楊承慶《字統》，非鄦之舊也。

牽也、事君也。象屈服之形。凡臣之屬皆从臣。此亦説事之文。假人體屈服之狀，以指其臣服之事也。

鳥之短羽飛几几也。象形。凡乁之屬皆从乁。讀若殊。鄦

言“飛几几”者，本形容之詞，無專物可象，雖曰象形，實象事也。鳥短羽飛者，指羽未豐滿而言，故見其乞乞然也。

小也。象子初生之形。凡之屬皆从。此假子初生之體，以指其幺小之事。凡大也、小也、幺也皆指事之詞也。

巧飾也。象人有規榘，與巫同意。凡工之屬皆从工。此假規榘之體，以指其巧飾之事。徐鍇曰：“爲巧必遵規矩法度，然後爲工，否則目巧也。巫事無形，失在於詭，亦當遵規榘，故曰‘與巫同意’。” 古文工。从彡。此以彡爲母文，以工指其規榘也。

巫祝也。女能事無形，以舞降神者也。象人兩袖舞形，與工同意。古者巫咸初作巫。凡巫之屬皆从巫。亦以工爲規榘，以指其以舞降神之事。巫祝是事也，不得爲實形。又非字，不在會意。古文巫。

行禮之器也。从豆。象形。凡豊之屬皆从豊。讀與禮同。假禮器之體，以指其行禮之事。故以豆爲母文，而以指於豆上。無專物，又非專字。

豆之豐滿者也。从豆。象形。一曰《鄉飲酒》有豐侯者。凡豐之屬皆从豐。豐滿是事也。假豆爲體，故从豆爲母文，以指其豐滿之事。無專物，不爲實形，又非專字，不屬會意。古文豐。

祭所薦牲血也。从皿一，象血形。凡血之屬皆从血。血無實形可象，故假皿之體以指其薦牲血之事也。與豊、豐从豆同。血不得皿，則無形可象，知非實形，故以皿爲母文，而以一指其皿中所薦牲皿之事。則一非一、二、三之一，不从一會意也。故鄦不言从一。

主鐙中火主也。𡴁象形，从丶。謙案：此丶本象火主之事，嫌丶爲丶止字，故加𡴁指其鐙中火主之事。主本丶之滋益，舊注云“丶亦聲”者，明主丶古今字也。𡴁非字，故不得爲會意。

皀穀之馨香也。象嘉穀在裹中之形。匕所以扱之，或説皀一粒也。凡皀之屬皆从皀。又讀若香。馨香，气味也。無實形可象，故以匕爲母文，而以白指其所扱之馨香也。白非西方色白之白，故不屬會意。

高崇也。象台觀高之形。从冂口。與倉舍同意。凡高之屬皆从高。此假台觀之體，以指其崇高之象，亦虚形也。段玉裁説：“倉舍皆从口，象築也。⿱亠口與中皆象高。”案：此以口爲母文，舊注不當言“从冂”。蓋冂與⿱亠口皆非字，象層高之事，疑古本鄦注但言“从口⿱亠冂，象台觀高之形”。

京人所爲絶高丘也。从高省，丨象高形。凡京之屬皆从京。此从高爲母文，以丨指其絶高之事，知此丨非上下通之丨也。鄦言人所爲絶高丘者，是説事也。丨非字，不屬會意，人所爲絶高者，非實形也。

畗滿也。从高省，象高厚之形。凡畗之屬皆从畗。讀若伏。滿厚是事也，亦以高爲母文，以田指其高厚之象，非實形。田非字，不得屬會意。

㐭穀所振入。宗廟粢盛，倉黄㐭而取之，故謂之㐭。从入回，象屋形，中有户牖。凡㐭之屬皆从㐭。此言穀所振入，故从入爲母文，而以回指其户牖之所在。鄦云“象屋形”者，明非从回轉之回也。徐鍇曰："户牖以防蒸熱也。"段玉裁説："外口象築，内口象户牖。"亩或从广，从禾。

行遲曳夊夊。象人兩脛有所躧也。凡夊之屬皆从夊。行遲曳夊夊，是説事之文。象人兩脛有所躧，指動體言之，非實形也。

韋束之次弟也。从古文之象。凡弟之屬皆从弟。此假韋束之體，指其次弟之事。段玉裁説："以韋束物，如輈五束、衡三束之類。束之不一，則有次弟也。"亦假體指事之文。古文弟，从古文韋省。丿聲。

從後灸之也。象人兩脛後有歫也。《周禮》曰："久諸牆以觀其橈。"凡久之屬皆从久。從後灸之與從後致之者，同一詞例，皆象事字。此則假人兩脛後有距之體，以指其從後灸之事。

五聲八音總名也。象鼓鞞木虡也。此以木爲母文，假鼓鞞之體以指其作樂之事也。五聲八音無專形可象，故以指之。蓋指琴瑟，則指鼓鞞。非字，又不可言从絲省會意。蓋八音本兼金石、匏土、竹革言之，此木指衆樂具，而樂以鼓爲主，故鄦以鼓鞞説之，以木爲虡也。

艸木之初也。从丨上貫一，將生枝葉也。一，地也。凡才之屬皆从才。此言"从丨上貫一"，與屯詞例同。屯難則曲指之，才見則直指之。徐鍇曰："上一初生岐枝也，下一地也。"段玉裁説："上一謂地也，下一謂將生枝葉有莖出地，而枝葉未出也。"案：鄦言"上貫一"，則上一指地也，不言从一者，明非會意字也。又下一無專字、專形，不得言从，知篆當作扌。

進也。象艸木益滋上出達也。凡出之屬皆从出。此假艸木益滋之體，以指其出達之事。出達無定形，故不得爲形，但象事耳。

進也。象艸木生出土上。凡生之屬皆从生。此以土爲母文，以屮指其生出之事。不言从土中者，明此非兩體，不得在會意也。

艸盛丰丰也。从生，上下達也。丰丰然，亦形容之詞。此與生皆假艸木之體，以指其進生丰盛之事。言上下達，則無專形。

艸葉也。从垂穗，上貫一，下有根。象形。凡乇之屬皆从乇。此言“上貫一”與才、屯詞例同。以丿指其艸葉之𠂹。一，地也。

艸木華葉𠂹。象形。凡𠂹之屬皆从𠂹。此假華葉之體以指其下𠂹之事，葢下𠂹者，不止華葉也。此篆中丨象莖，⺮象華葉下𠂹，是假體指事之文。夢英作𠂹。古文。从乇。《地理志》：“武功垂山。”古文作物，葢即此玐所譌。勿即勿。

鳥在木上曰巢，在穴曰窠。从木，象形。凡巢之屬皆从巢。作巢，鳥之事也。巢在木上，故以木爲母文，而以𦥑指其架高之事。𦥑非字，亦無專形，故不得爲會意。

宮中道。从囗，象宮垣道上之形。《詩》曰：“室家之壼。”此以囗爲母文，卄象宮垣上之道，𠦂象上出之意，非从束省也。宮中道無定形，不得爲形。《釋宮》曰：“宮中衖謂之壼。”《詩·大雅》毛傳：“壼，廣也。”

囧窗牖麗廔闓明也。象形。凡囧之屬皆从囧，讀若獷。賈侍中說："讀與朙同。"此假窗牖之體，以指其麗廔闓朙之事。窗牖猶耳目也，既非全物，不爲實形。賈云："讀與朙同。"即古"朙"字也。闓朙亦無實形可象。

毌穿物持之也。从一橫毌，毌象寶貨之形。凡毌之屬皆从毌。讀若冠。"穿物持之"是事也，此假寶貨之體，以指其毌穿之事，毌非字，不屬會意。

𢎘嘾也。艸木之𠌶未發圅然。象形。凡𢎘之屬皆从𢎘。讀若含。𢎘嘾不獨艸木之𠌶然也。凡有口者，皆能𢎘。此假艸木𠌶之體，以指其𢎘嘾未發之事。

𠧪艸木實垂𠧪𠧪然。象形。凡𠧪之屬皆从𠧪。讀若調。凡𠧪垂者，不獨艸木實也。此假艸木實之體，以指其𠧪垂之事。𠧪𠧪然、𢎘然皆形容之詞。𠧪𠧪𠧪籀文。三𠧪爲𠧪。

亝禾麥吐穗上平也。象形。凡亝之屬皆从亝。徐鍇曰："生而亝者莫如禾麥。二，地也，兩傍在低處。"案：物之相齊者不止禾麥也，此假禾麥吐穗上平之體，以指其齊等之事。二猶一也，一高處，一低處，皆指地也。不齊者，地有高下耳，遠望之但見其吐穗上平也，亦假體指事之文，非實形也。

克肩也。象屋下刻木之形。凡克之屬皆从克。徐鍇曰："肩，任也，負何之名也，與人肩髆之義通，能勝此物謂之克。"此假屋下刻木之體，以指其肩克之事，亦虛形也。《詩》毛傳："仔，肩克也。"肩克，謂其能勝事也。𡋩古文克。𠅞亦古文克。案：此與录近。

彔刻木彔彔也。象形。凡彔之屬皆从彔。徐鍇曰："彔彔，猶歷歷也。一一可數之皃。"案：彔彔本形容之詞，亦假體指事之文。

凶惡也。象地穿交陷其中也。凡凶之屬皆从凶。以凵指地之穿處，以乂指交陷之事。乂凵皆非字，不得爲會意。

耑物初生之題也。上象生形，下象其根也。凡耑之屬皆从耑。大徐說："中一地也。"此假初生之體，以指其耑。凡事皆有耑，不獨艸木也，鄦不言冊一者，以屮、[illegible]皆非字，舉其上下體，其事自顯也。

疒倚也。人有疾病，象倚箸之形。凡疒之屬皆从疒。人有疾病相倚箸，是說事也。呂翼文說："與弋同意。懸衣曰弋，扶疾曰疒，皆以木爲之。'弋'下云'橜'，'疒'下云'倚'，皆半體，與今時牀異矣。午貫横木之柱，又爲上下枝距以懸巾帨，爲疾者便也。"

[illegible]幬帳之象。从冃，㞢其飾也。此以冃爲母文，而以㞢指其所飾，而[illegible]覆之事顯矣。幬帳所以覆之，㞢非字，不屬會意。

兩再也。从冂闕。《易》曰："參天兩地。"凡兩之屬皆从兩。鄦於入部"从"下云："二入也。兩从此。"於"兩"下不言从从而闕之者，以丨非上下通之丨，[illegible]又非字，故以冂爲母文，以[illegible]指其再兩之事。鄦以爲闕疑者，鄦之慎也。段玉裁以爲會意當言"从从，从丨"，謂丨爲二人之介也。則丨非字，何得言从？段說誤也。

襾覆也。从冂上下覆之。凡襾之屬皆从襾。讀若晋。此以冂爲母文，以[illegible]指其上下覆之事。[illegible]非字，不爲會意。

尸陳也。象臥之形。凡尸之屬皆从尸。段玉裁説："《郊特牲》曰'尸陳也'，祭祀之尸，本象神而陳之，而祭者因主之，二義實相因而生也。"案：此與爿同。爿指其倚箸，尸指其偃臥，皆以厂指其所倚之處。尸以一横陳之，故在上。爿以仌衺倚之，故在旁。厂又非字，指所倚、所臥之具耳。

方併船也。象兩舟省總頭形。凡方之屬皆从方。兩舟相併，是事也。無專形可定，不爲實形。汸方或从水。此以水爲母文，以方指其併船之事。非諧聲字。

丏不見也。象𨻶蔽之形。凡丏之屬皆从丏。𨻶蔽是事也，與兆同。兆象左右𨻶蔽，謂蔽其耳目，丏則蔽其面也。故鄦書次其文於面首之間。

文錯畫也。象交文。凡文之屬皆从文。《考工記》曰："青與赤謂之文。"葢青赤相交錯乃成文，則無專物可象，亦假體指事之例也。

豸獸長膂行豸豸然，欲有所司殺形。凡豸之屬皆从豸。凡獸欲有所司殺，則行步詳宷，其膂若加長。豸豸然，長皃。此假獸長膂行之體，以指其司殺之事，其曰豸豸然、鹵鹵然，皆形容之詞也。

火燬也。南方之行炎而上。象形。凡火之屬皆从火。火燬是事也。上古之時，未有火化，火化之事，起於後之聖人。其火之出也，必附於薪木，無實物可象。鄦雖説以形，亦虛形也。此葢假積薪之體，以指其炎上之事。

囱在牆曰牖，在屋曰囱。象形。凡囱之屬皆从囱。此與囧同，假交木之體，以指囪、囧之事。鄦以在牆、在屋分説之，則無事物可象。古文。

天大地大人亦大，故大象人形。古文大也。凡大之屬皆从大。此假人之體，以指其大之事，爲假體指事之最明顯者。

籀文大，改古文，亦象人形。凡亣之屬皆从亣。此亦假人體以指大之事也。大小無專物，皆形容之詞。萬物莫大於人，故假人之體以指之。鄦雖説以形，實象事也。籀改古文，而人體同具，不易之理也。

丈夫也。从大一，以象簪也。周制以八寸爲尺，十尺爲丈，人長八尺，故曰丈夫。凡夫之屬皆从夫。此以大爲母文，大本具人之體，以一指其上之簪，則知爲丈夫者。古者男子二十而冠，冠而後簪，簪則成人，長八尺，故指其簪即知其爲丈夫也。則一非一二之一，不得爲會意。

住也。从大立一之上。凡立之屬皆从立。此以大爲母文，以一指其所立之處。立無定處，故一無專象，與諸文同，皆以一指其上至之事，非會从一之意也。若天从一大，則爲會意矣。此事意之辨也。鄦不言从一者，不以爲會意也。

害也。从一雝川。《春秋傳》曰："川雝爲澤，凶。"以川爲母文，以一指其巛害之事也。

雨零也。从雨，象零形。《詩》曰："霝雨其濛。"案：吅非字，不入説解。舊傳本"从雨"下有"吅"，葢誤衍也。既从雨爲母文，而以吅指其霝、零之事。即《詩》"靈兩既零"，毛傳之"零，落也"。鄦説以形，非實形也。

鳥翥也。象形。凡飛之屬皆从飛。此假鳥羽之體，以指其飛翥之事。能飛者不獨鳥也，飛無專物，則無定形。

鳥在巢上。象形。日在西方而鳥棲，故因以爲東西之西。凡西之屬皆从西。此假鳥在巢上之體，以指其棲止之事。不言从者，明非會意也。西或从木妻。古文西。籀文西。

護也。半門曰户。象形。凡户之屬皆从户。此與囧、囪同，皆指屋内之事也。户所以護内，門所以聞外。鄦於“户”曰“半門”，“門”曰“二户”，無子母輕重，蓋亦互相起耳，不得爲象形也。古文户，从木。蓋以木爲母文。

聞也。从二户。象形。凡門之屬皆从門。鄦既曰“从二户”，又曰“象形”，則於六書淆矣，故師謂鄦未達六書也。蓋單扉曰户，雙扉曰門，户無反文，門不从二户也。

衆萌也。从古文之象。凡民之屬皆从民。此與弟、酉諸文變古文者同一詞例。古文民。象衆萌毓蕪，故假衆萌之體，以指其民生、衆庶之事。

至也。从氏下箸一。一，地也。凡氐之屬皆从氐。此古高低字。从氏下箸一，一指低處也。不言从一者，與會意殊也。

地之吐生物者也。二象地之下、地之中物出形也。凡土之屬皆从土。此不言从二，而以一指地之下、一指地之中者，明丨亦非字，指物自地中吐生之事而已，故不得爲會意。

墣也。从土一屈。象形。此以土爲母文，以凵指其成墣之事。凵非張口之凵，又非笒盧之凵。土散不能成塊，必和之以凵一屈乃成，今所謂土磚也。小徐本作“从土凵”，非也。凵不成字，不得入説解也。塊凷或从鬼。蓋鬼聲也。

四陰數也。象四分之形。凡四之屬皆从四。此亦古文之變，假四分之體，以指其四數之事也。亦記數之文。四古文四。亖籀文四。案：此積畫爲之，明此爲記數字也。

亞醜也。象人局背之形。賈侍中説：“以爲次弟也。”凡亞之屬皆从亞。此假人局背之體，以指其亞次之事。

五五行也。从二。陰陽在天地間交午也。凡五之屬皆从五。案：㐅爲古文五，象陰陽在空中交午。小篆嫌義不明，疑爲爻之半體，故加二。蓋以二爲母文，一指天，一指地。㐅指陰陽交午，此假體指事之文也。㐅古文五如此。

七陽之正也。从一。微陰从中衺出也。凡七之屬皆从七。以一指陽之正，以乚指微陰从中衺出，亦古之計數字。

九陽之變也。象其屈曲究盡之形。凡九之屬皆从九。數始於一，盡於九，此假陽气之變，以指其屈曲究盡之事。

甲東方之孟，陽气萌動，从木戴孚甲之象。一曰人頭宜爲甲，甲象人頭。凡甲之屬皆从甲。此假木戴孚甲之體，以指其萌動解甲之事。丅指木，冂指莩甲。鄦引一曰者，蓋大一經之文，以甲爲象形。鄦所不從，廣異説也。《集韵》引宂作空，空、腔古今字，謂象人頭腔也。甲古文甲。始於十，見於千，成於木之象。段玉裁説：“始於一，見於十，歲成於木之象。或疑當作‘始於下，見於上’。”疑未能定。

夏時萬物皆丁實。象形。丁承丙。象人心。凡丁之屬皆从丁。此言萬物丁實，泛指眾物無專形可象，是象事也。云“象人心”者，此冢大一經之文，是别一義，不加“一曰”者，省文耳。

中宫也。象六甲五龍相拘絞也。戊承丁。象人脅。凡戊之屬皆从戊。段玉裁説：“六甲者，《漢書》‘日有六甲’是也。五龍者，五行也。《水經注》引《遁甲開山圖》曰：‘五龍見教，天皇被迹。’榮氏注：‘五龍治在五方，爲五行神。’”此象相拘絞，謂六甲五行之气也。或謂此字五畫相成，故象六甲五龍相拘絞。亦假體指事之文。

中宫也。象萬物辟藏詘形也。己承戊。象人腹。凡己之屬皆从己。此言萬物辟藏，亦無專物可象，不爲實形，皆假體指事之文。云“己象人腹”者，亦大一經之文，廣異聞耳。古文己。

位西方。象秋時萬物庚庚有實也。庚承己。象人齎。凡庚之屬皆从庚。庚實、丁實皆指凡有實者言之，非專指一物，故無專形可象，亦象事也。云“象人臍”者，亦大一經之文，本别一義。徐鍇駁李陽冰説“从干，象人兩手把之不可从”。篆誤作，非。段玉裁説：“中象人臍，故爲庚實。”

位北方也。陰極陽生，故《易》曰：“龍戰於野。”戰者，接也。象人褢妊之形，承亥壬以子生之叙也。壬與巫同意。壬承亥，象人脛脛任體也。凡壬之屬皆从壬。此象褢妊，亦象事也。鄦引《易》“龍戰於野”者，釋陰極陽生之義。《乾鑿度》曰：“陽始於亥，乾位在亥。”《文言》曰：“爲其乘於陽也，故稱龍。”

鄦以亥壬合德，包孕陽气至子，則滋生也。亦假體指事之文。

冬時水土平可揆度也。象水从四方流入地中之形。癸承壬，象人足。凡癸之屬皆从癸。此假水四方流入地中之體，以指水土平可揆度之事，亦假體指事之文。云“癸承壬，象人腹”者，亦大一經文，廣異説也。籀文。从癶，从矢。段玉裁説：“象人足，故从癶，矢聲也。”

髕也。正月陽气動，去黄泉欲上出，陰尚彊。象冂不達髕寅於下也。凡寅之屬皆从寅。徐鍇曰：“髕斥之意。人陽气鋭而上出，閡於宀。臼，所以擯之也。”段玉裁説：“髕當作濥，‘髕寅於下’當作‘濥濥於下’，或作螾螾。”《律書》曰：寅言萬物始生，螾然也。叓象陽气去黄泉欲上出而冂覆之，象陰气尚彊，使不得達螾螾於下也。此假體象事之文，叓非字，不爲會意。古文寅，从土。

冒也。二月萬物冒地而出。象開門之形，故二月爲天門。凡丣之屬皆从丣。此假開門，以指其冒出之事。本象反門不言从反門者，以門爲體，不與門相對也。古文丣。

啎也。五月陰气啎逆，陽冒地而出。此與矢同意。凡午之屬皆从午。此以一指地，人指陰气啎逆，丨指陽气冒地而出，與矢冒弓而出，其頭作个同。亦假體指事之文。

神也。七月陰气成體自申束。从𦥑自持也。吏臣餔時聽事，申旦政也。凡申之屬皆从申。此以𦥑爲母文，假自持之體，以丨指其申束之事。不言从丨者，古籀作乚，丨、乚，皆非字，明其與會意殊也。古文申。段玉裁據虹陳篆下作，疑此爲誤改作申。籀文申。段玉裁説："小篆改此作申，䰠、㬰字从此。"案：此指屈而求申者，師説申爲天神。申即電也。

就也。八月黍成，可爲酎酒，象古文酉之形。凡酉之屬皆从酉。此言黍成，可爲酎酒。是説事也。云象古文酉者，謂本古文丣而變此。鄦説小篆變改古文也，與弟、民諸文同一詞例。古文酉，从丣。丣爲春門，萬物㠯出。丣爲秋門，萬物㠯入。一閉門象也。案：此言从丣者，謂與丣同。从兩户相閉，閉與開義亦互相起，以指其出入之事，故舊以春門、秋門説之，非从丣會意也。

右假體指事之文八十四　重三十

界也。象田四界聿，所以畫之，凡畫之屬皆从畫。囗象四界，囗不成字，知非會意。田有四界，聿所以畫之。故重田聿者，以指其界畫之事，囗以指其四界。段玉裁説："篆當作畫。田之外横者二、直者二，今篆體省一横，非也。以不言聿省知之。"古文畫省，鍇本作畫，从聿田。亦古文畫，依鍇本如此。

礙不行也。从叀。引而止之也。叀者如叀馬之鼻，此與牽同意。此冂非冂覆之冂，象牽引之事而已。叀馬之鼻者，如馬有銜、牛有桊，引而止之，則止。故重叀止之體，以指其疐礙之事。别本引《詩》："載疐其尾。"

神䰠也。如龍一足。从夊。象有角手人面之形。丫非字，象有角。故重頁止巳夊之體，以指其夔䰠之事。《大荒東經》云："有獸狀如牛，蒼身而無角，一足，出入水則必風雨，其光如日

月，其聲如雷名，曰夔。黄帝得其皮爲鼓，聲聞五百里。”是獸也。

市居曰舍。从亼屮，象屋也，口象築也。屮非艸木初生之中，指其架屋之事也。口象四圍築垣，亼象市居集合，故重亼口之體，以象其舍屋合集之事而已。

㠯秬釀鬱艸芬芳攸服以降神也。从凵凵。器也。中象米匕，所以扱之。《易》曰：“不喪匕鬯。”凡鬯之屬皆从鬯。非字，葢米所化者，不得成米形，故假凵匕指其事。

禮器也。象爵之形。中有鬯酒，又持之也，所以飲器象爵者，取其鳴節節足足也。不成字，但象雀之形，所以指其鳴節節足足之事也。所持以飲者，中有酒，故假鬯又之體，以指其爲禮器而已。古文爵，象形。

葵中蠶也。从虫。上目象蜀頭形，中象其身蜎蜎。《詩》曰：“蜎蜎者蜀。”葵，《爾雅·釋文》引作“桑”。《詩》：“蜎蜎者蜀。”下云：“烝在桑野。”知鄦書古本不誤，此指蠶在桑中。不成字，故假虫目之體，以指其蠶桑之事。《淮南子》曰：“蠶與蜀相類。”今有蜀繭是也。

毛巤也。象髮在囟上及毛髮巤巤之形。此與籀文“子”字同。非字，假囟之體指其毛巤之象而已。巤巤亦形容之詞，非實形，亦無專物，今則用爲馬巤字。古毛髮散亂皆謂之巤，非專指一物。

界也。从畕，三其界畫也。三非字，但指其界畫之事。亦物之列，多不過三。其實界畫必有四方，非止三數，則此非一、二、三之三甚明。鄦不言从三，非會三之意。界畫必有田土，故

假畕之體，以三指其畺界處。畺或从彊土。

山神獸也。从禽頭，从禸，从屮。歐陽喬説：“离，猛獸也。”徐鉉曰：“从屮義無所取，疑象形。”案：鄦言禽頭者，謂㐫非字，禽离頭相似也。葢象頭角上出之形，非艸木之屮。此假之體，以指其頭角之事，或以爲从山，非。

右複體指事之文十　重四

指事之部都二百八十七文　重九十二文

卷三

會意

鄦叙曰："會意者，比類合誼以見指撝武信是也。"蓋上古之世，制器尚象，畫物成文，因事造字，故象形、指事文約義古。唐虞而後，修禮典樂，文字之用益廣，造文者乃比合形、事而爲會意。由是漸推漸廣，以合二體爲不足用，乃合三體、四體或五、體六體以明之。又有省體會意者，非嫌文繁也，必省之而意乃見，則本義、訓義相襍成文之説不足據矣。吕翼文分本義、訓義及本義、訓義相襍成訓者爲三例，如"武"下舉止之訓義，"旦"下舉一之訓義，爲相襍成文，"半"下兩舉大與分之訓爲純用訓義，閏爲王居門中純用本義之類是。蓋造字者不一，師本無專例，兹但分類，足曉學僮而已。

元始也。从一，从兀。徐鍇曰："元者，善之長也。故从一。"一者，大極也。天地之气始合，兀兀然，故从一、从兀、會意。或以爲兀聲，非。

天顛也，至高無上。从一大。一者，昜也。大象人形。昜气上升爲天，故从一在大上。段玉裁説："至高無上，是其大無有二也。故从一大，會意。"

祫大合祭先祖親疏遠近也。从示合。《周禮》曰："三歲一祫。"本合之滋益字，因合祭乃加示旁，故不得爲合聲。

社地主也。从示土。《春秋傳》曰:“共工之子句龍爲社神。”《周禮》:“二十五家爲社，各樹其土所宜之木。”地主爲社，故字从示土，會意。引《左氏昭二十九年傳》“后土爲社”。𥘺古文社。从木所謂各樹其土所宜木也。葢古文後起者。

祟神禍也。从示，从出。祟者，鬼神出而作災禍，故从示，从出，會意。或以爲出聲，非。𥜒籒文祟，从䨻省。

祘明視以筭之。从二示。《逸周書》曰:“士分民之祘，均分以祘之也。”讀若筭。示者，天㕲象所以示人也。明視之，故从二示。

閏余分之月，五歲再閏。告朔之禮，天子居宗廟，閏月居門中。从王在門中。《周禮》曰:“閏月王居門中終月也。”《周禮·大史》:“閏月詔王居門終月。”注謂:“路寢門也。”

皇大也。从自。自，始也。始皇者，三皇大君也。自讀若鼻，今俗以始生子爲鼻子。《韵會》引《説文》有“从王”二字，爲今本所無。言始王天下是大君也，故號之曰皇，是也。

瑞以玉爲信也。从玉耑。徐鍇曰:“耑，諦也。會意。”瑞爲圭璧璋琮之總偁，其耑題可審諦而爲信也。

玨二玉相合爲一玨。凡玨之屬皆从玨。雙玉爲玨，故从二玉。此以形爲會意者。瑴玨或从㱿。葢㱿聲。

班分瑞玉。从玨，从刀。刀所以分也，玨爲雙玉，則可以分矣，故从玨，从刀，會意。

䡈車笭間皮篋也。古者使奉玉以藏之。从車玨。讀與服同。

《玉篇》："使奉玉所以盛之璭。"藏玉在車笭間，故从車，从玨，會意。

士事也。數始於一，終於十。从一从十。孔子曰："推十合一爲士。"凡士之屬皆从士。《玉篇》引作"推一合十"，然學者由博反約，鉉本爲長。

中和也。从口丨，上下通。中對上下言之，故从口丨。从丨，上下通也，因爲對外之詞。別本"和"作"而"，段以爲"内"之譌。中籀文中。中古文中。

毒厚也。害人之艸，往往而生。从屮，从毐。毐爲士無行者讀若娭。艸害人，猶人無行者亦害人，故从屮，从毐，會意。或以爲毐聲，非。毒古文毒，从刀菖。

熏火煙上出也。从屮，从黑。屮黑，熏象也。徐鍇曰："物之多煙者，唯艸爲甚，故从屮。黑非黑白字，囪象穴，火炎上出礙於艸，故爲熏。"段玉裁說："屮而繼之以黑，此煙上出成黑色之象也。"然則此言从屮，从黑，本合二體會意。

艸百卉也。从二屮。凡艸之屬皆从艸。

莊鄦注上諱二字。徐鉉曰："此漢明帝名也。"从艸，从壯，未詳。或云當訓艸大，故从艸，壯，會意。莊古文莊。

蓏在木曰果，在地曰蓏。从艸，从㼌。《齊民要術》引《説文》："在木曰果，在艸曰蓏。"㼌从二瓜，本不勝末，微弱也，然則凡艸結實如瓜瓞下來者，統謂之蓏。

芝神艸也。从艸，从㞢。此本㞢所滋益者，以爲不種而生自然㞢出。後又以爲别一種艸也，乃加艸，而以㞢爲語詞。芝、㞢本古今字，不得言㞢聲。《釋艸》曰：“茵芝。”

甘艸也。从艸，从甘。艸之味甘者，故从艸、从甘，會意。古但以甘爲之，後乃加艸，故不得爲“甘聲”。苷本甘之滋益字也。

茅蒐茹藘人血所生，可以染絳。从艸，从鬼。師説祭服，故从鬼。陸璣云：“茅蒐，蒨艸也。一名地血。齊人謂之茜，徐州人謂之牛蔓，今紅花也。”

艸得風皃。从艸、風，讀若婪。《語》曰：“艸上之風必偃。”故从風，會意。或云風亦聲，非。

艸生於田者。从艸，从田。《詩》“無食我苗。”《毛傳》：“苗，嘉穀也。”《爾雅》：“虋，赤苗。芑，白苗。”《春秋經·莊七年》：“秋大水，無麥苗。”何休曰：“苗者，禾也。生曰苗，秀曰禾。”孔子曰：“惡莠恐其亂苗。”葢初生佀艸，故从艸、田，會意。

不耕田也。从艸甾。《易》曰：“不菑畬。”徐鍇曰：“當言从艸，从巛，从田。田不耕則艸塞之，故从巛。巛音災。若从甾，則下有‘甾缶’字相亂。”案：鄦不言“从巛，从田”者，以下出或體作“甾”省艸，則菑本甾之滋益字加艸耳，猶合从亼口，而於“祫”下但言“从示合”。此“甾”本从巛、田，而“菑”下但言“从艸甾”，以“甾”已成字也。甾缶之甾，篆不同不相亂也。菑或省艸。當云“古文菑从田从巛”。田不耕猶川雝不流也。

刈艸也。从艸，从殳。殳猶殺也，所以殺艸也。故从艸，从殳，會意。

擇菜也。从艸右。右，手也。一曰杜若香艸。手所以擇菜也。左右助擇之，故从艸，从右，會意。一曰杜若，此别一義。

斷也。从斤斷艸。譚長説。斤所以斷艸者，故从斤，从斷艸，作，會意。别於芹也。籀文斲，从艸，在仌中。仌寒，故斲。篆文斲，从手。

日且冥也。从日，在茻中。日落不見，故从日，在茻中，會意。與杳从日在木下同意。日莫不可行，因爲莫往莫來之義。

别也。从八，从刀。刀目分别物也。八象分别相背之形，刀目分之，故从刀，會意。

畫也。从八，从人。人各有介。八者，分别也。人各守其所分，是爲介也。自彼適此，因有擯介義。

平分也。从八，从厶。八猶背也。《韓非》曰：“背厶爲公。”自營爲厶，背厶爲公，此會意之易明者。鄦引《韓非·五蠹篇》文説之。

悉也，知宷諦也。从宀，从釆。徐鍇曰：“宀，覆也。釆，别也。包覆而深别之。宷，悉也。”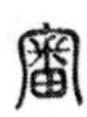篆文宷，从番。番猶釆也。

詳盡也。从心，从釆。凡事辨别於心則知詳盡，所謂至纖至悉也。釆，辨别也。古文悉，从囧，象窗牖麗廔闓明也。

物中分也。从八，从牛。牛爲物大，可以分也。凡半之屬皆从半。

牛觸人，角箸横木，所以告人也。从口，从牛。《易》曰：“僮牛之告。”凡告之屬皆从告。此引《易·大畜》文釋告从牛之意也。然牛角箸木，所謂楅衡也，觸以告人，故从口。

噓也。从口，从欠。此重見欠部。鄦云：“出气也。从欠，从口。”欠者，張口气悟也。口張則气出，故加口爲“吹噓”字。

自命也。从口，从夕。夕者，冥也。冥不相見，故以口自名。日中相見，則知其人，夕冥不見人，不知爲誰，乃扣其名。口猶扣也，故从夕，从口，會意。

尊也。从尹，發號故从口。尹者，治也，从又丿，握事者也。加口者，發號令使尹治事者，君也。故从口、尹。古文。象君坐形。此从古文尹省，葢象乑拱形。

使也。从口，从令。此亦令之滋益字，故不得爲令聲。加口者，口使之，亦是令也，故从口、令，會意。因爲天命、性命義，故曰命者天之令也。

聶語也。从口耳。《詩》曰：“咠咠幡幡。”聶者，附耳私小語也。此謂以口附耳私語，故从口，从耳，會意。今《巷伯詩》曰：“緝緝翩翩。”又曰：“捷捷幡幡。”葢鄦所見本異也。

開也。从户，从口。口猶扣也。户外有扣之者，欲其启户也，故从户，从口，會意。不入户部者，以扣户乃開户也。

皆也，悉也。从口，从戌。戌，悉也。戌者，萬物畢成，陽下入地也，故有窮盡義，口能盡悉其理，是爲咸也。

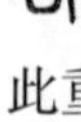助也。从口，从又。徐鍇曰：“言不足以佐，復手助之。”案：此重見又部云“口手相助也”，謂手不足，以口助之。徐鉉

曰："今俗别作佑。"

善也。从士口。孔子曰："推十合一爲士。"數始於一，終於十。一言而究其始終者，莫善於士，故士口爲吉也，《詩》曰："藹藹王多吉士。"

密也。从用口。用者，卜中也。卜中則可施行也，不周密則不可行，皆由於口言之不慎。故从用口，言善用其口則周密也。古文周字，从古文及。及之者，其周密無所不至也，亦會意字。

語相訶歫也。从口歫辛。辛，惡聲也。讀若櫱。此與言不同者，咅从口，辛聲，啇从口辛，謂以口歫惡聲也。故从辛屈於口上以别之，明相訶歫之意也。

異辭也。从口夊。夊者，有行而止之不相聽也。夊者。從後至也，象人兩脛後有致之者。口者，象有止之者，或致之，或止之，義正相反，是不得相聽也。

犬鳴也。从口犬。牟羋爲牛羊鳴，象其聲气，指事之易明者。犬吠，从犬口，會意。

嗁聲也。一曰虎聲。从口，从虎。讀若暠。吠从犬口，唬从虎口，皆會意之易明者。

促也。从口，在尺下復局之。一曰博所以行棋，象形。徐鍇曰："人之無涯者唯口，故口在尺下則爲局。博局外有垠堮周限也。此从口在尺下，尺猶規矩法度也，謂人所飲食言語皆限於法度，因爲局促義，此兩體會意。一曰博所以行棋者，此别一義，鄦所不從，廣異聞也。"

驚嘑也。从二口。凡吅之屬皆从吅，讀若讙。徐鉉曰："或通用讙，今俗別作喧，非是。"案：此爲兩人吅嘑，故从二口。

趨也。从夭止。夭止者，屈也。凡走之屬皆从走。徐鍇曰："走則足屈，故从夭。"王筠説："从犬止，犬善走者也。"

不行而進謂之歬。从止在舟上。善進者，莫如舟，故从止在舟上，進之速則在歬，因有歬後義。今假齊斷之前爲之。

足剌癶也。从止𣥂。凡癶之屬皆从癶。讀若撥。凡兩相癶及俗言撥換字，古皆作癶。故从止𣥂相背，會意。隸變作癶。

上車也。从癶豆。象登車形。登車無實形，不得爲形。凡菹實登於豆，故从癶豆，會意。籀文登，从𠬞。

㠯足蹋夷艸。从癶，从殳。《春秋傳》曰："癹夷薀崇之。"殳猶殺也。以足蹋夷之，故从癶。《周禮·雉氏》掌殺艸，此引《左氏隱六年傳》文，今作芟。

行也。从止𣥂相背。凡步之屬皆从步。止𣥂猶𠂇又也，兩足歬後相隨爲步，凡人行先右足，故从止，在𣥂歬。

止也。从止，从匕。匕，相比次也。凡此之屬皆从此。凡止之所止者，此也。匕爲相比次而止其所也，故此猶已也。

是也。从止，一以止。凡正之屬皆从正。徐鍇曰："守一以止也。"葢一者不二之謂也，止於一，猶止於仁、止於敬、止於慈、止於孝、止於信，知其所止，可謂出於正矣。古文正，从二。二，古文上。古文正，从一足。足者，亦止也。

直也。从日正。凡是之屬皆从是。天下之物莫正於日，以日爲正，乃爲是也。籀文是，从古文正。

是少也。尟俱存也。从是少。賈侍中説。賈以“俱存”釋“是少”，猶曰俱存而獨少，故曰“是少”。《周易·繫辭》“故君子之道鮮矣。”鄭本作“尟”，云“少矣”。

乍行乍止也。从彳，从止。凡辵之屬皆从辵。讀若《春秋公羊傳》曰：“辵階而走。”彳者，小步也。止者，止也。乍行乍止，故从彳，从止，會意。此引《公羊宣二年》文，今本作躇，何休曰：“躇，猶超遽，不暇以次。”與鄦説異義，故以“讀若”説之與？

逃也。从辵，从豚。凡養豕，多圈禁之，豚小豕易逃出圈，故遯逃字从辵，从豚，會意。鄭注《周易》曰：“遯者，逃去之名。”

負連也。从辵，从車。連猶輦也。《周禮·鄉師》“葷輦”，故書“輦”作“連”。負連者，與車相屬，輓之以行，如背負者。然因爲連屬字，後乃别造輦字，从夫相竝，謂輓者在前也，其實此从辵，从車，會意，即古輦字。他本“負連”，“負”字誤作“員”。

所行道也。从辵，从𩠐。一達謂之道。行道者𩠐所向，則知所行之道，故从辵首。古文道，从𩠐寸。寸者，法度也。猶九軌、七軌、五軌。

使馬也。从彳，从卸。徐鍇曰：“卸，解車馬也。或彳或卸，皆御者之職。”故从彳，从卸。古文御，从又馬。《周禮》六藝，四曰五馭。本作馭。

立朝律也。从聿，从廴。徐鉉曰：“聿，律省也。”案：聿所以書廴者，長行也。凡所建立，書於竹帛，傳之後世，故从聿，从廴，會意。

安步延延也。从廴，从止。凡延之屬皆从延。安舒延緩之意，且止且行而長引之是延，安也。呼緩舒者爲延，今衡語猶然。

人之步趨也。从彳，从亍。凡行之屬皆从行。彳亍猶𠂇又也，一步一止是爲行。彳者，小步也。亍，步止也。故行从彳，从亍，會意。或余步，或疾趨，皆謂之行，因爲行事、行列、德行義。

行且賣也。从行，从言。《周禮》：“飾行儥慝。”大鄭云：“儥，賣也。慝，惡也。謂行且賣姦僞惡物者。”故从行，从言，會意。衒或从玄。

毁齒也。男八月生齒，八歲而齔。女七月生齒，七歲而齔。从齒，从七。齒猶歲也。七歲而齔，故从七、齒，會意。段玉裁說：“从變匕之匕。”

人之足也在下。从止口。凡足之屬皆从足。此以口爲飲食言，無厭足者口也。口知所止，本爲“止足”字，故从口、止，會意。後乃假爲“手足”字，鄦當訓爲“人知足也，从口止”。徐鍇說：“口象股脛之形。”則非也。

道也。从足，从各。徐鉉曰：“言道路人各有適也。”首所向爲道，各所適爲路，重首各會意，故不言亦聲。

鳥群鳴也。从品，在木上。品猶眾也，鳥多集於木，眾鳥鳴，故从鳥，在木上，會意。俗又加口作噪。

樂之竹管，三孔，以和眾聲也。从品侖。侖，理也。凡龠之屬皆从龠。品猶众也，以龠和之，众聲乃得其侖理，故从品侖，會意。

署也。从户冊。户冊者，署門户之文也。署者，部署有所网屬也。秦書八體，六曰署書。蕭子良云：“署書，漢高六年蕭何所定，以題白虎、蒼龍二闕。”

聲也。气出頭上。从㗊，从頁。頁，首也。㗊，眾口也。眾口之聲，气出於頭上，故从頁。囂或省。葢从吅，非必省㗊。

皿也。象器之口，犬所以守之。器有口，眾器列陳，故从㗊。器有所盛，當守之，故从犬，會意。

犯也。从反入，从一。凡干之屬皆从干。一猶法也。反入者，犯上之意，是干法也。挺然犯法，因有杆竿義，《詩》“干旄”“干旌”是也。

撖也。从干倒入一爲干，入二爲羊。讀若飪，言稍甚也。撖，刺也，干之甚也。入一爲干，入二爲羊者，言入二甚於入一也。

不順也。从干下屮，屰之也。今本“屮”作“凵”，孫氏宋刻本不誤。屮爲艸木上出，干爲反入犯干，兩者相屰，是不順也。段玉裁説：“凵口犯切。”則爲張口之凵。云：“凶象地穿，交陷其中，方上干而下有陷之者，是爲不順。”不知凶本不从凵，段説非。

言之訥也。从口，从内。凡㕯之屬皆从㕯。内猶入也。言欲出而仍入者，是言之訥也。故从口，从内，會意。《記》曰：“其言吶吶然，如不出諸其口。”吶訥即㕯。

矞以錐有所穿也。从矛，从㕯。一曰滿有所出也。㕯有入意，錐有所穿入，故从矛，从㕯，會意。滿出穿入，義相反而相成，㕯亦欲出復入之意也。

糾繩三合也。从系丩。糾爲丩之滋益字，以爲繩三合乃加糸旁耳，故不言丩聲。

古故也。从十口。識前言者也。凡古之屬皆从古。徐鉉曰：

“十口所傳，是前言也。”𠖠古文古。

丈十尺也。从又，持十。周制八寸爲尺，十尺爲丈，余則布指知尺，十數之則知丈，故从又，持十。或云伸臂一尋，周之丈也。

千十百也。从十，从人。《詩》曰“百夫之特”“百夫之防”，故从十人爲千數。或云人聲，非。

肸肸蠁布也。从十，从㐹。徐鉉曰：“㐹，振㐹也。”謂振整而飾之。《上林賦》曰：“肸蠁布寫。”李善注引《説文》：“肸蠁布也”。今本誤作“響布也”。或云肸過也，芬芳之過，若蠁之布寫也。肸蠁蓋古語。

卙卙卙盛也。从十，从甚。汝南名蠶盛曰卙。卙卙猶蟄蟄也，和集之甚也，故从十，从甚，會意。徐鉉引《詩》：“宜爾子孫，蟄蟄兮。”説此“卙”字。

博大通也。从十，从尃。尃，布也。尃布之甚也，故从十，从尃，會意。因之凡取於人，易爲力者曰博。

二十并也。古文省。不言从二十者，此爲二十并之數目字，嫌會二與十之意，故不言从。古文葢作廾，此小篆省改古文者。

快也。从言，从中。中猶得也。《語》曰："言必有中。"言而中故快。葢苢从此啇聲，小徐本誤作中聲，非也。

誠也。从人，从言，會意。信何由徵，以人徵之，故从人言。序説會意而曰武信，是會意之最顯者。古文。从言省。不云从口者，口所以言，亦所以食也，於義不顯，故知爲言省也。古文信，从心，言必由衷。

會也、筭也。从言，从十。十者，數之成也，數成以言商之，是則會計之意也與？

施陳也。从言，从殳。殳，使人也。殳即古役字。殳者可運旋之物，故因爲役使字。凡所設施，必以言役使人，故从言从殳，會意。

思之意。从言，从思。言而後思，不若思而後言，方言而復思之，常恐其失言也。因爲諰諰然形况之詞，荀卿曰："諰諰然常恐天下之一合而軋己也。"

亂也。一曰治也。一曰不絶也。从言絲。治絲易棼，絲繹不絶，善言者如之，謂理其煩亂而歸於治。故从言，从絲，會意。古文䜌。象兩手治絲之意。

號也。从言，从虎。凡嘑號之聲，虎爲最猛，故从言、虎，謂其言之聲如虎然也。

治也。从言，从寸。寸猶法度也。以言度之，斯其理可得而討治也。《語》曰："世叔討論之。"故从言、寸，會意。

競言也。从二言。凡誩之屬皆从誩。讀若競。二言相争爲誩，後更加二人爲競，誩競本一字，分古今。鄦以競釋誩，以今字釋古字也。

吉也。从誩，从羊。此與義美同意。誩猶競也。凡有吉譱，人多競言之，故从誩羊。篆文譱，从言。

聲也。生於心，有節於外謂之音。宫、商、角、徵、羽，聲也。絲、竹、金、石、匏、土、革、木，音也。从言，含一。凡音之屬皆从音。一者節之也。以言之聲諧乎絲、竹、金、石、匏、土、革、木，始謂之音，故从言，含一，會意。

樂竟爲一章。从音，从十。十，數之終也。凡樂歌終則爲一章，此从十會終之意。

樂曲盡爲竟。从音，从儿。凡樂終則歌者休息，聽者倦矣，故从儿屈伏在人下。

辠也。从干二。二，古文上字。凡䇂之屬皆从䇂。讀若愆。張林説。干上猶犯上也，犯上即得辠，故从干二，會意。

有辠女子給事之，得接於君者。从䇂，从女。《春秋傳》曰："女爲人妾，妾不娉也。"女有辠者爲妾，故从䇂女。

大版也。所以飾縣鐘鼓。捷業如鋸齒，以白畫之，象其鉏鋙相承也。从丵，从巾，巾象版。《詩》曰："巨業維樅。"丵，叢生艸，象丵嶽相竝出。業大版，丵嶽竝出，故从丵、巾。古

文業。

竦手也。从𠂇，从又。凡𠬞之屬皆从𠬞。今變隸作廾。左右兩手相𠬞，故爲會意。楊雄説：“𠬞从兩手。”

蓋也。从廾，从合。《釋器》曰：“圜弇上謂之鼒。”謂斂其上如覆蓋，然兩手相合爲弇。古文弇，从穴，从曰，曰在穴下，亦弇蓋意。

玩也。从𠬞持玉。玉可寶貴，故爲玩弄之具，《詩·小雅》：“載武之璋。”因有戲弄義。

持弩拊。从𠬞肉。讀若逵。徐鉉曰：“从肉未詳。”徐鍇曰：“肉非聲。”案：古本作[𠬞]，[弓形]象弓弩形，丨在中，指其拊之所在，故説爲持弩拊。寫者誤作[誤形]，此注當有脱誤。

驚也。从𠬞持戈，以戒不虞。𠬞者，持之也。持戈所以戒不虞也，因有兵械義。

械也。从𠬞持斤，并力之皃。此與戒同意。持戈所以守之，持斤所以斯之也。古文兵，从人𠬞干。籀文。从一，一者，地也。

同也。从廿𠬞。凡龏之屬皆从龏。廿者，二十并也。二十人皆竦手，是爲共也。古文共。蓋从兩𠬞交相共也。[交形]有睽異之象，[並形]有共同之意。

分也。从𠬞，从畀。畀，予也。凡異之屬皆从異。𠬞以畀之，蓋異數也。徐鍇曰：“將欲予物，先分異之也。”《禮》曰：“賜君子、小人不同日。”

幷舉也。从臼，从𠬞。凡舁之屬皆从舁。讀若余。或叉手，或竦手，會𠬞舉之意。

黨與也。从舁，从与。与者，賜予也。共舉而与之黨與之也，不言与聲，以意爲主。古文與，从𠬞。

起也。从舁，从同。同，力也。獨力難興，同力則易舉也，故从舁，从同。《周禮》六詩曰："比曰興。興者，託事於物，以起意也。"

叉手也。从ヒヨ。凡𦥑之屬皆从𦥑。ヒヨ猶ナ又也，兩手指相向耳。俗又作掬。

馬鞁具也。从革，从安。乘馬欲其安穩也，故从安，會意，非取其聲也。以革爲之，故从革。《左傳》："趙旃以良馬二，濟其兄與叔父。""左師展將以公乘馬而歸。"是三代時亦用鞌馬也。

五味盉羹也。从䰜，从羔。《詩》曰："亦有和鬻。"羔猶美也。《儀禮》："鉶芼、牛藿、羊苦、豕薇。"芼及醯、醢、鹽、梅，是之謂五味之和也。實於鉶，謂之鉶羹。肉汁不和五味爲大羹。鬻或省。或从美䰜省。小篆。从羔，从美。

卵孚也。从爪，从子。一曰信也。徐鍇曰："鳥之孚卵皆如其期，不失信也。鳥裒恆以爪，反覆其卵也。"故从爪，从子，會意。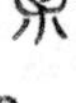古文孚，从𤓽。𤓽，古文保。

穜也。从坴丮。持而穜之。《詩》曰："我埶黍稷。"徐鍇曰："坴，土也。"穜者，持穜埶之土中，故从丮坴，取土塊坴坴之意。

擊踝也。从丮，从戈。讀若踝。戈以擊之者也，故从丮，从戈，會意。不言从戈聲者，重戈之意，以意爲主也。

兩土相對，兵杖在後，象鬥之形。凡鬥之屬皆从鬥。此本从丮丮，象各有所持，會相鬥之意。既从丮丮，兩文相合，不得爲象形字明矣。

恆訟也。《詩》云："兄弟鬩於牆。"从鬥从兒。兒，善訟者也。此會小兒善訟之意，故不得爲兒聲。《毛傳》："鬩，很也。"言相很戾也。

試力士錘也。从鬥，从戈，或从戰省。讀若縣。戈猶擊也。段玉裁説："當作或曰从戰省聲。"鄦所不從。

老也。从又，从灾。闕。謂闕其意也。案：又者，手也。手灾者，衰惡也。脈之大候在於寸口，老人寸口脈衰，故从又，从灾，會意。籀文。从寸。寸猶又，謂寸口也。叜或从人。叜爲長老之偁，故加人旁。

逮也。从又，从人。徐鍇曰："及前人也。"案：又猶手也。人在前以手及之，是謂及也。古文及，秦刻石"及"如此。然則葢大篆，此秦刻小篆，本古文也。亦古文及。亦古文及，从辵，从筆，葢筆聲。

禾束也。从又，持禾。又，手也。手所持禾爲一秉，謂盈握也。《詩·小雅》："彼有遺秉。"《聘禮記》："四秉曰筥。"注："此秉謂刈禾盈手之秉也。"

覆也。从又厂，反形。又者，手也。厂爲反形，手仰攀

之，厂反覆之，故从又、厂，會意。古文。从籀文㞋省。

治也。从又，从卪。卪事之節也。手持節以治之，故服事之也。服其治，爲所服治二義相足。凡“服事”字古皆作𠬝，後乃用肙旁之服。

滑也。《詩》云：“叏兮達兮。”从又屮。一曰取也。屮猶艸也。手持艸，故爲叏。今猶言挑菜，《毛詩·鄭風》作“挑兮達兮”。傳云：“挑達，往來相見皃。”即叏，滑也。

入水有所取也。从又，在回下。回，古文回。回，淵水也。讀若沬。入水難求因爲没。

捕取也。从又，从耳。《周禮》：“獲者取左耳。”《司馬法》曰：“載獻聝。”聝者，耳也。以手執其耳也。引《周禮》説从耳之意。

埽竹也。从又，持甡。甡者，衆生竝立之皃。彗，編竹爲之，故从甡，會列比之意。彗或从竹。古文彗，从竹，从習。

同志爲友。从二又。相交友也。兩手相交爲友，故从二又。善兄弟曰友，言相助如𠂇又手也。古文友。亦古文友。从一習，同所習也。

賤也。執事者。从𠂇甲。徐鍇曰：“右重而左卑，故在甲下。”葢古禮尚右，尊又而卑𠂇，故𠂇在甲下。甲者，人也，本象人頭。

記事者也。从又，持中。中，正也。凡史之屬皆从史。又猶手也。書以記事，古之良史書法不隱，故爲持中以示後世也。

手之疌巧也。从又，持巾。凡聿之屬皆从聿。巾以拭之，故見其疌巧於文。从又，持巾。今楊州人因呼手巾爲手聿，子即此聿字。陳兆奎説："徐鉉讀爲尼輒切。"

持事振敬也。从聿，在㞷上。戰戰兢兢也。疌巧者，善於持事，然必振敬將之。《詩》曰："戰戰兢兢，如臨深淵。"故从聿，在㞷上，會意。古文肅，从心，从卪。

秦謂之筆。从聿，从竹。徐鍇曰："筆尚便疌，故从聿。"案：此即聿之孳益字，以竹爲管，故加竹耳。

聿飾也。从聿，从彡。俗語以書好爲𦘔。讀若津。彡者，毛飾畫文也。聿，所以書也。以毛書畫成文，故从聿，从彡。

剛也。从臤，从土。"臤"下鄦訓堅也，明堅爲臤之孳益字。土深則堅，乃加土以足其意。不入土部，不以臤爲聲也。

乖也。从二臣相違。讀若誑。二人相背爲北，二臣相違爲乖𦣞，皆同意。鄦書無𦣞，是爲象意。

軍中士所持殳也。从木，从殳。《司馬法》曰："執羽从杸。"鄦於"殳"下云："以杸殊人也。"明"殳""杸"爲一字，以木爲之，乃加木旁以足其意，故不得爲殳聲。

相擊中也。如車相擊，故从殳，从軎。軎者，車軸耑也。車行軎在外往來相切擊，其軸耑所謂車擊轂也。殳又所持以擊之者。

揉屈也。从殳，从皀。皀，古文叀字。廏字从此。徐鉉曰："叀，小謹也。"亦屈服之意。揉之使屈爲㲎，今衡語猶然，徐讀居又切。

戍邊也。从殳，从彳。戍邊猶行邊也。彳取巡行之意，非取其聲也。徐鉉曰：“彳，步也。彳，亦聲。”恐非。古文役，从人。

新生羽而飛也。从几，从彡。彡象毛飾，几爲鳥短羽飛。几几，新生羽，則短而有文采，故从几，从彡。

十分也。人手郤一寸動衇謂之寸口。从又，从一。凡寸之屬皆从寸。郤猶退也。自手退寸謂之寸口。一者，一寸也。是从一會意，非以一指其處也。與指事殊。

辟漱鐵也。从攴，从湅。謂段漱也。簡取精鐵不計數，萬辟千灌，疊疊段之，故从攴會段之意，从湅會簡擇之意。

更也。从攴已。已，中宫也，象萬物辟藏詘形也。已承戊，象人腹，凡己我字皆用己，李楊冰曰：“己有過，攴之即改。”

毀也。从攴貝。敗賊皆从貝，會意。取貝而攴之，是毀敗也。段玉裁以爲貝亦聲，非也。鄦明言會意，不取其聲。籀文敗，从賏。

暴也。从攴，从完。攴猶擊也，擊其完聚，是寇之也。徐鍇曰：“當其完聚而欲寇之。”

平田也。从攴田。《周書》曰：“畋尔田。”平田猶治田也，故从攴田，會意，非取其聲也。古但作田。《詩》曰：“無田甫田。”後乃加攴以足其意。

養牛人也。从攴，从牛。《詩》曰：“牧人乃夢。”《詩》

言“爾羊爾牛”，皆牧人所掌，此獨从牛者，牛所用大，重牛也。以策擊之，故从攴。

上所施下所效也。从攴，从孝。凡教之屬皆从教。《書》曰：“扑作教刑。”攴，古扑字也。攴爲上所施，孝爲下所效。古文教。亦古文教。

卜以問疑也。从口卜。讀與稽同。《書》云：“卟疑。”鍇引《尚書》：“明用卟疑。”師説，俗作乩。

卜問也。从卜貝，以爲贄。一曰鼎省聲。京房所説。鄦於説解下出“一曰”者，廣異聞耳，鄦所不从也。古文以貝爲鼎，籒文以鼎爲貝，後始分爲二字，乃有兩讀。貞爲最古之文，以意爲主，不必取音。

視兆問也。从卜，从口。口以問之，故从口，會意。此與卟从卜、从口同，疑本一字，但結體微異，分篆、籒耳，後乃别爲二字、二音。

可施行也。从卜，从中。衛宏説。凡用之屬皆从用。大徐説“卜中乃可用也”，是矣。古文用。

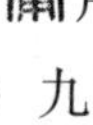用也。从用庚。庚，更事也。《易》曰：“先庚三日。”此《巽》九五爻辭“先庚三日”者，先事而圖更也，引以證用庚爲庸。

藩也。从爻，从林。《詩》曰：“營營青蠅，止于棥。”林木交錯乃爲棥。爻者，交也，故从林、爻，會意。今《詩》作樊。

二爻也。凡㸚之屬皆从㸚，亦麗爾之意。故从二爻交廣

之也。

明也。从㸚，从大。交者，廣大，是爽明也。徐鍇曰：“大其中隙縫光也。”謂其孔㸚㸚然明也。篆文爽。

舉目使人也。从支，从目。凡𥄎之屬皆从𥄎。讀若颰。舉動其目，則其光擊射於人以使之，故从支，會意。

大視也。从大𥄎。讀若齤。大視若舉目使人然也，故从𥄎，从大，會意。況晚切。

目大也。从目侖。《春秋傳》有鄭伯睔。侖者，思也。亼其册而思之，乃得其侖理。凡有所思，必張目直視，故从目。侖會目大之意，此引鄭伯睔見《左氏・襄二年傳》。

深目也。从穴中目。穴中深處也，目在穴中，知爲深目，因爲幽窅字，今讀如渺然之渺。《漢・禮樂志》：“窅窊桂華。”蘇林曰：“窅音窅眣之窅，窅眣即坳突字。”《倉頡篇》作“容窦”，葛洪《字苑》作“凹凸”，皆鄦書所無，知古用“窅眣”。

省視也。从目，从木。《易》曰：“地可觀者，莫可觀於木。”《詩》曰：“相鼠有皮。”目所視者多矣，望遠可識者，莫如木，故引《觀卦》説从木之意也。

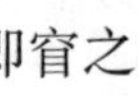目深皃。从目窅。讀若《易》曰“勿邮”之“務邮”。此即窅之孳生字，俗又加目旁耳。今讀於悦切，則爲凹陷之凹。

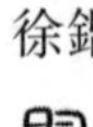睎也。从手下目。謂以手覆目上，則光不外浮，可以見遠也。徐鍇曰：“宋玉所謂楊袂障日，而望所思也。”看或从䩑。

掐目也。从目叉。掐者，搯也。《吴語》《吴世家》皆云

“子胥以手抉目”，謂以手搯去其目也，故以叉目。今音烏括切，則讀如攫，江西俗語猶然。

䀠𠂇又視也。从二目。凡䀠之屬皆从䀠。讀若拘。又若良士瞿瞿。兩目左右視，故从二目。因爲䀠然驚遽之意，今多用瞿。

奭目衺也。从䀠，从大。大，人也。大象人形，故云“大，人也”。謂若人張其兩目，奓然自大，會大䀠之意。段玉裁説：“與爽、奭同意。爽之明大，奭之盛大。奭之目衺淫視者大，故皆从大會意。舉朱切，䀹字从此爲聲。”

皆俱詞也。从比，从白。比，密也。二人相比，則所出之詞皆然，故皆爲俱詞。从比白，白者，詞言之气从鼻出，與口相助也。

百十十也。从一白。數十百爲一貫相章也。段玉裁云：“此注各本脱譌，當於‘數’字下云‘十十爲一百’。百，白也。十百爲一貫。貫，章也。”白者，告白之也，得百數則可一白矣，故从一白，會意。𦣻古文百，从自。

鼻引气自畀也。从自畀。凡鼻之屬皆从鼻。自爲古鼻字，象鼻形，後造从自畀，會引气自畀之意，乃以自爲自身之自，而鼻遂專爲鼻眼字矣。

皕二百也。凡皕之屬皆从皕。讀若祕。此舉體而意自見，故不言从二百，會意，已明。《五經文字》及《韵譜》皆讀若逼。

習數飛也。从羽，从白。凡習之屬皆从習。鳥數飛則振羽習習然，气與口相助，故从羽、白，會意，因爲時習義，《語》曰：“學而時習之。”

山雉尾長者。从羽，从隹。此葢羽長而尾短者，故从羽、隹，會意。《釋鳥》："翟山雉。"樊光曰："其羽可持而舞。"《詩》云："右手秉翟。"《禮》："王后六服，有褕翟、闕翟。"舊説翟羽飾衣也，葢其羽與他鳥獨異，故从羽與？

高飛也。从羽，从㐱。㐱爲新生羽而飛也。凡鳥羽新生則豐勁，故能高飛，因爲高遠翏廓之意。

飛盛皃。从羽，从冃。徐鉉曰："犯冃而飛是盛也。"案：此謂鼓其羽翼，衝冃而出於上，故从羽，从冃，會飛盛皃之意。

鳥一枚也。从又，持隹。持一隹曰隻，二隹曰雙。飛鳥不可數計，从又，持之，則有定數也。持一隹爲隻，持二隹爲雙，皆从又也。

依人小鳥也。从小隹。讀與爵同。鳥之最小者，故从小隹，色褐者，俗謂之麻雀。又有似雀而色黄者，或謂之黄雀，字亦作爵，《月令》"爵入大水爲蛤"是。

覆鳥令不飛走也。从网隹。讀若到。以网覆之，故从网。籠罹亦网罹類也，网部有"罩"，捕魚器也。今多用罩廢罹。

肥肉也。从弓，所以射隹。長沙有下雋縣，野鳥味美，故肉肥美者曰雋。蒯通著書號曰雋永，言其所説道味永長也。从弓射隹者，明取其肉也。

鳥張毛羽自奮也。从大，从隹。凡奞之屬皆从奞。讀若睢。鳥奮飛則張大其羽，其形大也，故从大、隹，會意。

手持隹失之也。从又，从奞。手持隹爲隻，手持隹而失之則爲奪，奞爲鳥張羽毛自奮飛，隹在手而飛去則失之矣。故从又奞，會意。今用奪爲争敓字，更假消肉臞之脱爲手中遺脱字。

翬也。从奞，在田上。《詩》曰："不能奮飛。"翬，大飛也。田猶野也。奞在田上，故見其奮飛也，故从田，在下。

鴟屬。从隹，从𦫳。有毛角，所鳴其民有旤。凡雈之屬皆从雈。讀若和。𦫳者，羊角也。鴟有毛角，故从𦫳隹，會意。

規蒦商也。从又，持雈。一曰"視遽皃"。一曰"蒦，度也"。徐鍇曰："商，度也。雈善度人禍福也。"考《漢志》曰："寸者，忖也。尺者，蒦也。"故蒦爲五度之度。鳥飛起止多有中度者，雉、蒦皆訓度，度高廣皆曰雉，或云規蒦。本古語，鄦以"商也"釋之，復出"一曰"者，以廣異聞耳。蒦或从尋，尋亦度也。《楚詞》曰："求矩彠之所同。"

戾也。从𦫳而𠁥，古文别。大徐説："𠁥，兵列切。"篆文"分别"字也。

相當也。闕。讀若宀。此从𦫳，从冂，本兩體會意字。𦫳取兩角相當，冂則未聞，故闕之也。《廣韵》云："今人賭物相折謂之芇。"《廣雅》："芇，當也。"亡殄、亡安二切。俗譌作菵。

目不正也。从𦫳，从目。凡苜之屬皆从苜。莧从此。讀若末。徐鍇曰："𦫳，角戾也。"

目不明也。从苜，从旬。旬目數摇也。

勞目無精也。从苜人，勞則蔑然。从戍。戍人最勞者，故不可久戍，此从戍會勞之意，與莫聲讀同。莫言苜亦聲，此不言苜聲者，莫爲火不明，不純會苜之意，故知爲諧苜之聲也。蔑爲目無精，則从苜以意爲主，不得言聲也。

甘也。从羊，从大。羊在六畜，主給膳也。美與善同意。大徐説羊大則美，故从大。

隹欲逸走也。从又，持之，矍矍也。讀若《詩》云“穬彼淮夷”之“穬”。一曰視遽皃。

雙鳥也。从二隹。凡雔之屬皆从雔。讀若醻。雔匹雔對，故从二隹，會意最顯者。

飛聲也。雨而雙飛者，其聲靃然。段玉裁説，當有“从雨雔”三字，爲各本所脱，誤。今揮靃及靃靡皆引伸義。

隹二枚也。从雔又，持之。

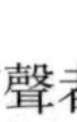羣鳥在木上也。从雥，从木。雥爲羣鳥，故从雥在木上，不言聲者，以意爲主也。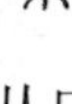雧或省。

鳥聲也。从鳥，从口。

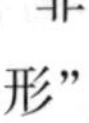田罔也。从華，象畢形，微也。或曰田聲。大徐説“甶音拂”，非也。案：此注舊有脱誤，當云“田罔也。从田，从華，華象畢形”。畢爲田獵所用，故从田。《月令》注：“罔小而柄長謂之畢。”與華形似，故云“華象畢形”，所以説从華之意。段玉裁説“微也”二字有誤，各本或作“田聲”，亦非。

少也。从幺，从力。幺者，小也。力小則年少也，故从幺，从力，會意。不言聲者，以幺小之意爲主，不得言幺聲。

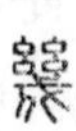微也。从二幺。凡丝之屬皆从丝。

微也，殆也。从丝，从戍。戍，兵守也。丝而兵守者，危也。幾者，動之微，吉凶之先見者也。戍守者，審勢量敵，覩人

於微，故从戍，會意。有備無患，危而獲安，其殆庶幾乎？此引伸義也，故又以幾爲神妙。

仁也。从心，从叀。徐鍇曰：“爲惠者心專也。”段玉裁說：“爲惠者必謹。”以叀訓小謹。古文惠，从芔。

幽遠也。黑而有赤色者爲玄，象幽而入覆之也。凡玄之屬皆从玄。此本从入，从幺。幺小則微遠，入於幽微則玄之又玄。玄遠者莫如天，因爲天之色，則今之蔚藍色也。鄦說黑而赤者，恐非。古文玄。

黑也。从二玄。《春秋傳》曰：“何故使吾水玆。”今染藍再入則黑，故从二玄，會意。《左哀八年傳》釋文：“玆音玄。”則讀胡涓切，與艸部之“茲”別。

出游也。从出，从放。

光景流也。从白，从放。讀若龠。凡光景流放，其色必白，故从白，會意。以其放於外也，故从放。

物落上下相付也。从爪，从又。凡𠬪之屬皆从𠬪。讀若《詩》“摽有梅”。

引也。从𠬪，从于。籒文以爲“車轅”字。𠬪者相付取，亦有引義。亏者，气之舒，亦引動之詞，故从𠬪于，會意。

撮也。从𠬪，从己。徐鉉曰：“己者，物也。又爪撮取之，指事。”案：己者，中宮也。象萬物辟藏詘形也。凡撮物者，必取之宮中，故从𠬪，从己，會意，甚明。𠬪、己兩文相合，不得爲指事，大徐似未聞六書者，抑傳寫者誤邪？錯本作，云“从乙聲”，恐非是。

引也。从𠬪𠂆。徐鉉曰：“𠂆音曳。”𠬪，二手也。而曳之，争之，道也。案：𠂆，抴也。抴猶引也。凡争者皆引之，使歸於己，兩相引則争矣。

所依據也。从𠬪工。讀與隱同。謂所依據甚安㥯也。俗作穩。工者作器，必求安㥯，故从工，會意。或謂工者，所落之処巧得宜也。

殘穿也。从又，从歺。凡𣦼之屬皆从𣦼。讀若殘。

溝也。从𣦼，从谷。讀若郝。《尔疋·釋水》曰：“注谷曰溝。”叡者，穿地通水，以注谷者也。故从𣦼，从谷，會意。溝瀆廣四尺，深四尺，叡殆近之。叡或从土。

𣦼探也，堅意也。从𣦼，从貝。貝，堅寶也。讀若概。此注各本脱誤不同，或作“𣧡，𣦼深堅意也”，段玉裁作“貝，堅實也”，“寶”當爲“實”之誤。深意故从𣦼，堅意故从貝也。

禽獸所食餘也。从歺，从肉。歺爲殘骨，更有餘肉，則知爲禽獸所食之餘也。凡殘餘字當作𣧞。段玉裁因《廣韵》十五鎋有殂，改篆作，云：“月者，缺也。”不知殘缺義同，歺既爲殘，當从肉會有餘之意。

澌也，人所離也。从歺，从人。凡死之屬皆从死。人死精神澌滅，但見其骨而已。故从人、歺，會意。古文死如此。从古文儿、古文歺。

分解也。从冎，从刀。

肉之覈也。从冎，有肉。凡骨之屬皆从骨。肉中骨曰覈，

冎爲剔人肉置其骨也。冎其肉則骨見，故从冎，从肉。

臂節也。从肉，从寸。寸，手口也。

犬肉也。从肉，犬謂若然。犬曰羹獻適於養生，故曰肰。因爲肰否之肰，與美善同意。古文肰。亦古文肰。蓋然之異文。

多肉也。从肉，从卪。大徐説“肉不可過多”，故从卪。謙謂食肥過多有害養生，故从卪，亦古人節飲食之意。

始也。从刀，从衣。裁衣之始也。舉刀見衣，故知爲裁衣之始。衣成則不用刀也。

等畫物也。从刀，从貝。貝，古之貨物也。貨物有貴賤之差，故从刀畫分之，以定其差等，因爲“法則”字。古文則。从重貝，定其差等也。亦古文則。籀文則，从鼎。蓋籀文以鼎爲貝。

剟也。从刀册。册，書也。此从刀，蓋書刀也。《周官》：“築氏爲削。”鄭云：“今之書刀。”凡艸㓞不定者，以削削之，謂之删。或取舊册刊落不用者，亦謂之删。

刓也。从刀，从金。周康王名。蓋謂釗鏤金器銘識也。今釗刻字譌作雕，段玉裁説刓義未聞，未之思耳。

裁也。从刀未。未，物成有滋味可裁斷。一曰止也。物成有滋味，當裁制之，因有止義，故从刀未。古文制如此。

辠之小者。从刀，从詈。未㠯刀有所賊，但持刀駡詈，則應罰。五罰輕於五刑，罰爲辠之小者。持刀詈，則於法應罰，持

刀賊人則刑之耳。此刑、罰輕重之别也。《初學記》引《元命包》曰：“网言爲詈，刀守詈爲罰。罰之爲言内也，陷於害也。”説與鄦異。

刵斷耳也。从刀，从耳。

魝楚人謂治魚也。从刀，从魚。讀若鍥。

栔刻也。从㓞，从木。㓞爲巧㓞，刻者工巧，故从㓞，會意，非取其聲也。刻者多用木，故从木。《釋詁》：“契，絶也。”郭璞曰：“今江東呼刻斷物爲栔斷。”

耒手耕曲木也。从木推丯。古者垂作耒梠以振民也。凡耒之屬皆从耒。丯者，艸蔡也。以木推艸丯，故知爲耒也。

等齊簡也。从竹，从寺。寺，官曹之等平也。

筮《易》卦用著也。从竹，从𢍉。𢍉，古文“巫”字。

筭長六寸，計歷數者。从竹，从弄，言常弄乃不誤也。

算數也。从竹，从具。讀若筭。具者，其數具也。竹爲算器也，音讀與筭同。鄦不以爲一字者，算爲用筭之法，筭爲器也。

典五帝之書也。从册在丌上，尊閣之也。莊都説：“典，大册也。”古册以丌庋閣之，故从册，在丌上。都以爲从册、从大，謂典爲大冊會意，鄦氏博訪通人，廣異説耳。𥫍古文典，从竹。

顨巽也。从丌，从頭。此《易·顨卦》，爲長女、爲風者。大徐説：“頭之義，亦選具也。”江聲説“鄦於此特言之”者，存《周易》最初之古文也。

奠置祭也。从酋。酋，酒也。下其丌，禮有奠祭者。酋者，繹酒也。奠之物多矣，必舉酒者，酒以成禮也。

手相左助也。从𠂇工。凡左之屬皆从左。本“𠂇”之孳生字，不言𠂇聲者，以意爲主也。又舉事左之者，𠂇手也，今俗别作佐。

貳也。差不相值也。从左，从𠂹。左手𠂹下，不相左助，是差忒也。故从𠂹、左，會意。徐鍇曰：“左於事，是不當值也。”或疑𠂹省聲，非。籀文差，从二。

能齋肅事神明也。在男曰覡，在女曰巫。从巫，从見。徐鍇曰：“能見神也。”胡狄切。

美也。从口含一。一，道也。凡甘之屬皆从甘。此从一，从口，合兩文成字，與指事殊。食物不一，而所甘之道則一，是會一之意也。

美也。从甘，从舌。舌，知甘者。

飽也。从甘，从肰。肰，犬肉也。人多甘之，故有猒飽義，从肰，會意，不取其聲也。猒或从目。

尤安樂也。从甘，从匹。匹，耦也。人情所安樂者，莫甚於匹耦，故从甘、匹，會意。甘者，樂之也。古文甚。

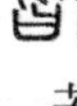語多沓沓也。从水，从曰。遼東有沓縣。大徐説：“語多沓沓，若水之流，故从水會意。”謙案：《詩》曰：“巧言如流。”

獄之兩曹也。在廷東，从棘。治事者，从曰。徐鍇曰：“以言詞治獄也。故从曰。”案：兩曹均在廷東也，故从棘，會二東之意。

甹亟詞也。从丂，从由。或曰甹俠也。三輔謂輕者爲甹。大徐説："由，用也。任狹用气也。"案：丂，爲气欲舒出，勹上礙於一也。由者，自也，從也。從不可舒出者而出之，是爲甹也，故以爲亟詞。

奇異也。一曰不耦。从大，从可。

哥聲也。从二可。古文㠯爲謌字。凡謌者必疊聲唱之，其音若可可、阿阿者，則知其爲謌也，故从二可，會意。

兮語所稽也。从丂八，象气越亏也。凡兮之屬皆从兮。語於此少稽畱，故其气舒越，从八，會分布之意。

号痛聲也。从口，在丂上。凡号之屬皆从号。

號呼也。从号，从虎。

亏於也。象气之舒亏。从丂，从一。一者，其气平之也。凡亏之屬皆从亏。

粤于也。寀慎之詞也。从亏，从寀。《周書》曰："粤三日丁亥。"寀慎而後出也，故从寀、亏。

乎語平舒也。从亏，从八。八，分也。爰《禮》説。語有分別，得其理也，故气平舒，此从八之意也。古文平如此。

喜樂也。从壴，从口。凡喜之屬皆从喜。壴者，陳樂立而上見也。聞樂而口贊之，故知其喜也。歖古文喜，从欠，與歡同。

壴陳樂立而上見也。从屮，从豆。凡壴之屬皆从壴。豆者，禮器也。古禮用樂，必俎豆陳列乃陳樂。屮，艸初生上出。設豆而見有上出者，知爲祟牙之屬，爲陳樂也，故从屮，从豆，會意。

立也。从壴，从寸。持之也。讀若駐。手執所設之樂器而持之，是立而待事也。

郭也。春分之音，萬物郭皮甲而出，故謂之鼓。从壴支，象其手擊之也。《周禮》六鼓：靁鼓八面，靈鼓六面，路鼓四面，鼖鼓、皐鼓、晋鼓、皆兩面。凡鼓之屬皆从鼓。徐鍇曰：“郭者，覆冒之意。”籒文鼓，从古聲。

木豆謂之梪。从木豆。此豆之孳生字，从木，會意，不得爲豆聲也。葢因用木豆，乃加木旁耳。

爵之次弟也。从豊，从弟。《虞書》曰：“平豑東作。”豊者，行禮之器也。爵行必設豊，有次弟，故从豊，从弟，不取其聲也。

虎文也。从虎彡，象其文也。

虎怒也。从二虎。凡虤之屬皆从虤。

兩虎争聲。从虤，从曰，讀若憖。兩虎相争，則聲气从口出，故从曰。曰者，口气出也。大徐説。

分别也。从虤，對争貝。讀若迴。

饒也。从水皿。皿，益之意也。皿可以盛水者，水入皿中則易盈，故知其益也。

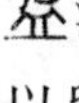滿器也。从皿夃。大徐説：“夃，古乎切。益多之義也。古者以貿易多得爲夃，故从夃。”然則以多得者置皿中，故盈滿也。

仁也。从皿以食囚也。官溥説。

丹飾也。从丹，从彡。彡，其畫也。彡者，毛飾畫文也。涂之以丹而彡畫之，故从丹，从彡，會意，不取其聲也。小徐本有“彡，亦聲”，非也。

東方色也。木生火，从生丹。丹青之信言必然。凡青之屬皆从青。古文青。古文冃，从生省。

糧也，从人食。

餔也，从夕食。

合口也。从亼，从口。亼者，三合也。三口相同爲合，十口相傳爲古，會意最顯者。

思也。从亼，从冊。亼合往古典冊，必編其次弟，得其侖理。思猶理也。故从亼、册。籒文侖。

是時也。从亼，从乁。乁，古文及。亼會於此而及之，是今時也，故从亼、乁，會乁之意，非取其聲也。

入也。从冂自外而入也。小徐說“冂音坰”，葢言自外入也。段玉裁說：“當音覛。”鄦冂、冖異篆，冖者，覆也，覆在外。

入山之深也。从山，从入。闕。入山會意，義已明，闕，謂闕其音也。案：大徐鉏箴切。

市穀也。从入，从糴。糴，穀也。故市穀从入、糴。

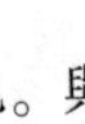完也。从入，从工。入有完聚義，故从入。工者，作事完好也。與巧同意，故从工。篆文仝，从玉。純玉曰全。古文仝。

二入也。兩从此。闕。亦闕其音也。大徐：“良獎切。”

弓弩發於身而中於遠也。从矢，从身。躲者，以正身爲主，《記》曰：“躲不中鵠，反求諸其身。”是也。篆文躲，从寸。寸，法度也，亦手也。

詞也。从口，从矢。知者言事，出諸口者疾如矢也。欲人知者，言之無隱其直，亦如矢也。《語》曰：“邦有道如矢，邦無道如矢。”

淫淫行皃。从人，出冂。冂者，遠界也。遠望人行，若行若不行之皃，故从儿，从冂。《玉篇》云：“冘冘，行皃。”即此淫淫，蓋讀若淫也。

中央也。从大，在冂之内。大，人也。央旁同意。一曰久也。人在冂之中，故知爲中央也。亦象人形。

高至也。从隹，上欲出冂。《易》曰：“夫乾隺然。”

就高也。从京，从尤。尤，異於凡也，欲異於凡則就高，是从尤，會意，非取其聲也。籀文就。

孰也。从亯，从羊。讀若純。一曰鬻也。亯以羊者，必辜孰，故从亯、羊，會意，今用純。篆文辜。

用也。从亯，从自。自知臭香所食也。讀若庸。《玉篇》“亯”今作“庸”，《廣韵》亯，庸之古文。自知臭味而亯之，是爲亯也。

山陵之厚也。从旱，从厂。此旱之孳生字，加厂旁者，會

山陵之意，非以𠂤爲聲。古文𠂤，从后土。

賜穀也。从亩，从禾。禾猶穀也。穀藏於亩，自亩而賜之，故見禾於亩外。稟而受之，因爲“稟命”字，《左傳》“稟命則不威”是也。

嗇也。从口，从亩。亩，受也。口猶圍也。亩受而藏者，更口繞之，示難出之意，故爲啚嗇。凡鄙吝字當作此。古文啚如此。

愛濇也。从來，从亩。來者亩而藏之，故田夫謂之嗇夫。凡嗇之屬皆从嗇。來猶禾也。來而入亩爲嗇，出亩見禾爲稟，故來在亩上，禾在亩下，亦會意之互文相起者。非从行來之來也。古文嗇，从田。

芒穀。秋穜厚薶，故謂之麥。麥，金也。金王而生，火王而死。从來，有穗者。从夊。凡麥之屬皆从麥。徐鉉曰：“夊，足也。周受瑞麥來麰，如行來，故从夊。”案：夊爲行遲，夊夊也。來爲芒穀專名，因假爲行來字。古聖乃加夊於來下，會行來之意。是造字者本欲以麥爲行來字，而用字者以行來字相傳已久，乃反以麥爲芒穀之名，此用字與造字者之意旨殊也。來既象芒束而又加夊以爲穀名，於義無取，而瑞麥嘉穀本有象形，專文不當别有所从。

越也。从夊，从兴。兴，高也。一曰夌徲也。兴者，地蕈叢生，因有高義。自高而越之，因爲夌徲，今作陵遲、陵夷。

送詣也。从夊，从至。夊而至之，故爲致，會至之意，不得爲至聲。又爲召致之致。

對卧也。从夂㐄，相背。凡舛之屬皆从舛。楊雄説：“舛从足春。”

周人謂兄曰罤。从弟，从眔。大徐説：“眔目相及也，兄弟親比之義。”案：弟之目所及者，故知其爲兄也。昆弟字當作此。《釋親》：“晜，兄也。”注：“今江東通言曰晜。”晜即罤。

服也。从夂㐄。相承不敢竝也。

秦昌市買多得爲夃。从乁，从夂。益，至也。《詩》曰：“我夃酌彼金罍。”大徐説：“乃難意也。”案：難至者而求至之，是市買求多得之意也。

磔也。从舛，在木上也。凡桀之屬皆从桀。舛在木上，是爲磔也。桀，即古磔字。裴駰引《謚法》曰：“賊人多殺曰桀。”因爲桀黠字。

覆也。从入桀。桀，黠也。軍法入桀曰椉。入者，覆之意也。入車曰乘車，入軍曰乘軍。“軍法”云者，蓋出《漢志·兵書》四種。入桀者，以弱勝强。《書序》曰：“周人乘黎。”《左傳》“車馳卒奔乘晋軍”是也。古文椉，从几。蓋古之乘車字，隸變作乘。

酸果也。从木，从甘。闕。此闕其聲邪？鄦豈不識某者？段玉裁謂：“義訓酸而形从甘，不得其解也。”因言：“甘者，酸之母。凡食甘多易作酸。”案：曰从口含一。含一者，兼五味言之，皆謂之道也。分言之，甘、酸各别，合言之則一也。某可止渴，人口所欲含，故从木，从甘，會意。俗假梅爲之。古文某，从口。甘猶口也。

枝 榦也。可爲杖。从木，从支。《詩》曰："施于條枝。" 杖所以支者，木可爲杖，則非小枝，又非大木，故知其爲榦也。从木、支，會意。

杲 明也。从日，在木上。《詩》曰："杲杲出日。"

杳 冥也。从日，在木下。與"莫"同意，莫爲日且冥，此則全冥，言日入於博桑之下也。

枓 勺也。从木，从斗。此斗之孳生字，後加木旁，故不得言斗聲。

杓 科柄也。从木，从勺。此亦勺之孳生字，加木旁耳，亦不得言勺聲。徐鉉曰："今俗作市若切，以爲桮杓之杓。"

臬 射準旳也。从木，从自。自猶身也。射者以身爲主，以木爲旳。身自正則射準而中旳矣。李陽冰説"自非聲"，是也。

采 捋取也。从木，从爪。《詩》曰："捋采其劉。"

析 破木也。一曰折也。从木，从斤。斤以破木者，故从木，从斤，則知其爲析木也。因爲分析字。

休 息止也。从人，依木。今行人多止息於樹下，故从人，依木，會意。《詩》曰："南有喬木，不可休思。" 庥 休或从庥。

東 動也。从木。官溥説："从日在木中。" 凡東之屬皆从東。與杲、杳同意。

𣝌 二東。曹从此。闕。案：此即"曹"之古文。獄之兩曹在廷東治事者，故从二東，會意。後加曰以足其意。鄦分而二之，遂於"𣝌"下無可説，故闕也。

平土有叢木曰林。从二木。凡林之屬皆从林。

豐也。从林奭。或説規模字。从大。𣟩，數之積也。林者，木之多也。𣟩與庶同意。《商書》曰：“庶艸繁𣞤。”徐鍇曰：“或説大𣟩爲規模之模，諸部無者，不審信也。”案：奭字不入大部，葢鄦書失載，或出於“模”下爲重文，爲後入所奪，不然鄦於此明言“从大𣟩，數之積也”，説奭爲會意字，不應無篆。然則此从林奭，會繁𣞤之意，鄦説明矣。

蠶所食葉木。从叒木。叒者，榑桑。叒，木也。段玉裁説：“榑桑者，桑之長也。故字从叒。桑不入木部而傅於叒者，所貴者也。”此本叒而加木者，叒爲日出所登，人所不到，故叒不見木，桑則見木也。

艸木妄生也。从之，在土上。讀若皇。徐鍇曰：“妄生謂非所宜生。《傳》曰：‘門上生莠。’从之，在土上，土上益高，非所宜也。”段玉裁説：“妄生猶怒生也。”葢生於土上，生得其所，何不宜之有？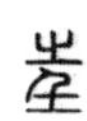古文。大徐本無此，據小徐本古文，“往”作“迬”从此，葢从之，从王，會意。

二千五百人爲師。从帀，从自。自四帀，衆意也。此鄦申明之，从自，會意，不从自聲也。葢自爲小自。師者，伍、兩、卒、旅所合，如小自四帀然。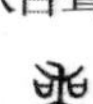古文師。

出物貨也。从出，从買。出買者，出而與人買之，是爲賣也。或以爲買聲者，非也。

艸有莖葉，可作繩索。从𣎵，从糸。杜林説：“𣎵，亦朱𣎵字。”段玉裁説：“當云索亦朱市字。”此説古今用字之變也。《詩》

曰：“晝爾于茅，宵爾索綯。”謂以艸莖葉糾作索也。

󰀀孛也。从宋，人色也。从子。《論語》曰：“色孛如也。”孛爲艸木孛孛之皃，此言人色之盛如艸木之盛，故从宋，从子，會意。

衆生竝立之皃。从二生。《詩》曰：“甡甡其鹿。”此从二生，會衆生之意，與林、棘同，不得爲生聲，但音與生近耳。

榮也。从艸，从雩。凡蕚之屬皆从蕚。此亦雩之孳生字，後加艸耳，故不言雩聲。

艸木白華也。从蕚，从白。

縛也。从口木。凡束之屬皆从束。《詩》言束薪、束楚皆木也，故从口、木，會意。因爲束帛，《襍記》“納幣一束，束五兩，兩五尋”是也。

分別簡之也。从束，从八。八，分別也。因其束也，而分別之，各爲一束，是柬擇之意也，故从束从八。

戾也。从束，从刀。刀者，剌之也。徐鍇曰：“剌，乖違也。束而乖違者，莫若刀也。”案：刀非可束者，束之則乖剌矣。

畫計難也。从口，从啚。啚，難意也。啚者，嗇也。愛濇之，故知其難也。口者，周詳也。

邦也。从口，从或。此亦或之孳生字，或本从戈守口，後更加口爲外界以足其意，故不得爲或聲也。

廩之圜者。从禾，在口中。圜謂之囷，方謂之京。

就也。从口大。徐鍇曰：“《左傳》曰：‘植有禮，因重

固。’能大者，眾圍就之。”段玉裁説：“就其區域而擴充之。”故从口大。

下取物縮藏之。从口，从又。讀若聶。

繫也。从人，在口中。

故廬也。从木，在口中。口者，象回帀形，田園之意也。古者樹牆下以桑，故从木在口中，知其爲故廬也。本有捆聚義，守故園者，勤力田畝，多困苦，因爲困窮字。古文困。

廁也。从口，象豕在口中也。會意。

譯也。从口化。率鳥者繫生鳥以來之，名曰囮。讀若譌。口猶國也。化者，教行也，从匕，从人，使他國之服我教化，是重譯來王之意也，故从口，从化。言“率鳥者繫生鳥以來之名曰囮”者，此鄦説假借之義，與𠷎同也。或疑爲从化聲者，非也。囮或从繇。又音由。

貝聲也。从小貝。貝小則聲瑣瑣然，因爲碎貨。

見也。从貝，从兟。大徐説：“兟音詵，進也。執贄而進，有司贊助之。”是也。

恃也。从人，守貝，有所恃也。一曰受貸不償。以貝與人，則失其所恃，故守貝之人往往受貸不償，義正相成。

以物質錢。从敖貝。敖者，猶放貝當復取之也。

以物相贅。从貝，从所。闕。所者，二斤也。从二斤。斤，所以析木者。二斤者，言其分析相等也。此以物相贅，言物與錢分析相等也，故从貝，从所，會意。鄦蓋闕其聲。

市也。从网貝。《孟子》曰："登壟斷而网市利。"此引《孟子》説从网之意，言网取之也。

損也。从貝，从乏。古者以金贖罪，乏貝是貶損之意也。或疑爲乏聲者，非也。

頸飾也。从二貝。飾貝者必雙之，故从二貝，會意。

國也。从口。先王之制，尊卑有大小，从卪。凡邑之屬皆从邑。

竟上行書舍。从邑，从垂。垂，邊也。

鄰道也。从邑，从邑。凡䢉之屬皆从䢉。闕。闕謂闕其音也。兩邑相背，故知爲鄰。道，今隸變作郒。

里中道。从䢉，从共。皆在邑中所共也。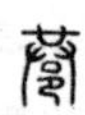篆文。从䢉省。

晨也。从日，在甲上。甲象人頭，日在上，則早之意也。《易》曰："先甲三日。"隸變作早。

進也。日出萬物進。从日，从臸。《易》曰："明出地上臸。"大徐説："案：臸，到也。會意。"蓋日出而作，故竝至也，隸作晋。

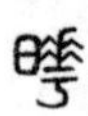光也。从日，从粵。日光舒放如粵然也。小徐本作𣆪，篆法微異，與《玉篇》引同。

望遠合也。从日ㄈ。ㄈ，合也。讀若"窈窕"之"窈"。望遠則形色不分，但見其高下相合而已。ㄈ猶比也，日光所及，相比合也。

美言也。从日，从曰。一曰日光也。《詩》曰：“東方昌矣。”言之美者，炳如日星，故从日。籀文。

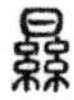眾微杪也。从日中視絲。古文以爲顯字。或曰眾口皃，讀若唫唫。或以爲繭繭者，絮中往往有小繭也。

同也。从日，从比。徐鍇曰：“日日比之，是同也。”

日無光也。从日从竝。徐鍇曰：“日無光則遠近皆同，故从竝。”案：兩火相對，則上者無光，此日無光，疑有一日竝之也，故从日竝會意。

明也。从日，見一上。一，地也。凡旦之屬皆从旦。一在大上爲天，一在日下爲旦，是合兩文成字者，故爲會意。

周旋，旌旗之指麾也。从㫃，从疋。疋，足也。徐鍇曰：“人足隨旌旗以周旋也。”段玉裁説：“旌旗所以指麾者也。旗有所鄉，必運轉其杠，是曰周旋。足謂杠之柱地者。”

軍之五百人爲旅。从㫃，从从。从，俱也。古者五人爲伍，五伍爲兩，四兩爲卒，五卒爲旅，故旅五百人也。从㫃者，旌旗以起軍旅，而人俱聽從指麾，故从㫃，从从。古文旅。古文以爲魯、衛之魯。

矢鋒也。束之族族也。从㫃，从矢。《類篇》引此有“一曰从㫃，所以標眾，眾矢之所集”十三字，説“从㫃”之意。束矢族族，因有聚族義，今以鏃爲之。

楊雄説，㠯爲古理官决罪，三日得其宜乃行之。从晶，从宜。亡新㠯爲疊从三日太盛，改爲三田。此譏新莽之陋也，今多

用疊。

月未盛之明，从月出。《周書》曰："丙午朏。"

照也。从月，从囧。凡朙之屬皆从朙。囧者，窗牖麗廔闓明也。月照囧間則爲朙，重囧會意，不取囧聲也。古文朙，从日。月以日之光爲光，故从日。

《周禮》曰："國有疑則盟，諸侯再相與會。十二歲一盟，北面詔天之司慎司命，盟殺牲歃血，朱盤玉敦，以立牛耳。从囧，从血。以歃血，故从血。段玉裁以爲"皿"聲，非。篆文。从朙。古文。从明。

轉臥也。从夕，从卪。臥有卪也。

遠也。卜尚平旦，今夕卜於事外矣。古文外。

早敬也。从丮。持事雖夕不休，早敬者也。朝有事，夕持之，故知爲早敬也。从丮夕，會意。大徐説："今俗書作夙，譌。"古文夙，从人㐁。亦古文夙，从人西，宿从此。

重也。从重夕。夕者，相繹也，故爲多。重夕爲多，重日爲疊。凡多之屬皆从多。不言兩夕而曰重夕者，會重多之意也。古文多。

厚脣也。从多，从尚。徐鍇曰："多即厚也。从多尚，會意。"

錢貝之貫。从毌貝。此毌之孳益字，後以錢貝之毌乃加貝以足其意，故不得言毌聲。

艸木𢎘盛也。从二𢎘。此篆小徐本所無，俗作芊。

木也。从木。其實下垂，故从卤。古文㮚，从西，从二卤。徐巡説："木至西方戰栗。"《論語》："使民戰栗。"此古説。知从西者，本古文。徐巡師事杜林，能傳古文。

嘉穀實也。从卤，从米。孔子曰："㮚之爲言續也。"采下埀，故从卤，有人，故从米。籒文㮚。

果也。从重朿。師説舊本誤作羊棗也，非是。故正之。案：棗爲籩實，女脩之貴者，故有專名。羊棗即梬同類異種，得叚棗名。

小棗叢生者。从竝朿。多夗本一字，分篆籒，而棗棘别爲二字者，以棘叢生，故从竝朿會叢生之意也。其實朿、棘亦一類二種。

禾成秀也，人所㠯收。从爪禾。禾成，秀乃可收取，故从爪禾，會意。與采从爪同。采或以禾，惠聲。

程也。从禾，从斗。斗者，量也。《語》曰："爲力不同科。"猶言力有不同量耳。

稀疏適也。从二禾。凡秝之屬皆从秝。讀若歷。蓛禾者稀疏相適，故从二禾。

并也。从又，持秝。兼持二禾，秉持一禾。

芳也。从黍，从甘。《春秋傳》曰："黍稷馨香。"凡香之屬皆从香。

舂糗也。从米臼。

毇米一斛舂爲八斗也。从臬，从殳。凡毇之屬皆从毇。

臿舂去麥皮也。从臼干，所目臿之。

舀抒臼也。从爪臼。《詩》曰：“或簸或舀。”抭舀或从手，从冘。䑌舀或从臼冘。兩重文皆後起字，段玉裁以爲冘聲，《周禮·舂人》：“女舂抌二人。”鄭康成說：“抌，抒臼也。”引《詩》作“或舂或抌”。

臽小阱也。从人，在臼上。古者掘地爲臼，故从人，在臼上，會意。臼，阱之小者也。

兇擾恐也。从人，在凶下。《春秋傳》曰：“曹人兇懼。”

𣏟葩之總名也。𣏟之爲言微也，微纖爲功。象形。凡𣏟之屬皆从𣏟。段玉裁說：“象‘形’二字當作‘从二木’三字。木謂析其皮於莖，𣏟謂取其皮而細析之也。”故从二木，會意。案：既从二木，不得爲象形，明矣。

㪚分離也。从攴，从𣏟。𣏟，分㪚之意也。

麻與𣏟同，人所治，在屋下。从广，从𣏟。凡麻之屬皆从麻。

㼌本不勝末，微弱也。从二瓜。讀若庾。

室實也。从宀，从至。至，所止也。

向北出牖也。从宀，从口。《詩》曰：“塞向墐户。”徐鍇曰：“牖所以通人气，故从口。”案：口猶孔也。宀内之孔耳，故从宀口。

定安也。从宀，从正。

静也。从女，在宀中。女好静者也。宀爲交覆深屋，則静所也。故安从女，在宀下。

覆也。从宀祭。祭者於宀下審其昭穆，故知其察也。徐鉉曰："祭祀必天質明。明，察也。故从祭。"段玉裁改爲祭聲，非也。

富也。从宀，从貫。貫，貨貝也。以貫置宀中，則知其富實也。故从宀，从貫，會意。

盛也。从宀谷。大徐説屋與谷皆所以盛受也。段玉裁依小徐本以爲谷聲，非。古文容，从公。葢公聲，今假爲頌皃之頌。

椒也。从宀，人在屋下，無田事。《周書》曰："宫中之宂食。"

仕也。从宀，从臣。

辠人在屋下執事者。从宀，从辛。辛，辠也。辛猶辠也。段玉裁以爲辛即辠之省，則當言"从辠省"，不知辠亦从辛，會意，引伸有宰制、宰官義。

守官也。从宀，从寸。寺府之事也。从寸。寸，法度也。

少也。从宀，从頒。頒，分賦也。故爲少。

居也。从宀，从木。讀若送。大徐説："木者所以成室以居人也。"

尊祖廟也。从宀，从示。

身也。从身，从吕。吕者，膂骨也。曲躳則膂骨見，故从

身，从吕，會意。《禮》:“伯執躳圭。”謂其形曲也。今鞠躬亦曲身耳。躳或从弓。

通也。从牙，在穴中。《詩》曰:“誰謂鼠無牙，何以穿我墉。”

深抉也。从穴，从抉。抉之深爲穴，故从穴从抉，會意。葢此即“窔”之孳生字也。

物在穴中皃。从穴中出。物在宀中，必自宀中出，故从穴出，會意。各本誤爲“出聲”，宋刻本不誤。

犬从穴中暫出也。从犬，在穴中。一曰滑也。

匿也。从鼠在穴中。鼠本穴蟲，故驚則竄匿穴中，若犬入穴中，驚則突出也。二文義正相起，此會意之最精者。

熱病也。从疒，从火。

合會也。从冃，从口。口猶器也。冃之使合，會是同之意。大徐說:“同，爵名也。《周書》曰:‘大保受同嚌。’故从口。《史籀》亦从口。李陽冰云：‘从口非是。’”然則徐猶見《史篇》與?

覆也。从冃豕。

冡而前也。从冃，从目。此本冃之孳益字，因冡頭乃加目以足其意，故不得言冃聲。古文冒。

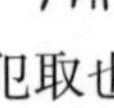犯而取也。从冃，从取。冃者，猶冡而前也。冃而取之，是犯取也，故从冃，从取。小徐本衍“聲”字，非。

平也。从廿，五行之數，二十分爲一辰。㒳，㒼平也。讀

若蠻。師説謂一日百刻分十二，然則五行分之，各得二十分爲㒳數，故从廿，从网。

捕魚竹网。从网非。秦㠯爲辠字。非者，違也。有違背者网之，是入罪也。與罷置義正相起，然則以爲辠者，亦古誼也，故从非，从网，會意。《文字音義》云：“始皇以辠字似皇，乃改爲罪。”亦附會之詞。《詩》曰：“天降罪罟。”即辠罟也。

以絲罟鳥也。从网，从維。古者芒氏初作羅。

遣有辠也。从网能。言有賢能而入网即貰遣之。《周禮》曰：“議能之辟。”网，辠网也。非者罪之，能者罷之，會意之相起者，與突、竄同。

赦也。从网直。徐鍇曰：“从直，與罷同意。”理直者誤入辠网，直赦之而已，故从网，从直，會意。网亦辠网也。

罵也。从网，从言。网辠人。

馬絡頭也。从网，从𩍹。𩍹，馬絆也。既絆其足，又网其頭，故从网在上，知爲絡頭。䍜或从革。今作羈，用爲羈旅字。

西方色也。陰用事，物色白。从入合二。二，陰數。凡白之屬皆从白。陽主出，故春物發生。陰主入，秋則萬物收斂，故从入。古文白，書法微異。

親也。从人，从二。大徐説：“仁者兼愛，故从二。”葢人獨則無親，耦則相親，故其字从人二。古文仁，从千心。《孟子》曰：“仁，人心也。”謂仁乃是人之所以爲心也，故从千心。

古文仁。或从尸，尸猶人也。

學也。从人，从士。士者，推十合一，是善學者也。《語》曰："仕而優則學，學而優則仕。"故其字从人士，會意。

交也。从人，从交。此交之孳生字，加人旁以足其意。《管子·明法解》曰："群臣皆忘主而趨私佼。"今以"交"爲之。

殷聖人阿衡，尹治天下者。从人，从尹。鄭康成説《毛詩》云："伊尹，湯所依倚而取平。"故以爲官名。鄦云："伊尹殷聖人，尹治天下者。"故从人、尹，會意，亦不以爲姓氏。古文伊，从古文死。

待也。从人，从待。小徐本作"待"聲，恐非。此專以會意爲主，後加人旁以足之，今經典或作峙，或作庤。

列中庭之左右謂之位。从人立。此亦立之孳生字，後加人以足其意，人所立處即爲位也。《春秋》"公即位"爲"公即立"。

与也。从寸，持物對人。大徐説："寸，猶手也。"

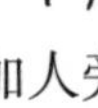舉也。从人，从卬。卬者，望欲有所庶及也。即仰望字，後加人旁以足其意，故不得言卬聲。《詩》曰："高山卬止。"今作"仰"。

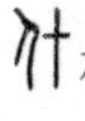相参伍也。从人，从五。

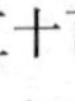相什保也。从人十。

相什伯也。从人百。五人爲伍，十人爲什，百人爲佰，此會五十百之意，以意爲主，故不得言聲也。

起也。从人，从乍。乍者，止也，言亡者得一而止。亾、止，作起義相反而相成者，凡人必先止乃見其起也，故作从人、巳，會意。

便安也。人有不便更之故。从人更。

俔譬諭也。一曰間見。《詩》曰："俔天之妹。"間見，各本誤作"聞見"，宋刻本不誤。言不可多見而間見之也，故从人見，會意，不取其聲。

俒完也。《逸周書》曰："朕實不明以俒伯父。"从人，从完。

倌小臣也。《詩》曰："命彼倌人。"从人，从官。

偄弱也。从人，从耎。

儗僭也。一曰相疑。从人，从疑。凡僭儗之事，人多疑之，故从人，从疑，會意。小徐本以爲疑聲，非也。《曲禮》："儗人必於其倫。"儗猶比也。

伏司也。从人，从犬。小徐本有"犬司人也"四字，謂犬伺人而吠之，説此字之會意也。大徐説："司，今人作伺。"

伐擊也。从人持戈。一曰敗也。戍亦从人負戈，而入戈部，與此義異者，戍从人，在戈下，象負戈以守之意，此以戈在人後擊之，故爲伐也。伐之必欲敗之，故又爲敗，《左傳》"擊之以戈"是。

咎災也。从人，从各。各者，相違也。人各相違，必有災咎也。

弔問終也。古之葬者厚衣之以薪。从人持弓，會敺禽。小徐本有"弓蓋往復弔問之義"八字，蓋别一義。《左傳》有"相問以弓"者，故云然。

人在山上皃。从人，从山。人在山上有高舉意。顔元孫引鮑明遠《書勢》云：“鳥仚魚躍。”《廣韻》許延切。

分也。从人，从牛。牛大物，故可分。此事件字也。人事莫大於耕，故从人，从牛，牛所以耕也。鄦訓爲分。段玉裁疑爲半之誤體，遂奪此篆，非也。

相次也。从匕，从十。鴇从此。十者，數之具也。比叙之則必有其次矣，故从匕、十，會意。今讀博抱切。

頭不正也。从匕，从頁。頁者，頭也。匕者，有所比附也。匕其頭，是不正也。然頃首者，必有所爲，因有俄頃義。

望欲有所庶及也。从匕，从卪。《詩》曰：“高山卬止。”匕猶比，庶及意也。庶及，猶庶幾也。卪者，其欲庶及之所也。

高也。早匕爲𠦝，匕卪爲卬，皆同義。匕即比也。早匕之，則高出於後比之者矣。古文𠦝。隸作卓，本此。

很也。从匕目。匕目，猶目相匕，不相下也。《易》曰：“艮其限。”匕目爲艮，匕目爲真。匕爲變匕之匕，言二字同意。此目相比者，猶若怒目相視也。

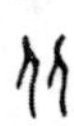相聽也。从二人。凡从之屬皆从从。以人从人，謂之相聽从也。《周禮》：“客从拜辱於朝。”今皆用從。

菲也。从二人相背。凡北之屬皆从北。二人相隨爲从，相背爲北。北即古背字。古者南面而立以朝諸侯，因爲背爲北面，此會二人相乖背之意。

土之高也。非人所爲也。从北，从一。一，地也。人居在

北南，故从北。中邦之居在崐崘東南。一曰西方高、中央下爲北。象形。凡北之屬皆从北。古文。从土。

多也。从众。目眾意。

善也。从人士。士，事也。一曰象物出地挺生也。凡壬之屬皆从壬。大徐説："人在士上，壬然而立也。"

近求也。从爪壬。壬，徼幸也。爪壬者，言挺其爪，妄有所取，徼幸之意，因爲浸淫。

伏也。从人臣。取其伏也。凡臥之屬皆从臥。

楚謂小兒懶䞃。从臥食。臥食者，懶之意也。

作樂之盛稱殷。从月，从殳。《易》曰："殷薦之上帝。"

上衣也。从衣，从毛。古者衣裘，以毛爲衺。隸作表，《玉藻》："表裘不入公門。"表裘，毛在外者，故从衣毛。古文表，从麃。

裁也。从衣，从制。不言制聲者，會裁制之意也。

以組帶馬也。从衣，从馬。从衣馬者，會以組帶馬之意也。《百官·注志》曰："秦爵二十等，三曰簪褭，御駟馬者。"又馬名要褭，古之駿馬也。

蹲也。从尸。古者居从古。大徐説："居从古者，言法古也。"案：古者穴居，多蹲踞，故从古。今以居爲凥處字，俗作踞。俗居。从足。小徐作𡰥，云："一本从居。"

臥息也。从尸自。臥者息自鼻出，故从尸自，會意。大徐説："自，古者以爲鼻字，故从自。"小徐作自聲，非。

柔皮也。从申尸之後尸。或从又。大徐説："注似闕脱，未詳。"小徐作㞋，而曰："或从又。"疑从又爲是。段玉裁以爲："當从尸又又申尸之後也"，从尸謂皮也，从又謂申其後也。案：叉猶又也。攻皮，手指錯交攻之，以去毛也。毛在手，必叉之乃脱，故从叉尸，會意。《廣雅》曰："㞋，弱也。"是與耎音義同。

終主也。从尸死。終主者始無所主，死以是爲主也。

居也。从尸，尸所主也。一曰尸象屋形。从至，至所至止也。室屋皆从至。此説會意之最詳者。籀文屋，从厂。古文屋。

十寸也。人手卻十分動脈爲寸口。十寸爲尺。尺，所以指尺規榘事也。从尸，从乙。乙，所識也。周制，寸尺咫尋常仞諸度量，皆以人之體爲法。凡尺之屬皆从尺。

微也。从到毛，在尸後。古人或飾系尾，西南夷亦然。凡尾之屬皆从尾。《後漢書・西南夷列傳》曰："槃瓠之後，好五色衣服。製裁皆有尾形。"然則古聖製字，尾不取禽獸形，而以到毛屬之尸後者，所以貴人也。

人小便也。从尾，从水。

我也。闕。此本从舟，从灷，鄦以《史篇》遺亡不得灷篆之義，故闕之也。段玉裁説："當訓舟縫也。《考工記・函人》曰：'視其朕，欲其直也。'凡言朕兆者，謂其幾甚微。如舟之縫，如龜之坼也。又目部'瞽'下云：'目但有朕也。'言目但有縫耳。"然則此灷从廾火，亦會意字，如火之始然也，故朕从之，會意，

因爲朕兆也。

辟也。象舟之旋。从舟，从殳。殳，所以旋也。殳所以刺船，能令舟旋者也，故从殳。古文般，从支。

高而上平也。从一，在人上。讀若敻。茂陵有兀桑里。儿，古文奇字人也。人詰詘在下，一居高以平之，故有兀然之象，蓋即古“元”字也。

長也。从儿，从口。凡兄之屬皆从兄。儿詰詘在下，口以詔之，是兄長之意也。段玉裁説：“有滋長、長幼義。”《詩・小雅》：“兄也永歎。”《傳》：“兄，兹也。”《大雅》：“倉兄填兮。”《傳》：“兄，滋也。”口之言無盡也，故以儿口爲滋長之意，古音讀如荒，轉爲去聲。俗从水作況，譌作况，陸氏《音義》不能諟正，未知兹長乃兄之本義也。

朁朁鋭意也。从二先。先主入，故兩先爲鋭之意。兟兟，猶朁朁，謂意内而言外。

前進也。从儿，从之。凡先之屬皆从先。先猶言前也。大徐説：“之在人上是先也。”

進也。从二先。贊从此。闕。謂闕其音也。《詩・大雅》：“甡甡其鹿。”《五經文字》張參所據《毛詩》古本作“兟兟”，蓋並先爲衆進之意。

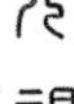視也。从儿，从目。凡見之屬皆从見。

瞻也。从見示。示者，天垂象以示人，可爲人所瞻視，故从見示，不得言示聲也。古文視。古文視。

取也。从見，从寸。寸度之，亦手也。

突前也。从見冃。徐鉉曰：“冃，重覆也。犯冃而見，是突前也。”

竝視也。从二見。凡覞之屬皆从覞。讀弋笑切。今燕人呼相見爲覞，覞本古語。

見雨而止息。从覞，从雨。讀若欷。師説以爲即古“霽”字。

卒喜也。从欠，从喜。本喜之孳生字，後加欠旁，故不得言聲。卒喜，猶猝喜也。

慕欲口液也。从欠，从水。凡次之屬皆从次。欠者，張口气悟也。有所慕欲而口生液，故从欠、水。次或从侃。籀文次。

私利物也。从次皿。次，欲也。欲皿爲盜。皿猶物也。見人之物而來次之，故爲盜。

頭也。从百，从儿。古文䭫首字如此。凡頁之屬皆从頁。百者，䭫首字也。胡結切。

理也。从頁，从川。川水下流，順之至也，故从川，會意，不取其聲。小徐作川聲，非。頁者，謂得其首端，則眾緒理也。

白皃。从頁，从景。《楚詞》曰：“天白顥顥。”南山四顥，白首人也。徐鉉曰：“景日月之光明白也。”此从頁景，會白首之意。

頭不正也。从頁，从耒。耒，頭傾也。讀又若《春秋》“陳夏齧”之“齧”。从耒，會意，不言聲。

熱頭痛也。从頁，从火。下有“一曰焚省聲”，廣異説耳。鄦所不从，此本會火之意。

難曉也。从頁米。一曰鮮白皃。从粉省。頁猶種也。種繁多如米不可别，會意。一説黔首之多如米也，故曰元元。段玉裁説：“《六書故》引唐本从迷省。”徐鉉曰：“難曉亦不聰之義。”此本古種類字也。

選具也。从二頁。此古“巽”字也。二頁，具之意。

面和也。从頁肉。讀若柔。骨剛肉柔，故从肉。

面焦枯小也。从面焦。《玉篇》引《楚辭》云：“顔色醮顇。”言人幽愁則面焦枯，故从焦，會意，不言焦聲也。

截也。从𩠐，从斷。斷首爲𩠐。《廣雅》“𩠐，斷也”。或从刀，專聲。

繫也。从系持県。徐鉉曰：“此本是縣挂之縣，借爲州縣之縣。今俗加心，别作懸，義無所取。”案：《周禮》“縣系於遂”。秦漢，縣系於郡。縣者，言有所系屬也，亦令長之意。

面毛也。从頁，从彡。凡須之屬皆从須。大徐説：“此本須鬠之須。頁，首也。彡，毛飾也。借爲所須之須。俗書从水，非是。”

稠髮也。从彡，从人。《詩》曰：“㐱髮如雲。”人之有毛飾者，則唯稠髮，故从人、彡，會意。㐱或从髟，真聲。

䰇也。从彡，从文。凡彣之屬皆从彣。以毛飾畫而成文章，因加彡以足其義，本文之滋生字，故不得言文聲。

長髮猋猋也。从長，从彡。凡髟之屬皆从髟。彡猶毛也。《玉篇》："長髮髟髟。"故从長、彡，會意。《通俗文》："髮垂白髟。"潘岳《秋興賦》："斑鬢髟以承弁。"李善注引《説文》有"一曰白黑髮襍而髟"八字。

髮也。从髟，从毛。獸豪爲毛，人髮中之秀出者爲髦，故从髟、毛，會意。《詩》："三言髦士。"謂豪俊也。馬鬣偁髦，亦其意也，不得言毛聲。

意内而言外也。从司，从言。言者，心之聲也。意主於内而言發於外。司猶主也，故从司、言，會意。不入言部者，不得爲司聲也。

圜器也。一名觛，所以節飲食。象人卩在其下也。《易》曰："君子節飲食。"凡卮之屬皆从卮。案：古當作㔾，从卩，在人下。小篆求工，𠂇引而長，人體反不顯。

發號也。从亼卩。號令者，召集之卩也。亼者，集合也。故从卩，从亼，會意。徐鍇曰："號令者，集而爲之卩制也。"

二卩也。巺从此。闕。謂闕其音讀也。

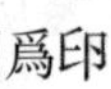執政所持信也。从爪，从卩。凡印之屬皆从印。手所持之卩則爲印，然則印者於古爲印信之詞，漢時始謂之印章，《周禮》"璽節"，注云"今之印章"。此古今用字之别也。漢諸侯王以上謂之璽，御史大夫以下皆謂之印。

顔气也。从人，从卩。凡色之屬皆从色。《詩·大雅》言

令色語曰“色難”，又曰“色勃如也”，言人之威容卪度莫如顏色，故从人、卪。但卮从側形，色則从人正立也。古文。

軍之制也。从卪𠨌。凡卯之屬皆从卯。闕。闕謂其音讀，未聞也。卪𠨌，今讀節奏。

治也。从辟，从井。《周書》曰：“我之不𠌥。”《易》曰“井法”也。

在手曰匊。从勹米。米㪚勹之則聚，故从勹米，會意。大徐說：“今俗别作掬，非。”

少也。从勹二。二者，平分之數也，故有均平之義。平分之則見少，勹之則爲勻，義相反而相成。

徧也。十日爲旬。从勹日。日之數十，自甲至癸而一徧，故勹日一周則爲旬也。古文。段玉裁說：“从日勻，會意。”

覆也。从勹人。此古抱子、抱孫正字，故从勹人，會意。

象人裹妊巳在中，象子未成形也。元气起於子。子，人所生也。男左行三十，女右行二十，俱立於巳爲夫婦。裹妊於巳巳爲子，十月而生。男起巳至寅，女起巳至申，故男秊始寅，女秊始申也。凡包之屬皆从包。此本从勹从巳會意。鄦説象裹妊者，亦象意耳。勹爲包裹之古文，包本胞胎字，《淮南·氾論》曰：“禮三十而娶。”高誘云：“三十而娶者，陰陽未分時，俱生於子，男從子數，左行三十立於巳。女從子數，右行二十亦立於巳。合夫婦，故聖人因是制禮，使男子三十而娶，女二十而嫁。其男子自巳數，左行十得寅，故人十月而生於寅，男子數從寅起。女自巳數，右行十得申，亦十月而生於申，故女子數從申起。”高與

鄦同。

兒生裹也。从肉，从包。此本包之孳生字，後加肉旁耳，鄦不入肉部者，不得言包聲也。以胞次包者，明包、胞本一字，分古今也。

肅也。从攴苟。攴猶迫也。迫之使自苟，則爲敬也。

老物精也。从鬼彡。彡，鬼毛。彡者，毛飾畫之文。此謂圖畫鬼物也，故从彡，會意。或从未。蓋未聲也。籀文。从彖首，从尾，省聲。此與刻木录录之彔篆相佀，謂刻畫鬼物也，與从彡同意。古文。段本删此。

相訹呼也。从厶羑。厶者，姦衺也。羑者，進善也。以姦衺之心訹之，若進善然。或从言秀。蓋秀聲。或如此。盾者，所以扞身蔽目，自私隱者，與厶同意。古文。大徐說："羊部有羑，羑，進善也。此古文重出。"案：古以羑爲𠂹，善誘義相引申也，後加厶爲訹。𠂹實羑之滋生字，鄦既以羑入羊部，不嫌重出於𠂹下，欲明古文遞變之由，故以之相起，與"得"下重出"㝵"同也。

山巖也。从山品。讀若吟。大徐說："从品，象巖厓連屬之形。"案：从品，亦象眾口之意，或以爲品聲，非也。

陬隅高山之節也。从山从卪。師説讀若隅。大徐本云"子結切"，則讀與節同。

二山也。凡屾之屬皆从屾。闕。謂闕其音也。今讀所臻切。

兵車藏也。从車，在广下。車在广下，則知爲庫。

屋下眾也。从广炗。炗，古文光字。大徐説："光亦眾盛也。"案：广下有光則爲眾盛。

側傾也。从人，在厂下。厂勢多傾側，故从人，在厂下，會意。古與側昃字相假借。籀文从矢。矢亦聲。

仰也。从人，在厂上。一曰屋梠也。秦謂之桷，齊謂之产。屋梠云者，無説假借也。

闕。謂形、義、音俱闕也。《廣韻》讀芳萬切，則與𩲡、娩二字同音。《集韻》則讀于願切。

在高而懼也。从产，自卪止之。凡危之屬皆从危。《韻會》引《説文》"从产人，在厓上，自卪止之。"蓋产即古危字。人在厂上，居高而懼也，後加卪，以足其意。

磛喦也。从石品。《周書》曰："畏于民喦。"讀與巖同。大徐説："从品與喦同意。"案：眾品象磛巖之意。

罪不至髡也。从而，从彡。罪不至髡則削其頰毛，故而爲罪之至輕者。因而爲罪名，乃加彡以别之。或从寸。諸法度字从寸。以"耏"从彡於刑法意未顯，乃改从寸，是耏、耐皆"而"之孳生字，若以爲而聲，則失之矣。徐鉉曰："今俗别作髵，非是。"

鬭相丮不解也。从豕虍。豕虍之鬭不解也。讀若"蘮蒘艸"之"蘮"。司馬相如説："豦，封豕之屬。"一曰虎兩足舉。虍，虎文也。象虎、豕鬭不相捨，故从虍。一曰虎兩足舉，象據

形，本古“據”字，鄦明古義耳。

豙豕怒毛豎。一曰殘艾也。从豕辛。徐鉉曰：“从辛，未詳。”段玉裁説：“以毛豎如食辛辣也。會意。”

豩二豕也。豳从此。闕。謂闕其音也。二豕爲豩。豕本頑鈍之物，故古有讀若頑者。

𢑚㣇屬。从二㣇。此與豩同，皆兩之以見意，鄦以古文𢑚見《虞書》，故知其音也。𢑚古文𢑚。《虞書》曰：“𢑚類于上帝。”此所引蓋壁中古文，伏生及孔安國以今文讀定之，皆作“肆”，太史公《史記》引作“遂”。

彖豕也。从彑，从豕。讀若弛。此本古“豕”字。象頭、足、毛、尾之形，後以彑爲豕頭，遂分爲二字。鄦但訓豕，可證蠡、惕皆从彖聲。今韵蠡入薺，惕入佳，皆與古音合也。

𩡧馬八歲也。从馬，从八。此从八，會意，非取其聲也。

騛馬逸足也。从馬，从飛。《司馬法》曰：“飛衛斯輿。”此引《司馬法》釋从飛之意。

馺馬行相及也。从馬，从及。讀若《爾雅》：“小山馺，大山峘。”此亦从及，會意，非及聲也。

薦獸之所食艸。从廌，从艸。古者神人以廌遺黃帝，帝曰：“何食，何處？”曰：“食薦。夏處水澤，冬處松柏。”古聖造字以廌食艸，乃从艸廌，因爲凡獸所食艸之偁，《莊子》：“麋鹿食薦。”三蒼注：“六畜所食曰薦。”

𪋻鹿行揚土也。从麤，从土。鹿行迅遠，群鹿行逐，則揚土起壟，故从巤土，隸作塵。籒文。

狡兔也。兔之駿者。从㲋兔。㲋亦獸也，佀兔，青色而大。象形。此㲜爲兔之大者，故从㲋，从兔，言其佀㲋非㲋，佀兔非兔，則知其爲㲜也。

失也。从辵兔。兔，謾訑善逃也。

屈也。从兔，从冂。兔在冂下，不得走，益屈折也。

兔子也，娩疾也。从女兔。《釋獸》曰："兔子娩。"本或作嬔，鄦書："嬔，生子齊均也。"兔生子迅疾，故从女，爲凡生子之偁，俗作娩。

犬之多毛者。从犬，从彡。《詩》曰："無使尨也吠。"

犬視皃。从犬目。謂犬張目而視，狊狊然。《爾雅》"鳥曰狊"與"獸曰釁""人曰撟""魚曰須"竝舉，題爲"須屬"，注謂"辨人魚鳥獸氣體所須之名"。鳥振毛羽，如犬張目，因名。

獿獶也。从犬夒。夒爲貪獸，犬性獨，獿獶咳吠貪獨之象，故从犬夒，會意。俗本誤衍，夒聲。孫本不誤。

犬食也。从犬，从舌。讀若比目魚鰈之鰈。犬食以舌，故从舌，會意。《漢・吴王濞傳》："狧穅及米。"《史記》作"䑛"，讀如荅。

曲也。从犬出户，下身曲戾也。

禽走，臭而知其迹者，犬也。从犬，从自。大徐説："自，古鼻字。犬走以鼻知臭。故从自。"案：犬行逐處臭之聞其气，知其蹤迹所至，因爲芳臭字。

兩犬相齧也。从二犬。凡㹜之屬皆从㹜。

确也。从㹜，从言。二犬所以守也。

柴祭天也。从火，从昚。昚，古文慎字。祭天所以慎也。樊柴而祭謂之祡，亦謂之尞，《周禮》“槱燎”，字當作“尞”。

死火餘㶳也。从火，从又。又，手也。火既滅可以執持。

灼龜不兆也。从火，从龜。《春秋傳》曰：“龜㸐不兆。”讀若焦。《左氏·哀二年傳》：“卜戰，龜㸐。”無“不兆”二字，葢鄦以此釋之。

大飛也。从火䙴。㶳與䙴同意。師説䙴葢䙴省。段玉裁説：“當从䙴省，䙴即䙴之或體。”案：䙴爲升高，疑𡔁本䙴之古文，从臼，舉之在一上，故爲升高。後乃加廾卩𡔁篆，葢後人所奪火飛升高，故从𡔁，會意。

盛火也。从火，从多。火多則盛，此从多會意，非取其聲也。别本誤爲多聲，孫氏古文不誤。

明也。从火，在儿上。光明意也。目在人上爲見，气在人上爲欠，口在儿上爲兄，皆同意。古文。古文。

見也。从火日。晝以日見，夜以火見，故从火、日，會意。師説即炚光字是也。

滅也。从火戌。火死於戌，陽气至戌而盡。《詩》曰：“赫赫宗周，褒似威之。”火生於寅，盛於午，死於戌，故从火戌为威。

火光上也。从重火。凡炎之屬皆从炎。

兵死及牛馬之血爲粦。粦，鬼火也。从炎舛。徐鍇曰：“案《博物志》：‘戰鬬死亡之處，有人馬血，積年爲粦，著地入艸木，如霜露不可見。有觸者，著人體便有光，拂拭即散無數。又有吒聲如鬻豆。”舛者，人足也，言光行著人。

火所熏之色也。从炎上出囮。囮，古窗字。凡黑之屬皆从黑。

屋下鐙燭之光。从焱冂。

盛皃。从焱，在木上。讀若《詩》曰：“莘莘征夫。”别本鄦注下有“古文伷一曰嶷一曰役也”十字，孫氏古本但有“一曰役也”四字。

炮肉也。从肉，在火上。凡炙之屬皆从炙。籒文。徐鍇曰：“今東京文有此字。”

南方色也。从大，从火。凡赤之屬皆从赤。火者，南方之行，火大則色赤而明。古文。从炎土。

火赤皃。从二赤。火大朙則赫赫然，赤之盛也，故从二赤，會意。《詩》言“赫赫”，顯盛皃，《邶》之《詩》曰：“赫如渥赭。”

覆也，大有餘也。又欠也。从大申。申，展也。大則能覆，申而展之，乃能大覆有餘。奄息爲欠。《記》曰：“君子欠申。”是别一義。

大約也。从大，从㓞。《易》曰：“後世聖人易之以書契。”古書契用竹册以削刻之。㓞者，古梨刻字，故从大、㓞，會意。

平也。从大，从弓。東方之人也。大象人形，東方之人以弓矢爲國，猶肅慎氏貢楛矢石砮之類，故从大、从弓。

姓也。亦郡也。一曰吴大言也。从矢口。徐鍇曰：“大言，故矢口以出聲。《詩》曰‘不吴不揚’，今寫《詩》者改‘吴’作‘吳’，又音乎化切，其謬甚矣。”段玉裁説：“《韵會》但引‘大言也’‘姓也亦郡也’云云，蓋後人所增。”古文如此。

告而免凶也。从屰，从夭。夭，死之事，故死謂之不幸。屰者，不順也。不順從夭死之事，則免死爲幸也。

縊也。从交，从糸。交糸者，兩絲相切也。不言交聲者，从交，會意，不得爲聲也。不入糸部者，重交也。

厀中病也。从尣，从羸。羸者，瘦也。尣爲尩曲，脛厀病則瘦而尩曲，故从尣，从羸，會意。别本或誤作羸聲，从孫本。

壹壺也。从凶，从壺，不得泄凶也。《易》曰：“天地壹壺。”《繫辭》傳文，今《周易》作“絪緼”，鄦據孟氏《易》作“壹壺”，其本字也。言元气渾然，吉凶在中，尚未分也。故从吉凶在壺内，會意。吉凶猶陰陽也。

專一也。从壺吉。凡壹之屬皆从壹。師説吉非聲，蓋與壺同。从吉在壺中，言吉凶未分。本會意字，他書或作烟煴、氤氲，蔡邕注《典引》曰：“烟烟煴煴，陰陽和一相扶皃也。”今本誤作吉聲，其讀遂與“絪”異。隸作壹。

所以驚人也。从大，从羊。一曰大聲也。凡㚔之屬皆从㚔。一曰讀若瓠。一曰俗語以盜不止爲㚔。㚔，讀若籋。羊者，撖也。大撖刺所以驚人，故从大，从羊，會意。

睪司視也。从横目，从㚔。令吏將目捕辠人也。伺察之，故从目，所以驚辠人，故从㚔。鄦以漢制説之，言今之吏人用眼目捕罪人，以“令”爲“今”之誤。段玉裁如此説。

圉囹圉所以拘辠人。从㚔，从口。一曰圉，垂也。一曰圉人，掌馬者。小徐本無“一曰”以下十二字。《禮記·月令》云：“省囹圄。”

報當辠人也。从㚔，从𠬝。𠬝，服辠也。司馬彪《百官志》曰：“廷尉掌平獄，奏當所應。凡郡國讞疑罪，皆處當以報。”《漢書·張湯傳》：“訊鞫論報。”是“報”本斷獄服罪上聞，因爲報聞、報復字。

㚔進趣也。从大，从十。大十猶兼十人也。凡㚔之屬皆从㚔。讀若滔。進之疾如兼十人也，故从大十。

皋气皋白之進也。从㚔，从白。《禮》：“祝曰皋，登謌曰奏。”故皋奏皆从㚔。《周禮》曰：“詔來鼓皋舞。”皋，告之也。气皋白者，謂急進者之气。皋，白也。故鄦引皋舞説之。嗥呼告號則白气滃然，暤、晧皆後起字。

夰放也。从大而八分也。凡夰之屬皆从夰，放，猶遠也。八者，分也。大而分之，是放遠之意也。

臩驚走也。一曰往來也。从夰臦。《周書》曰“伯臩”。古文臦，古文囧字。段玉裁説：“當作古文，以爲囧字。”《古文尚書》有“囧命”。《書序》曰：“穆王命伯囧爲太僕正，作《囧命》。”《周本紀》曰：“穆王閔文武之道缺，乃命伯臩申誡太僕之政，作《臩命》。”是“臩”古“囧”字也。徐鉉曰：“臦，居况切。臦猶乖也。”案：夰猶放逐也。兩臣相乖，故爲驚走。又爲往來皃。

大白澤也。从大，从白。古文以爲澤字。石鼓文有，或説即此大白澤也。此謂气之臭然大白而光澤也。段玉裁以白澤爲獸名，孰别爲大小？疑“澤”爲衍文，非鄦意也。古既借爲澤字矣，則澤爲後起字。臭有澤音。

有法度也。从夫，从見。丈夫所見，必合規巨，故規从夫見，會意。規所以爲圜也，巨所以爲方也。規，蒦度也，因爲規正字。

竝行也。从二夫，輦字从此，讀若伴侶之伴。此鄦以俗字釋古音、古義也，侶字鄦書所無，伴訓大皃，無伴侶義，鄦欲明此“㚘”爲古侶伴字，故以伴音讀之。

臨也。从立，从隶。隶，及也。立而及，是臨竦也。俗作莅莅。

敬也。从立，从束。束，自申束也。

見鬼鬽皃。从立，从彖。彖，籒文鬽，讀若“虙羲氏”之虙。

併也。从二立。凡竝之屬皆从竝。

志也。从心察言而知意也。从心，从音。音者，言之聲也。

外得於人，内得於己也。从直，从心。心中正直，則身無邪慝，故内得於己，惠澤旁流，故外得於人。《書・洪範》：“三德，一曰正直。”古文。

疾利口也。从心，从册。《詩》曰："相時𢜞民。"今《詩》無此語。《尚書·般庚》："相時憸民。"《集韵》引《説文》作"《商書》'相時𢜞民'"。葢丁度所見古本不誤。憸，葢𢜞之通假。徐鍇曰："册言衆也。利口爲衆所疾惡也。"

戇也。从心，从禺。禺，猴屬，獸之愚者。

意也。从心，从能。徐鍇曰："心能其事，然後有態度也。"葢誠於中，必形於外，故从心能會意。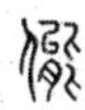或从人。

煩也。从心，从滿。凡心煩則志滿氣盛，故不以爲滿聲。

愁也。从心，从頁。徐鍇曰："𢝊形於顔面，故从頁。"

水朝宗于海也。从水，从行。衍从水，在中，與洐不同。洐爲溝水行，故从水，在旁。衍爲海淖流衍，其勢滿盛，故从水，在中，會意。

水散石也。从水，从少。水少沙見。楚東有沙水。水大則沙不見，故从水少，會意。譚長説："沙或从尐。"尐讀子結切。尐亦少也。

小水入大水曰潨。从水，从衆。《詩》曰："鳧鷖在潨。"小水衆多，入于大水，故从衆水。

溝水行也。从水，从行。

行流也。从水，从夬。灊江有決水，出於大别山。水出於大别山者爲決，是決爲水名。《地理志》："廬江郡雩婁，決水北至蓼入淮。"《水經注》："決水自安豐縣故城西北，逕蓼縣故城東，又西北，灌水注之，又北入于淮。"此決爲水行流，故从水、夬，

會意。

澓洄也。从水，从回。此本“回”之孳生字後加水旁耳。回，象回轉形，加水爲澓洄，故不得言回聲。

浮行水上也。从水，从子。古或以“汓”爲没字。子浮於水上爲汓，人在水中爲休，皆同意，故古假爲没。汓或从囚聲。

履石渡水也。从水，从石。《詩》曰：“深則砅。”水之淺者，履石可渡，若水深，則非履石可渡。《詩》言“深則砅”，則厲之假借耳。《釋水》曰：“以衣涉水爲厲。”又曰：“繇帶以上爲厲。”砅或从厲。

没也。从水，从人。别本下有“讀與溺同”四字，孫氏宋本所無。人入水爲休，即古溺沈字，後人多以水名之“溺”用之。《玉篇》引孔子曰：“君子休於口，小人休於水。”

沈也。从水，从叟。叟爲入水有所取，从又在囘下。囘，淵水也。然則没爲叟之孳生字，後加水旁以足其意，故不得言叟聲。

水石之理也。从水，从防。《周禮》曰：“石有時而泐。”防爲地理，實兼水石，此加水旁，爲防之後起字，故不得爲防聲。鄦引《考工記》文。徐鍇曰：“言石因其脈理而解裂也。”石之理如水之理。

議辠也。从水獻。與法同意。“法”下云：“平之如水。”故議辠者取其平也。《文王世子》：“獄成，有司讞於公。”言議既平而獻於上也，故从水、獻，會意。

二水也。闕。凡林之屬皆从林。此謂闕其聲也。

水行也。从林㐬。㐬，突忽也。㐬，謂不順忽出也。此水順流而从㐬者，義相反而相成也。篆文。从水。

徒行厲水也。从水，从步。《釋水》曰："繇膝以上爲涉。"葢履石渡水，故从步，會意。篆文。从水。

水厓，人所賓附，頻戚不前而止也。从頁，从涉。凡頻之屬皆从頻。此从頁，與惪同意。凡人病涉，則顰蹙之容見於面，故从涉、頁，會意。徐鉉曰："今俗别作水濱，非是。"本作瀕，俗省作頻，後加卑聲作顰，今分頻、瀕、顰爲三字。

四方有水，自邕城池者。从川，从邑。四方有水，則中爲城邑，故鄦言"自邕城池"説从邑之意。段玉裁據《廣韻》"自邕成池"，遂改鄦書，其實川自擁城邑，故从邑，别本有"讀若雝"三字。籀文邕。

剛直也。从㐰。㐰，古文信也。从川，取其不舍晝夜。《論語》曰："子路侃侃如也。"今《論語》作"子貢侃侃如也"。

水中可居曰州，周遶其旁。从重川。昔堯遭洪水，民居水中高土，故曰"九州"。《詩》曰："在河之州。"一曰州，疇也。各疇其土而生之。水中生州，如兩川合流，故从重川。徐鉉曰："今别作洲，非是。"古文州。

水泉本也。从灥，出厂下。凡水原所出，其泉流不一，故从灥厂者，山石之厓也。篆文。从泉。徐鉉曰："今别作源，非是。"

血理分衺行體中者。从𠂢，从血。理分猶分理。衺行體中，而大候在寸口，故从血、𠂢，會意。衇或从肉。籒文。

衺視也。从𠂢，从見。《釋詁》“覛胥相也。”郭注：“覛謂相視也。”即脈之古文。俗又作覔，葢“覓”之譌。籒文。

深通川也。从谷，从𣦼。𣦼，殘地阬坎意也。《虞書》曰：“容畎澮距川。”𣦼，猶殘也。谷地阬坎意也。故从𣦼、谷。容或从水。古文容。

水堅也。从仌，从水。徐鉉讀此爲魚陵切，云：“今作筆陵切，以爲冰凍之冰，非也。”俗冰。从疑。

四時盡也。从仌，从夂。夂，古文終字。一歲將終而爲冬。冬寒則水凝，故从仌、夂。古文冬，从日。言日行一歲周天而成冬。

屋穿水入也。从雨，在尸下。尸者，屋也。“屋”下云：“尸象屋形。”此爲屋漏本字，後加水旁，爲屚之孳生字，以銅受水刻節也。

雨濡革也。从雨，从革。讀若膊。

二魚也。凡𩺰之屬皆从𩺰。

捕魚也。从𩺰，从水。捕魚者非一魚，故从𩺰、从水者，魚驚則入水深，捕魚者入水求之也。篆文瀏，从魚。

飛龍也。从二龍。讀若沓。

通也。从乙，从子。乙，請子之候鳥也，乙至而得子，嘉美之也。古人名嘉，字子孔。《左氏傳》："楚成嘉，字子孔。"鄭公子嘉，亦字子孔。

人及鳥生子曰乳，獸曰産。从孚，从乙。乙者，玄鳥。《明堂·月令》："玄鳥至之日，祠于高禖，以請子。"故乳从乙。請子必以乙至之日者，乙春分來，秋分去，開生之候鳥也。帝少昊，司分之官也。

忿戾也。从至。至而復孫。孫，遁也。《周書》曰："有夏氏之民叨𡖋。"𡖋，讀若摯。孫即遜，故大徐本作"遜"，《尚書·多方》文。今本"𡖋"作"懫"，衛包所改也。已至而復孫，故有忿戾。

到也。从二至。辵部有𨗈訓近也，从臸，即此臸字，今讀人質切。

扉也。从户，从羽。依《韵會》引古本《説文》"从羽"，今本誤作"从𢪒省"，或作"从𢪒聲"，譌誤顯然。从羽者，户扇雙開雙合，如兩翼然。

始開也。从户，从聿。徐鉉曰："聿者，始也。"故从聿。

《虞書》曰："闢四門。"从門，从𠬞。𠤎出此於"闢"下，不云"古文闢"者，葢當時有分闢、𨳎爲二字者。兩手𠬞門是闢之意也，故𠤎以《虞書》説之。

張也。从門，从幵。幵象二干對搆上平，門之開張，兩扉對搆上平，故从幵，會意。古文。一象有閉之者，而開之也。

閒隙也。从門，从月。徐鍇曰："夫門夜閉，閉而見月光，是有間隙也。"故从月，在門中。閒古文間。段玉裁說："此與古文'恒'同，中从古文月也，今本譌作閒。"

閑闌也。从門，中有木。闌止之，故从門中有木以止之者，因有防閑義，《語》曰："説德不踰閑。"

閉闔門也。从門才。所以距門也。才爲艸木之初，無歫止義，疑古篆本从午。午即古杵字，午以撑歫門者。《黄庭經》有"閈"，即古閉字。

閂登也。从門二。二，古文下字。讀若軍敶之敶。徐鉉曰："下言自下而登上也，故从下。"《商書》曰："若昇高必自下。"

閃闚頭門中也。从人，在門中。《禮運》："魚鮪不淰。"注云："淰之言閃也。"人闚門中閃然。

闖馬出門皃。从馬，在門中。讀若郴。馬出門則驚人，因爲突兀驚駭之辭。《公羊傳》曰："開之則闖然公子陽生也。"

聯連也。从耳，耳連於頰也。从絲，絲連不绝也。

聅軍法以矢貫耳也。从耳，从矢。《司馬法》曰："小罪聅之，中罪刖之，大罪剄之。"

聑安也。从二耳。

𢷎首至地也。从手，𠦍。别本此下有"𠦍音忽"三字，徐鍇曰："𠦍，進趣之疾也。故拜从之。"《周禮》"九拜"，注謂"頓首，頭至地。空首，頭至手"，他經謂之拜手，蓋即今之揖也。拜楊雄説，𢷎从兩手。𢷎古文𢷎。

握持也。从手，从執。此亦執之孳生字，故不言執聲。

刺肉也。从手，从臿。此亦臿之孳生字，後加手旁耳。段玉裁説“刺肉”當作“刺内”，猶言刺入也。

手呼也。从手召。以手召之，故加手旁足其意，本召之孳生字，俗本誤作召聲。宋刻本無“聲”字，是也。

擿也。从手，从殳。《詩·巷伯》傳云：“投，棄也。”殳者，所以擊之也。投擊之，故从殳，會意。”别本以爲殳聲，大徐本無“聲”字。

背吕也。从𠦬，从肉。𠦬象背吕形，更加肉旁足其意。

服也。从女，持帚灑埽也。婦主服事人者，又以灑埽爲專職，故从女持帚會意。

姑也。从女，从戌。《漢律》曰：“婦告威姑。”徐鍇曰：“土盛於戌，土陰之主也。”故从戌。别本作戌聲，葢誤也。

奴婢皆古之辠人。《周禮》曰：“其奴，男子入于辠隸，女子入于舂藁。”从女，从又。徐鉉曰：“又，手也，持事者也。”

古文奴。从人。

美也。从女子。徐鍇曰：“子者，男之美偁，會意。”凡物之美好者，人之所好，假借爲人情好惡字。

姆也。从女，从弱。弱女其行姆嫋也。《九歌》：“嫋嫋兮秋風。”王注：“嫋嫋，秋風摇木皃。”

委隨也。从女，从禾。徐鉉曰：“委，曲也。取其禾穀𥝖穗委曲之皃。故从禾。”案：禾粟、女子皆人家所生養者也。凡言委輸、委積者，本取禾粟積之意。《詩》言“委蛇委蛇”者，又取女子委隨之意也，故从女、从禾與？

从隨也。从女，从口。徐鍇曰：“女子从父之教，从夫之命，故从口，會意。”案：女子从人者也，因所往亦曰如。

安也。从女，从日。《詩》曰：“𠭯妟父母。”女子終日竫守，乃爲妟也，故从女，从日，會意。段玉裁説：“女系日下，陰統乎陽也。婦從夫則安。”未知其審。

誤頸也。从女賏。賏，貝連也。貝連，各本誤作其連。貝其形近駁文致譌。賏本兩貝相連，鄦於賏下亦云頸飾也，明賏、嬰本一字，後加女旁耳。

美女也，人所援也。从女，从爰。爰，引也。《詩》曰：“邦之退卻兮。”小徐本無“爰引也”三字。

訟也，从二女。《周易》睽傳曰：“二女同居，其志不同行。”又革傳曰：“二女同居，其志不相得。”故奻从二女，會意。今讀汝還切。

士之無行者，从士，从毋。賈侍中說：“秦始皇母與嫪毐淫，坐誅，故世罵淫。曰嫪毐，讀若娭。”今本作“人無行也”。顔氏《五行志》注所引《説文》作“士之無行”者，葢古本如此，故其字从士，从毋，會意。

芟艸也。从丿乀相交。右戾爲丿，故左引乀爲左戾乂。从丿乀者，象左右去之。乂，或从刀。乂艸者必用鋤劬故加刀足其意。

兵也。从戈，从甲。小徐本有，古文甲字、五字。大徐

所無甲者，鎧甲也，亦兵之類，故从戈、甲，會意。

戟也。从戈，从百。讀若棘。

守邊也。从人，持戈。此與戌亥之戌不同，戌爲从戊含一，此从人特戈，當作戌隸變，兩字相混，因讀戌爲傷遇切，則與戌讀辛聿切相近。案：衛公叔戌，《世本》作“朱”，古讀朱如州，戌之古音讀如久，故與朱相聲假，今言使人戌守爲久衡，俗語猶然，則讀傷遇切者，爲戌之形近致譌。

絶也。一曰田器。从从，持戈。古文讀若咸，讀若《詩》云：“攕攕女手。”徐鉉曰：“𢦏，鋭意，故从从。”蓋即“殲”之古文。

楚莊王曰：“夫武定功戢兵，故止戈爲武。”宣十二年《左傳》文云：“於文止戈爲武。”

闕。从戈，从音。小徐本有“職从此古職守古之職役皆執干戈”十四字，蓋後人箋記之語，非鄦注也。闕者，闕其音義也。考《周易》“朋盍簪”，虞翻本“簪”作“戠”，云：“戠，聚會也。”釋文云：“荀作撍，京作宗。”

賊也。从二戈。《周書》曰：“戔戔巧言。”徐鍇曰：“兵多則殘也，故从二戈。”王逸《楚辭》注引《書》作“諓諓靖言”，今《秦誓》作“截截善諞言。”

施身自謂也。或説我，頃頓也。从戈，从手。手，或説古垂字。一曰古殺字。凡我之屬皆从我。徐鍇曰：“从戈者，取戈自持也。”古文我。

已之威儀也。从我，从羊。徐鉉曰：“此與善同意，故从羊。”董子曰：“仁者，人也。義者，我也。”言仁必及物，義必由中，本爲儀表字。墨翟書“義”从弗。魏郡有羛陽鄉，讀若錡，今屬鄴，本内黄北二十里。

逃也。从入，从乚。凡亾之屬皆从亾。謂逃亾之人，必入於迟曲隱蔽之處，故从入、乚，會意。因爲失亾字。

止也。一曰亾也。从亾，从一。徐鍇曰：“出亾得一則止，暫止也。”案：亾者，不能久居，偶一止之，是爲乍也。故从一會意。乍行乍止，因爲作起字，後加人旁。

气也。逯安説，亾人爲匃。凡人出亾在外，日用不給，必求諸人，故乞匃字，从亾，从人，言亾者乞求於人，非謂亾人也。俗作丐。

踦區藏匿也。从品，在匸中。品，衆也。品者，衆庶也。庶物藏於匸内，因有區域、區别義，又爲區萌。

盛弓弩矢器也。从矢，从匸。《國語》曰：“兵不解医。”医爲盛弓矢器，故从矢，會意。古隱翳字當作医。

木工也。从匚，斤。斤，所以作器也。

弓解也。从弓，从也。也，古地字，爲女、爲陰。弓解也者，弓解弦也。陰柔用事，故爲解弛。《記》曰：“張而不弛，文武弗能也。弛而不張，文武弗爲。一張一弛，文武之道也。”此陰陽剛柔之義也，故弛从也，會意。

弓衣也。从弓，从㕟。㕟，垂飾，與鼓同意。㕟者，滑也，一曰取也。从又中。讀士刀切，與此同。不言㕟聲，从㕟，會意。弓衣者，藏弓、取弓欲其滑也。

弜彊也。从二弓。凡弜之屬皆从弜。他本下有“闕”字，謂闕其音讀也。“彊也”下有“重也”二字，重弓者，彊之意也。《詩》曰：“交韔二弓。”

孫子之子曰孫。从子，从系。系，讀也。

緜聯微也。从系，从帛。帛所以系之者。系从糸，細絲也。故所聯者微也，因爲綿弱之偁，淮南王安諫伐閩粤曰：“粤人綿力薄材，不能陸戰。”是也。假借爲聯緜字。

綏車中把也。从系，从妥。徐鍇曰：“禮昇車必正立，執綏所以安也。當从爪、从安省。《説文》無‘妥’字。”《詩·小雅》：“以妥以侑。”毛傳：“妥，安坐也。”又《禮經》亦言“妥祭”。妥於義最古，鄦書偶遺之。升車執綏，所以妥安之，故从妥，會意。

素白緻繒也。从糸𠦬。取其澤也。凡素之屬皆从素。隸變作素。鄭注《襍記》曰：“素，生帛也。”素質光澤則易下𠦬，故从糸𠦬，會意。

絲蠶所吐也。从二糸。凡絲之屬皆从絲。糸本古絲字，象束絲形，大篆加繁，从二糸，乃别糸爲細絲。蠶所吐不一糸，故从二糸，會意。

轡馬轡也。从絲，从軎。與連同意。《詩》曰：“六轡如絲。”此鄦引《詩》説从絲之意。軎爲車軸耑轡有所繫，故从絲，會意。

䖵蟲之總名也。从二虫。凡䖵之屬皆从䖵。讀若昆。

蠱腹中蟲也。《春秋傳》曰：“皿蟲爲蠱。”晦淫之所生也，梟桀死之鬼亦爲蠱。从蟲，从皿。皿，物之用也。《左氏·昭元年傳》曰："於文，皿蟲爲蠱穀之飛亦爲蠱。在《周易》，女惑男，風落山，謂之蠱，緜同物也。"或云：皿所以盛飲食行蠱者也。

蠅營營青繩，蟲之大腹者。从黽，从虫。虫猶蟲也。黽从㔾象其腹，此蟲腹大如黽，故从黽，會意。繩以爲聲。

鼂匽鼂也。讀若朝。楊雄說："匽鼂，蟲名。"杜林以爲朝旦，非是。从黽，从旦。徐鉉曰："今俗作晁。"案：蟲之大腹旦鳴者，故从旦與？鼂篆文。从皀。《玉篇》作古文"皀"，見日部，讀若窈，此葢从皀聲。

亘求亘也。从二，从回。回，古文回，象亘回之形，上下所求物也。徐鍇曰："回，風回轉，所以宣陰陽也。"

亙最捪也。从二。二，耦也。从弓。弓，古文及字。段玉裁說："考定其文當作弓。"篆文作亙，江沅曰："古旁作弓，乃古文及之省。𠂤乃二之形，以上筆引長，與右齊耳。"是也。

地元气初分，輕清陽爲天，重濁陰爲地，萬物所陳列也。从土，从也。師說也。爲古"地"字，此葢後加土旁耳，不得爲也聲。墬籀文地。从隊。

坤地也。《易》之卦也。从土，从申。土位在申。《說卦》傳曰："坤也者，地也，萬物皆致養焉。故曰致役乎坤。"伏羲畫卦作☷，古篆作巛，後又以爲巛字，乃更造此"坤"字。然則坤位在申，其倉頡以前之說與？

埽棄也。从土，从帚。洒埽用帚，故从帚，从土，會意。

塞隔也。从土，从𡨄。

汝、潁之間，謂致力於地曰圣。从土，从又。讀若兔窟。又，手也，所以致力於地也。故从又，會意。此蓋古“掘”字。

瑞玉也，上圜下方。公執桓圭九寸。侯執信圭，伯執躬圭，皆七寸。子執穀璧，男執蒲璧，皆五寸。以封諸侯。从重土。楚爵有執圭。諸侯以守土爲重圭者，守土之信也，故从重土，言土其土也。楚爵有執圭者，蓋楚僭王已久，爵功臣賜以圭，謂之執圭，比附庸之君。《國策》之景翠、莊辛《淮南》之荆佽非、子發《説苑》之鄂君子皙，皆楚執圭者也。古文圭，从玉。此後起之古文，以圭用玉，乃加玉旁。段玉裁以爲小篆省玉，非也。小篆本最初之古文耳。

高也。从垚，在兀上。高，遠也。兀者，高而上平又益之以垚，是其高且遠可知也。古文堯，从二土，人在其下望之，亦高遠意也。

居也。从田，从土。凡里之屬皆从里。《周禮·遂人》：“五家爲鄰，五鄰爲里。”故毛公説：“里，二十五家也。”有田土乃可居也，故从田，从土，會意。他本有“一曰土聲也”五字。

田畜也。《淮南子》曰：“玄田爲畜。”力田則有畜，故从田。《史記·貨殖傳》：“非田畜所出弗衣食。”玄者，幽遠之意，黑而有赤色。曠野深耕，猶《詩》所謂“畇畇原隰”也，故从玄。魯郊禮畜。从田从兹。兹，益也。此鄦據《魯郊禮》文證古文从兹，乃合於田畜之義。艸部曰：“兹，艸木多益也。从艸絲省聲。”段玉裁謂：“古文本从兹，小篆省其半，淮南王乃認爲玄。此小篆省改之失也。”案：舊本从，段氏本改从，無引《淮

南》説爲玄田，又據《魯郊禮》訓爲玆益，欲竝存其説乎？

比田也。从二田。凡畕之屬皆从畕。田相比，故从二田也。小徐本下有“闕”字，謂闕其音讀也。大徐居良切，即畺之音。

丈夫也。从田，从力。言男用力於田也。凡男之屬皆从男。力於田者，男也，古者重農，自王公以下無非力於田者，《白虎通德［論］》曰：“男，任也，任功業也。”

弱也。从力少。

語相增加。从力，从口。此謂增誣也。《語》曰：“我不欲人之加諸我也，吾亦欲無加諸人。”凡欲加誣人者，言之甚力，故从力、口。

人欲去，以力脅止曰劫。或曰以力去曰劫。《韵會》引此有“从力去”三字，俗作“刦”。

同心之和。从劦，从心。劦爲同力，故从劦。

同思之和。从劦，从思。

衆之同和也。从劦，从十。徐鉉曰：“十，衆也。”段玉裁曰：“此當釋爲同衆之龢也。”古文協，从曰十。或从口。《周禮·太史》“協事”，注“故書協作叶”。

馬勒口中。从金，从行。銜，行馬者也。馬勒口中，所以制其行止，以金爲之，故从行从金會意。

賜予也。一勺爲与，此与與同。一勺，至少也，苟以予之，是爲与也。此与“與”同字。

依几也。从几，从任。《周書》："凭玉几。"讀若凴。徐鉉曰："人之依凴，几所勝載，故从任。"

処也。从尸，得几而止。《孝經》曰："仲尼凥。"凥謂閒凥如此。尸猶人也，身也。得几而止，故爲閒凥。鄦引《孝經》釋之。今假蹲居字爲凥処矣。

止也。得几而止。从几，从夂。尸得几而止爲凥，夂得几而止爲処，然則処謂行而得所止，凥謂居而得所止也。処或从虍聲。

斫也。从斤㗊。他本有"聲"字，故徐鍇曰："㗊非聲。"徐鉉曰："㗊，器也。斤以斲之，亦不以爲聲。"斲或从畫、从丮。

劑斷也。从斤金。以斤斧制斷金鐵者，故从斤金會意。他本以爲金聲，非也。《釋名》曰："釿者，謹也。板廣不可得制。削又有節，則用此釿之，所以詳謹，今平滅斧迹也。"《六書故》："釿，魚斤切似鍚而小。"蓋斧斤屬。

截也。从斤㡭。㡭，古文绝。以斤绝物，故从斤㡭。本有斷绝決斷義，今分爲二讀。古文斷，从皀。皀，古文叀字。《周書》曰："㲋㲋猗無他技。"此壁中古文也。亦古文。

二斤也。从二斤。他本下有"闕"字，謂闕其音也。《爾雅》云："斤斤，明也。"蓋其義與大徐語斤切，"質"字从此。

量也。从斗，米在其中。讀若遼。米在斗中，視其多少可得，故从斗米會意。因謂量度豫備之物曰料。

䡓車搖也。从車，从行。一曰衍省聲。車行搖動，故从車行，會意。凡言“一曰”者，鄦所不從，廣異説耳。

軵反推車，令有所付也。从車，从付。讀若茸。付猶與也。反推車而有所與，是不得與而與之也。凡推致之爲軵。

輦輓車也。从車，从㚘。在車靔引之。㚘，竝行也。設輅於車靔，以繩輓之，故从㚘在靔，車在後，會意。《禮》曰：“夏后氏二十人而輦，殷十八人而輦，周十五人而輦。”

斬截也。从車，从斤。斬法車裂也。此説从車之意，蓋古用車裂，後人乃法車裂之意而用鈇鉞，故字从車斤，此謂腰斬也。

官吏事君也。从宀𠂤。𠂤猶衆也。此與師同意。宀，猶宫府也。在宫府治事者衆，故知爲官也。𠂤爲小𨸏，本古堆字，俗言衆成堆者，蓋古語也。

陟登也。从𨸏，从步。緣𨸏而步，𨸏有層次可登，是陟登也，故於文从𨸏，从步，會意。古文陟。

曺商小塊也。从𨸏，从臾。𨸏猶土也。徐鉉曰：“臾，古文蕢字。”一蕢之土是爲小塊。

𨺅兩𨸏之間也。从二𨸏。凡𨺅之屬皆从𨺅。

絫增也。从厽，从糸。絫，十黍之重也。此厽之滋益字，後加糸旁，故不得爲厽聲。十黍爲絫，十絫爲銖，二十四銖爲兩，十六兩爲斤，三十斤爲鈞，四鈞爲石。五權從絫而起，猶積糸而成繒匹也，故从厽糸會意。

垒絫墼也。从厽，从土。此亦厽之滋益字，後加土旁，故不得爲厽聲。墼者，令適未燒者也。已燒者爲令適，俗謂之塼，未燒者謂之墼，拔土則又未成墼者，令俗以斷牆口爲土石垒塞者，即此垒字也。

𢅥也，所以載盛米。从宁，从甾。甾，缶也。此亦宁之滋益字也，後加甾旁，不得爲宁聲。𢅥爲載米𦈢，𢅥之宁物，猶甾之宁物也，故从宁甾會意。他本言“亦”聲，非也。

合箸也。从叕，从糸。此叕之滋益字，後加糸旁，不得言叕聲。以絲聯綴之，故从糸，象物之聯綴也。

陽之數，侌變於六，正於八。从入，从八。凡六之屬皆从六。六爲侌之變，九爲陽之變，聖人以九六繫爻，而不以七八。《乾鑿度》謂：“七八爲彖，九六爲變，故彖占七八，爻占九六。”凡陰不變者爲八也，故入於八而變於六也。

九達道也。侣龜背，故謂之馗。馗，高也。从九，从首。《傳》曰：“唯予馬首是瞻。”觀首所向，知出何途，故九達道从九首，會意。馗或从辵，从坴。

守備者。从嘼，从犬。《爾雅音義》引《説文》有“一曰兩足曰禽四足曰獸”十字，爲今本所無。犬所以守，故从之，會意。《少儀》有“守犬”。

治也。从乙。乙，治之也。从𤔔。𤔔訓不治也，幺子相亂。𠬪，治之也。亂本𤔔之滋益字，復加乙者，乙爲物之達也。萬物遂其生，則治矣。

謹身有所承也。从已丞。讀若《詩》云：“赤舄已已。”今《詩》作“赤舄几几”，已猶身也，丞猶承也。凡有所承受，必謹身以奉之，故从已，在丞下，會意。

搖擊也。从巴帚。闕。此謂闕其聲也。搖者，反手擊也。帚之大者，所以搖擊之也，巴爲它之大者，故从巴，會意。

秋時萬物成而孰。金剛味辛，辛痛即泣出。从一，从䇂。䇂，辠也。辛承庚，象人股。凡辛之屬皆从辛。段玉裁説："一者，陽也。陽入於䇂，謂之愆陽。"

犯法也。从辛，从自。言辠人蹙鼻苦辛之憂。秦人以辠似皇字，改爲罪。徐鉉曰："自，古者以爲辠字，故从自。"

不受者。从辛，从受。受辛宜辤之。凡辛苦之事，人所不願受，故宜辤之也。爲辤讓之本字，經傳多假辭爲之。籀文辤，从台。和悦以卻之，故从台。

訟也。从𤔔辛。猶理辜也。𤔔，理也。此爲辭訟本字，故从辛，會意。辛猶辠也。辭訟者，欲理其辠也。籀文辭，从司。

辠人相與訟也。从二辛。凡辡之屬皆从辡。

治也。从言，在辡之間。辡爲辠人相與訟，治獄者爲之辯明，故从言，在辡之間。

褢子也。从子，从几。徐鍇曰："取象於褢妊也。"

生子免身也。从子，从免。徐鍇曰："《説文》無'免'字，疑此字从𠤎省，以免身之義，通用爲解免之免。晚、冕之類皆當从娩省。"段玉裁説："據此，𨛜書當有免字，偶逸之。"

迮也。一曰呻吟也。从孨，在尸下。徐鉉曰："尸者，屋也。”三子在尸下，故有迮迮而起之意，《大戴禮》曰：“博學而孱守之。”言謹守也。迮起、謹守，義相反而相成。

盛皃。从孨，从日。讀若薿。薿，一曰若存。《文選·靈光殿賦》曰：“芝栭欑羅以戢孴。”李注：“戢孴，眾皃。”三子亦众也，孨在日下，故有眾盛義。籀文孴，从二子。一曰孴即奇字晉。

食肉也。从丑肉。此亦丑之滋益字，食肉者用手丑之，置其骨，乃加肉旁足其意，故不得爲丑聲。

恥也。从寸，在辰下。失耕時於封畺上戮之也。辰者，農之時也。故房星爲辰田候也。寸者，法度也。

束縛捽抴爲臾。从申，从乙。乙象艸木冤曲申引之而又冤曲者，會束縛捽抴左右臾曳之意，史偁瘐死獄中者，本即此臾字。

卒也。卒其度量，不至於亂也。一曰潰也。从酉，从卒。卒，猶終也。酒終則醉也。

治病工也。殹，惡姿也。醫之性然，得酒而使，故从酉。王育説：“一曰殹，病聲。”《周禮》有“醫酒”。古者巫彭初作醫。

禮祭束茅加于祼圭，而灌鬯酒是爲莤，象神歆之也。一曰莤榼上塞也。从酉，从艸。《春秋傳》曰：“爾貢包茅不入，王祭不供，無以莤酒。”此《左氏·僖四年》文，引之以説莤从艸，酉爲束茅莤酒之意，榼爲酒器，以艸窒其孔，此别一義。

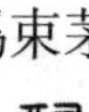肉醬也。从酉䀀。徐鉉曰：“䀀，甌器也。所以盛醢。”鄭康成注《醢人》云：“必先膊乾其肉，乃復莝之，雜以粱麴及鹽，

漬以美酒，百日乃成。”故篆从酉，籒則从艸、从鹵與？籒文。从艸，从鹵，从盇。

酒器也。从酋廾，以奉之。《周禮》六尊：犧尊、象尊、箸尊、壺尊、大尊、山尊，以待祭祀賓客之禮。廾以奉之，因有尊貴義。尊或从寸。徐鉉曰：“今俗以尊作尊卑之尊，别作罇，非是。”

滅也。九月陽气微，萬物畢成，陽下入地也。五行，土生於戊，盛於戌。从戊含一。凡戌之屬皆从戌。戊者中宫，亦土也。一者陽也。故从一，在戊中，會陽气下入於地之意。

右兩體會意之文七百五十重一百八十一

祭祀也。从示，以手持肉。又者，手也。示，神事也。肉，牲體也。祭者，以手持肉，故从又，从肉，合三字，會意。

祭主贊詞者。从示，从人口。一曰从兑省。《易》曰：“兑爲口、爲巫。”祝爲贊詞者，故从示，从人口，三體會意。一曰从兑省者，此别説也。鄦所不從，廣異聞耳。自有祝贊以來，即有此文，本會意字之最古者。《説卦》之文當起於後，不得據此以造字也，審矣。此與兄不同，兄从儿，此从人也。

艸之總名也。从三屮。此與品、芔、譶、羴、雥、晶、众、毳、磊、驫、麤、猋、[illegible]、焱、惢、灥、鱻、聶、姦、蟲、垚、劦、轟、孨諸文皆从三體會意者，既訓艸之總名，則舊爲部首甚明。今移入艸部，故誤爲从艸、屮，其實艸、屮古本一字一物，不詞甚矣。

眾艸也。从四中。凡茻之屬皆从茻。讀與冈同。此與艸从二中，芔从三中，文正遞相加，故不得言从二艸。

藏也。从死，在茻中。一其中，所以薦之。《易》曰："古之葬者，厚衣之以薪。"此引《易·繫辭》文説"从死在茻中"之意也。一以薦之，蓋从三體會意者。

詞之必然也。从人、丨、八。八，象气之分散皃。不言从小者，不會小之意也。此从八，象气之分舒，則从丨爲詞意，上下通徹也。加入以足其意，言由上入下，由下入上，無不尔也。《論語》"鏗尔"之類是也。

多言也。从言，从八，从产。徐鉉曰："产，高也。八，分也。多故可分也。"案：产爲人在厂上，高而可危也。八者，詞气之分舒也。多言者必自危，《語》曰："邦有道，危言危行。"

亂也。从爻、工交吅。一曰窒䙴。讀若禳。徐鍇曰："二口，噂沓也。爻，物相交質也。工，人所作也。己，象交構形。"案：此爲四體會意。己即已也，象萬物辟藏詘形也。蓋吅、工、爻三者，會交相䙴亂之意。已能分理之，乃皆受治也，故又爲攘服義。《傳》曰："外攘夷狄。"即䙴也。籒文䙴。

不滑也。从四止。此四止，兩止到相值，會且行且卻，難進之意，故知其不滑也。俗加水作澀。

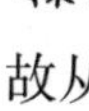高平之野，人所登。从辵、备、录。闕。徐鍇曰："人所登，故从辵。登而上，故从夂。夂，止也。"《春秋左傳》曰："原田每每。"《詩》曰："周原膴膴。""故从田，未知何故从录也。"段玉裁云："录者，土地如刻木录录然，《西都賦》'溝塍刻

鏤’是也。”又云：“从略省，土地可經略也。”未知其審。《周禮》有“邍師”，《爾雅》“廣平曰邍”，今借水原字用之。

𢓚卻也。一曰行遲也。从彳，从日，从夊。夊者，行遲曳夊夊也。彳爲小步，小步而日遲曳，是退也。衲復或从内。退古文。从辵。隸變作退，本此。

後遲也。从彳、幺、夊者，後也。徐鍇曰：“幺猶纍躓之也。”案：幺者，小也。小而行遲曳夊夊，是在後也。𨒌古文後，从辵。

衛宿衛也。从韋帀，从行。行，列衛也。韋猶囗也，以行列匊帀囗繞之，是宿衛也。《周官・宮伯》掌“王宮之士庶子”。大鄭云：“庶子，宿衛之官。”後鄭云：“衛王宮者，必居四角，乃於徼候便也。”漢有衛尉，掌宮門衛屯兵。

品眾庶也。从三口。凡品之屬皆从品。三人爲众，故从三口，會意。因爲品物，物有美惡，又爲品等。

㗊眾口也。从四口。凡㗊之屬皆从㗊。讀若戢，又讀若呶。三口成品，四口爲㗊，皆遞相增加品有等秩，㗊爲紛呶，此會意之精切著明者。

卅三十并也。古文省。凡卅之屬皆从卅。鄦不言“从三十”而云“三十并”者，此爲“三十并”之數目字，故會“三十并”之意，非取三十之本義也，不得言从。云“古文省”者，此本古文小篆，從而省之，古文葢作𠦃。

謚行之迹也。从言、兮、皿。闕。此謂从皿之意，有所未聞也，故闕之。兮者，語所稽也。死者，以謚易名，將稽考其行事，慎重出之，非可苟焉已也，故从言、兮，會意。皿葢祭器也，得謚當祭告之，因从皿與？謚法備於周，此葢大篆，小徐本“闕”字誤作“聲”，故疑皿非聲，兮聲也。段玉裁以“謚”當之，而删謚篆。

疾言也。从三言。讀若沓。《倉頡篇》：“譶言不止也。”《文選·琴賦》：“紛㒧譶以流漫。”注：“㒧譶，聲多也。”言多令人疾惡，故从三言，會意。今謂人言多可疾惡者爲㒧譶，衡俗猶然，葢古語也。

彊語也。一曰逐也。从誩，从二人。此本誩之滋益字，加二人以足其意，故不得爲誩聲。二人相争競也。

膺無方也。从丵，从口，从寸。丵嶽相竝出，對答之意也。寸，法度也。丵嶽竝出之口而一守於法度，此膺對之道也，故从丵、口、寸三體，會意。《聘禮》注曰：“對，答問也。”對或从士，漢文帝以爲責對而爲言，多非誠對，故去其口以从士也。徐鍇曰：“士，事也。取事實也。”趙明誠説“據古鐘鼎皆作對”。漢文帝亦用古文耳。《篇韵》引此“士”作“土”。

翊也。从廾，从卩，从山。山高奉承之義。凡居高位在下者，必竦手承之。卩者，在高而懼，自卩止之，與危同意。故从廾，从卩，从山，三體會意。《記》曰：“虞、夏、商、周有師保，有疑丞。”《百官公卿表》“丞相”，應劭曰：“丞者，承也。相者，助也。”

齊謂之炊爨。臼象持甑，冂爲竈口，廾推林内火。凡爨之屬皆从爨。林猶薪也，以廾推薪，納之竈中，舉火臼甑，是爲爨也。不言从林火者，非取林木之意也。籒文爨省。此籒文省改古文者，以古文過繁重也。

和也。从言，从又炎。讀若溼。舊本下有“籀文燮，从羊羊音飪”八字。徐鉉曰：“案燮字，義大孰也。从炎，从又，即孰物可持也。此燮蓋从燮省，言語以和之也。二字義相出入故也。”

籀文燮从羊。段玉裁本如此，然則燮、燮本一字。羊音飪，蓋孰物可持者，孰物可和者也。炎火所以孰物者，故从又、炎、羊，三體會意。因爲凡調和之偁，小篆以言語可以調和，人之志意，改从言，鄦知燮爲本義，燮爲燮之滋益字，故於注出“籀文燮，从羊羊音飪”以明之，蓋以燮順籀書，入炎部。此不重出燮篆，省文耳。段氏補之，以曉學僮是已。然段於炎部“燮”下云：“此與又部燮篆義别。”於此下云：“炎部本無燮篆，俗用文字指歸增之。因羊、辛相似，遂依又部之籀文，加炎部之小篆。”自相矛盾。

拭也。从又，持巾在尸下。拭猶飾也，尸猶屋也。从巾，在屋下，去其塵而得光明，因有飾刷義。“刷”下云：“禮有刷巾。”即此刷巾。

通也。从彳，从攴，从育。攴猶教之也。育，養之也。教養之道行，則無不通也。小徐本有“一曰相臣”四字，蓋有脱誤。古文徹。从鬲，鬲亦所以養也。

營求也。从夐，从人，在穴上。《商書》曰：“高宗夢得説，使百工夐求，得之傅巖。”巖，穴也。徐鍇曰：“人與目隔穴經營而見之，然後指使以求之。攴，所指畫也。”案：夐，爲舉目使人言，舉目使求之，故鄦以入夐部，若徐説，則四體會意矣。

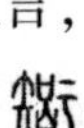識詞也。从白，从亏，从知。白者，詞言之气從鼻出。觀

人之智識，聽其言可知也，故从白，从知。凡有識者，詞气發舒，故加亏以足其意。亏者，气之舒也。隸省作智。古文䛐。小徐本作，从叵。

宀宀不見也。闕。闕謂闕其形也。師説从自冂、八同。案：冂，遠畍也。八猶分也。冂猶覆也。自，从也。自此至彼，分畫爲畍，宀宀不見，若重覆之，故爲𥃲畍義。"邊"下云："行垂崖也。"故加辵，然則此爲邊畍古字。

羊臭也。从三羊。凡羴之屬皆从羴。羊多則羶气甚，故三之以見意。羴猶众也。羴或从亶。

群鳥也。从三隹。凡雥之屬皆从雥。隹，夫不也，群飛群集，故从三隹，會群鳥之意。《神雀頌》："嘉貺雥集。"

棄除也。从廾，推華，棄釆也。官溥説，佀米而非米者，矢字。此糞除字，埽除糞用華，故从華，以手棄之，故从廾。引官溥説者，明米非辨别之釆，蓋古"矢"字，漢人多假矢爲之。《廉藺傳》"頃之三遺矢"是也。鄦書艸部作"菌"，云"糞也"。

捐也。从廾，推華，棄之。从㐬。㐬，逆子也。徐鉉讀㐬，他忽切。案：㐬者，不孝子，人所棄也。舉而棄之，故从廾，推華。古文棄。从㐬手，去屰子，會意。唐《開成石經》用古文作弃。籀文棄。今皆用籀文。

治也。幺子相亂，𠬪治之也。讀若亂同。一曰理也。徐鍇曰："冂，坰也、界也。"兩國相𤔔，壞其冂畍。凡事物皆有冂畍，破其冂則𤔔生焉。既以幺子相𤔔，从𠬪治之，更加冂以足其意。段玉裁説幺子謂𢆶兒，善訟者也。冂，介也，彼此分介則争，𤔔則治之，故爲治爲理。古文𤔔，从𠂆，音曳，與争同意。

子孫相承續也。从肉，从八。象其長也。从幺，象重累也。八猶分也。子孫相承，支分派别，傳之無窮，是謂長也。从肉者，骨肉相傳之意。幺者，小也。小故可重累也。古文胤，从𠬸，象相承也。

肉之力也。从力，从肉，从竹。竹，物之多筋者。凡筋之屬皆从筋。筋爲肉之力，故从肉，从力。竹爲物之多筋者，故加竹以足其意。

用角低仰便也。从羊，牛角。《詩》曰：“觲觲角弓。”羊、牛皆善用其角，故从羊牛角，三體會意。今《詩》作“騂騂”，毛傳：“騂騂，調利也。”

判也。从刀，判牛角。一曰解廌獸。鍇本作“解豸，獸也”，此别一義。牛角難解者也，故从刀，判牛角，會意。

黍稷方器也。从竹，从皿，从皀。皀，穀之馨香謂黍稷也。皿，所以盛之者，或用竹爲之，故从竹。此合三體會意者。古文簋，从匚飢。段玉裁説：“飢非聲也，从匚，从食，九聲。”古文簋，或从軌。徐鍇曰：“飢、軌、九皆聲。”案：簋方器，故古文皆从匚。《周禮·小史》故書“軌”或爲“九”。大鄭“九”讀爲“軌”。《書》亦或爲簋，今用爲匭匭字，《尚書》“匭匭菁茅”是也。亦古文簋。或以木爲之，从木，九聲。

極巧視之也。从四工。凡㠭之屬皆从㠭。工者，巧飾也。四工則極巧矣。《孟子》：“離婁之明，公輸子之巧。”是爲極巧視之者也。因有展布意。

室也。从㠭，从𠬞，窒穴中。㠭猶齊也。𠬞者，兩手舉物填室中。窒者不必巧，故鄦以齊訓㠭，言四工猶四人齊力之意也。

禮器也。从𠬞，持肉在豆上。讀若鐙同。兩手持肉在豆上謂之𢍚，《詩》假作登，《詩》曰“于豆于登”。毛傳用《釋器》曰“瓦豆謂之登”是也。《禮》假作“鐙”，《公食大夫禮》：“大羹湆不和，實于鐙。”皆當作“𢍚”。《玉篇》有“𢍚”。

殘也。从虍。虎足反爪人也。虎爪最利，殘人以爪，故从虍、爪、人，會殘虐之意。虍猶虎也。古文虐如此。葢从口。

鐘鼓之柎也。飾爲猛獸。从虍𢍏，象其下足。各本“”誤作“異”，謂“異象其下足”。段玉裁云：“𢍏，象形，其下足謂丌也。”於鄦注增“形”字而云：“非字。”師説此爲三體會意，則即畀舉之畀。杜林以爲麒麟字者，葢鐘鼓之柎飾爲猛獸。虍畀皆猛獸，故从虍畁會意。丌，象其下足，寫者誤畀，丌爲一字耳。張揖曰：“飛虡，神獸，鹿頭龍身。”虡或从金，豦聲。篆文虡省。

澡手也。从臼，水臨皿。《春秋傳》曰：“奉匜沃盥。”《禮記・内則》：“進盥，少者奉槃，長者奉水。”注：“槃，承盥水者。”然則盥必有槃承水，於文，故从水臨皿。皿即槃也。𦥑爲叉手，澡手者。兩手相叉，故从臼，其義乃備。

芳艸也。十葉爲貫，百廿貫，築以煮之爲鬱。从臼、冂、缶、鬯。彡，其飾也。一曰鬱鬯，百艸之華，遠方鬱人所貢芳艸，合釀之以降神。鬱，今鬱林郡也。叉手築以煮之，故从臼。以缶盛之，冂以覆之，以和鬯酒。蓋盛之於缶，覆之固，則其香久而益烈，故从缶，从冂，从鬯。今所謂鬱金香艸也，用以供賓客、祭祀，故飾其器。彡，飾之也，合五體會意。一曰鬱人所貢芳艸，廣異説耳。

皆也。从亼，从吅，从从。《虞書》曰："僉曰伯夷。"亼猶合也。吅，驚嘑也。从，謂相聽从也。合眾口所相驚嘑者，均聽从之詞，故爲皆也。《釋詁》曰："僉、咸、胥，皆也。"

春饗所䠶侯也。从人，从厂，象張布矢在其下。天子䠶熊、虎、豹，服猛也。諸侯䠶熊、豕、虎。大夫䠶麋。麋，惑也。士䠶鹿、豕，爲田除害也。其祝曰：毋若不寧侯，不朝於王所，故伉而䠶汝也。"爲人，父子君臣之鵠，故其字从人。鄭云："侯制上廣下狹，蓋取象於人。張臂八尺，張足六尺，是取象率焉。"侯凡用布三十六丈，侯之張布如厓巖之狀，故从厂。爲眾矢所集，故从矢在其下。此説天子、諸侯、大夫、士所䠶侯與《周官・司裘》"梓人"文合，蓋周制也，本籀書古注。古文侯。

繇也，舞也。樂有章。从章，从夅，从夊。《詩》曰："竷竷舞我。"繇，即傜徒歌也。歌且舞，故从章，从夅。歌者樂有章，舞者夊㐄相承，不敢竝有，夅服之象。又行遲曳夊夊也。故加夊以足其意。

中國之人也。从夊，从頁，从臼。臼，兩手夊兩足也。頁者，頭也。頭手足備，然後人形乃全，古聖爲中國人特製字，以別於北狄、南蠻、東夷、羌、貉、閩、戎。夓，當爲部首。古文夓。

治稼畟畟進也。从田儿，从夊。《詩》曰："畟畟良耜。"

儿，古文人。田中人夊夊然，知爲熾菑南畝，其耜亦畟畟然進也。夊猶足也。足進則耜亦進，此引《詩・周頌》文，毛傳：“畟畟，猶測測也。”箋云：“農人測測以利善之耜。”熾菑，楚南畝也。

貪獸也。一曰母猴似人。从頁，巳止夊，其手足。母猴即沐猴、獮猴，《詩・小雅》作“猱”，《樂記》作“獿”，鄭曰：“獿，獮猴也。”即此“夒”字隸變。案：此當从夓省，以其似人，故从夓，會意。疑舊以夓爲部首，夒、夔當入夓部，鄦并入夊部，以夒首足皆備，與夓同也。

豐也。从林卌。或説規模字。从大卌，數之積也。林者，木之多也。卌與庶同意。《商書》曰：“庶艸繁廡。”舊本作“从林奭”，奭字爲鄦書所無，師説从卌，卌亦鄦書所無，《漢石經・論語》“年卌而見惡焉”，是卌爲四十，并與廿卅同也。《廣韻》先立切。卌爲數之積，林木大積，是豐廡之意也，故師以爲从大卌，从林，三體會意。或説規模字者，謂卌也與庶同意者，謂此从林大卌，庶从厂炗。炗，古文光。亦積火之意，皆狀其衆盛也。引《書・洪範》文。

木多皃。从三木。讀若曾參之參。今本鄦書以此入林部，云“从林，从木”。案：林、木一也，與“茻”下言“从艸中”者同一誤也。知此本从三木，故下云“讀若曾參之參”，參之猶言三也。森本爲部首，寫者誤次林部之末，因言从林木，與森爲木多，亦手之列多略不過三，故从三木，會意。

晞也。从日，从出，从廾，从米。米者，百穀之實，必以日暴之，乃能去穅成米，故从日、出、廾、米，四體會意。言以日出時，舉米暴之也。《考工記》：“晝暴諸日。”因有表暴義。又本部有“暴”，爲暴疾、暴虐字，而隸變一之，今經典通作

"暴"，而"㬥"字本義轉癈。古文㬥，从日，麃聲。

精光也。从三日。凡晶之屬皆从晶。天無二日而三之者，言其精光之盛也，故會三日之意。或以爲衆日也。

穿壁以木爲交窗也。从片、户、甫。譚長以爲，甫上日也，非户也。牖所以見日。甫猶輔也。牖所以輔户，助其明也。古者室必有户有牖，牖東户西皆南鄉，故牖从户甫。譚長以爲甫上日也，非户也，廣異聞耳。从户爲長，以木爲之，故又从片。

禾屬而黏者也。以大暑而穜，故謂之黍。从禾，雨省聲。孔子曰："黍可爲酒，禾入水也。"凡黍之屬皆从黍。黍，今高粱米，可爲酒。酒品之上者，莫如高粱，故孔子以黍爲三體會意字。雨省聲者，亦《史篇》舊説，孔門所録。

安也。从宀心，在皿上。皿，人之食飲器，所目安人也。宀爲交覆深屋也。皿爲食飲器。所爲安居足食而人心以寧也，故从宀、心、皿，三體會意。

凍也。从人，在宀下，以茻薦覆之，下有仌。茻以禦寒者，寒時不能作業，故从人在穴下，以茻薦覆之。寒則仌生，故从仌在下。小徐本作"从茻，上下爲覆"，與此注文異而義同也。

屰气也。从疒，从屰，从欠。气屰，謂從下逆上《釋名》曰："厥，逆气從下蹷起，上行入心脅。"高誘《吕覽》注："蹷，逆寒疾也。"故从疒。有人疾痛所倚著也。欠猶气也。屰即逆。瘚或省疒。

糞也。从又，持巾埽冂内。古者少康初作，箕帚秫酒。少康，杜康也，葬長垣。冂，謂冂介也。古之埽者用巾，所以潔清几席也，後以艻梨爲之，則糞地除穢皆用之。冂内，猶室内也，故用巾加土爲氾埽字。

𤽙際見之白也。从白，上下小見。際者，兩相合之隙也，中有白光，小見一線而已，故从二小，上下俱見其白小也。

皛顯也。从三白。讀若皎。白之甚也，故从三白，會意，亦多不過三之意。李善引此注有“通白曰皛”四字。

佩大帶佩也。从人，从凡，从巾。佩必有巾，巾謂之飾。徐鉉曰：“今俗别作珮，非是。”人所佩，故从人，俗以玉佩，乃改从玉作“珮”。其實此本从凡，所謂無所不佩也，故大徐以从玉爲非也。巾者，最適人於用者也，男女皆佩之，故从巾。

侵漸進也。从人、又持帚，若埽之進。又，手也。凡埽者，必持帚漸埽漸進，故从人，又持帚。侵之爲言，駸駸也，因有侵淫、侵陵義。

真僊人變形而登天也。从匕，从目，从乚。乚音隱。八，所乘載也。變形登天，故从匕。人形變化則不可見，故从目，从乚。乚者，幽隱匿不得見，是以目燭隱也。八，足也。與丌同。𡗜古文真。

𡿺頭髓也。从匕。匕，相比著也。巛象髪，囟象㓜形。“囟”下云：“頭會也，㓜蓋也。”“𡿺”下云：“巛，即鬈也。”鬈，鬢髮也。巛本鬈之古文。頭髓也者，本囟中之脂也。髓在囟中，故囟爲腦蓋。巛在囟土，頭髓不可見，無形可狀，但知其比著於囟與巛而已，故从匕，从巛、囟，三體會意。

㐺衆立也。从三人。凡众之屬皆从众，讀若欽崟。三人成眾，故於文从三人。欽崟猶嶔巖，葢古語，今讀魚音切。

月滿與日，相望以朝君也。从月，从臣，从壬。壬，朝廷也。壬，本古朝廷字也。《詩》曰：“藹藹王多吉士。”“藹藹王多吉人。”故壬从人，从士，會朝壬之意。今以月滿爲朢，月臣以是朝君也，故从月，从臣。

考也。七十曰老。从人、毛、匕。言須髮變白也。凡老之屬皆从老。毛，謂須髮也。人須髮由黑匕白，年七十，血气衰，則毛匕白，故从人、毛、匕，會意。

獸細毛也。从三毛。凡毳之屬皆从毳。毛細則厚密，故从三毛，眾多意也。《周官》“掌皮”，注曰：“毳毛，毛細縟者。”

髀也。从尸下丌居几。徐鉉曰：“几，丌所以凥止也。”案：几所以安坐者，坐則以臀著於几。臀形不可狀，故以尸下丌几會意。凥或从肉隼。葢隼聲。層或从骨，殿聲。案：殿本从屍聲，此後起俗字。

足所依也。从尸，从彳，从夂。舟象履形。一曰尸聲。凡履之屬皆从履。履爲尸所服，故从尸。尸猶足也。履所以行禮，其行舒遲，故从彳，从夂。又與人舟旋也，故从舟。或曰尸聲，此別一說。古文履，从頁，从足。

空中木爲舟也。从亼，从舟，从巜。巜，水也。亼猶合也。空中木可合以爲舟，故从亼，从舟。舟行於水，則舟成矣，故从巜。“巜”下云：“水流澮澮也。”合三體會意。凡穿窬、廁牏，義皆本此。

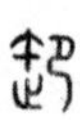舍車解馬也。从卩、止、午。讀若汝南人寫書之寫。徐鉉

說：“午，馬也。故从午。”鍇本以爲午聲，但與寫音遠。案：午當爲午逆，有逆而止之者，故舍車解馬也。卪者，行止有節也。亦三體會意。

法也。从卪，从辛。節制其辠也。从口，用法者也。凡辟之屬皆从辟。辛从辛。辛，辠也。辛痛泣出，故辛亦訓辠。卪，節制也。口，扣也。扣其辠而卪制之，是謂辟也。

人所歸爲鬼。从由，从人。人各厶其鬼而祭之，故从厶。凡鬼之屬皆从鬼。舊本鄦注由象鬼頭，从厶，鬼陰气賊害。師説此文甚謬。天神、人、鬼皆至尊之名，何得賊害？《周禮》三大，鬼爲大祖，自父以上號焉。故其字从由、人、厶，言各親其親，不祭非其鬼也。或云“由人”云云，即化也，由非鬼頭，鬼頭即人頭，不得云似母猴也。鄦豈曾見鬼乎？而云博訪通人耶？由之文，從人私而私之，則祭鬼矣。天神即申，申即電也。電气動爲天地示，即气示从上气，气能上爲地。人、鬼則各有所依，列爲三大祀，何此之不能知乎？今據以訂正。古文。从示。後以鬼爲三大祀，乃與天神、地祇同加示旁，葢籒時文。

一畝半，一家之居。从广、里、八、土。八者，分也。分土爲里而居之，故从“广、里、八、土”四字會意。段玉裁據經注古説“二畝半在田，二畝半在邑”，改此鄦注“一畝半”爲“二畝半”。《周官·遂人》：“夫一廛。”《詩·伐檀》毛傳：“一夫之居曰廛。”

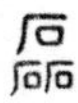衆石也。从三石。此三石爲磊，猶三人爲众也，當爲衆石皃。段玉裁依《廣韻》訂作“衆石皃”，云：“磊之爲言絫也。”衆石亦層積之意。《楚辭》曰：“石磊磊兮葛蔓蔓。”今人言磊落，

或重言之爲磊磊落落。

昜開也。从日一勿。一曰飛揚。一曰長也。一曰彊者，眾皃。日爲昜精，日之光開張四射，如勿之乑。斿然一者，天也。日光自天下乑。

驫眾馬也。从三馬。此與磊爲眾石、雥爲群鳥同意。三之者，亦多不過三也。《廣雅》："驫驫，走皃。"今讀甫虬切，或讀風幽切。

灋刑也，平之如水。从水。廌所以觸不直者厺之，从厺。灋所以正人，貴得其平，故从水，从廌。人受其正，乃能去惡，故从厺。廌爲神獸，能觸不直。法今文省。葢隸省。佱古文。从亼正。合於正道，乃足法也。

麤行超遠也。从三鹿。凡麤之屬皆从麤。與驫从三馬同意。鹿善驚，故行超遠，今用爲麤疏。或説鹿之性相背而食，慮人獸之害也，故从三鹿。

㲜疾也。从三兔，闕。此謂闕其音讀也。今音芳遇切，即赴疾之赴，或作趕兔善走，三之則更疾矣。

猋犬走皃。从三犬。此與三馬、三鹿、三兔、三羊、三魚皆同意。善走者，莫如犬，三犬相競逐走猥疾。今衡人言走之疾者，爲猋走，葢古語也。讀甫遥切。《九歌》："猋遠舉兮雲中。"王逸注："猋，去疾皃。"

㷉从上案下也。从𡰥、又，持火，以尉申繒也。徐鉉曰："今俗別作熨，非是。"案：𡰥，古文仁。仁者，猶人也。仁，親也。又猶手也。手持火，親尉之，得其平。古有大尉，漢有廷尉，張釋之曰：“廷尉，天下之平也。”

大熟也。从又，持炎辛。辛者，物熟味也。“辛”下曰：“秋時萬物成而孰。金剛味辛。”炎所以孰物，故从又，炎辛。

火蕐也。从三火。凡焱之屬皆从焱。凡物之盛者，皆三之以見意，此焱亦是也。讀以冉切。《東都賦》：“焱焱炎炎。”

持也。从大俠二人。大象人形。一人而夾持二人，故从二人居夾下。俠即夾之孳益字，與夾異義。

引擊也。从㚔、攴，見血也。扶風有盩厔縣。㚔所以驚人也，攴之見血，乃足驚人，故从㚔、攴、血，三體會意。今衡人以攴擊人見血爲盩，音若抽，即此“盩”字，張流切。漢盩厔故城在今陝西西安府盩厔縣東三十里。

疾有所趣也。从日出，本廾之。日出而作，人所趣事時也。夲，進趣也。廾以承之。夲兼十人，是疾趣之意也。

奏進也。从夲，从廾，从屮。屮，上進之義。夲爲進趣，廾爲竦手，亦奉進之意。屮爲上見。竦手進趣而上見之，是爲奏也。古文。亦古文。

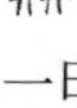壯大也。从三亣、三目。二目爲䀠，三目为奰。奰，大也。一曰迫也。讀若《易》《處義氏》。《詩》曰：“不醉而怒謂之奰。”《詩・大雅》：“内奰于中國。”毛傳曰：“不醉而怒謂之奰。”此引説以證其壯迫之義。三目爲䁥。

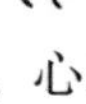心疑也。从三心。凡惢之屬皆从惢。讀若《易》“旅瑣瑣”。心思一定則無疑。多疑者二三其心，故从三心。

三泉也。闕。凡灥之屬皆从灥。此謂闕其音也。今讀詳遵

切，依附泉之雙聲爲之。此當云“泉盛皃，从三泉”。

新魚精也。从三魚。不變魚。徐鉉曰：“三，眾也。眾而不變，是鱻也。”《周禮・𢽤人》：“辨魚物爲鱻薨。”鄭司農曰：“鮮，生也。薨，乾也。”葢今用鮮爲鱻。凡魚出水，新生自若，故曰不變，變則不鮮矣。鮮行而鱻廢。

附耳私小語也。从三耳。“咠”下云：“聶，語也。”以口就耳，故从口耳。此謂“附耳私小語”，人面就耳旁語之，故兩耳相附，一耳聽之。

奉也，受也。从手，从卪，从廾。徐鉉曰：“謹節其事，承奉之義也。故从卪。”案：廾以奉之，手以受之，故从手，从廾。

婦與夫齊者也。从女，从中，从又。又，持事，妻職也。徐鉉曰：“中者，進也，齊之義也。故从中。”他本下有中聲，鉉等以上既云“从中”，不應復云“中聲”，因删此二字，是也。古文妻，从肖女。肖，古文貴字。

空也。从母中女。空之意也。一曰婁，務也。母之猶言母也。空中母女是婁空也。或謂中女爲離。離，中虛也。曰“婁務”者，此别一義，廣異聞也。籀文婁，从人中女。他本下有“臼聲”二字。人中女最空明者，不必取離爲説也。臼聲亦遠。葢即囱耳。女體陰，陰德亦安於空虛。古文婁如此。

私也。从三女。“厶”下云：“姦衺也。”多厶心者莫如女，二女爲奻，三女爲姦，女盛則姦衺生也。古文姦，从心。旱聲。

邦也。从口，从戈。以守一。一，地也。徐鉉讀此于逼切，云：“今俗作胡國切，以爲疑或不定之意。”案：此本古邦國字，賈誼曰：“夫樹國必相疑之埶。”孔子曰：“或之者，疑之也。”因爲疑或字，後更加囗作國，加心作惑。或又从土，俗加土。

正見也。从乚，从十，从目。徐鍇曰：“乚，隱也。今十目所見，是直也。”案：《左氏傳》曰：“正直爲正，正曲爲直。”《記》曰：“十目所視。”是無隱也。古文直，或从木如此。囧猶目也。从木者，木從繩則直。

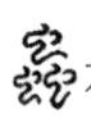有足謂之蟲，無足謂之豸。从三虫。凡蟲之屬皆从蟲。此釋蟲爲蝡動之總名，故三之以見意。蟲猶众也。

敏疾也。从人，从口，从又，从二。二，天地也。徐鍇曰：“承天之時，因地之利，口謀之，手執之，時不可失，疾也。”案：此即古“極”字。从人，在二之間，所謂立人之極，與天地參也。从又口者，口手相助，拳拳服膺，念兹在兹也。

常也。从心，从舟，在二之間。上下一心，以舟施，恆也。天地之道，恆久不已，故从二。二，天地也。聖人以心體天地之道，上下往復，如舟之運旋，歷久不變，故謂之恆。《語》曰：“得見有恆者，斯可矣。”古文恆，从月。《詩》曰：“如月之恆。”案：此篆當作，或作。以即省之古文也。今从，與外同，疑誤。

爵諸侯之土也。从㞢，从土，从寸。守其制度也。公侯百里，伯七十里，子、男五十里。徐鍇曰：“各之其土也。”古文

封省。籀文。从丰。

土高也。从三土。凡垚之屬皆从垚。三土者，層積之意，故見其高也。《韵會》引此爲“土高皃”，與厽同意。

同力也。从三力。《山海經》曰：“惟號之山，其風若劦。”凡劦之屬皆从劦。三力爲劦，猶三人爲众也。讀力制切，音戾。

玉爵也。夏曰琖，殷曰斝，周曰爵。从吅，从斗、冂，象形。與爵同意。或説斝受六升。賓主酬酢，故从吅，象對飲之意。爵受一升，斝受六升，故从斗。冂者，所以覆之。鄦云“象形”，實象意耳。段玉裁説門象形，非也。

群車聲也。从三車。《文選》注引《説文》：“轟轟，群車聲也。”三之者，亦眾意。《倉頡篇》云：“軥軥，眾車聲也。”呼萌切。今爲“輷”字，音田。玄應曰：“轟，今作輷。”《玉篇》作輷。徐鉉讀呼宏切，與輷、軥音異。

位南方。萬物成炳然。陰气初起，陽气將虧。从一入冂。一者，陽也。丙承乙，象人肩。凡丙之屬皆从丙。徐鍇曰：“陽功成，入於冂。冂，門也，天地陰陽之門也。”案：陽主發生，入於冂内，是伏藏將虧之象也。鄭注《月令》：“内之言炳也，萬物皆炳然箸見。”《律書》曰：“丙者，言陽道箸明。”蓋盛之極，虧之始也。

謹也。从三子。凡孨之屬皆从孨。讀若翦。幺子相亂，此从三子，秩序不亂，仁謹之意也。《大戴禮》曰：“博學而孱守之。”謂謹守之也。《史記》：“吾王孱王也。”韋昭曰：“仁謹皃。”與鄦合，皆當作“孨”。

荄也。十月，微陽起，接盛陰。从二。二，古文上字。一人男、一人女也。从乙，象裹子咳咳之形。《春秋傳》曰："亥有二首六身。"凡亥之屬皆从亥。，象二人，"乾道成男，坤道成女"之義。十月，微陽起，接盛陰，故以二人體陰陽，成男女也。此引《左氏·襄三十年》文。正義曰："二畫爲首，六畫爲身。"亦古之字説也。乙，蓋謂陰气尚彊，其出乙乙也。古文亥爲豕，與豕同。亥而生子，復从一起。

右會意三合以上之文一百一十三重四十

糞也。从艸，从胃省。胃者，菌所自出也。又不可从胃，胃爲穀府，故省之以見意。艸亦糞積之類也，官溥説："佀米而非米者，矢也。"漢人多假"矢"爲之。

閑也。養牛馬圈也。从牛冬省。取其四周帀。冬从夂會意，夂，古文終，言四時盡，歲將終也。此不言从夂，而云冬省者，蓋冬時萬物閉藏，牛馬閑養時也，故言从冬省，其意乃顯。又夂之字形亦四周帀，取其意以爲牢也。《周官·充人》注云："牢，閑也。必有閑者，防禽獸觸齧。"牲繫於牢，故牲謂之牢。

犛牛尾也。从犛省，从毛。犛牛尾，名氂，故不从犛省，則未知其爲犛牛尾也，省犛以見意，加毛於後，乃知其爲尾也。凡經言干旄、設旄者，占注皆云"旄，牛尾也"，是即氂所爲之幢，因謂之旄與？

遣也。从辵，倴省。倴者，送也。吕不韋曰："有侁氏以伊尹倴女。"此送不必倴女也，故从倴省。籀文不省。

追也。从辵，从豚省。徐鍇曰：“豚走而豕追之。會意。”案：豚，小豕也。小豕走則大豕逐之，故“追逐”字不言从豕，而言从豚省，蓋从豚省，則追逐乃見。豕、豚相逐，且行且止，故从辵。或以豕省聲，非也。

取奐也。一曰大也。从廾，敻省。徐鉉曰：“敻，營求也。取之義也。”俗加手作“換”，故爲取奐。《詩・大雅》：“伴奐爾游矣。”毬子傳：“伴奐，廣大有文章也。”《記》曰：“美哉奐焉。”言眾多也，凡美大眾多，須營求之乃得，故从敻省與？

共置也。从廾，从貝省。古以貝爲貨。凡有所共置，非用貨幣不可，故省貝爲之。古鐘鼎作。

所㠯枝鬲者。从爨省，鬲省。所以枝鬲者，故不見全鬲，或將爨而枝之，或既爨而枝之，均未成爨，故省爨以見意。

去竹之枝也。从手，持半竹。凡支之屬皆从支。此本从竹省也，下出古文从竹不省，可證。蓋古文从竹而中折之，以見去竹枝之意，不若小篆去竹之半於義尤顯也，此小篆省改古文之最精者。鄦不言从又，从竹省者，以言从手持半竹，於字義易明，足曉學僮也。古文支。此从又，持竹中折之也。

及也。从又，从尾省。又，持尾者，从後及之也。凡隶之属皆从隶。尾猶後也、末也。及，謂以手及前人也。隶，猶下逮事物也。故皆从又，謂手能逮事也。更加辵爲“逮”。走以逮之也。

日之出入，與夜爲界。从畫省，从日。早與夜界，夕亦與夜界，自朝至夕爲一晝，故从畫省。畫猶止也。自日出至日夕而止也。《語》曰：“今女晝。”段玉裁説：“篆當作晝。”籀文晝。至夜則日在下，未當息，故不可止之也。

柔韋也。从北，从皮省，从夐省。凡𤿺之屬皆从𤿺。讀若耎，一曰讀若儁。北猶背也。徐鉉曰：“北者，反覆治之也。夐，營也。”凡治皮，反覆治之，乃柔𤿺也。治之時，手目俱至，故省夐以見意。已治爲柔韋，故不見全皮。古文𤿺，从皮省，从人治皮省。籀文𤿺，从夐省。

纏絲急也。从臤，从絲省。纏之急，則絲縮小而臤實，故从臤，復省絲以見意。今用爲“緊急”字。或作緊。

行水也。从攴，从人水省。徐鍇曰：“攴入水所杖也。”案：此謂治水也。攴者，治水之具。人爲治水之官，使水就下，不至氾濫爲災，故省水以見意。猶言水大而復小，水行順性，安流攸攸。秦刻石嶧山文“攸”字如此。

灼龜坼也。从卜省，从𠔁。象形。此本象意字。𠔁从重八，象分别吉凶之意。𨚔於“𠔁”下云：“分也。”引《孝經》説曰：“故上下有别。”釋重八之意。虞翻讀《尚書》，“分𠔁三苗”爲“𠔁”云：“𠔁，古别字。”《周禮·大卜》：“掌三兆之法：一曰玉兆，二曰瓦兆，三曰原兆。”注云：“兆者，灼龜發於火，其形可占者。其象似玉瓦原之璺罅，是用名之焉。”原，原田也。从𠔁者，灼龜坼之形，可以别吉凶。卜者，所有事也，故省卜以見意。古文卜作卜省，卜爲乀在𠔁中，言卜者於龜坼中分别其兆也。隸變作兆，本此。兆當作兆，又本兆而變。兆或从卜。今本《説文》以“𠧞”爲正篆，云：“从卜𠔁，象形。”出“𠔁”於下，爲古文兆省。段玉裁據《廣韻》云“𠧞出《文字指歸》”，不云出《説文》，是孫愐以前《説文》無𠧞。又云：“《玉篇》卜部之外，别爲兆部，假令顧氏所據。《説文》早同今本，何爲作此紛更乎？”證知《説文》古本無𠧞。其説是矣，然據《廣韻》“兆，治小切”引《説文》“分也”之訓，因孫氏之誤，遂謂八部之“𠔁”爲“龜兆”字，而疑鄦書無𠔁，則大謬也。葢後人不知“𠔁”本从卜省，乃更加卜作“𠧞”，遂竄入鄦書，以“𠔁”爲古文。《集韵》《類篇》皆引《説文》“𠧞，古省，或作𠔁”。司馬光曰：“𠔁，兵列切。重八也。𠧞古當作𠔁。”是則區别甚明，然不知增此乀爲从𠔁省，則顧、孫、二徐等所同也。

葡具也。从用苟省。徐鉉曰：“苟急敕。會意。”案：苟，讀已力切，自急敕也。凡有具備，必自急敕，以應其用，故从用，从苟省。

眔目相及也。从目，从隶省。手不及目，相及之，是亦及也，故省隶以見意，而从目以成之。他本有“讀若與隶同也”六字。《石經公羊》：“祖之所遝聞也。”《禮記》釋文“所以遝貴賤”。今皆作“逮”，此隶、眔音義同也。

省視也。从眉省，从中。徐鉉曰：“中，通識也。”案：中爲艸木初生才見也，言察之於微也。省眉者，事物未接於目，閉目澄慮，省察於眉睫也。凡人有所思省，皆蹙其眉，故从眉省與？

㸓古文从少，从囧。隸變作“省”，本此，葢从古文目省。囧省，猶眉省也。省之於微少，用其，目即得之也，因有省減義。

再一舉而二也。从一冓省。冓者，交積材也。一舉而有交加之者，是重複之意也，故省冓以明之。

爯并舉也。从爪冓省。爪猶手也。一手舉交加之物，是并舉也。因爲爯舉義，後乃加人旁作“偁”，爲偁揚，加禾作“稱”，爲稱衡。

叡深明也，通也。从𣦼，从目，从谷省。案：此實从㕡省，溝㕡深通之義也，因無㕡部，故𠷎以入𣦼部，而云“从𣦼，从谷省”耳。从目者，會深明之意，鄭注《尚書大傳》云：“睿，通也。”睿古文叡。壡籀文叡，从土，亦从壑省。

隓裂肉也。从肉，从隓省。敗城𠂤曰隓。《周官·守祧》“既祭則藏其隋”，鄭康成説：“隋，尸所祭肺、脊、黍、稷之屬。藏之以依神。”葢裂肉以祭，取其殘余以藏於地，故省隓以見意。古文《士虞禮》作“隋”，與《周官》同。《特牲少牢篇》今文作“綏”，古文作“挼”，或作“妥”，注云：“《周禮》作隋。隋與挼讀同。”又云：“挼讀爲隋。”皆以“隋”爲本字。

脃小耎易斷也。从肉，从絶省。甘脃肉類，故从肉，易斷也，故省絶以見意，猶言微絶之耳。《七發》曰：“甘脃肥膿。”《魏都賦》：“稟質遳脃。”或誤作“脆”。

肎骨間肉肎肎箸也。从肉，从冎省。一曰骨無肉也。冎者，剔肉置其骨也。骨間肉肎肎相箸，不解不能盡剔，故省冎以見意。一曰骨無肉，則不待冎，故省冎也。肎古文肎。此亦从冎省，謂省冂从冋耳。《莊子》説庖丁解牛“技經肯綮之未嘗”，肯隸作肯，本此而變。今言得其窾郤曰中肎。因謂心許可者，亦曰肎。

利銛也。从刀。和然後利，从和省。《易》曰：“利者，義之和也。”此引《易》説从和省之意，師謂此曲説耳，非本義也。

《詩》曰："鸞刀。"刀有鸞者，割時和聲中節也。刀和然後知其利也，然刀以割爲用，而鸞爲節。《記》曰："割刀之用，而鸞刀之貴。"貴其義也，故省和以見意與？古文利，从刃。

酸也。作醯㠯鬻㠯酒。从鬻、酒竝省，从皿。皿，器也。鬻即鬻之或體"鬻"也。作醯以酒少許，和鬻少許，故省鬻、省酒以見意，言不可過多也。若皿爲器，則不可省也。

合也。从亼，从曾省。曾，益也。凡會之屬皆从會。曾，即增也，後加土耳。三合而曾益之，是會合之意也。不必增多，故省之以見意。古文會如此。

穀藏也。倉黄取而藏之，故謂之倉。从食省，口象倉形。凡倉之屬皆从倉。口者，圍也，凡倉必四圍築也。此从口，象四圍之意。倉以儲穀，穀所以食也，省食之，則倉有余穀，故从食省以見意。奇字倉。古文奇字也，葢从古文巨。

缺也。古者城闕其南方謂之䍜。从𩫏缺省。讀若拔物爲決引也。闕猶缺也。故省缺以見意。《公羊傳》注："天子周城，諸侯軒城。軒城者，缺南面以受過也。"故从𩫏，古城闕字當作䍜。

傾覆也。从寸，臼覆之。寸，人手也。从巢省。杜林説，以爲貶損之貶。甲者巢之省，以手傾覆之，則巢毀損，因省巢以見意，不省則義不明。引申有貶損義，故杜林以爲貶損之貶。《上林賦》："適足以㝹君自損。"晋灼曰："㝹，古貶字。"《周禮·哲蔟氏》："掌覆夭鳥之巢。"知古有此字。各本篆作𦥑。段玉裁據《玉篇》改作㝹，今从師本訂。

日冥也。从日氐省。氐者，下也。一曰民聲。氐猶低也。

日氏下則昏時也。此爲从氏省，會意。段玉裁説，此“一曰民聲”四字葢淺人所增，非鄦舊也。

伯益之後，所封國地宜禾。从禾舂省。一曰秦禾名。禾穀宜舂，可去穅爲米，故从舂省，會意。以秦爲禾名者，此別一義。

籒文秦，从秝。

擣粟也。从𠬞，持杵臨臼上。午，杵省也。古者雝父初作舂。臼以盛粟者，杵所以舂之，故知爲杵省也。兩手持之，故从𠬞。宋衷曰：“雍父，黄帝臣也。”

枲屬。从林熒省。《詩》曰：“衣錦檾衣。”此引《詩》釋从檾省之意也。錦衣有熒光，加檾衣則熒光不見，故省熒以見意。

深也。一曰竈突。从穴，从火，从求省。穴深無光，以火燭之，乃可探求也，故从火，在穴中。罙則不可得，省求以見意。然則深求、探求古但用“罙”，後乃加水爲深淺，加手爲探求。親本有“讀若禮三年導服之導”。段玉裁説：“竈罙字可讀如導，與突爲雙聲。”今衡人呼竈導，葢古語與？

臥驚也。一曰小兒號寣寣。一曰河内相評也。从㝱省，从言。臥而驚，故有言已不成㝱，故省㝱以見意。兩言一曰，皆別一義，廣異聞耳。今讀火滑切。

箴縷所紩衣。从㡀丵省。凡黹之屬皆从黹。徐鉉曰：“丵，眾多也。言箴縷之工不一也。”㡀爲敗衣，宜爲箴縷所紩。善黹者，滅其迹，故省丵以見意。

衮衣出龍蓴蟲黺畫粉也。从黹，从粉省。衛宏説：“今之刺繡者，以粉畫其形，繡成而粉不見，故从粉省也。”宏治《古文尚書》所説，但約其文耳。

養也。从人，从采省。采，古文孚。孚爲卵孚。善保養者，莫善於鳥之護卵，然人之保赤也，非以爪覆也，故省爪以明其意。古文保。古文孚。从此。古文保。不省。

召也。从王，从微省。壬微爲徵。行於微而聞達者，即徵之。古文。

年八十曰耋。从老省，从至。言老之至也，故从老，从至。小篆从老省，隸或不省者，此省文耳。

年九十曰薹。从老，从蒿省。《釋艸》云："蘩之醜，秋爲蒿。"言艸至秋老通謂之蒿。人年九十曰薹，故省蒿爲之，俗或作耄。

老人行才相逮。从老省，易省，行象。讀若樹。易，謂蜥易也。老人行遲步小，兩足僅能相及，如蜥易之宛蟺，故省易以見意。段玉裁謂各本作"易省行象"，疑誤，以勿象步小相迫之狀，因改鄦注爲"勿，象形"，恐非。

善事父母者。从老省，从子。子承老也。子能承老者之詔令，是謂孝也。《禮記》："孝者，畜也。順於道，不逆於倫，謂之畜。"

船行不安也。从舟，从刖省。讀若兀。刖者，絶也，刖其足也。船行不安，如刖足者然，故省刖以見意。此从舟，从刀，知爲刖省者，舊説相傳也。

兜鍪，首鎧也。从兜，从皃省。皃，象人頭也。兜鍪，廱蔽其皃，故省皃以明之。

意有所欲也。从欠㝅省。徐鉉曰："㝅，塞也。意有所欲，而猶塞款款然也。"案：款空、㝅塞義相反而相成。空則有所欲，多欲宜自窒也。王逸注《屈原賦》"悃悃欵欵"云："心志純也。"

款或从柰。段玉裁説"取柰何之意"。

貪欲也。从次，从羑省。羑呼之羑，文王所拘羑里。段玉裁説："从㕡省。㕡者，㕡誘之㕡。文王所拘㕡里。"作羑，别羑、㕡二文也。羑者，進善也。㕡者，相詸誘也。凡有所羨者，必好惡無節於内，知誘於外，故从㕡省。然鄦書羊部出"羑"，又厶部"㕡"下出"羑"，爲古文。㕡、羑本一字。貪欲者必有所羑，故省羑以見意。

低頭也。从頁逃省。大史卜書頫仰字如此。揚雄曰："人面頫。"徐鉉曰："頫首者，逃亡之皃。故从逃省。今俗作俯，非是。"案：逃亡者，或頫首，頫首者，未必逃也，故省逃以見意。

頫，或从人免。

細文也。从彡㣻省。彡爲毛飾畫文。㣻者，際見之文也。際見之光甚微，文之細者，其見白質如際見之白然，故省㣻爲之。各本有"聲"字，非。

髮隋也。从髟隋省。《内則》曰："三月之末，擇日翦髮爲鬌，男角女羈。"鬌爲落髮，故省隋爲之。隋，猶隕墮也。

自急敕也。从芉省，从包省，从口。口，猶慎言也。从芉，芉與義、善、美同意。凡茍之屬皆从茍。包猶勹，裹也。勹口是慎言也。故段玉裁以爲"从勹"，不必言"包省"也。下出古文从羊不省，故知此爲从羊省也。羊猶善也。善自慎言者，自急敕之意也。讀已力切。古文羊不省。謂从羊不省，明小篆省改古文。

惡也。从由虎省。師説从由、人、爪，即爪也。古文从無人。案：舊本鄦注："鬼頭而虎爪，可畏也。"鬼頭不可見，何由畏之？畏必有所由，故从由，葢从虐省。虐爲虎足反爪人，古文更省虐爲爪，故云古文省也。人之所由畏者，莫甚於虐，故畏从由虐省，"虎"葢"虐"字之誤也。《傳》曰："火烈而民畏之。"《記》曰："苛政猛如虎。"謂苛虐也。自俗儒以鬼頭説由，求由從之義不可得，遂謂鄦書無由。師説由从十厶，故畏得人由部。古文省。謂於正篆尤省。

岸上見也。从厂，从㞢省。讀若躍。㞢者，艸初生，故凡物之上出者多以㞢象之。肯爲幬帳之象，而云从冃㞢。㞢，其飾也。此爲岸上見，故从厂㞢。以一象地，厂猶地也，故省㞢以見意。

余堅者。从石，堅省。余堅者，謂石之堅有余聲，故重堅會意，不云堅聲。段玉裁依《廣韻》改作"余堅也"，或云當作"臤聲"，非也。

豕走也。从彑，从豕省。《玉篇》作"豕走，悦也"，疑鄦書古本如此。《周易》卦辭謂之彖，爻辭謂之象，《繫辭·傳》曰："彖也者，才也。"葢彖説三才解釋卦辭，使學者相悦以解，故謂之彖，如豕走則悦也，故省豕以見意。古文彖。小徐本如此，大徐本出此於"彖"上，以爲正篆訓豕也，从互下，象其足，讀若瑕與彖，爲二字，然《篇》《韻》皆無此字，則鍇本爲長。彖爲豕走，故以象四足相交。

小豕也。从㣇省。象形。从又，持肉以給祠祀。凡豚之屬皆从豚。此葢籀文。从㣇者，以㣇河内名豕也。豚爲小豕，故省㣇以見意。凡祭宗廟之禮，豕曰剛鬣，豚曰腯肥，豚肉肥美，故从又持肉。又，手也。篆文。从肉豕。肉亦祭肉也。小篆更省又，《玉篇》及《爾雅音義》皆誤爲籀文，作“豚”。

牝鹿也。从鹿，从牝省。《釋嘼》曰：“鹿牝，麀。”此从牝省者，以牝从牛，麀專斥鹿牝，故去牛从鹿以見意。或从幽聲。

於湯中爚肉。从炎，从熱省。炎爲重火，故熱下之火可省，此省文也。《禮・有司徹》：“乃燅尸俎。”鄭注：“燅，温也。古文燅皆作尋。”唐本譌作“燖”。《禮記・郊特牲》：“血腥爓祭。”注云：“爓，或爲尋。”或从炙作。

高而曲也。从夭，从高省。《詩》曰：“南有喬木。”高而曲，是高不能極高也，故省高以見意。夭者，屈也。《釋木》：“上句曰喬。”

行賀人也。从心，从夊。吉禮以鹿皮爲贄，故从鹿省。夊爲行遲曳夊夊。慶賀人者，禮服行遲，故从夊。《禮經》“丽皮”，鄭注“兩鹿皮也”。物以將意，故从心。但用鹿皮，不見全鹿，故省鹿以見意。

不敬也。从心𡐦省。《春秋傳》曰：“執玉惰。”𡐦爲篆文“隓敗”字。心𡐦敗是不敬也，不見𡐦形，故省𡐦見意。惰或省𠂤。古文。

水朝宗于海。从水朝省。《禹貢》："荆州，江、漢朝宗于海。"謂江漢下流，海水上湧，激而爲淖，如朝會然，故从朝省。徐鉉曰："隸書不省。"謂今作"潮"也。或以爲古"濤"字。

觀四方而高者。从至，从之，从高省。與室屋同意。之猶往也。至者，所止也。往高處而得所止，是臺也。臺非極高者，故省高爲之。《釋名》："臺，持也，築土堅高，能自勝持也。"《詩》："經始靈臺"《傳》用《爾雅》"四方而高曰臺"。

巧調高材也。从女信省。徐鉉曰："女子之信近於佞也。"

案：佞之言不可信也，故省信以見意。或以爲仁聲，非也。

撟也。从丿乀，从韋省。徐鉉曰："韋所以束枉戾也。"案：韋，相背也。丿乀者，ナ又戾也。ナ又皆背而撟之，故爲拂戾意。

弼戾也。从弜省，从盩。讀若戾。徐鉉曰："盩者，繫辠人見血也。弼戾之意。"鍇本有"盩引戾之也"五字，在"讀若"上，盖引之失其弜則相戾，因爲盩，故省弜以見意。

蠶衣也。从糸、从虫，黹省。繭者，可以爲絲帛，故从糸。中有蛾，故从虫。黹者，箴縷所紩衣，繭尚未成絲，帛不可以箴黹，故省黹以見意。或云：當从芇。芇，相當也。讀若宀。芇聲。或又云：𥜽，省聲。𥜽上二十廾。皆非也。古文繭，从糸見。

它蟬所解皮也。从虫稅省。稅猶脱也。謂所解脱也。蛇蟬所解，但存皮，不見形，故省。稅，虫類也，故从虫。或以爲兑聲，或以爲稅省聲，皆非。

止也。从土，从畱省。土所止也。此與畱同意。坐者，宜少畱，故省畱以見意。此㘸从土，不必土，猶畱从田不必田。土、田同意。古文㘸，从二人相對坐。

土積也。从土，从聚省。積土有叢聚義，故省聚爲之。不言取聲者，重聚會意也。《白虎通》曰："琮之爲言堅也，象萬物之宗堅也。"古音當與聚遠。

天子五百里地。从田包省。《禹貢》："五百里甸服。"《周語》："先王之制，邦内甸服。"謂邦内之田環抱王畿，如裹包然，故省包以見意。

黏土也。从土，从黄省。凡堇之屬皆从堇。土黄色者多黏，然土色不純黄，故省黄以見意。《内則》："涂之以謹涂"，鄭注："謹當爲墐，聲之誤也。"《玉篇》引《禮》"堇涂"，是鄭注"墐"當作"堇"，俗誤加土。古文堇，从黄，不省。亦古文。

劇也。从力熒省。焱，火燒冂。用力者勞。熒爲屋下鐙燭之光，凡民勤勞，朝作莫息，夜以繼日，斯爲勞矣。段玉裁說："燒冂，謂燒屋也。斯時用力最勞。或改冂作門，皆非。"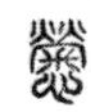古文勞，从悉。謂勞心也。

人君乘車，四馬鑣，八鑾鈴，象鸞鳥聲，和則敬也。从金，从鸞省。此謂鈴聲，象鸞鳥之聲，故省鸞以見意。不言从鸞省聲者，重會意也。

圜圍也。四千人爲軍。从車，从包省。軍，兵車也。《周禮·大司馬職》云："萬有二千五百人爲軍。"鄭注："師、旅篆皆

用《周禮》，則此不得獨異，疑後人據吕忱《字林》所説也。”从包省者，言圜圍如裹包然。古者兵行用車，故从車，會意。

危也。从𠂤，从毁省。徐巡㠯爲，隉，凶也。賈侍中説：“隉，法度也。”班固説：“不安也。”《周書》曰：“邦之阢隉。”讀若虹蜺之蜺。𠂤者，層累而高也。高則可危，凡物有毁之者，則凶危不安，全則安也。徐、班説本相通，賈説“隉”爲法度，則“臬”之叚借字也。鄦引《書》“邦之阢隉”，今作“杌隉”。

三重醇酒也。从酉，从時省。《明堂月令》曰：“孟秋，天子飲酎。”此引《月令》孟夏文也。“秋”當作“夏”。釀之以時，飲之以時，故从時省。或云肘省聲，非。

右會意省之文七十八　重三十三

會意之部都九百六十五文　重二百五十四文

卷四

形聲

聲音之來，與天地同始，未有是字，先有是聲。古聖依聲以造字，如日月之文，此聲之先於象形者也。日者，實也。月者，缺也。先有日月之音，因造日月之文。今衡人呼缺者，音與月同，俗語猶然。牟芈之字，又聲之先於指事者也。至於會意之屬，無不先有其聲，始造其文。古有有聲而無字者，未有造字始求聲者也。然文明大啟，制禮造物，其用益廣，乃區别其字。故同一形也，而殊以聲，牝、牡判焉，種、稑分焉，此偏旁之學所由出也。鄦君之説形聲曰：“以事爲名，取譬相成，江、河是也。”葢工可取其聲，初無意義，足言以形爲定，直謂之形而已。水旁知爲水，山旁知爲山，推而至於妹、娟之屬，大抵不外方言之殊，其所从之聲因之一轉。葢義原於聲，誠爲造字之本。因聲求義，亦爲用字之權，此亦聲之字所以由會意而生也。迨世殊地異，聲轉遞變，原流莫詰，義始難求，於是有聲而無義者，滋乳寖多。此楚語、秦語，魯、衛、陳、宋之語所爲，因時而造字，非有聲韻之學也。然其聲皆繫於形，因形以見，固不嫌於聲之無義，即通意與事爲名，其所諧之聲，亦如擯相之从君耳。故謙以爲，取形爲名，而从以聲者，謂之“形聲”。取事與意爲名，而从以聲者，謂之“諧聲”。因分爲二篇，兹取象形篇之母文，而繫以聲者，以爲形聲之屬，使學者開卷燎然，庶無惑焉。至於省聲諸文，則有古籀不省者，葢造字不一師，用字不同時，周好繁重，秦趨省約，無義可分，故不加區别，如家之从豭，哭之从獄，不出豭、獄省聲則不得聲。又況鄦不言省，二徐以爲省聲者，所以便讀也。是省聲與省意不同，學者審之。

玉也。从玉，尞聲。

玉也。从玉，雚聲。《春秋傳》曰："瓘斝。"

玉也。从玉，敬聲。

玉也。从玉，典聲。

玉也。从玉，夒聲。讀若柔。

玉也。从玉，㲉聲。讀若鬲。

璵璠，魯之寶玉。从玉，番聲。孔子曰："美哉，璵璠！遠而望之，奂若也；近而視之，瑟若也。一則理勝，二則孚勝。"故此皆列爲形聲之屬。若二爲指事，屮从二中，象意、事意無實形，已分入諧聲矣。故别。

璵璠也。从玉，與也。

瑾瑜，美玉也。从玉，堇聲。

瑾瑜，美玉也。从玉，俞聲。

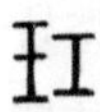玉也。从玉，工聲。

琜瓄，玉也。从玉，來聲。

赤玉也。从玉，夐聲。瓊，或从矞。瓊，或从巂。

瓊，或从旋省。徐鉉曰：“今與璿同。”

玉也。从玉，向聲。

玉也。从玉，剌聲。

醫無閭之珣玗琪。《周書》所謂夷玉也。从玉，旬聲。一曰玉器，讀若宣。

玉也。从玉，路聲。

三玉二石也。从玉，贊聲。《禮》：天子用全，純玉也；上公用駹，四玉一石；侯用瓚；伯用埒，玉石半相埒也。

玉光也。从玉，英聲。

三採玉也。从玉，無聲。

朽玉也。从玉，有聲。讀若畜牧之畜。

美玉也。从玉，睿聲。《春秋傳》曰：“璿弁玉纓。” 古文璿。 籒文璿。案：籒文當从玉，故入玉部。段據小徐本作𡟊，是。

玉磬也。从玉，求聲。 球，或从翏。

美玉也。从玉，林聲。

瑞，玉圜也。从玉，辟聲。

大孔璧。人君上除陛以相引。从玉，爰聲。《爾雅》曰：“好倍肉謂之瑗，肉倍好謂之璧。”

璧也。肉好若一謂之環。从玉，睘聲。

璜半璧也。从玉，黄聲。

琮瑞玉。大八寸，似車釭。从玉，宗聲。

琬圭有琬者。从玉，宛聲。

璋剡上爲圭，半圭爲璋。从玉，章聲。《禮》：“六璧圭以馬，璋以皮，璧以帛。琮以錦，琥以繡，璜以黼。”

琰璧上起美色也。从玉，炎聲。

玠大圭也。从玉，介聲。《周書》曰：“稱奉介圭。”

瑒圭尺二寸，有瓚。以祠宗廟者也。从玉，昜聲。

瓛桓圭。公所執。从玉，獻聲。

珽大圭。長三尺，杼上，終葵首。从玉，廷聲。

璬玉佩。从玉，敫聲。

珩佩上玉也。所以節行止也。从玉，行聲。

玦玉佩也。从玉，夬聲。

瑱以玉充耳也。从玉，真聲。《詩》曰：“玉之瑱兮。”徐鉉曰：“今充耳字，更从玉，旁，‘充’非字。”[illegible]瑱，或从耳。

琫佩刀上飾。天子以玉，諸侯以金。从玉，奉聲。

珌佩刀下飾，天子以玉。从玉，必聲。

璏劍鼻玉也。从玉，彘聲。

瑵車蓋玉瑵。从玉，蚤聲。

圭璧上起兆瑑也。从玉，篆省聲。《周禮》曰：“瑑圭璧。”

琮玉之瑑。从玉，且聲。

弁飾，往往冒玉也。从玉，綦聲。璂，或从基。

玉飾如水藻之文。从玉，喿聲。《虞書》曰：“璪火黺米。”

垂玉也。冕飾。从玉，流聲。

玉器也。从玉，𧟹聲。讀若淑。

玉器也。从玉，畾聲。徐鉉曰：“案，靁字注象回轉之形。畾不成字，凡从畾者，竝當从靁省。”

玉色鮮白。从玉，差聲。

玉色鮮也。从玉，此聲。《詩》曰：“新台有玼。”

玉英華相帶如瑟弦。从玉，瑟聲。《詩》曰：“瑟彼玉瓚。”

玉英華羅列秩秩。从玉，㮚聲。《逸論語》曰：“玉粲之璱兮，其瑮猛也。”

玉色。从玉，熒省聲。一曰石之次玉者。《逸論語》曰：“如玉之瑩。”

玉䞓色也。从玉，㒼聲。禾之赤苗謂之虋，言璊玉色如之。玧，璊，或从允。

玉小赤也。从玉，叚聲。

治玉也。从玉，豖聲。

治玉也。一曰石似玉。从玉，周聲。

理治玉也。从玉，里聲。

珍寶也。从玉，㐱聲。

玩弄也。从玉，元聲。貦玩，或从貝。

玲玉聲。从玉，令聲。

瑲玉聲也。从玉，倉聲。《詩》曰："鞗革有瑲。"

玎玉聲也。从玉，丁聲。齊太公子伋謚曰"玎公"。

琤玉聲也。从玉，争聲。

瑣玉聲也。从玉，肖聲。

瑝玉聲也。从玉，皇聲。

瑀石之似玉者。从玉，禹聲。

玤石之次玉者。以爲系璧。从玉，丰聲。讀若《詩》曰："瓜瓞菶菶。"一曰若盒蚌。

玪玪塾，石之次玉者。从玉，今聲。

塾玪塾也。从玉，勒聲。

琚瓊琚。从玉，居聲。《詩》曰："報之以瓊琚。"

璓石之次玉者。从玉，莠聲。《詩》曰："充耳璓瑩。"

玖石之次玉，黑色者。从玉，久聲。《詩》曰："貽我佩玖。"讀若芑，或曰"若人句脊"之句。

𤤸石之似玉者。从玉，𦣝聲。讀若貽。

珢石之似玉者。从玉，艮聲。

玴石之似玉者。从玉，曳聲。

璅石之似玉者。从玉，巢聲。

璡石之似玉者。从玉，進聲。讀若津。

[illegible]石之似玉者。从玉，朁聲。

璁石之似玉者。从玉，悤聲。讀若蔥。倉紅切。

[illegible]石之似玉者。从玉，號聲，讀若鎬。

[illegible]石之似玉者。从玉，夆聲。讀若曷。

[illegible]石之似玉者。从玉，叡聲。烏貫切。

[illegible]石之似玉者。从玉，䜌聲。

玽石之似玉者。从玉，句聲。讀若苟。

琂石之似玉者。从玉，言聲。

璶石之似玉者。从玉，盡聲。

琟石之似玉者。从玉，隹聲。讀若維。以追切。

瑦石之似玉者。从玉，烏聲。

瑂石之似玉者。从玉，眉聲。讀若眉。

璒石之似玉者。从玉，登聲。

[illegible]石之似玉者。从玉，厶聲。讀與私同。

玗石之似玉者。从玉，于聲。

[illegible]玉屬。从玉，叟聲。讀若沒。

黑石似玉者。从玉，皆聲。讀若諧。

石之青美者。从玉，石白聲。

石之美者。从玉，昆聲。《虞書》曰："楊州貢瑤琨。"琨，或从貫。

石之美者。从玉，民聲。

玉之美者。从玉，䍃聲。《詩》曰："報之以瓊瑤。"

蚌之陰精。从玉，朱聲。《春秋國語》曰："珠以禦火災。"是也。

玓瓅，明珠色。从玉，勺聲。

玓瓅。从玉，樂聲。

珠也。从玉，比聲。宋弘云："淮水中出玭珠。"玭，珠之有聲。《夏書》玭，从虫、賓。

蜃屬。从玉，劦聲。《禮》："佩刀，士珕琫而珧珌。"徐鉉曰："劦亦音麗，故以爲聲。"

蜃甲也。所以飾物也。从玉，兆聲。《禮》云："佩刀，天子玉琫而珧珌。"

火齊，玫瑰也。一曰石之美者。从玉，文聲。

玫瑰。从玉，鬼聲。一曰圜好。

珠不圜也。从玉，幾聲。

琅玕，似珠者。从玉，良聲。

琅玕也。从玉，干聲。《禹貢》：“雝州球琳琅玕。”古文玕。

珊瑚，色赤生於海，或生於山。从玉，删省聲。

珊瑚也。从玉，胡聲。

石之有光璧珋也。出西胡中。从玉，丣聲。

遺玉也。从玉，歔聲。

金之美者，與玉同色。从玉，湯聲。《禮》：“佩刀，諸侯璗琫而璆珌。徒朗切。

靈巫，以王事神。从玉，霝聲。靈，或从巫。

艸盛上出也。从屮母聲。徐鉉曰：“案《左傳》：‘原田每每。’今别作‘莓’，非是。”

菌圥，地蕈，叢生田中。从屮，六聲。籀文圥，从三圥。

畜父也。从牛，土聲。

特牛也。从牛，岡聲。

朴特牛父也。从牛，寺聲。

畜母也。从牛，匕聲。《易》曰：“畜牝牛，吉。”

牛子也。从牛，瀆省聲。

二歲牛。从牛，市聲。

三歲牛。从牛，參聲。

騬牛也。从牛，害聲。

白黑雜毛牛。从牛，龙聲。

牻牛也。从牛，京聲。

牛白脊也。从牛，厲聲。各帶切。

黄牛虎文。从牛，余聲。讀若涂。

駁牛也。从牛，勞省聲。

牛白脊也。从牛，夅聲。

牛駁如星。从牛，平聲。

牛黄白色。从牛，麃聲。

黄牛黑脣也。从牛，𦎫聲。《詩》曰："九十其犉。"

白牛也。从牛，隺聲。

牛長脊也。从牛，畺聲。

牛徐行也。从牛，攴聲。讀若滔。

牛息聲。从牛，雔聲。一曰牛名。

畜牲也。从牛，産聲。

牛完全。从牛，生聲。

牛純色。从牛，全聲。

牛馬牢也。从牛，告聲。《周書》曰："今惟淫舍牿牛馬。"

牛柔謹也。从牛，夒聲。

《易》曰：“犕牛乘馬。”从牛，𤰈聲。

耕也。从牛，黎聲。

兩壁耕也。从牛，非聲。一曰覆耕種也。讀若匪。

牛羊無子也。从牛，𠷎聲。讀若糗糧之糗。

觸也。从牛，氐聲。

牛踶𤛱也。从牛，衛聲。

牛䣛下骨也。从牛，巠聲。《春秋傳》曰：“宋司馬牼，字牛。”

牛舌病也。从牛，今聲。

南徼外牛。一角在鼻，一角在頂，似豕。从牛，尾聲。

牣滿也。从牛，刃聲。《詩》曰：“於牣魚躍。”

萬物也。牛爲大物，天地之數起於牽牛，故从牛勿聲。文弗切。

宗廟之牲也。从牛，羲聲。賈侍中説，此非古字。

西南夷長髦牛也。从牛，𠩺聲。凡犛之屬皆从犛。

三足鍑也。一曰滫米器也。从鬲，支聲。

三足釜也。有柄喙。讀若嫣。从鬲，規聲。

釜屬。从鬲，㚇聲。

秦名土釜曰鬴。从鬲，𠦂聲。讀若過。

大釜也。一曰鼎大上小下，若甑，曰鬵。从鬲，㚸聲。讀若岑。籀文鬵。

鬵屬。从鬲，曾聲。

鍑屬。从鬲，甫聲。鬴，或从父，金聲。

鬲屬。从鬲，虍聲。

炊气上出也。从鬲，蟲省聲。籀文融，不省。

炊气皃。从鬲，嚻聲。

煮也。从鬲，羊聲。

涫也。从鬲，沸聲。

楚烏也。一名鸒，一名卑，居秦謂之雅。从隹，牙聲。徐鉉曰："今俗别作鴉，非是。"

鵋䳢也。从隹，各聲。

今閵。似鴝鵒而黄。从隹，𠕁省聲。良刃切。籀文不省。

周燕也。从隹，中象其冠也。㕯聲。一曰蜀王望帝，婬其相妻，慙亡去，化爲子巂鳥。故蜀人聞子巂鳴，皆起曰是望帝也。子巂又作子規，即杜鵑。

鳥也。从隹，方聲。讀若方。

鳥也。从隹，犬聲。睢陽有猚水。

鵻鷽也。从隹，臿聲。

有十四種：盧諸雉、喬雉、鳪雉、鷩雉，秩秩海雉、翟山雉、韓雉、卓雉，伊洛而南曰翬，江淮而南曰摇，南方曰𠃣，東方曰甾，北方曰稀，西方曰蹲。从隹，矢聲。古文雉，从弟。

知時畜也。从隹，奚聲。籀文雞，从鳥。

雞子也。从隹，芻聲。籀文雛，从鳥。

鳥大雛也。从隹，翏聲。一曰雉之莫子爲雡。

黄倉庚也。鳴則蠶生。从隹，离聲。

䳄也。从隹，周聲。籀文雕，从鳥。

鳥也。从隹，从人，瘖省聲。徐鍇曰："鷹隨人所指蹤，故从人，舊本有'或从人，人亦聲'，非也。"籀文雁，从鳥。

鵻也。从隹，氏聲。籀文雖，从鳥。

雖也。从隹，垂聲。

石鳥。一名雝鶏。一曰精列。从隹，幵聲。《春秋傳》："秦有士雃。"

雝鶏也。从隹，邕聲。

鳥也。从隹，今聲。《春秋傳》有"公子苦雂"。

鳥也。从隹，从人，厂聲。徐鉉曰："雁，知時鳥，大夫以爲摯，昏禮用之，故从人。"五晏切。

雞黄也。从隹，黎聲。一曰楚雀也，其色黎黑而黄。

鳥也。从隹，虍聲。荒烏切。

牟母也。从隹，奴聲。雓，或从鳥。

九雇：農桑候鳥，扈民不婬者也。从隹，户聲。春雇，鳻盾；夏雇，竊玄；秋雇，竊藍；冬雇，竊黄；棘雇，竊丹；行雇，唶唶；宵雇，嘖嘖；桑雇，竊脂；老雇，鷃也。雇，或从雩。籀文雇，从鳥。

䧿屬。从隹，辜声。

䧿属。从隹，酓聲。籀文䧿，从鳥。

鳥也。从隹，支聲。一曰䧴度。

鳥肥大䧆䧆也。从隹，工聲。䧆，或从鳥。

繳𨿳也。从隹，椒聲。一曰飛𨿳也。

繳射飛鳥也。从隹，弋聲。

鳥父也。从隹，厷聲。

鳥母也。从隹，此聲。

飛也。从隹，陸聲。

羊子也。从羊，照省聲。

五月生羔也。从羊，宁聲。讀若煑。

六月生羔也。从羊，敄聲。讀若霧。

小羊也。从羊，大聲。讀若達。羍，或省。

羊未卒歲也。从羊，兆聲。或曰夷羊百斤左右爲挑。讀若《春秋》“盟于洮”。徐鍇曰：“夷羊，怪獸也。《史記》曰：

‘殷之衰，夷羊在牧。’”

牡羊也。从羊，氐聲。

牂羊也。从羊，分聲。

牡羊也。从羊，爿聲。

夏羊牡曰羭。从羊，俞聲。

夏羊牝曰羖。从羊，殳聲。案：此數字，牝、牡字多互易。案《詩》毛傳、《内則》注皆曰：“牂，牝羊。”《爾雅·釋嘼》：“羊，牡羒，牝牂。夏羊，牡羭，牝羖。”羒牂爲吴羊，白色羊。羭羊爲夏羊，黑色羊。故牝、牡易其名。鄦書羭羖之訓與《雅》合，而羒牂不得歧異，疑有譌誤。

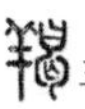羊羖犗也。从羊，曷聲。

騬羊也。从羊，夷聲。

黄腹羊。从羊，番聲。

羊名。从羊，巠聲。

羊名。从羊，執聲。汝南平輿有摯亭。讀若晋。

瘦也。从羊，羸聲。徐鉉曰：“羊主給膳，以瘦爲病，故从羊。”

羊相羵也。从羊，委聲。

羠羵也。从羊，責聲。

輩也。从羊，君聲。徐鉉曰：“羊性好群，故从羊。”

群羊相羵也。一曰黑羊。从羊，亜聲。

羊名。蹏皮可以割桼。从羊，此聲。

進善也。从羊，久聲。文王拘羑里，在湯陰。

亦神靈之精也。赤色，五采，雞形。鳴中五音，頌聲作則至。从鳥，䜌聲。周成王時氐羌獻鸞鳥。

鸑鷟，鳳屬，神鳥也。从鳥，獄聲。《春秋國語》曰：“周之興也，鸑鷟鳴於岐山。”江中有鸑鷟，似鳧而大赤目。

獄鷟也。从鳥，族聲。

鷫鷞也。五方神鳥也。東方發明，南方焦明，西方鷫鷞，北方幽昌，中央鳳皇。从鳥，肅聲。司馬相如說：“从鳥，叜聲。”

鶻鵃也。从鳥，九聲。

鶌鳩也。从鳥，屈聲。

祝鳩也。从鳥，隹聲。鵻，或从隹。一曰鶉字。

鶻鵃也。从鳥，骨聲。

鶻鵃也。从鳥，舟聲。

桔䳵，尸鳩。从鳥，𥷚聲。

鳩屬。从鳥，合聲。

渴鴠也。从鳥，旦聲。

伯勞也。从鳥，狊聲。鵙，或从隹。

天鸙也。从鳥，翏聲。

卑居也。从鳥，與聲。

雗鷽，山鵲，知來事鳥也。从鳥，學省聲。鷽，或从隹。

鳥黑色多子。師曠曰：“南方有鳥，名曰鷲，黄頭赤目，五色皆備。从鳥，就聲。《藝文志》小説家有《師曠》六篇，鄦所稱即此。

鴞鴞，寧鴂也。从鳥，号聲。

寧鴂也。从鳥，夬聲。

鳥也。从鳥，崇聲。

澤虞也。从鳥，方聲。

鳥也。从鳥，截聲。

鳥也。从鳥，桼聲。

鋪豉也。从鳥，失聲。

鶤雞也。从鳥，軍聲。讀若運。

鳥也。从鳥，笑聲。

鳥也。从鳥，臼聲。

鷦鷯，桃蟲也。从鳥，焦聲。

鷦鷯也。从鳥，眇聲。

鳥少美長醜爲鶹離。从鳥，畱聲。力求切。

鳥也。从鳥，堇聲。那干切。鷬，或从隹。古文鷬。古文鷬。古文鷬。

欺老也。从鳥，彖聲。

鳥也。从鳥，説省聲。

鳥也。从鳥，主聲。

鳥也。从鳥，昏聲。

刀鷯。剖葦，食其中蟲。从鳥，尞聲。

鳥也。其雌皇。从鳥，匽聲。一曰鳳皇也。

瞑鴲也。从鳥，旨聲。

烏鸔也。从鳥，各聲。

烏鸔也。从鳥，暴聲。

鳴九皐，聲聞于天。从鳥，隺聲。

白鷺也。从鳥，路聲。

鴻鵠也。从鳥，告聲。

鴻鵠也。从鳥，江聲。

秃鳺也。从鳥，尗聲。鳺，或从秋。

鴛鴦也。从鳥，夗聲。

鴛鴦也。从鳥，央聲。

鵽鳩也。从鳥，叕聲。

䳳鵝也。从鳥，坴聲。

鴚鵝也。从鳥，可聲。

鴚鵝也。从鳥，我聲。

鵝也。从鳥、人，厂聲。徐鉉曰：“从人，从厂，義無所取，當从雁省聲。”

舒鳬也。从鳥，敄聲。

鳬屬也。从鳥，殹聲。《詩》曰：“鳬鷖在梁。”

𪄁鸊，鳬屬。从鳥，契聲。

𪄁鸊也。从鳥，辟聲。

水鳥也。从鳥，蒙聲。

知天將雨鳥也。从鳥，矞聲。《禮記》曰：“知天文者，冠鷸。”𪇗，或从遹。

辛鷉也。从鳥，辟聲。

鸊鷉也。从鳥，虒聲。

鸕鷀也。从鳥，盧聲。

鸕鷀也。从鳥，兹聲。

鷀也。从鳥，壹聲。

鴔鵖也。从鳥，乏聲。

鴔鵖也。从鳥，皀聲。

鳥也。肉出尺胾。从鳥，𠦒聲。鳵，或从包。

鸔雝鷅也。从鳥，渠聲。

水鴞也。从鳥，區聲。

鳥也。从鳥，犮聲。讀若撥。

鳥也。从鳥，庸聲。

鳥也。从鳥，兒聲《春秋傳》曰：“六鶃退飛。” 鶃，或从鬲。司馬相如説“鶃从赤”。

鵜胡，污澤也。从鳥，夷聲。 鵜，或从弟。

天狗也。从鳥，立聲。

麋鴰也。从鳥，倉聲。 鶬，或从隹。

麋鴰也。从鳥，昏聲。

鵁鶄也。从鳥，交聲。一曰鵁鸕也。

鵁鶄也。从鳥，青聲。

鵁鶄也。从鳥，幵聲。

鸃鷲也。从鳥，箴聲。

鸃鷲也。从鳥，此聲。

雕也。从鳥，敦聲。《詩》曰：“匪鷻匪鳶。”

鷙鳥也。从鳥，屰聲。鄦書“鷻”“鳶”連文，於“鷻”下引《詩》：“匪鷻匪鳶。”今《詩》作“匪鷻匪鳶”，正義“鳶”作“鶚”。徐鉉曰：“屰非聲，一本从丫，疑从雚省，今俗別作鳶，非是。”與專切。

鴟也。从鳥，間聲。

鷙鳥也。从鳥，䍃聲。

白鷢，王鴡也。从鳥，厥聲。

王鴡也。从鳥，且聲。

鸛專，畐蹂。如誰，短尾。射之，銜矢射人。从鳥，雚聲。

鷐風也。从鳥，亶聲。籀文鸇，从廛。

鷐風也。从鳥，晨聲。

擊殺鳥也。从鳥，執聲。

鸇飛皃。从鳥，穴聲。《詩》曰："鴥彼晨風。"

鳥也。从鳥，榮省聲。《詩》曰："有鶯其羽。"

鴝鵒也。从鳥，句聲。

鴝鵒也。从鳥，谷聲。古者鴝鵒不踰泲。鵒，或从隹，从臾。

赤雉也。从鳥，敝聲。《周禮》曰："孤服鷩冕。"

鵔鸃鷩也。从鳥，夋聲。

鵔鸃也。从鳥，義聲。秦漢之初，侍中冠鵔鸃冠。

雉屬戇鳥也。从鳥，適省聲。

似雉出上黨。从鳥，曷聲。

鳥似鶡而青，出羌中。从鳥，介聲。

鸚䳇，能言鳥也。从鳥，嬰聲。

鸚䳇也。从鳥，母聲。

走鳴，長尾雉也。乘輿以爲防釳，箸馬頭上。从鳥，喬聲。

雌雉鳴也。从鳥，唯聲。《詩》曰：“有鷕雉鳴。”

鼠形，飛走且乳之鳥也。从鳥，畾聲。籀文鸓。

雉肥翰音者也。从鳥，倝聲。魯郊以丹雞，祝曰：“以斯翰音赤羽，去魯侯之咎。”

雇也。从鳥，安聲。

毒鳥也。从鳥，冘聲。一名運日。

鳥子生哺者。从鳥，㱿聲。

飛皃。从鳥，寒省聲。

鳥聚皃。一曰飛皃。从鳥，分聲。

刀握也。从刀，缶聲。

刀劍刃也。从刀，咢聲。徐鉉曰：“今俗作鍔，非是。”五各切。籀文㓵。从㓞，从各。蓋各聲也。

鞞也。一曰析也。从刀，肖聲。

鎌也。从刀，句聲。

大鎌也。一曰摩也。从刀，豈聲。

剞剧，曲刀也。从刀，奇聲。

剞𠜾也。从刀，屈聲。

鋭利也。从刀，炎聲。

齊斷也。从刀，歬聲。

彊斷也。从刀，岡聲。古文剛如此。

斷齊也。从刀，耑聲。

斷也。从刀，會聲。

刌也。从刀，七聲。

切也。从刀，寸聲。

斷也。从刀，辥聲。

劃傷也。从刀，气聲。一曰斷也。又讀若殪。一曰刀不利，於瓦石上刉之。古外切。

利傷也。从刀，歲聲。

鏤也。从刀，亥聲。

判也。从刀，畐聲。《周禮》曰："副辜祭。" 籒文副。

判也。从刀，剖聲。

判也。从刀，辡聲。

分也。从刀，半聲。

判也。从刀，度聲。

判也。从刀，夸聲。

分解也。从刀，𡚁聲。

剟也。从刀，干聲。

刊也。从刀，叕聲。

破也。从刀，辟聲。

剥也。从刀，害聲。

剥也，劃也。从刀，𠩺聲。

挑取也。从刀，肙聲。一曰窒也。

刮去惡創肉也。从刀，矞聲。《周禮》曰："劀殺之齊。"

刮也。从刀，刷省聲。《禮》有刷巾。

掊把也。从刀，昏聲。

砭刺也。从刀，㓹聲。一曰剽劫人也。

刺也。从刀，圭聲。《易》曰："士刲羊。"

折傷也。从刀，坐聲。

絶也。从刀，喿聲。《周書》曰："天用剿絶其命。"

絶也。从刀，月聲。舊讀魚厥切，當从日，月之月，乃得聲。古篆當作[illegible]，寫者多誤从肉。《易》困九五"劓刖"，京房作"劓劊"。《説文》"劊"與"刖"義同。

擊也。从刀，弗聲。

傷也。从刀，桼聲。

斷也。从刀，㲋聲。一曰剽也，釗也。

剸也。从刀，元聲。一曰齊也。

缺也。从刀，占聲。《詩》曰：“白圭之刮。”

刑鼻也。从刀，臬聲。《易》曰：“天且劓。”《易・睽》六三爻辭文，馬、虞皆云：“黥頟爲天。”是也。劓，或从鼻。刑鼻也，故从鼻會意。

剄也。从刀，幵聲。

刑也。从刀，巠聲。

減也。从刀，尊聲。

契也。从刀，类聲。券别之書，以刀判契其旁，故曰契券。契謂栔刻也，以刀判刻之，因謂之書契，古用刀筆。

解骨也。从刀，易聲。

矢也。从竹，前聲。

箘簬也。从竹，囷聲。一曰博棊也。

箘簬也。从竹，路聲。《夏書》曰：“惟箘簬楛。”古文簬，从輅。

箭屬。小竹也。从竹，攸聲。

大竹也。从竹，湯聲。《夏書》曰：“瑶琨筱簜。”簜可爲幹，筱可爲矢。

竹也。从竹，微聲。籒文。从微省。

竹胎也。从竹，旬聲。

竹萌也。从竹，怠聲。

竹箬也。从竹，音聲。

楚謂竹皮曰箬。从竹，若聲。

竹約也。从竹，即聲。

折竹笢也。从竹，余聲。讀若絮。

筡也。从竹，鬲聲。

竹膚也。从竹，民聲。

竹裹也。从竹，本聲。

竹皃。从竹，翁聲。

差也。从竹，參聲。

引書也。从竹，彖聲。

讀書也。从竹，擂聲。《春秋傳》曰“卜籒”云。

書也。一曰關西會榜曰篇。从竹，扁聲。

簿書也。从竹，耤聲。

竹田也。从竹，皇聲。

剖竹未去節謂之簵。从竹，將聲。

籥也。从竹，枼聲。

書僮竹笘也。从竹，侖聲。

竹聲也。从竹，劉聲。

牒也。从竹，閒聲。

竹列也。从竹，亢聲。

[illegible]爰也。从竹，部聲。

法也。从竹，竹簡書。氾聲。古法有竹刑。

表識書也。从竹，戔聲。

信也。漢制以竹，長六寸，分而相合。从竹，付聲。

簪也。从竹，幵聲。

取蟣比也。从竹，𠤏聲。

收絲者也。从竹，蒦聲。 篗，或从角，从閒。

維絲筦也。从竹，廷聲。

筟也。从竹，完聲。

筳也。从竹，孚聲。讀若《春秋》“魯公子彄”。

迫也。在瓦之下，棼上。从竹，乍聲。阻厄切。

堂簾也。从竹，廉聲。

牀棧也。从竹，責聲。

牀簀也。从竹，朿聲。

竹席也。从竹，延聲。《周禮》曰：“度堂以筵。”筵一丈。

竹席也。从竹，覃聲。

籧篨，粗竹席也。从竹，豦聲。

籧篨也。从竹，除聲。

竹器也。可以取粗去細。从竹，麗聲。

大箕也。从竹，潘聲。一曰蔽也。

漉米籔也。从竹，奥聲。

炊籅也。从竹，數聲。

蔽也。所以蔽甑底。从竹，畀聲。

飯筥也。受五升。从竹，稍聲。秦謂筥曰籍。

陳留謂飯帚曰箱。从竹，捎聲。一曰飯器，容五升。一曰宋魏謂箸筩爲箱。

籍也。从竹，吕聲。

飯及衣之器也。从竹，司聲。

笥也。从竹，單聲。《漢律令》："簞，小筐也。"《傳》曰："簞食壺漿。"

簁箄，竹器也。从竹，徙聲。

簁箄也。从竹，卑聲。

圜竹器也。从竹，專聲。

飯攲也。从竹，者聲。

竹籠也。从竹，婁聲。

籃也。从竹，良聲。

大篝也。从竹，監聲。古文籃如此。

答也。可熏衣。从竹，冓聲。宋楚謂竹篝牆以居也。

栝答也。从竹，各聲。

栝答也。从竹，夆聲。或曰盛箸籠。

鏡籢也。从竹，斂聲。

竹器也。从竹，贊聲。讀若纂。一曰叢。

笭也。从竹，贏聲。

竹器也。从竹，删聲。

黍稷圜器也。从竹，从皿，甫聲。古文簠，从匚，从夫。

竹豆也。从竹，邊聲。籀文籩。

篅也。从竹，屯聲。

以判竹。圜以盛穀也。从竹，耑聲。

竹高篋也。从竹，鹿聲。簏，或从录。

大竹筩也。从竹，昜聲。

斷竹也。从竹，甬聲。

竹輿也。从竹，便聲。

鳥籠也。从竹，奴聲。

竹挺也。从竹，干聲。

罩魚者也。从竹，靃聲。籱或省。

竹枚也。从竹，固聲。

竹索也。从竹，交聲。

茭也。从竹，作聲。

蔽絮簀也。从竹，沾聲。讀若錢。

扇也。从竹，疌聲。箑，或从妾。

舉土器也。一曰笭也。从竹，龍聲。

褱也。从竹，襄聲。

宗廟盛肉竹器也。从竹，尞聲。《周禮》："供盆簝以待事。"

飲牛筐也。从竹，豦聲。方曰筐，圜曰篆。

飲馬器也。从竹，兜聲。

積竹矛戟矜也。从竹，盧聲。《春秋國語》曰："朱儒扶盧。"

籋也。从竹，拑聲。

箝也。从竹，爾聲。徐鉉曰："爾非聲，未詳。"

笠蓋也。从竹，登聲。

簦無柄也。从竹，立聲。

大車牝服也。从竹，相聲。

車笭也。从竹，匪聲。

車笭也。从竹，令聲。一曰笭籯也。

搔馬也。从竹，剡聲。

馬箠也。从竹，束聲。

擊馬也。从竹，垂聲。

箠也。从竹，朵聲。

羊車騶箠也。箸箴其耑，長半分。从竹，内聲。

所以盛弩矢，人所負也。从竹，闌聲。

弩矢箙也。从竹，服聲。《周禮》："仲秋獻矢箙。"

折竹箠也。从竹，占聲。潁川人名小兒所書寫爲笘。

笞也。从竹，旦聲。當割切。

擊也。从竹，台聲。

驗也。一曰鋭也。貫也。从竹，韱聲。

榜也。从竹，殿聲。徐鉉曰："當从臀省聲。"

綴衣箴也。从竹，咸聲。

以竿擊人也。从竹，削聲。虞舜樂曰箾韶。

管三十六簧也。从竹，亏聲。

十三簧。象鳳之身也。笙，正月之音。物生，故謂之笙。大者謂之巢，小者謂之和。从竹，生聲。古者隨作笙。

笙中簧也。从竹，黄聲。古者女媧作簧。

簧屬。从竹，是聲。

參差管樂。象鳳之翼。从竹，肅聲。

通簫也。从竹，同聲。

三孔龠也。大者謂之笙，其中謂之籟，小者謂之箹。从竹，賴聲。

小籟也。从竹，約聲。

如篪，六孔。十二月之音。物開地牙，故謂之管。从竹，官聲。古者玉琯以玉。舜之時，西王母來獻其白琯。前零陵文學姓奚，於伶道舜祠下得笙玉琯。夫以玉作音，故神人以和，鳳皇來儀也。从玉，官聲。

小管謂之篎。从竹，眇聲。

七孔筩也。从竹，由聲。羌笛三孔。徐鍇曰：“當从胄省，乃得聲。”

鼓弦竹身樂也。从竹，争聲。

吹鞭也。从竹，孤聲。

吹筩也。从竹，秋聲。

壺矢也。从竹，壽聲。

局戲也。六箸十二棊也。从竹，博聲。古者烏胄作簙。

藩落也。从竹，畢聲。《春秋傳》曰：“篳門圭窬。”

蔽不見也。从竹，愛聲。

雉射所蔽者也。从竹，嚴聲。

禁苑也。从竹，御聲。《春秋傳》曰："澤之目篽。"䱟篽，或从又，魚聲。

揚米去糠也。从箕，皮聲。

相付與之，約在閣上也。从丌，由聲。

具也。从丌，𢀳聲。徐鉉曰："庶物皆具，丌以薦之。"古文巽。篆文巽。

蠡也。从豆，蒸省聲。

豆屬。从豆，𢍁聲。

豆飴也。从豆，夗聲。

虎聲也。从虎，㱿聲。讀若隔。

古陶器也。从豆，虍聲。凡虘之屬皆从虘。

白虎也。从虎，昔省聲。讀若鼏。

䖘屬。从虎，去聲。

黑虎也。从虎，儵聲。

虎竊毛謂之虦苗。从虎，戔聲。竊，淺也。

虎皃。从虎，乂聲。

虎皃。从虎，气聲。

虎鳴也。一曰師子。从虎，九聲。

虎聲也。从虎，斤聲。

《易》:“履虎尾虩虩。”恐懼。一曰蠅虎也。从虎,㣈聲。

虎所攫畫明文也。从虎,寽聲。

委虒虎之有角者也。从虎,厂聲。

黑虎也。从虎,騰聲。

飯器也。从皿,亏聲。

小盂也。从皿,夗聲。

黍稷在器中㠯祀者也。从皿,成聲。

黍稷在器㠯祀者。从皿,齊聲。

小甌也。从皿,有聲。讀若灰。一曰若賄。 盍,或从右。

飯器也。从皿,𠁊聲。 籒文盧。

器也。从皿、从缶,古聲。

器也。从皿,弔聲。

盆也。从皿,央聲。 盎,或从瓦。

盎也。从皿,分聲。

器也。从皿,宁聲。

櫝盨,負戴器也。从皿,須聲。

器也。从皿,漻聲。

械器也。从皿,必聲。

調味也。从皿，禾聲。

器中空也。从皿，㶳聲。

器虛也。从皿，中聲。《老子》曰："道盅而用之。"

覆蓋也。从皿，酓聲。徐鉉曰："今俗别作罯，非是。"段玉裁説："與奄音義略同。"案：今庵、菴字皆通用。

滌器也。从皿，湯聲。

善丹也。从丹，蒦聲。《周書》曰："惟其敷丹雘。"讀若隺。

深池也。从井，瑩省聲。

未燒瓦器也。从缶，㱿聲。讀若筩，莩同。

瓦器也。从缶，包省聲。古者昆吾作匋。案：《史篇》讀與缶同。

缶也。从缶，賏聲。

小口罌也。从缶，垂聲。

小缶也。从缶，音聲。

𤮊也。从缶，并聲。缾，或从瓦。

汲缾也。从缶，雝聲。

下平缶也。从缶，乏聲。讀若昜。

備火長頸缾也。从缶，熒省聲。

瓨也。从缶，工聲。

⿰缶或瓦器也。从缶，或聲。

⿰缶薦瓦器也。从缶，薦聲。

⿱肉缶瓦器也。从缶，肉聲。徐鉉曰：“當从畬省，乃得聲。”

⿰缶霝瓦器也。从缶，霝聲。

⿰缶占缺也。从缶，占聲。

缺器破也。从缶，决省聲。

罅裂也。从缶，虖聲。缶燒善裂也。

罄器中空也。从缶，殸聲。殸，古文磬字。《詩》曰：“缾之罄矣。”

罊器中盡也。从缶，毄聲。

缿受錢器也。从缶，后聲。古目瓦，今目竹。

矯揉箭箝也。从矢，喬聲。

矰惟䠶矢也。从矢，曾聲。

⿰矢昜傷也。从矢，昜聲。

短有所長短，以矢爲正。从矢，豆聲。

矤况也，詞也。从矢，引省聲。从矢，取詞之所之如矢也。

矣語已詞也。从矢，目聲。

⿰來矣《詩》曰：“不𥎦不來。”从來，矣聲。牀史切。⿰彳矣𥎦，或从彳。

橘果出江南。从木，矞聲。

橙橘屬。从木，登聲。

柚條也。佀橙而酢。从木，由聲。《夏書》曰："厥包橘柚。"

樝果似棃而酢。从木，虘聲。

棃果名。从木，𥝢聲。𥝢，古文利。

梬棗也，似柹。从木，甹聲。

柹赤實果。从木，𠂔聲。

枏梅也。从木，冄聲。

梅枏也。可食。从木，每聲。楳或从某。

杏果也。从木，可省聲。

柰果也。从木，示聲。

李果也。从木，子聲。杍古文。

桃果也。从木，兆聲。

楙冬桃。从木，敄聲。讀若髦。

亲果，實如小栗。从木，辛聲。《春秋傳》曰："女摯不過亲栗。"

楷木也。孔子冢蓋樹之者。从木，皆聲。

梫桂也。从木，侵省聲。

桂江南木，百藥之長。从木，圭聲。

棠牡曰棠，牝曰杜。从木，尚聲。

甘棠也。从木，土聲。

木也。从木，習聲。

木也。可以爲櫛。从木，單聲。

木也。可屈爲杅者。从木，韋聲。

柔木也。工官以爲耎輪。从木，酉聲。讀若糗。

樱椐木也。从木，邛聲。

母杶也。从木，侖聲。讀若《易》卦屯。陟倫切。

木也。从木，胥聲。讀若芟刈之芟。

梅也。从木，央聲。一曰江南童材，其實謂之柍。

木也。从木，癸聲。又度也。

木也。从木，咎聲。讀若皓。

木也。从木，周聲。讀若丩。

樸樕木。从木，欶聲。

木也。从木，彝聲。

青皮木。从木，岑聲。或从㝹省。㝹，籀文寑。

木也。从木，叕聲。益州有棳縣。

木也。从木，號省聲。

遬其也。从木，炎聲。讀若三年導服之導。

木也。从木，遄聲。

即來也。从木，京聲。

杶也。从木，意聲。

木也。从木，費聲。

木也。从木，虖聲。

木也。从木，禹聲。

木也。从木，畾聲。力軌切。籀文。

赤楝也。从木，夷聲。《詩》曰：“隰有杞桋。”

栟櫚也。从木，并聲。

栟櫚也。可作萆。从木，㚇聲。

楸也。从木，賈聲。《春秋傳》曰：“樹六檟於蒲圃。”

梓也。从木，奇聲。

楸也。从木，宰省聲。或不省。

梓也。从木，秋聲。

梓屬。大者可爲棺椁，小者可爲弓材。从木，啻聲。

櫡也。从木，皮聲。一曰折也。

木也。从木，黏聲。徐鉉曰：“今俗作杉，非是。”

木也。从木，秦聲。一曰菆也。

山樗也。从木，尻聲。

木也。从木，屯聲。《夏書》曰：“杶榦栝柏。”或从熏。古文杶。

杶也。从木，筍聲。

白桵，棫。从木，妥聲。徐鉉曰：“當从綏省，乃得聲。”

白桵也。从木，或聲。

木也。从木，息聲。

樻也。从木，居聲。

椐也。从木，貴聲。

柔也。从木，羽聲。其實皁，一曰樣。

栩也。从木，予聲。讀若杼。

栩實也。从木，羕聲。

劉劉杙。从木，弋聲。

枇杷木也。从木，比聲。

桔梗，藥名。从木，吉聲。一曰直木。

木也。从木，乍聲。

木出橐山。从木，丂聲。

木也。从木，晉聲。《書》曰：“竹箭如櫏。”

羅也。从木，豙聲。《詩》曰：“隰有樹檖。”

木可作牀几。从木，叚聲。讀若賈。

木也。从木，惠聲。

木也。从木，苦聲。《詩》曰：“榛楛濟濟。”

木也。可以爲大車軸。从木，齊聲。

木也。从木，乃聲。讀若仍。

木也。从木，頻聲。

酸棗也。从木，貳聲。

棗也。从木，僕聲。

酸小棗。从木，然聲。一曰染也。

木也。實如棃。从木，尼聲。

木也。从木，肖聲。

木也。从木，隸聲。

木也。从木，㐒聲。

木也。从木，夋聲。徐鉉曰：“今人别音穌禾切，以爲機杼之屬。”

木也。从木，畢聲。

木也。从木，刺聲。

木也。可爲醬，出蜀。从木，句聲。

木出發鳩山。从木，庶聲。

木可作車。从木，方聲。

枋也。从木，畺聲。一曰鉏柄名。

木也。以其皮裹松脂。从木，雩聲。讀若華。即今樺燭，卷其皮，裹松脂爲之。或以其皮爲冠，謂之華冠。檴或从蒦。

檗黄木也。从木，辟聲。

梤香木也。从木，芬聲。

樧似茱萸，出淮南。从木，殺聲。

槭木，可作大車輮。从木，戚聲。

楊木也。从木，昜聲。

檉河柳也。从木，聖聲。

桺少楊也。从木，丣聲。丣，古文酉。

大木可爲鉏柄。从木，甹聲。

欒木似欄。从木，䜌聲。《禮》："天子樹松，諸侯柏，大夫欒，士楊。"

栘棠棣也。从木，多聲。

棣白棣也。从木，隶聲。

枳木似橘。从木，只聲。《考工記》："橘踰淮而北爲枳。"

楓木也。厚葉弱枝善摇。一名欇。从木，風聲。

權黄華木。从木，雚聲。一曰反常。

柜木也。从木，巨聲。

槐木也。从木，鬼聲。

穀楮也。从木，𣪊聲。

楮 穀也。从木，者聲。柠 楮，或从宁。

檵 枸杞也。从木，繼省聲。一曰監本也。監當作堅，謂木堅中材用也。堅、檵雙聲。

杞 枸杞也。从木，己聲。

枒 木也。从木，牙聲。一曰車輞會也。

檀 木也。从木，亶聲。

櫟 木也。从木，樂聲。

梂 櫟實。一曰鑿首。从木，求聲。

楝 木也。从木，柬聲。

檿 山桑也。从木，厭聲。《詩》曰："其檿其柘。"

柘 桑也。从木，石聲。

[illegible] 木可爲杖。从木，厀聲。

櫏 櫏味，稔棗也。从木，還聲。

梧 梧桐木。从木，吾聲。一名櫬。

榮 桐木也。从木，熒省聲。一曰屋梠之兩頭起者爲榮。

桐 榮也。从木，同聲。

橎 木也。从木，番聲。讀若樊。

楡 楡白枌。从木，俞聲。

枌 楡也。从木，分聲。

梗山枌榆，有朿，莢可爲蕪荑者。从木，更聲。

樵散木也。从木，焦聲。

松木也。从木，公聲。榕松，或从容。

樠松心木。从木，㒼聲。

檜柏葉松身。从木，會聲。

樅松葉柏身。从木，從聲。

柏鞠也。从木，白聲。

机木也。从木，几聲。

枮木也。从木，占聲。

梇木也。从木，弄聲。益州有梇棟縣。

楰鼠梓木。从木，臾聲。《詩》曰：“北山有楰。”

桅黄木可染者。从木，危聲。

杒桎杒也。从木，刃聲。

櫏榙櫏木也。从木，罙聲。

榙榙櫏果似李。从木，荅聲。讀若嚃。

櫾崐崘河隅之長木也。从木，繇聲。

樹生植之總名。从木，尌聲。尌籀文。

柢木根也。从木，氐聲。

根木株也。从木，艮聲。

木楊也。从木，朱聲。

細理木也。从木，畟聲。

木實也。从木，絫聲。

枝也。从木，叉聲。

木别生條也。从木，支聲。

木皮也。从木，卜聲。

小枝也。从木，攸聲。

木葉摇白也。从木，聶聲。

弱皃。从木，任聲。

木少盛皃。从木，夭聲。《詩》曰：“桃之枖枖。”

木頂也。从木，真聲。一曰仆木也。

一枚也。从木，廷聲。

眾盛也。从木，驫聲。《逸周書》曰：“疑沮事闕。”

木杪末也。从木，輿聲。

木欆末也。从木，少聲。

高木也。从木，良聲。

大木皃。从木，間聲。

木根也。从木，号聲。《春秋傳》曰：“歲在玄枵。”玄枵，虚也。

柖樹搖皃。从木，召聲。

榣樹動也。从木，䍃聲。

樛下句曰樛。从木，翏聲。

朻高木也。从木，丩聲。

枉衺曲也。从木，㞷聲。

橈曲木。从木，堯聲。

枎扶疏四布也。从木，夫聲。

檹木檹施。从木，旖聲。賈侍中説："檹即椅木，可作琴。"

⿰木小相高也。从木，小聲。

橊高皃。从木，畱聲。

槮木長皃。从木，參聲。《詩》曰："槮差荇菜。"

梴木長也。从木，延聲。《詩》曰："松桷有梴。"

橚長木皃。从木，肅聲。

杕樹皃。从木，大聲。《詩》曰："有杕之杜。"

⿱㒵木木葉陊也。从木，㒵聲。讀若薄。

格木長皃。从木，各聲。

櫨柱上柎也。从木，盧聲。伊尹曰："果之美者，箕山之東，青鳧之所，有甘櫨焉，夏孰也。"一曰宅櫨木，出弘農山也。

枅屋櫨也。从木，幵聲。

栭也。从木，𠛱聲。《詩》曰："其灌其栵。"

屋枅上標也。从木，而聲。《爾雅》曰："栭謂之格。"

棼也。从木，㥯聲。

椽也。从木，尞聲。

榱也。椽方曰桷。从木，角聲。《春秋傳》曰："刻桓宮之桷。"

榱也。从木，彖聲。

秦名爲屋椽，周謂之榱，齊魯之間謂之桷。从木，衰聲。

秦名屋櫋聯也。齊謂之檐，楚謂之梠。从木，眉聲。

楣也。从木，吕聲。

梠也。从木，㿝聲。讀若枇杷之枇。

屋櫋聯也。从木，邊省聲。

㮰也。从木，詹聲。徐鉉曰："今俗作簷，非是。"

屋梠前也。从木，覃聲。一曰蠶槌。

户樀也。从木，啻聲。《爾雅》曰："檐謂之樀。"讀若滴。

户植也。从木，直聲。或从置。

户樞也。从木，區聲。

户也。从木，兼聲。

重屋也。从木，婁聲。

櫳房室之疏也。从木，龍聲。

楯闌檻也。从木，盾聲。

櫺楯間子也。从木，霝聲。

杗棟也。从木，亡聲。《爾雅》曰："杗廇謂之梁。"

梀短椽也。从木，束聲。

杇所㠯涂也。秦謂之杇，關東謂之槾。从木，亏聲。

槾杇也。从木，曼聲。

椳門樞謂之椳。从木，畏聲。

楣門樞之横梁。从木，冒聲。

梱門橛也。从木，困聲。

榍限也。从木，屑聲。

柤木閑。从木，且聲。

槍岠也。从木，倉聲。一曰槍欀也。

楗限門也。从木，建聲。

櫼楔也。从木，韱聲。

楔櫼也。从木，契聲。

杝落也。从木，也聲。讀若他。

欜夜行所擊者。从木，橐聲。《易》曰："重門擊欜。"

桓亭郵表也。从木，亘聲。

木帳也。从木，屋聲。

帳極也。从木，童聲。

牀前横木也。从木，工聲。

牀前几。从木，呈聲。

桱桯也。東方謂之蕩。从木，巠聲。

安身之坐者。从木，爿聲。徐鍇曰：“《左傳》：薳子馮詐病，掘地下冰而牀焉。至於恭坐則席也。故从木，爿則疒之省，象人衺身有所倚箸。至於牆、壯、戕、狀之屬，竝當从牀省聲。李陽冰言：“木右爲片，左爲爿，音牆。且《説文》無爿字，其書亦異，故知其妄。”謙案：鄦書逸字甚多，李説當有所本。

臥所薦首者。从木，冘聲。

槭窬褻器也。从木，威聲。

匱也。从木，賣聲。一曰木名。又曰大梡也。段玉裁説，“大梡”當爲“木杭”字之譌。

梳比之總名也。从木，節聲。

理髮也。从木，疏省聲。

劒柙也。从木，合聲。

薅器也。从木，辱聲。或从金。

芣臿也。从木、入，象形，目聲。

臿也。从木，㠯聲。一曰徙土輂，齊人語也。徐鉉曰：“今俗作耜。”梩或从里。亦里聲也。

枱耒耑也。从木，台聲。鈶或从金。辝籀文。从辝。

楎六叉犂。一曰犂上曲木，犂轅。从木，軍聲。讀若渾天之渾。

櫌摩田器。从木，憂聲。《論語》曰：“櫌而不輟。”

欘斫也。齊謂之鎡錤。一曰斤柄，性自曲者。从木，屬聲。

櫡斫謂之櫡。从木，箸聲。

杷收麥器。从木，巴聲。

椴穜樓也。一曰燒麥柃椴也。从木，役聲。

柃木也。从木，令聲。

柫擊禾連枷也。从木，弗聲。

枷柫也。从木，加聲。淮南謂之柍。

杵舂杵也。从木，午聲。

槩杚斗斛。从木，既聲。

杚平也。从木，气聲。

㮴木參交以支炊籅者也。从木，省聲。讀若驪駕。徐鉉曰：“驪駕，未詳。”

柶《禮》有柶，柶，匕也。从木，四聲。

桮匼也。从木，否聲。𠥚籀文桮。

槃承槃也。从木，般聲。鎜古文，从金。盤籀文，从皿。

槃也。从木，虒聲。

几屬。从木，安聲。

圜案也。从木，睘聲。

篋也。从木，咸聲。

龜目酒尊，刻木作雲雷象，象施不窮也。从木，畾聲。櫑，或从缶。或以木，或以缶。櫑，或从皿。籀文櫑。

圜榼也。从木，卑聲。

酒器也。从木，盍聲。

車笭中椭。椭，器也。从木，隋聲。

關東謂之槌，關西謂之㭙。从木，追聲。

槌也。从木，特省聲。

槌之横者。關西謂之樸。从木，关聲。徐鉉曰："當从朕省。"

瑚槤也。从木，連聲。徐鉉曰："今俗作璉，非是。"

所以几器。从木，廣聲。一曰帷，屏風之屬。徐鉉曰："今别作幌，非是。"

舉食者。从木，具聲。

繘耑木也。从木，毄聲。

絡絲檷。从木，爾聲。讀若柅。

主發謂之機。从木，幾聲。

榺機持經者。从木，朕聲。

杼機之持緯者。从木，予聲。

椱機持繒者。从木，复聲。

楥履法也。从木，爰聲。讀若指撝。

核蠻夷以木皮爲篋，狀如籢尊。从木，亥聲。

棚棧也。从木，朋聲。

棧棚也。竹木之車曰棧。从木，戔聲。

栫以柴木壅也。从木，存聲。

槶筐當也。从木，國聲。

梯木階也。从木，弟聲。

棖杖也。从木，長聲。一曰法也。

桊牛鼻中環也。从木，类聲。

椯箠也。从木，耑聲。一曰椯度也。一曰剟也。

橜弋也。从木，厥聲。一曰門梱也。

樴弋也。从木，戠聲。

杖持也。从木，丈聲。徐鉉曰："今别作仗，非是。"

柭棓也。从木，犮聲。

棓棁也。从木，音聲。

椎擊也。齊謂之終葵。从木，隹聲。

柯斧柄也。从木，可聲。

棁木杖也。从木，兑聲。

柄柯也。从木，丙聲。棅或从秉。

柲欑也。从木，必聲。

欑積竹杖也。从木，贊聲。一曰穿也。一曰叢木。

杘篗柄也。从木，尸聲。柅杘，或从木，尼聲。徐鉉曰："柅，女氏切。木若棃。此重出。《易》曰："繫于金柅。"釋文曰："柅，《説文》作檷。"

榜所以輔弓弩。从木，旁聲。徐鉉曰："案：李舟《切韵》音北孟切，進船也。又音北朗切，木片也，今俗作牓，非。"

檠榜也。从木，敬聲。

檃栝也。从木，隱省聲。

桰檃也。从木，昏聲。一曰矢栝築弦處。

棊博棊。从木，其聲。

椄續木也。从木，妾聲。

栙栙雙也。从木，夅聲。讀若鴻。

栝炊竈木。从木，舌聲。徐鉉曰："當从甜省，乃得聲。"

槽畜獸之食器。从木，曹聲。

桶木方，受六升。从木，甬聲。

櫓大盾也。从木，魯聲。樐或从鹵。

柎闌足也。从木，付聲。

枹擊鼓杖也。从木，包聲。

椌柷樂也。从木，空聲。

柷樂木空也。所以止音爲節。从木，祝省聲。

槧牘樸也。从木，斬聲。

札牒也。从木，乙聲。

檢書署也。从木，僉聲。

檄二尺書。从木，敫聲。

棨傳信也。从木，啟省聲。

楘車歷録束文也。从木，敄聲。《詩》曰：“五楘梁輈。”

枑行馬也。从木，互聲。《周禮》曰：“設梐枑再重。”

梐梐枑也。从木，陛省聲。

极驢上負也。从木，及聲。或讀若急。

㭕极也。从木，去聲。

槅大車枙。从木，鬲聲。

橾車轂中空也。从木，喿聲。讀若藪。

楇盛膏器。从木，咼聲。讀若過。

枊馬柱。从木，印聲。一曰堅也。

棝棝斗可射鼠。从木，固聲。

山行所乘者。从木，𨾴聲。《虞書》曰：“予乘四載。”水行乘舟，陸行乘車，山行乘樏，澤行乘𨌈。此四句蓋《尚書》舊注。

水上横木，所以渡者也。从木，隺聲。

水梁也。从木，喬聲。

水橋也。从木、从水，刅聲。古文。

船總名。从木，叜聲。徐鉉曰：“今俗别作艘，非是。”

海中大船。从木，發聲。徐鉉曰：“今俗别作筏，非是。”

舟櫂也。从木，咠聲。

江中大船名。从木，蠡聲。

木囚也。从木，交聲。

澤中守艸樓。从木，巢聲。

削木札樸也。从木，巿聲。陳楚謂櫝爲柿。

闌木也。从木，黄聲。

檢柙也。从木，夾聲。

充也。从木，光聲。

以木有所擣也。从木，雋聲。《春秋傳》曰：“越敗吴于檇李。”

擊也。从木，豖聲。

橦也。从木，丁聲。

棱也。从木，瓜聲。又柧棱，殿堂上最高之處也。

柧也。从木，夌聲。

伐木余也。从木，獻聲。《商書》曰：“若顛木之有皀櫱。”櫱，或从木，辥聲。古文櫱。从木，無頭。重見省文指事。亦古文櫱。

折木也。从木，立聲。

衺斫也。从木，𡨄聲。《春秋傳》曰：“山木不槎。”

斷也。从木，出聲。讀若《爾雅》“貀無前足”之貀。

斷木也。从木，𠳋聲。《春秋傳》曰：“楬柮。”

木薪也。从木，取聲。

梱木薪也。从木，完聲。

梡木未析也。从木，圂聲。

楄部方木也。从木，扁聲。《春秋傳》曰：“楄部薦榦。”

以木有所逼束也。从木，畐聲。《詩》曰：“夏而楅衡。”

楄也。枼，薄也。从木，丗聲。徐鉉曰：“當从𠀍乃得聲。”𠀍，穌合切，穌涉切。

積火燎之也。从木、从火，酉聲。《詩》曰：“薪之槱之。”《周禮》：“以槱燎祠司中司命。”余救切。柴祭天神，或从示。

竟也。从木，亙聲。古文柦。

桎梏也。从木，戒聲。一曰器之總名。一曰持也。一曰有盛爲械，無盛爲器。

足械也。从木，至聲。

手械也。从木，告聲。

櫪㯕，椑指也。从木，歷聲。

櫪㯕也。从木，斯聲。

櫳也。从木，監聲。一曰圈。

檻也。从木，龍聲。

檻也，以藏虎兕。从木，甲聲。古文柙。

關也，所以掩尸。从木，官聲。

棺也。从木，親聲。《春秋傳》曰："士輿櫬。"

棺櫝也。从木，彗聲。

葬有木𩫏也。从木，𩫏聲。

楬櫫也。从木，曷聲。《春秋傳》曰："楬而書之。"

輔也。从木，非聲。

艸木𠦪孛之皃。从𣎳，畀聲。

艸木至南方有枝任也。从𣎳，羊聲。古文。

桼也。从桼，髟聲。

桼垸也，復桼之。从桼，包聲。

員物數也。从貝，口聲。凡員之屬皆从員。籒文。从鼎。

賄財也。从貝，有聲。

財人所寶也。从貝，才聲。

貨財也。从貝，化聲。

䝿資也。从貝，爲聲。或曰此古“貨”字，讀若貴。

資貨也。从貝，次聲。

贎貨也。从貝，萬聲。

賑富也。从貝，辰聲。

賢多才也。从貝，臤聲。

賁飾也。从貝，芔聲。

賀以禮相奉慶也。从貝，加聲。

貢獻功也。从貝，工聲。

贊會禮也。从貝，兟聲。

齎持遺也。从貝，齊聲。

貸施也。从貝，代聲。

貣从人，求物也。从貝，弋聲。

賂遺也。从貝，各聲。徐鉉曰：“當从路省，乃得聲。”

賸物相增加也。从貝，朕聲。一曰送也，副也。

贈玩好相送也。从貝，曾聲。

迻予也。从貝，皮聲。

賜也。从貝，竷省聲。徐鉉曰：“竷非聲，未詳。”籒文竷。

賜也。从貝，來聲。《周書》曰：“賚尒秬鬯。”

賜有功也。从貝，尚聲。

予也。从貝，易聲。

重次弟物也。从貝，也聲。

有余賈利也。从貝，𣎆聲。徐鉉曰：“當从嬴省，乃得聲。”以成切。

贏也。从貝，剌聲。

積也。从貝，宁聲。

副益也。从貝，弍聲。弍，古文二。

所敬也。从貝，㝬聲。古文。

貰買也。从貝，余聲。

貸也。从貝，卋聲。

易財也。从貝，丣聲。

貿也。从貝，賣聲。

散財用也。从貝，弗聲。

求也。从貝，朿聲。

賈市也。从貝，襾聲。一曰坐賣售也。

行賈也。从貝，商省聲。

買賤賣貴者。从貝，反聲。

賈少也。从貝，戔聲。

斂也。从貝，武聲。

欲物也。从貝，今聲。

庸也。从貝，任聲。

以財物枉法相謝也。从貝，求聲。一曰戴質也。

以財有所求也。从貝，冓聲。

齎財卜問爲貶。从貝，疋聲。讀若所。

小罰以財自贖也。从貝，此聲。漢律民不繇，貲錢二十二。漢時錢幣貴於後代，以今計之，一錢可當百錢。

南蠻賦也。从貝，宗聲。

衒也。从貝，𡏳聲。𡏳，古文睦。讀若育。

物不賤也。从貝，臾聲。臾，古文蕢。

秋天也。从日，文聲。《虞書》曰："仁閔覆下，則稱旻天。"

四時也。从日，寺聲。古文時，从之日。

尚冥也。从日，勿聲。

爽旦明也。从日，未聲。一曰闇也。

旦明也。从日，者聲。

晢昭晰明也。从日，折聲。《禮》曰："晰明行事。"

昭日明也。从日，召聲。

晤明也。从日，吾聲。《詩》曰："晤辟有摽。"

旳明也。从日，勺聲。《易》曰："爲旳顙。"

晄明也。从日，光聲。

曠明也。从日，廣聲。

旭日旦出皃。从日，九聲，讀若勖。一曰明也。徐鉉曰："九非聲，未詳。"許玉切。

暘日出也。从日，昜聲。《商書》曰："暘谷。"

晹日覆雲暫見也。从日，易聲。

晵雨而晝姓也。从日，啟省聲。

昫日出温也。从日，句聲。北地有昫衍縣。

晏天清也。从日，安聲。

曣星無雲也。从日，燕聲。

景光也。从日，京聲。

晧日出皃。从日，告聲。

暤晧旰也。从日，皋聲。

暉光也。从日，軍聲。

旰晚也。从日，干聲。《春秋傳》曰："日旰君勞。"

暆日行暆暆也。从日，施聲。樂浪有東暆縣。讀若酏。

晷日景也。从日，咎聲。

𣅝日在西方時，側也。从日，仄聲。《易》曰：“日𣅝之離。”徐鉉曰：“今俗别作昃，非是。”

晚莫也。从日，免聲。

曫日旦昏時。从日，䜌聲。讀若新城䜌中。

晻不明也。从日，奄聲。

暗日無光也。从日，音聲。

晦月盡也。从日，每聲。

𣈶埃𣈶日無光也。从日，能聲。

曀陰而風也。从日，壹聲。《詩》曰：“終風且曀。”

旱不雨也。从日，干聲。

昴白虎宿星。从日，丣聲。

曏不久也。从日，鄉聲。《春秋傳》曰：“曏役之三月。”

曩曏也。从日，襄聲。

昨壘日也。从日，乍聲。

暇閑也。从日，叚聲。

暫不久也。从日，斬聲。

昪喜樂皃。从日，弁聲。

光美也。从日，往聲。

大也。从日，反聲。

明日也。从日，立聲。

温溼也。从日，赧省聲。讀與赧同。

傷暑也。从日，曷聲。

熱也。从日，者聲。

安暔，温也。从日，難聲。

暴也。从日，麗聲。

乾也。耕暴田曰暵。从日，堇聲。《易》曰："燥萬物者，莫暵乎離。"徐鉉曰："當从漢省，乃得聲。"呼旰切。

乾也。从日，希聲。

日近也。从日，匿聲。《春秋傳》曰："私降暱燕。"暱，或从尼。

日狎習相慢也。从日，執聲。

不見也。从日，否省聲。

兼晐也。从日，亥聲。

明也。从日，堯聲。

旦明，日將出也。从日，斤聲。讀若希。

月一日始蘇也。从月，屰聲。

月始生，霸然也。承大月二日，承小月三日。从月，䨣聲。《周書》曰："哉生霸。"普伯切。徐鉉曰："今俗作必駕切，以爲霸王字。"古文霸。

明也。从月，良聲。

晦而月見西方謂之朓。从月，兆聲。

朔而月見東方謂之縮肭。从月，内聲。女六切。

會也。从月，其聲。古文期，从日、丌。

鼎之圜掩上者。从鼎才聲。《詩》曰："鼐鼎及鼒。"俗鼒从金，从兹。

鼎之絶大者。从鼎乃聲。《魯詩》説："鼐，小鼎。"

以木橫貫鼎耳而舉之。从鼎冂聲。《周禮》："廟門容大鼏七箇。"即《易》"玉鉉大吉"也。

禾之秀實爲稼，莖節爲禾。从禾，家聲。一曰稼，家事也。一曰在野曰稼。

穀可收曰穡。从禾，嗇聲。

埶也。从禾，童聲。

先穜後孰也。从禾，重聲。

早穜也。从禾，直聲。《詩》曰："稙稚尗麥。"

疾孰也。从禾，坴聲。《詩》曰："黍稷穜稑。"稑，或从翏。

幼禾也。从禾，屖聲。

稹穜概也。从禾，真聲。《周禮》曰："稹理而堅之。"

稠多也。从禾，周聲。

穊稠也。从禾，既聲。

稀疏也。从禾，希聲。徐鍇曰："當言从爻从巾，無'聲'字。爻者，稀疏之義，與爽同意。巾象禾之根莖。至於莃、晞，皆當从稀省。何以知之？《説文》無'希'字故也。"案，巾象根莖，則不成字。又禾之省也，疑爻部有"希"。

䅣禾也。从禾，蔑聲。

穆禾也。从禾，㣎聲。

私禾也。从禾，厶聲。北道名禾主人曰私主人。

𥢔稻紫莖不黏也。从禾，糞聲。讀若靡。

稷齋也。五穀之長。从禾，畟聲。𥝙古文稷省。

𪗉稷也。从禾，齊聲。秶齋，或从次。

穄鏖也。从禾，祭聲。

稻稌也。从禾，舀聲。

稌稻也。从禾，余聲。《周禮》曰："牛宜稌。"

稬沛國謂稻曰稬。从禾，耎聲。奴亂切。

稴稻不黏者。从禾，兼聲。讀若風廉之廉。

秔稻屬。从禾，亢聲。稉秔，或从更聲。

秏稻屬。从禾，毛聲。伊尹曰："飯之美者，玄山之禾，南海之秏。”

芒粟也。从禾，廣聲。

稻今年落，來年自生，謂之秜。从禾，尼聲。

禾别也。从禾，卑聲。琅邪有稗縣。

禾相倚移也。从禾，多聲。一曰禾名。徐鉉曰：“多與移聲不相近，蓋古有此音。”

禾末也。从禾，頃聲。《詩》曰：“禾穎穟穟。”

齊謂麥秾也。从禾，來聲。

禾危穗也。从禾，勺聲。

禾采之皃。从禾，遂聲。《詩》曰：“禾穎穟穟。” 穟，或从艸。

禾垂皃。从禾，耑聲，讀若端。

禾舉出苗也。从禾，曷聲。

禾芒也。从禾，少聲。

禾機也。从禾，幾聲。

一稃二米。从禾，丕聲。《詩》曰：“誕降嘉穀，惟秬惟秠。”天賜后稷之嘉穀也。

禾搖皃。从禾，乍聲。讀若昨。

耕禾間也。从禾，麃聲。《春秋傳》曰：“是穮是衮。”

轢禾也。从禾，安聲。

壅禾本。从禾，子聲。

穫刈也。一曰撮也。从禾，齊聲。

刈穀也。从禾，蒦聲。

積禾也。从禾，資聲。《詩》曰：“稽之秩秩。”

聚也。从禾，責聲。

積也。从禾，失聲。《詩》曰：“稽之秩秩。”

豢束也。从禾，囷聲。

穀之善者。从禾，果聲。一曰無皮穀。

舂粟不潰也。从禾，昏聲。

稻也。从禾，气聲。

穭也。从禾，孚聲。稃，或从米，付聲。

糠也。从禾，會聲。

穀皮也。从禾、从米，康聲。穅，或省。

禾皮也。从禾，羔聲。徐鉉曰：“羔聲不相近，未詳。”

禾稾去其皮，祭天以爲席。从禾，皆聲。

禾莖也。从禾，旱聲。《春秋傳》曰：“或投一秉稈。”稈，或从干。

稈也。从禾，高聲。

不成粟也。从禾，比聲。

麥莖也。从禾，肙聲。

黍穰也。从禾，列聲。

黍梨已治者。从禾，襄聲。

禾苦秧穰也。从禾，央聲。

穃程穀名。从禾，旁聲。

穃程也。从禾，皇聲。

穀孰也。从禾，千聲。《春秋傳》曰：“大有年。”

續也，百穀之總名。从禾，殸聲。

穀孰也。从禾，念聲。《春秋傳》曰：“鮮十五稔。”

田賦也。从禾，且聲。

租也。从禾，兑聲。

禾也。从禾，道聲。司馬相如曰：“蘘，一莖六穗。”

虚無食也。从禾，荒聲。

把取禾若也。从禾，魚聲。

出物有漸也。从禾，肖聲。

禾穀孰也。从禾，𩞁省聲。籒文不省。

銓也。从禾，爯聲。春分而禾生，日夏至晷景可度，禾有秒，秋分而秒定。律數：十二秒而當一分，十分而寸。其以爲重：十二粟爲一分，十二分爲一銖。故諸程品皆从禾。

品也。十髮爲程，十程爲分，十分爲寸。从禾，呈聲。

布之八十縷爲稯。从禾，嵏聲。籒文稯省。

五稯爲秭。从禾，𠂔聲。一曰數億至萬曰秭。

二秭爲秅。从禾，乇聲。《周禮》曰：“二百四十斤爲秉，四秉曰筥，十筥曰稯，十稯曰秅，四百秉爲一秅。”

百二十斤也。稻一柘爲粟二十斤，禾黍一柘爲粟十六斤太半升。从禾，石聲。

復其時也。从禾，其聲。《虞書》曰：“稘三百有六旬。”

米名也。从米，梁省聲。

早取穀也。从米，焦聲。一曰小。

稻重一柘，爲粟二十斗，爲米十斗，曰毇，爲米六斗太半斗，曰粲。从米，𣦼聲。倉案切。

粟重一柘爲十六斗太半斗，舂爲米一斛曰糲。从米，萬聲。

擇也。从米，青聲。

毇也。从米，卑聲。

疏也。从米，且聲。

惡米也。从米，比聲。《周書》有“粊誓”。

牙米也。从米，薛聲。

糂也。从米，立聲。古文粒。

漬米也。从米，睪聲。

以米和羹也。一曰粒也，从米，甚聲。籒文糂，从朁。

古文糂，从参。

炊米者謂之糪。从米，辟聲。

糝也。从米，麻聲。

糜和也。从米，覃聲。讀若鄿。

潰米也。从米，尼聲。交阯有羞泠縣。

酒母也。从米，籟省聲。籟，或从麥，鞠省聲。

酒滓也。从米，曹聲。籒文，从酉。

乾也。从米，葡聲。

熬米麥也。从米，臭聲。

糧也。从米，胥聲。

穀也。从米，量聲。

雜飯也。从米，丑聲。

穀也。从米，翟聲。

麩也。从米，蔑聲。

不雜也。从米，卒聲。

饋客芻米也。从米，气聲。《春秋傳》曰："齊人來氣諸侯。"氣，或从既。亦既聲也。氣，或从食。俗加食。

陳夏米。从米，工聲。

傅面者也。从米，分聲。

粉也。从米，𢍏聲。

糝也。从米，悉聲。

糂糝散之也。从米，殺聲。

碎也。从米，靡聲。

盗自中出曰竊。从穴、从米，禼、廿皆聲。廿，古文疾。禼，古文偰。

齊謂春曰𦦑。从臼，屰聲。讀若膊。

麻也。从朩，台聲。籒文枲，从林，从辝。

配鹽幽尗也。从尗，支聲。俗尗，从豆。

齏也。从韭，隊聲。

䪢也。从韭，次、𠂔皆聲。𩐙，或从齊。

菜也，葉似韭。从韭，叡聲。

山韭也。从韭，𢦏聲。

小祘也。从韭，番聲。

小瓜也。从瓜，交聲。徐鉉曰："交非聲，未詳。"蒲各切。

瓝也。从瓜，失聲。《詩》曰："緜緜瓜瓞。"瓞，或从弗。

小瓜也。从瓜，熒省聲。

瓜也。从瓜，繇省聲。

瓜中實。从瓜，辡聲。

罕也。从网，奄聲。

网也。从网，干聲。

网也。从网，每聲。

网也。从网，巽聲。《逸周書》曰：“不卵不蹼，以成鳥獸。”羿者，纙獸足也。故，或从足。蓋籀文。

周行也。从网，米聲。《詩》曰：“罙入其阻。”罙，或从㐭。

捕魚器也。从网，卓聲。

魚网也。从网，曾聲。

魚网也。从网，劂聲。劂，籀文鋭。

魚罟也。从网，瓜聲。《詩》曰：“施罛濊濊。”

网也。从网，古聲。

罜麗，魚罟也。从网，主聲。

罜麗也。从网，鹿聲。

積柴水中以聚魚也。从网，林聲。

釣也。从网，民聲。

捕鳥覆車也。从网，叕聲。罬，或从車。

罬也。从网，童聲。

覆車也。从网，包聲。《詩》曰：“雉離于罦。”罦，或从乎。

捕鳥网也。从网，尉聲。

兔罟也。从网，否聲。徐鉉曰：“隸書作罘。”

罟也。从网，互聲。

兔网也。从网，且聲。罝，或从糸。籒文，从虘。

牖中网也。从网，舞聲。

部署有所网屬。从网，者聲。徐鍇曰：“署置之，言羅絡之，若罘网也。”

覆也。从网，音聲。

罟也。从网，馬聲。

未冠也。从人，童聲。

舉踵也。从人，止聲。古文企，从足。

伸臂一尋八尺。从人，刃聲。

具也。从人，巽聲。

冠飾皃。从人，求聲。《詩》曰：“弁服俅俅。”

柔也，術士之稱。从人，需聲。

才過千人也。从人，夋聲。

傲也。从人，桀聲。

人姓。从人，軍聲。

人名。从人，及聲。

人名。从人，亢聲。《論語》有“陳伉”。

長也。从人，白聲。

高辛氏之子堯司徒，殷之先。从人，契聲。

人字。从人，青聲。東齊壻謂之倩。

婦官也。从人，予聲。

志及眾也。从人，公聲。

慧也。从人，睘聲。

安也。从人，炎聲。讀若談。倓，或从剡。

疾也。从人，旬聲。

不安也。从人，容聲。一曰華。

宋衛之間謂華僷僷。从人，葉聲。

善也。从人，圭聲。

奇侅非常也。从人，亥聲。

偉也。从人，鬼聲。《周禮》曰：“大傀異。”傀，或从玉，褱聲。

奇也。从人，韋聲。

文質備也。从人，分聲。《論語》曰：“文質份份。”古文份从彡林。林者，从焚省聲。徐鉉曰：“今俗作斌，非是。”

好皃。从人，尞聲。

威儀也。从人，必聲。《詩》曰：“威儀佖佖。”

具也。从人，孨聲。讀若汝南潺水。《虞書》曰："方鳩孱功。"

長壯儠儠也。从人，巤聲。《春秋傳》曰："長儠者相之。"

行皃。从人，麃聲。《詩》曰："行人儦儦。"

行有節也。从人，難聲。《詩》曰："佩玉之儺。"

順皃。从人，委聲。《詩》曰："周道倭遲。"

媦也。从人，貴聲。一曰長皃。

高也。从人，喬聲。

大也。从人，矣聲。《詩》曰："伾伾俟俟。"

大皃。从人，同聲。《詩》曰："神罔時侗。"

正也。从人，吉聲。《詩》曰："既佶且閑。"

大也。从人，吴聲。《詩》曰："碩人俁俁。"

大腹也。从人，工聲。讀若紅。

疾也。从人，單聲。《周禮》曰："句兵欲無僤。"

伉也。从人，建聲。

彊也。从人，京聲。

倨也。从人，敖聲。

勇壯也。从人，气聲。《周書》曰："仡仡勇夫。"

不遜也。从人，居聲。

昂頭也。从人，嚴聲。一曰好皃。

好皃。从人，參聲。

聊也。从人，里聲。

大皃。从人，半聲。

大也。从人，奄聲。

武皃。从人，閒聲。《詩》曰："瑟兮僩兮。"

有力也。从人，丕聲。《詩》曰："以車伾伾。"

彊力也。从人，思聲。《詩》曰："其人美且偲。"

箸大也。从人，卓聲。《詩》曰："倬彼雲漢。"

長皃。一曰箸地。一曰代也。从人，廷聲。

輔也。从人，朋聲。讀若陪位。步崩切。

熾盛也。从人，扇聲。《詩》曰："豔妻傓方處。"

戒也。从人，敬聲。《春秋傳》曰："儆宮。"

善也。从人，叔聲。《詩》曰："令終有俶。"一曰始也。

均直也。从人，庸聲。

仿佛也。从人，愛聲。《詩》曰："僾而不見。"

相似也。从人，方聲。籒文仿，从丙。

見不審也。从人，弗聲。

聲也。从人，悉聲。讀若屑。

僟精謹也。从人，幾聲。《明堂月令》："歲將僟終。"

佗負何也。从人，它聲。徐鉉曰："《史記》匈奴奇畜有橐佗。"今俗譌誤謂之駱駝，非是。

何儋也。从人，可聲。徐鉉曰："儋何，即負何也。借爲誰何之何，今俗别作擔荷，非是。"

儋何也。从人，詹聲。

供設也。从人，共聲。一曰供給。

儲偫也。从人，諸聲。

備慎也。从人，葡聲。𠈋古文備。

儐導也。从人，賓聲。擯儐，或从手。

偓偓佺也。从人，屋聲。

佺偓佺，仙人也。从人，全聲。

㒍心服也。从人，聶聲。

侚約也。从人，勻聲。

儕等輩也。从人，齊聲。《春秋傳》曰："吾儕小人。"

倫輩也。从人，侖聲。一曰道也。

侔齊等也。从人，牟聲。

偕彊也。从人，皆聲。《詩》曰："偕偕士子。"一曰俱也。

俱偕也。从人，具聲。

儹最也。从人，贊聲。

併竝也。从人，并聲。

傳相也。从人，専聲。

侙惕也。从人，式聲。《春秋國語》曰：“於其心侙然。”

俌輔也。从人，甫聲。讀若撫。

倚依也。从人，奇聲。

依倚也。从人，衣聲。

仍因也。从人，乃聲。

佽便利也。从人，次聲。《詩》曰：“决拾既佽。”一曰遞也。

佴佽也。从人，耳聲。

倢佽也。从人，疌聲。

侍承也。从人，寺聲。

側旁也。从人，則聲。

侒宴也。从人，安聲。

侐静也。从人，血聲。《詩》曰：“閟宫有侐。”

俜使也。从人，甹聲。

俠俜也。从人，夾聲。

儃儃何也。从人，亶聲。

侁行皃。从人，先聲。

侸立也。从人，豆聲。讀若樹。

垂皃。从人，纍聲。一曰嬾解。

安也。从人，垔聲。

揚也。从人，爯聲。

會也。从人，𠯑聲。《詩》曰：“曷其有佸。”一曰佸佸，力皃。

合也。从人，合聲。

妙也。从人、从攴，豈省聲。徐鉉曰：“豈字从敳省，敳不應从豈省，蓋傳寫之誤，疑从耑省。耑，物初生之題尚敳也。”

黠也。从人，原聲。

非真也。从人，叚聲。一曰至也。《虞書》曰：“假于上下。”

假也。从人，昔聲。

賣也。从人，賣聲。

伺望也。从人，矦聲。

還也。从人，賞聲。

材能也。从人，堇聲。

更也。从人，弋聲。徐鉉曰：“弋非聲，《説文》‘忒’字與此義訓同，疑兼有忒音。”徒耐切。

度也。从人，義聲。

近也。从人，旁聲。

象也。从人，㠯聲。

保也。从人，壬聲。

饒也。从人，憂也。一曰倡也。

樂也。从人，喜聲。

富也。从人，春聲。

約也。从人，僉聲。

鄉也。从人，面聲。《少儀》曰："尊壺者偭其鼻。"

習也。从人，谷聲。

益也。从人，卑聲。一曰俾門侍人。

俾也。从人，兒聲。

安也。从人，意聲。

伶也。从人，吏聲。

傒左右兩視。从人，癸聲。

弄也。从人，令聲。益州有建伶縣。

棽儷也。从人，麗聲。

遽也。从人，專聲。

善也。从人，介聲。《詩》曰："价人惟藩。"

克也。从人，子聲。

送也。从人，灷聲。吕不韋曰："有侁氏以伊尹媵女。"古文以爲訓字。徐鉉曰：“𢍏不成字，當从朕省。”案，“勝”字从朕聲，疑古者“朕”或音𠈁。

徐緩也。从人，余聲。

偋僻寠也。从人，屏聲。

伸屈伸。从人，申聲。

伹拙也。从人，且聲。

㒄意臑也。从人，然聲。徐鉉曰：“臑耎易破也。”

倍反也。从人，咅聲。

傿引爲賈也。从人，焉聲。

僭假也。从人，朁聲。

偏頗也。从人，扁聲。

倀狂也。从人，長聲。一曰仆也。

儚惛也。从人，瞢聲。

儔翳也。从人，𠷎聲。

侜有廱蔽也。从人，舟聲。《詩》曰：“誰侜予美。”

俴淺也。从人，戔聲。

佃中也。从人，田聲。《春秋傳》曰：“乘中佃一轅車。”

𠈉小皃。从人，囟聲。《詩》曰：“𠈉𠈉彼有屋。”

侊小皃。从人，光聲。《春秋國語》曰：“侊飯不及一食。”

佻偷也。从人，兆聲。《詩》曰：“視民不佻。”

避也。从人，辟聲。《詩》曰：“宛如左僻。”一曰从旁牽也。

很也。从人，弦省聲。

與也。从人，支聲。《詩》曰：“籥人伎忒。”

掩脅也。从人，多聲。一曰奢也。

癡也。从人，台聲。讀若騃。

傜驕也。从人，蚤聲。

詐也。从人，爲聲。

惰也。从人，只聲。

務也。从人，句聲。

輕也。从人，㬎聲。

樂也。从人，昌聲。

戲也。从人，非聲。

作姿也。从人，譱聲。

儳互不齊也。从人，毚聲。

佚民也。从人，失聲。一曰佚忽也。

行頃也。从人，我聲。《詩》曰：“仄弁之俄。”

喜也。从人，峕聲。自關以西，物大小不同謂之㑟。

徼御受屈也。从人，卻聲。

醉舞皃。从人，差聲。《詩》曰："屢舞傞傞。"

醉舞皃。从人，欺聲。《詩》曰："屢舞僛僛。"

傷也。从人，每聲。古文。从母。

妎也。从人，疾聲。一曰毒也。㑵，或从女。

輕也。从人，易聲。一曰交傷。

訟面相是。从人，希聲。

僵也。从人，賁聲。

僨也。从人，畺聲。

頓也。从人，卜聲。

僵也。从人，匽聲。

創也。从人，塲省聲。

刺也。从人，肴聲。一曰痛聲。

備詞。从人，夸聲。

相擣也。从人，崔聲。《詩》曰："室人交徧催我。"

痛也。从人，甬聲。

迫也。从人，足聲。

此也。从人，刿聲。

軍所獲也。从人，孚聲。《春秋傳》曰："以爲俘聝。"

裼也。从人，旦聲。

僂也。从人，區聲。

尪也。从人，婁聲。周公韈僂，或言背婁。力主切。

癡行僇僇也。从人，翏聲。讀若雡。一曰且也。

讎也。从人，九聲。

相敗也。从人，畾聲。讀若雷。

别也。从人，比聲。《詩》曰：“有女仳離。”

毀也。从人，咎聲。

仳倠醜面。从人，隹聲。

措也。从人，直聲。

寄也。从人，乇聲。乇，古文宅。

聚也。从人，尊聲。《詩》曰：“僔沓背憎。”

罷也。从人，卷聲。

終也。从人，𣍘聲。

桐人也。从人，禺聲。

廟佋穆。父爲佋，南面。子爲穆，北面。从人，召聲。今叚作昭。

神也。从人，身聲。

犍爲蠻夷。从人，棘聲。

南方有焦僥人，長三尺，短之至。从人，堯聲。

市也。从人，對聲。

遠行也。从人，狂聲。

制衣也。从衣，𢦏聲。

天子亯先王，卷龍繡於下幅，一龍蟠阿上鄉。从衣，㕣聲。

丹縠也。从衣，𤦡聲。

翟羽飾衣。从衣，俞聲。一曰直裾謂之襜褕。

玄服。从衣，㐱聲。袗，或从辰。

衣内也。从衣，里聲。

負兒衣。从衣，强聲。

衣領也。从衣，棘聲。《詩》曰："要之襋之。"

黼領也。从衣，暴聲。《詩》曰："素衣朱襮。"

衣裣也。从衣，壬聲。

衽也。从衣，婁聲。

衽也。从衣，尉聲。

裣緣也。从衣，疌聲。

交衽也。从衣，金聲。

蔽厀也。从衣，韋聲。《周禮》曰："王后之服褘衣。"謂畫袍。

襲袟也。从衣，夫聲。

左衽袍。从衣，龖省聲。籀文襲，不省。

襺也。从衣，包聲。《論語》曰："衣敝緼袍。"

袍衣也。从衣，繭聲。以絮曰襺，以緼曰袍。《春秋傳》曰："盛夏重襺。"

南楚謂禪衣曰褋。从衣，枼聲。

衣帶以上。从衣，矛聲。一曰南北曰袤，東西曰廣。籒文袤，从楙。

帶所結也。从衣，會聲。《春秋傳》曰："衣有襘。"

褧也。《詩》曰："衣錦褧衣。"示反古。从衣，耿聲。

祇裯短衣。从衣，氐聲。

衣袂祇裯。从衣，周聲。

裯謂之襤褸。襤，無緣也。从衣，監聲。

無袂衣謂之褙。从衣，惰省聲。

衣躬縫。从衣，毒聲。讀若督。

衣袂也。从衣，去聲。一曰袪褱也。褱者，裛也。袪尺二寸。《春秋傳》曰："披斬其袪。"

袂也。从衣，采聲。俗褎从由。

袖也。从衣，夬聲。彌弊切。

袖也。一曰藏也。从衣，鬼聲。戶乖切。

俠也。从衣，眔聲。一曰槖。徐鉉曰："眔非聲，未詳。"

褱也。从衣，包聲。徐鉉曰："今俗作抱，非是。抱與桴同。”

衣蔽前。从衣，詹聲。

衣衸。从衣，石聲。

衸也。从衣，介聲。

絝也。从衣，睪聲。

裾也。从衣，它聲。《論語》曰：“朝服袉紳。”

衣袍也。从衣，居聲。讀與居同。

諸衧也。从衣，亏聲。

絝也。从衣，寒省聲。《春秋傳》曰：“徵褰與襦。”

絝踦也。从衣，龍聲。襱，或从賣。

絝上也。从衣，召聲。

衣博大。从衣，尋聲。

衣博裾。从衣，保省聲。保，古文保。

緥也。从衣，啻聲。《詩》曰：“載衣之褅。”

衣正幅。从衣，耑聲。

重衣皃。从衣，圍聲。《爾雅》曰：“襌襌襩襩。”徐鉉曰：“《説文》無‘襩’字，《爾雅》亦無此語，疑後人所加。”

重衣也。从衣，复聲。一曰褚衣。

衣厚褆褆。从衣，是聲。

衣厚皃。从衣，農聲。《詩》曰：“何彼襛矣。”

新衣聲。一曰背縫。从衣，叔聲。

衣張也。从衣，多聲。《春秋傳》曰："公會齊侯于袳。"

衣裾也。从衣，㕯聲。徐鉉曰："㕯非聲，疑象衣裾之形。"古文裔。

長衣皃。从衣，分聲。

長衣皃。从衣，叀省聲。

短衣也。从衣，鳥聲。《春秋傳》曰："有空裑。"案：昭公廿五年《左氏傳》有"季公鳥"疑即此空裑。空，當作公。

重衣也。从衣，執聲。巴郡有褺江縣。

長衣皃。从衣，非聲。徐鉉曰："按《漢書》裵回字用此，今俗作徘徊，非是。"按：衣長則搖曳裵回然也。

短衣也。从衣，蜀聲，讀若蜀。

衣至地也。从衣，斲聲。

短衣也。从衣，需聲。一曰㬈衣。

衣小也。从衣，扁聲。

衣無絮。从衣，合聲。

衣不重。从衣，單聲。

漢令解衣耕謂之襄。从衣，㲋聲。古文襄。

寢衣也。長一身有半。从衣，皮聲。

大被。从衣，今聲。

飾也。从衣，象聲。

事好也。从衣，且聲。

私服。从衣，埶聲。《詩》曰：“是褻袢也。”徐鉉曰：“从熱省，乃得聲。”私列切。

裹褻衣。从衣，中聲。《春秋傳》曰：“皆衷其衵服。”

好佳也。从衣，朱聲。《詩》曰：“静女其袾。”

接衣也。从衣，卑聲。

無色也。从衣，半聲。一曰《詩》曰：“是紲袢也。”讀若普。

五彩相合。从衣，集聲。

衣物饒也。从衣，谷聲。《易》曰：“有孚，裕無咎。”

韏衣也。从衣，辟聲。徐鉉曰：“韏，革中辨也。衣襞積如辨也。”案，《廣雅》曰：“韏，曲也。”革中辨者，取革中分其廣摺，疊而曲屈之爲襞積。

摩展衣。从衣，干聲。

繒余也。从衣，𠛱聲。

敝衣，从衣，奴聲。

衣縫解也。从衣，旦聲。

完衣也。从衣，甫聲。

奪衣也。从衣，虒聲。讀若池。

祖也。从衣，羸聲。裸嬴，或从果。

祖也。从衣，呈聲。

祖也。从衣，易聲。

褢也。从衣，牙聲。

㠯衣衽扱物謂之襭。从衣，頡聲。《詩・周南》："采采芣苢，薄言襭之。"《爾雅》："扱衽謂之襭。"毛傳同。襭，或从手。

執衽謂之袺。从衣，吉聲。

帴也。从衣，曹聲。

裹也。从衣，壯聲。

纏也。从衣，果聲。

書囊也。从衣，邑聲。

緶也。从衣，齊聲。

豎使布長襦。从衣，豆聲。

編枲衣。从衣，區聲。一曰頭樞。一曰次裹衣。取枲編之，爲衣蓋覆於外，以辟塵雨者，因爲頭衣及次裹衣之名。《方言》曰："緊袼謂之樞。"郭曰："即小兒次衣也。"

編枲韤。一曰粗衣。从衣，曷聲。

樞領也。从衣，匽聲。

褗謂之裺。从衣，奄聲。

卒也。从衣，者聲。一曰製衣。《玉篇》《廣韵》引作“一曰裝也”。《左氏傳》：“鄭賈人將寘荀罃褚中以出。”謂衣裝也。

蠻夷衣。从衣，犮聲。一曰蔽厀。《方言》曰：“蔽厀，江淮之間謂之褘，或謂之袚。”郭音沸，今音北末切。

衣死人也。从衣，䢵聲。《春秋傳》曰：“楚使公親襚。”《士喪禮》：“君使人襚。”此引《左氏傳》襄十九年文，故下文云：“魯行君臨臣喪之禮以報之也。”

棺中縑裏，从衣，弔聲。讀若雕。

贈終者衣被曰裞。从衣，兑聲。此葢“襚”之或體，淺人所增。

鬼衣。从衣，熒省聲。讀若《詩》曰“葛藟縈之”。一曰若“静女其袾”之袾。葢讀若静耳，當云若“静女其袾”之静。

車温也。从衣，延聲。

舟也。从舟，鉛省聲。

船行也。从舟，彡聲。

艫也。从舟，由聲。漢律名，船方長爲舳艫。一曰舟尾。徐鉉曰：“當从冑省，乃得聲。”

舳艫也。一曰船頭。从舟，盧聲。

船著不行也。从舟，㚇聲。讀若荤。子红切。

船師也。《明堂月令》曰：“舫人習水者。”从舟，方聲。

用也。一曰車右騎所以舟旋。从舟，𠬝聲。古文服，从人。

説也。从儿，㕣聲。徐鉉曰：“㕣，古文兖字，非聲。當从口从八，象气之分散。《易》曰：‘兑，爲巫、爲口。’”案，㕣、兑本合音。

信也。从儿，目聲。

長也，高也。从儿，育省聲。

無髮也。从人，上象禾粟之形，取其聲。凡秃之屬皆从秃。王育説：“倉頡出，見秃人伏禾申，因以制字，未知其審。”

太山也。从山，代聲。

海中往往有山可依止曰㠀。从山，鳥聲。讀若《詩》曰“蔦與女蘿”。

山，在齊地。从山，狃聲。《詩》曰：“遭我于峱之間兮。”

葛嶧山在東海下邳。从山，睪聲。《夏書》曰：“嶧陽孤桐。”

封嵎之山在吴楚之間，汪芒之國。从山，禺聲。

九嶷山，舜所葬，在零陵營道。从山，疑聲。

山，在蜀湔氐西徼外。从山，敀聲。

山也。或曰弱水之所出。从山，几聲。

巀嶭山，在馮翊池陽。从山，截聲。

巀嶭山也。从山，辥聲。

崋山，在弘農華陰。从山，華省聲。

崞山，在鴈門。从山，𩫖聲。

崵崵山，在遼西。从山，昜聲。一曰嵎銕崵谷也。

岵山有艸木也。从山，古聲。《詩》曰："陟彼岵兮。"

屺山無艸木也。从山，己聲。《詩》曰："陟彼屺兮。"

嶨山多大石也。从山，學省聲。

嶅山多小石也。从山，敖聲。

岨石戴土也。从山，且聲。《詩》曰："陟彼岨矣。"

岡山脊也。从山，网聲。

岑山小而高。从山，今聲。

崟山之岑崟也。从山，金聲。

崒崒危高也。从山，卒聲。

巒山小而鋭。从山，䜌聲。

密山如堂者。从山，宓聲。

岫山穴也。从山，由聲。[illegible]籀文。从穴。

[illegible]高也。从山，陵聲。[illegible]陵或省。

嶞山之隓隓者。从山，从憜省聲。讀若相推落之墮。

嶘尤高也。从山，棧聲。

崛山短高也。从山，屈聲。

巍高也。从山，蠆聲。讀若厲。

山嵏也。从山，夆聲。

岸也。从山，嚴聲。

崒也。从山，絫聲。

山皃。从山，皋聲。

山皃。一曰山名。从山，告聲。

山皃。从山，陖聲。

山皃。从山，厓聲。

嵳峨也。从山，我聲。

嶸也。从山，青聲。徐鉉曰：“今俗别作崢，非是。”

崝嶸也。从山，榮聲。

谷也。从山，巠聲。

山壞也。从山，朋聲。古文。从𨸏。

山脅道也。从山，弗聲。

山名。从山，敄聲。

焦嶢山高皃。从山，堯聲。

山陵也。从山，戕聲。

九嵏山在馮翊谷口。从山，㚇聲。

嵬高也。从山，宗聲。

崔大高也。从山，隹聲。

厓山邊也。从厂，圭聲。

厜厜㕒，山顛也。从厂，𡍮聲。

㕒厜㕒也。从厂，義聲。

崟也。一曰地名。从厂，𣪊聲。

厬仄出泉也。从厂，晷聲。讀若軌。

厎柔石也。从厂，氐聲。砥厎，或从石。

厥發石也。从厂，欮聲。

厲旱石也。从厂，蠆省聲。蠇或不省。

厱厱諸，治玉石也。从厂，僉聲。讀若藍。

厤治也。从厂，秝聲。

石利也。从厂，異聲。讀若枲。

美石也。从厂，古聲。

厗唐厗石也。从厂，犀省聲。

石聲也。从厂，立聲。

石地惡也。从厂，兒聲。

石地也。从厂，金聲。讀若紟。

石間見。从厂，甫聲。讀若敷。

厝厲石也。从厂，昔聲。《詩》曰：“他山之石，可以爲厝。”

石大也。从厂，龙聲。

廦也。从厂，夾聲。

厤仄也。从厂，辟聲。仄，各本譌作反。廦仄本古語，今俗言偪仄，鄦書舊次“仄”下。

隱也。从厂，非聲。

笮也。从厂，猒聲。一曰合也。笮，猶迫也。讀於輒切。《周語》“克厭天心”，韋注：“厭，合也。”當讀一琰切。

文石也。从石，昜聲。

石次玉者。从石，耎聲。

石可以爲矢鏃。从石，奴聲。《夏書》曰：“梁州貢砮丹。”《春秋國語》曰：“肅慎氏貢楛矢石砮。”《禹貢》：“荆州貢砮丹。”鄦誤作“梁”，又“楛矢”字當作“枯”。

毒石也。出漢中，从石，與聲。

特立之石。東海有碣石山。从石，曷聲。古文。

厲石也。一曰赤色。从石，兼聲。讀若鎌。

厲石也。从石，叚聲。《春秋傳》曰：“鄭公孫碬，字子石。”

小石也。从石，樂聲。

水邊石。从石，巩聲。《春秋傳》曰：“闕砮之甲。”

水陼有石者。从石，責聲。

豎石也。从石，卑聲。

陊也。从石，㒸聲。

落也。从石，員聲。《春秋傳》曰：“隕石于宋五。”

碎石隕聲。从石，炙聲。

石聲。从石，告聲。

石聲。从石，艮聲。

石聲。从石，學省聲。

石堅也。从石，吉聲。一曰突也。

石聲。从石，盇聲。

石聲也。从石，麻聲。

礹石也。从石，斬聲。

石山也。从石，嚴聲。

堅也。从石，毄聲。

礊石也。从石，角聲。徐鉉曰：“今俗作確，非是。”

確，或从㱿。

礊石也。从石，堯聲。

石巖也。从石，我聲。

止也。从石，疑聲。

上摘山巖空青，珊瑚墮之。从石，折聲。《周禮》曰：“有硩蔟氏。”

以石扞繒也。从石，延聲。

䃺也。从石，卒聲。

石碎也。从石，皮聲。

䃺也。从石，龍聲。天子之桷椓而礱之。

䃺也。从石，幵聲。

石磑也。从石，靡聲。

䃺也。从石，豈聲。古者，公輸班作磑。

舂也。从石，隹聲。

舂已復擣之曰䃎。从石，沓聲。

以石箸隿繳也。从石，番聲。

斫也。从石，箸聲。

石滑也。从石，見聲。

以石刺病也。从石，乏聲。

石地惡也。从石，鬲聲。

磊砢也。从石，可聲。

豕而三毛叢居者。从豕，者聲。

小豚也。从豕，㱿聲。

生三月豚，腹豯豯皃也。从豕，奚聲。

生六月豚。从豕，從聲。一曰一歲曰豵，尚叢聚也。

牝豕也。从豕，巴聲。一曰二歲豕，能相把拏也。《詩》曰："一發五豝。"

三歲豕，肩相及者。从豕，幵聲。《詩》曰：“竝驅从兩豜兮。”

羠豕也。从豕，賁聲。

牡豕也。从豕，叚聲。

上谷名豬豰。从豕，役省聲。

豶也。从豕，隋聲。徐鉉曰：“當从隨省。”

齧也。从豕，皀聲。

豕息也。从豕，壹聲。《春秋傳》曰：“生敖及豷。”

豕息也。从豕，甫聲。

以穀圈養豕也。从豕，𢍏聲。

豕屬。从豕，且聲。

逸也。从豕，原聲。《周書》曰：“豲有爪而不敢以撅。”讀若桓。

豕走豨豨。从豕，希聲。古有封豨、脩虵之害。

豕屬。从𢊁，□聲。

豕鬣如筆管者，出南郡。从𢊁，高聲。籒文。从豕。徐鉉曰：“今俗别作毫，非是。”

蟲，似豪豬者。从𢊁，胃省聲。或从虫。

象之大者。賈侍中説，不害於物。从象，予聲。古文。

牡馬也。从馬，陟聲。讀若郅。

馬二歲曰駒，三歲曰駣。从馬，句聲。

馬一目白曰䮠，二目白曰魚。从馬，閒聲。

馬青驪文如博棊也。从馬，其聲。

馬深黑色。从馬，麗聲。

青驪馬。从馬，肙聲。《詩》曰：“駜彼乘駽。”

馬淺黑色。从馬，鬼聲。

赤馬黑毛尾也。从馬，畱聲。

馬赤白雜毛。从馬，叚聲。謂色似鰕魚也。

馬蒼黑雜毛。从馬，隹聲。

馬白色黑鬣尾也。从馬，各聲。

馬陰白雜毛也。从馬，因聲。《詩》曰：“有駰有騢。”

馬青白雜毛也。从馬，悤聲。

驪馬白胯也。从馬，矞聲。《詩》曰：“有驈有騜。”

馬面顙皆白也。从馬，尨聲。

黄馬黑喙。从馬，咼聲。籀文咼。

黄馬發白色。一曰白髦尾也。从馬，㒸聲。

黄馬白毛也。从馬，丕聲。《六書通》引唐本《説文》作“黄馬白褋毛”，今本遺“褋”字。

馬赤黑色。从馬，戴聲。《詩》曰：“四驖孔阜。”

馬頭有發赤色者。从馬，岸聲。

馬白頟也。从馬，的省聲。一曰駿也。《易》曰："爲駒顙。"

馬色不純。从馬，爻聲。徐鉉曰："爻非聲，疑象駁文。"

驪馬黄脊。从馬，覃聲。讀若簟。

馬白州也。从馬，燕聲。

馬豪骭也。从馬，習聲。

馬毛長也。从馬，執聲。

駿馬以壬申日死，乘馬忌之。从馬，敖聲。

千里馬也。孫陽所相者。从馬，冀聲。天水有驥縣。

馬之良材者。从馬，夋聲。

良馬也。从馬，堯聲。

馬小皃。从馬，垂聲。讀若箠。籒文。从𠂹。

馬高六尺爲驕。从馬，喬聲。《詩》曰："我馬維驕。"一曰野馬。

馬七尺爲騋，八尺爲龍。从馬，來聲。《詩》曰："騋牝驪牡。"

馬名。从馬，雚聲。

馬名。从馬，僉聲。

馬名。从馬，此聲。

馬名。从馬，休聲。

馬彊也。从馬，支聲。

馬飽也。从馬，必聲。《詩》曰：“有駜有駜。”

馬盛肥也。从馬，光聲。《詩》曰：“四牡駫駫。”

馬盛也。从馬，旁聲。《詩》曰：“四牡騯騯。”

駠駠馬怒皃。从馬，卬聲。

馬之低仰也。从馬，襄聲。

上馬也。从馬，莫聲。

跨馬也。从馬，奇聲。

馬在軛中。从馬，加聲。籒文駕。

驂旁馬。从馬，非聲。

駕二馬也。从馬，并聲。

駕三馬也。从馬，參聲。

一乘也。从馬，四聲。

副馬也。从馬，付聲。一曰近也。一曰疾也。

馬和也。从馬，皆聲。

馬摇頭也。从馬，我聲。

駊騀也。从馬，皮聲。

馬行皃。从馬，舀聲。

馬行頓遲。从馬，竹聲。

馬行威儀也。从馬，癸聲。《詩》曰：“四牡騤騤。”

馬行徐而疾也。从馬，學省聲。

馬行疾也。从馬，侵省聲。《詩》曰：“載驟駸駸。”

馬行疾也。从馬，仌聲。徐鉉曰：“本音皮冰切，經典通用爲依馮之馮。今別作憑，非是。”案：行疾本有盛大義，今讀房戎切。

馬步疾也。从馬，耴聲。

馬行仡仡也。从馬，矣聲。

馬疾步也。从馬，聚聲。

馬疾走也。从馬，匃聲。

馬疾步也。从馬，風聲。徐鉉曰：“舟船之颿，本用此字。今別作帆，非是。”

馬馳也。从馬，區聲。古文驅，从攴。

大驅也。从馬，也聲。

亂馳也。从馬，敄聲。

次第馳也。从馬，列聲。

直馳也。从馬，甹聲。

馬行疾來皃。从馬，兑聲。《詩》曰：“昆夷駾矣。”

馬有疾足。从馬，失聲。

馬突也。从馬，旱聲。

馳馬洞去也。从馬，同聲。

馬駭也。从馬，敬聲。

驚也。从馬，亥聲。

馬奢也。从馬，巟聲。

馬腹縶也。从馬，寒省聲。

馬立也。从馬，主聲。

馬順也。从馬，川聲。

馬載重難行也。从馬，㐱聲。

駗驙也。从馬，亶聲。《易》曰："乘馬驙如。"

馬重皃。从馬，執聲。

馬曲脊也。从馬，鞠聲。

犗馬也。从馬，乘聲。

系馬尾也。从馬，介聲。

擾也。一曰摩馬。从馬，蚤聲。

馬銜脱也。从馬，台聲。

牡馬也。从馬，且聲。一曰馬蹲駔也。段本"一曰駔會也"，葢據《後漢·郭太傳》注引。

廄御也。从馬，芻聲。

置騎也。从馬，睪聲。

驛傳也。从馬，日聲。

傳也。从馬，朕聲。一曰騰，犗馬也。

苑名。一曰馬白頟。从馬，隺聲。

牧馬苑也。从馬，冋聲。《詩》曰：“在駉之野。”

馬衆多皃。从馬，先聲。

獸如馬，倨牙，食虎豹。从馬，交聲。

駃騠，馬父驘子也。从馬，夬聲。徐鉉曰：“今俗與快同用。”

駃騠也。从馬，是聲。

驢父馬母。从馬，𣎆聲。或从蠃。

似馬長耳。从馬，盧聲。

驢子也。从馬，家聲。

驒騱，野馬也。从馬，單聲。一曰青驪白鱗，文如鼉魚。

驒騱，馬也。从馬，奚聲。

騊駼，北野之良馬。从馬，匋聲。

騊駼也。从馬，余聲。

解廌屬。从廌，孝聲。闕。

牡鹿。从鹿，叚聲。以夏至解角。

大牝鹿也。从鹿，粦聲。

鹿麛也。从鹿，耎聲。讀若偄弱之偄。

鹿迹也。从鹿，速聲。

鹿子也。从鹿，弭聲。

麉鹿之絶有力者。从鹿，幵聲。

麒仁獸也。麇身牛尾，一角。从鹿，其聲。

麐牝麒也。从鹿，吝聲。

麋鹿屬。从鹿，米聲。麋冬至解其角。

麎牝麋也。从鹿，辰聲。

䴢大麋也，狗足。从鹿，旨聲。麂或从几。

麇麞也。从鹿，囷省聲。麏籀文。不省。

麞麋屬。从鹿，章聲。

麔麋牝者。从鹿，咎聲。

麠大鹿也。牛尾，一角。从鹿，畺聲。麖或从京。

麃麠屬。从鹿，票省聲。

麈麋屬。从鹿，主聲。

麑狻麑，獸也。从鹿，兒聲。

麙山羊而大者，細角。从鹿，咸聲。

麢大羊而細角。从鹿，霝聲。

䴰鹿屬。从鹿，圭聲。

麝如小麋，臍有香。从鹿，躲聲。

[illegible]似鹿而大也。从鹿，與聲。

[illegible]獸名。从㲋，吾聲。讀若寫。

獸也。似狌狌。从㲋，央聲。

孔子曰："狗，叩也。叩气吠以守。"从犬，句聲。

南越名犬獿狻。从犬，叜聲。

少狗也。从犬，交聲。匈奴地有狡犬，巨口而黑身。

狡獪也。从犬，會聲。

犬惡毛也。从犬，農聲。

短喙犬也。从犬，曷聲。《詩》曰："載獫猲獢。"《爾雅》曰："短喙犬謂之猲獢。"

猲獢也。从犬，喬聲。

長喙犬。一曰黑犬黄頭。从犬，僉聲。

黄犬黑頭，从犬，主聲。讀若注。

短脛狗。从犬，卑聲。

犗犬也。从犬，奇聲。

犬暫逐人也。从犬，黑聲。讀若墨。

犬从艸暴出逐人也。从犬，卒聲。

猩猩犬吠聲。从犬，星聲。

犬吠不止也。从犬，兼聲。讀若檻。一曰兩犬争也。

小犬吠。从犬，敢聲。南陽新亭有獥鄉。

犬吠聲。从犬，畏聲。

犬獿獿咳吠也。从犬，翏聲。

犬容頭進也。从犬，參聲。一曰賊疾也。

嗾犬厲之也。从犬，將省聲。

齧也。从犬，戔聲。

惡健犬也。从犬，刪省聲。

吠鬬聲。从犬，㠯聲。

犬鬬聲。从犬，番聲。

犬怒皃。从犬，示聲。一曰犬難得。代郡有狋氏縣。讀又若銀。

犬吠聲。从犬，斤聲。

犬獡獡不附人也。从犬，舄聲。南楚謂相驚曰獡。讀若愬。

犬獷獷不可附也。从犬，廣聲。漁陽有獷平縣。

犬形也。从犬，爿聲。

犬如人心可使者。从犬，敖聲。《春秋傳》曰：“公嗾夫敖。”

怒犬皃。从犬，需聲。讀若槈。奴豆切，又乃侯切。

犬可習也。从犬，甲聲。

犬性驕也。从犬，丑聲。

侵也。从犬，巳聲。

恨賊也。从犬，青聲。

健犬也。从犬，孟聲。

健犬也。从犬，亢聲。

多畏也。从犬，去聲。杜林説："猛从心。"

健也。从犬，粦聲。《詩》曰："盧獜獜。"

疾跳也。一曰急也。从犬，睘聲。

走也。从犬，攸聲。讀若叔。

犬行也。从犬，亘聲。《周書》曰："尚狟狟。"

過弗取也。从犬，市聲。讀若孛。

犬張耳皃。从犬，易聲。

犬張齗怒也。从犬，來聲。讀又若銀。

犬相得而鬭也。从犬，蜀聲。羊爲群，犬爲獨也。一曰北嚻山有獨狢獸，如虎白身，豕鬣，尾如馬。

獨狢獸也。从犬，谷聲。

秋田也。从犬，壐聲。獮，或从豕。宗廟之田也。故从豕、示。

放獵逐禽也。从犬，巤聲。

獵也。从犬，尞聲。

犬田也。从犬，守聲。《易》曰："明夷于南狩。"

獵所獲也。从犬，蒦聲。

頓仆也。从犬，敝聲。《春秋傳》曰："與犬，犬獘。"獘，或从死。

宗廟犬名羹獻，犬肥者獻之。从犬，鬳聲。

豻犬也。从犬，开聲。一曰逐虎犬也。

豣犬也。从犬，堯聲。

狂犬也。从犬，折聲。《春秋傳》曰：“狾犬入華臣氏之門。”

狾犬也。从犬，㞷聲。古文。从心。

種類相似，唯犬爲甚。从犬，頪聲。

赤狄本犬種。狄之爲言淫辟也。从犬，亦省聲。

狻麑如虦貓，食虎豹者。从犬，夋聲。見《爾雅》。

母猴也。从犬，矍聲。《爾雅》云：“玃父善顧，攫持人也。”

玃屬。从犬，酋聲。一曰隴西謂犬子爲猷。

玃屬。从犬，且聲。一曰狙犬也。暫齧人者。一曰犬不齧人也。

夒也。从犬，侯聲。

犬屬。腰已上黄，腰已下黑，食母猴。从犬，㱿聲。讀若構。或曰㺃似牂羊，出蜀北嚻山中，犬首而馬尾。

似犬，鋭頭白頰，高前廣後。从犬，良聲。

如狼善驅羊。从犬，白聲。讀若蘗。甯嚴讀之若淺泊。

狼屬。从大曼聲。《爾雅》曰：“貙獌似貍。”

祅獸也。鬼所乘之，有三德，其色中和，小前大後，死則丘首。从犬，瓜聲。

如小狗也。水居，食魚。从犬，賴聲。

獺屬。从犬，扁聲。或从賓。

鼠也。从鼠，番聲。讀若樊，或曰鼠婦。

鼠出胡地，皮可作裘。从鼠，各聲。

地行鼠，伯勞所化也，一曰偃鼠。从鼠，分聲。或从虫分。

鼮令鼠。从鼠，平聲。

鼠也。从鼠，虒聲。

竹鼠也。如犬。从鼠，留省聲。

五技鼠也。能飛，不能過屋；能緣，不能窮木；能游，不能渡谷；能穴，不能掩身；能走，不能先人。从鼠，石聲。

豹文鼠也。从鼠，冬聲。籀文省。

鼠屬。从鼠，益聲。或从豸。

小鼠也。从鼠，奚聲。

精鼩鼠也。从鼠，句聲。

鼢也。从鼠，兼聲。

鼠屬。从鼠，今聲。讀若含。

如鼠，赤黃而大，食鼠者。从鼠，由聲。

胡地風鼠。从鼠，勺聲。

鼠屬。从鼠，冘聲。而隴切。

鼠，似雞，鼠尾。从鼠，此聲。

鼠，出丁零胡，皮可作裘。从鼠，軍聲。

斬鼶鼠。黑身，白腰若帶，手有長白毛，似握版之狀，類蝯蜼之屬。从鼠，胡聲。

舊注“上諱”。徐鉉曰：“漢章帝名也。”《唐韵》曰：“火起也。”从火，旦聲。當割切。

火也。从火，尾聲。《詩》曰：“王室如焜。”

火也。从火，毀聲。《春秋傳》曰：“衛侯燬。”

火也。从火，豩聲。

然火也。从火，夋聲。《周禮》曰：“遂籥其焌。”焌火在前，以焞焯龜。

燒也。从火，然聲。徐鉉曰：“今俗别作燃，蓋後人增加。”䕼，或从艸、難。徐鉉曰：“艸部有蘸。”注云艸也。此重出。

燒也。从火，蓺聲。《春秋傳》曰：“蓺僖負羈。”徐鉉曰：“《説文》無蓺，當从火、从艸，熱省聲。”

爇也。从火，番聲。

爇也。从火，堯聲。

火猛也。从火，𠛱聲。

火光也。从火，出聲。《商書》曰："予亦炪謀。"讀若巧拙之拙。

熚㶴火皃。从火，畢聲。

熚㶴也。从火，𤇾聲。𤇾，籀文"悖"字。敷勿切。

火氣上行也。从火，丞聲。

烝也。从火，孚聲。《詩》曰："烝之烰烰。"

烝也。一曰赤皃。一曰温潤也。从火，昫聲。

乾皃。从火，漢省聲。《詩》曰："我孔熯矣。"

火皃。从火，弗聲。

火皃。从火，翏聲。《逸周書》曰："味辛而不熮。"

火皃。从火，㒼省聲。讀若粦。

火色也。从火，雁聲。讀若鴈。

火光也。从火，頃聲。

火飛也。从火，龠聲。一曰爇也。

火飛也。从火，票聲。讀若摽。

火熱也。从火，高聲。《詩》曰："多將熇熇。"徐鉉曰："高非聲，當从嗃省。"案，嗃亦高聲。

交木然也。从火，交聲。

小爇也。从火，干聲。《詩》曰："憂心灵灵。"徐鉉曰："干非聲，未詳。"段玉裁説："當从羊聲。"

所以然持火也。从火，焦聲。《周禮》曰：“以明火爇燋也。”

燒木餘也。从火，岸省聲。

束炭也。从火，差省聲。讀若齹。

交灼木也。从火，教省聲。讀若狡。

火气也。从火，犮聲。

灰炱煤也。从火，台聲。

盆中火。从火，畏聲。

畜火也。从火，息聲，亦曰滅火。

行竈也。从火，圭聲。讀若回。

烓也。从火，甚聲。

炊也。从火，單聲。《春秋傳》曰：“燀之以薪。”

爨也。从火，吹省聲。

尞也。从火，共聲。《詩》曰：“邛烘于煁。”

炊餔疾也。从火，齊聲。

炙火。从火，喜聲。

熬也。从火，前聲。

乾煎也。从火，敖聲。熬，或从麥。

毛炙肉也。从火，包聲。

炮肉，以微火温肉也。从火，衣聲。

置魚箅中炙也。从火，曾聲。

以火乾肉。从火，稫聲。徐鉉曰："《説文》無'稫'字，當从䵄省，疑傳寫之誤。"案：籀文从䵄不省，可證。籀文不省。

灼也。从火，暴聲。

炙燥也。从火，昜聲。

灼也。从火，隺聲。

孰也。从火，蘭聲。或从閒。

爤也。从火，靡聲。

灼也。从火，久聲。今衡俗五日以鐙火灼小兒腹及手足者，爲燒灸，古有此法。

炙也。从火，勺聲。

鑠冶金也。从火，柬聲。

庭燎火燭也。从火，蜀聲。

然麻蒸也。从火，悤聲。

燭𣏟也。从火，也聲。

火餘也。从火，聿聲。一曰薪也。徐鉉曰："聿非聲，疑从𦘒省。今俗别作燼，非是。"

堅刀刃也。从火，卒聲。

火煣車網絶也。从火，兼聲。《周禮》曰："煣牙外不㷿。"

放火也。从火，尞聲。

焦也。从火，曹聲。

火所傷也。从火，雥聲。或省。

天火曰烖。从火，𢦏聲。或从宀、火。古文。从才。葢从才聲也。籒文。从巛。亦巛聲。

火气也。从火，垔聲。或从因。古文。籒文。从宀。

焆焆煙皃。从火，肙聲。

鬱煙也。从火，𥁕聲。

望火皃。从火，皀聲。讀若馰顙之馰。皀見日部，本與“皀”别，舊誤从皀，與馰音遠。

火熱也。从火，覃聲。

明也。从火，𦎫聲。《春秋傳》曰：“燁燿天地。”

明也。从火，丙聲。

明也。从火，卓聲。《周書》曰：“焯見三有俊心。”

明也。从火，昭聲。

盛赤也。从火，韋聲。《詩》曰：“彤管有煒。”

盛光也。从火，習聲。《詩》曰：“熠燿宵行。”

燿也。从火，昱聲。

照也。从火，翟聲。

光也。从火，軍聲。

煌煇也。从火，皇聲。

煌也。从火，昆聲。

光也。从火，同聲。

盛也。从火，曅聲。《詩》曰：“爗爗震電。”

火門也。从火，閻聲。

爓燿也。从火，玄聲。

温也。从火，執聲。

盛也。从火，戠聲。古文熾。

熱在中也。从火，奥聲。

温也。从火，爰聲。

温也。从火，耎聲。

乾也。从火，亢聲。

乾也。从火，喿聲。

旱气也。从火，告聲。

溥覆照也。从火，壽聲。

取火於日，官名，舉火曰爟。《周禮》曰：“司爟，掌行火之政令。”从火，雚聲。段玉裁説：“取火於木。‘日’當作‘木’。”案：古者，對日取火，今有其法。或从亘。

燧，候表也，邊有警則舉火。从火，逢聲。

苣火，祓也。从火，爵聲。吕不韋曰：“湯得伊尹，爝以爟火，釁以犧豭。”

暴乾火也。从火，彗聲。

燥也。从火，巸聲。

西極之水也。从水，八聲。《爾雅》曰：“西至汃國謂四極。”

水，出焞煌塞外昆侖山，發原注海。从水，可聲。

澤，在昆侖下。从水，幼聲。讀與𣢑同。

水，出發鳩山，入於河。从水，東聲。

水，出廣漢剛邑道徼外，南入漢。从水，否聲。

水，出廣漢梓潼北界，南入墊江。从水，童聲。

水，出蜀湔氐徼外峼山，入海。从水，工聲。

江别流也。出峼山東，别爲沱。从水，它聲。徐鉉曰：“沱沼之沱通用此字，今别作池，非是。”案：池本隸變，後分爲二字。

江，水東至會稽山陰爲浙江。从水，折聲。

水，出蜀汶江徼外，東南入江。从水，我聲。

水，出蜀郡緜虒玉壘山，東南入江。从水，前聲。一曰手澣之。

水，出蜀西徼外，東南入江。从水，末聲。

水，出犍爲涪，南入黔水。从水，昷聲。

水，出巴郡宕渠，西南入江。从水，鬵聲。

沮水，出漢中房陵，東入江。从水，且聲。

滇益州池名。从水，真聲。

涂水，出益州牧靡南山，西北入澠水。从水，余聲。

沅水，出牂牁故且蘭，東北入江。从水，元聲。

淹水，出越巂徼外，東入若水。从水，奄聲。

溺水，自張掖刪丹西至酒泉，合黎余波，入於流沙。从水，弱聲。桑欽所説。

洮水，出隴西臨洮，東北入河。从水，兆聲。

涇水，出安定涇陽幵頭山，東南入渭。雝州之川也。从水，巠聲。

渭水，出隴西首陽渭首亭南谷，東入河。从水，胃聲。杜林説，《夏書》以爲出鳥鼠山。雝州浸也。

漾水，出隴西柏道，東至武都爲漢。从水，羕聲。瀁古文。从養。

漢漾也。東爲滄浪水。从水，難省聲。徐鉉曰："从難省，當作堇，而前作相承去土从大，疑兼从古文省。"𤁉古文。

浪滄浪水也。南入江。从水，良聲。

沔水，出武都沮縣東狼谷，東南入江，或曰入夏水。从水，丏聲。

湟水，出金城臨羌塞外，入河。从水，皇聲。

汧水，出扶風汧縣，西北入渭。从水，幵聲。

水，出扶風鄠，北入渭。从水，勞聲。

水名，出右扶風杜陵岐山，東入渭。一曰入洛。从水，桼聲。

水，出京兆藍田谷，入灞。从水，産聲。

水，出左馮翊歸德北夷界中，東南入渭。从水，各聲。

水，出弘農盧氏山，東南入沔。从水，育聲。或曰出酈山西。

水，出弘農盧氏還歸山，東入淮。从水，女聲。

水，出河南密縣大隗山，南入潁。从水，異聲。

水，出太原晋陽山，西南入河。从水，分聲。或曰出汾陽北山，冀州浸。

水，出靃山，西南入汾。从水，會聲。

水，出上黨羊頭山，東南入河。从水，心聲。

水，出壺關，東入淇。一曰沾，益也。从水，占聲。徐鉉曰："今俗别作添，非是。"

冀州浸也。上黨有潞縣。从水，路聲。今山西潞安府潞城縣東北有故潞城，距今縣四十里。《周禮》言職方氏：冀州，浸汾、潞。

濁漳出上黨長子鹿谷山，東入清漳。清漳出沾山大要谷，北入河。南漳出南郡臨沮。从水，章聲。

水，出河内共北山，東入河。或曰出隆慮西山。从水，其聲。

蕩水，出河内蕩陰，東入黄澤。从水，𦼮聲。

沇水，出河東東垣王屋山，東爲泲。从水，允聲。沿古文沇。徐鉉曰：“口部已有，此重出。”案，口部有“㕣”，从口，从水，敗皃。是鉉見此古文本作㕣，後人妄加水旁。

泲沇也。東入于海。从水，𠂔聲。

洈水，出南郡高城洈山，東入繇。从水，危聲。

溠水，在漢南。从水，差聲。荆州浸也。《春秋傳》曰：“偹涂梁溠。”《周禮·職方氏》曰：“荆州，浸潁、湛，豫州浸波、溠。”鄭注：“潁出陽城，宜屬豫州。”以屬荆爲非。鄦欲據地志以改經，故於潁、湛二篆均系曰“豫州浸”，而以此溠爲荆州，其實浸謂浸入，經文不誤。

洭水，出桂陽縣盧聚，山洭浦關爲桂水。从水，匡聲。

潓水，出廬江，入淮。从水，惠聲。

灌水，出廬江雩婁，北入淮。从水，雚聲。

漸水，出丹陽黟南蠻中，東入海。从水，斬聲。

泠水，出丹陽宛陵，西北入江。从水，令聲。

𤃡水，在丹陽。从水，箄聲。

溧水，出丹陽溧陽縣。从水，㮚聲。

湘水，出零陵陽海山，北入江。从水，相聲。

汨長沙汨羅淵，屈原所沈之水。从水，冥省聲。

溱水，出桂陽臨武，入匯。从水，秦聲。

深水，出桂陽南平，西入營道。从水，突聲。

潭水，出武陵鐔成王山，東入鬱林。从水，覃聲。

油水，出武陵孱陵西，東南入江。从水，由聲。

㵋水，出豫章艾縣，西入湘。从水，買聲。

湞水，出南海龍川，西入溱。从水，貞聲。

溜水，出鬱林郡。从水，畱聲。

潩水，出河南密縣，東入潁。从水，翼聲。

潕水，出南陽舞陰，東入潁。从水，無聲。

滶水，出南陽魯陽，入城父。从水，敖聲。

瀙水，出南陽舞陽中陽山，入潁。从水，親聲。

淮水，出南陽平氏桐柏大復山，東南入海。从水，隹聲。

滍水，出南陽魯陽堯山，東北入汝。从水，蚩聲。

澧水，出南陽雉衡山，東入汝。从水，豊聲。

溳水，出南陽蔡陽，東入夏水。从水，員聲。

淠水，出汝南弋陽垂山，東入淮。从水，畀聲。

澺水，出汝南上蔡黑閭澗，入汝。从水，意聲。

[illegible]水，出汝南新郪，入潁。从水，囟聲。

灈水，出汝南吴房，入瀙。从水，瞿聲。

水，出潁川陽城乾山，東入淮。从水，頃聲。豫州浸。

水，出潁川陽城山，東南入潁。从水，有聲。

水，出潁川陽城少室山，東入潁。从水，㬎聲。

水，受淮陽扶溝浪湯渠，東入淮。从水，過聲。

水，受九江博安洵波，北入氐。从水，世聲。

水，受陳畱浚儀陰溝，至蒙爲雝水，東入于泗。从水，反聲。徐鉉曰：“今作汴，非是。”

水，出鄭國。从水，曾聲。《詩》曰：“潧與洧，方渙渙兮。”

水，在臨淮。从水，夌聲。

水，出東郡濮陽，南入鉅野。从水，僕聲。

齊魯間水也。从水，樂聲。《春秋傳》曰：“公會齊侯于濼。”

水，在魯。从水，鄘聲。

魯北城門池也。从水，争聲。

水，出東郡東武陽，入海。从水，㬎聲。桑欽云：“出平原高唐。”

水，出山陽平樂，東北入泗。从水，包聲。

菏澤水，在山陽胡陵。《禹貢》：“浮于淮泗，達于菏。”从水，苛聲。

受泲水，東入淮。从水，四聲。

洹水，在齊魯間。从水，亘聲。

灉河灉水，在宋。从水，雝聲。

澶澶淵水，在宋。从水，亶聲。

洙水，出泰山葢臨樂山，北入泗。从水，朱聲。

沭水，出青州浸。从水，术聲。案，“水出”下當有奪文。

沂水，出東海費東，西入泗。从水，斤聲。一曰沂水出泰山，葢青州浸。

洋水，出齊臨朐高山，東北入鉅定。从水，羊聲。

濁水，出齊郡厲嬀山，東北入鉅定。从水，蜀聲。

溉水，出東海桑瀆覆甑山，東北入海。一曰灌注也。从水，既聲。

濰水，出琅邪箕屋山，東入海。徐州浸。《夏書》曰：“濰、淄其道。”从水，維聲。

浯水，出琅邪靈門壺山，東北入濰。从水，吾聲。

汶水，出琅邪朱虛東泰山，東入濰。从水，文聲。桑欽說：“汶水出泰山萊蕪，西南入泲。”

治水，出東萊曲城陽丘山，南入海。从水，台聲。

寖水，出魏郡武安，東北入呼沱水。从水，𠬶聲。𠬶，籒文㑴字。

湡水，出趙國襄國之西山，東北入寖。从水，禺聲。

㴲水，出趙國襄國，東入湡。从水，虒聲。

渚水，在常山中丘逢山，東入湡。从水，者聲。《爾雅》曰：“小州曰渚。”

洨水，出常山石邑井陘，東南入于泜。从水，交聲。祁國有洨縣。

濟水，出常山房子贊皇山，東入泜。从水，齊聲。

泜水，在常山。从水，氐聲。

濡水，出涿郡故安，東入漆涑。从水，需聲。

灅水，出右北平浚靡，東南入庚。从水，壘聲。

沽水，出漁陽塞外，東入海。从水，古聲。

沭水，出遼東番汙塞外，西南入海。从水，朮聲。

浿水，出樂浪鏤方，東入海。从水，貝聲。一曰出浿水縣。

瀤北方水也。从水，褱聲。

㶟水，出鴈門陰館纍頭山，東入海。或曰治水也。从水，纍聲。

[illegible]水，出北地直路西，東入洛。从水，虘聲。

泒水，起鴈門葰人戍夫山，東北入海。从水，瓜聲。

滱水，起北地靈丘，東入河。从水，寇聲。滱水，即漚夷水，并州川也。

淶水，起北地廣昌，東入河。从水，來聲。并州浸。

泥水出北地郁郅北蠻中。从水，尼聲。

西河美稷保東北水。从水，南聲。

水，出西河中陽北沙，南入河。从水，焉聲。

河津也。在西河西。从水，垂聲。蓋古有垂津猶孟津耳。

水也。从水，旗聲。

過水中也。从水，旬聲。

水，出北囂山，入邙澤。从水，舍聲。

水也。从水，刃聲。

水也。从水，直聲。

水也。从水，妾聲。

水也。从水，居聲。

水也。从水，臮聲。其冀切。

水也。从木，尤聲。

水也。从水，困聲。

水也。从水，果聲。

水也。从水，肖聲。讀若瑣。

水也。从水，龙聲。

水也。从水，乳聲。

水也。从水，𢍏聲。𢍏，古文終。

淺水也。从水，百聲。

水也。从水，千聲。

水也。从水，㠯聲。《詩》曰："江有洍。"

勃澥，海之别名也。从水，解聲。一説澥即澥谷也。

北方流沙也。一曰清也。从水，莫聲。

天池也。以納百川者。从水，每聲。

大也。从水，尃聲。

水大至也。从水，闇聲。

洚水也。从水，共聲。

水不遵道。一曰下也。从水，夅聲。

水脈行地中濥濥然。从水，夤聲。

水漫漫大皃。从水，舀聲。

小流也。从水，肙聲。《爾雅》曰："汝爲涓。"

豐流也。从水，昆聲。

水潒瀁也。从水，象聲。讀若蕩。

順流也。一曰水名。从水，敖聲。

深清也。从水，肅聲。

長流也。一曰水名。从水，寅聲。

流散也。从水，奐聲。

俠流也。从水，必聲。

水流聲。从水，昏聲。潛，或从聒。

水流湝湝也。从水，皆聲。一曰湝湝，寒也。《詩》曰：“風雨湝湝。”

湝流也。从水，玄聲。上黨有泫氏縣。

水流皃。从水，彪省聲。《詩》曰：“滮沱北流。”

疾流也。从水，或聲。

流清皃。从水，劉聲。《詩》曰：“瀏其清矣。”

礙流也。从水，薉聲。《詩》曰：“施罟濊濊。”

沛也。从水，旁聲。徐鉉曰：“今俗别作雱霈，非是。”

深廣也。从水，皇聲。一曰湟，池也。

清深也。从水，翏聲。

清也。从水，此聲。

寒水也。从水，兄聲。

涌搖也。从水，中聲。讀若動。

浮皃。从水，凡聲。

轉流也。从水，云聲。讀若混。

澆也。从水，告聲。《虞書》曰：“洪水浩浩。”

莽沆，大水也。从水，亢聲。一曰大澤皃。

水暴至聲。从水，鼻聲。

水小聲。从水，贙聲。

水疾聲。从水，翕聲。

水超涌也。从水，朕聲。

涌出也。一曰水中坻，人所爲，爲潏。一曰潏，水名，在京兆杜陵。从水，矞聲。

水涌流也。从水，皮聲。

江水大波謂之澐。从水，雲聲。

大波爲瀾。从水，闌聲。瀾，或从連。

小波爲淪。从水，侖聲。《詩》曰："河水清且淪漪。"一曰没也。

浮也。从水，𡖅聲。

氾也。从水，孚聲。

氾也。从水，監聲。一曰濡上及下也。《詩》曰："畢沸濫泉。"一曰清也。備三義廣異説。

濫也。从水，巳聲。

下深皃。从水，弘聲。

回也。从水，韋聲。

深所至也。从水，則聲。

疾瀨也。从水，耑聲。

水聲也。从水，宗聲。

水礙衺疾波也。从水，敫聲。一曰半遮也。

疾流也。从水，同聲。

大波也。从水，旛聲。

涌也。从水，匈聲。

滕也。从水，甬聲。一曰涌水，在楚國。

湁湒，灊也。从水，拾聲。

直流也。从水，空聲。

激水聲也。从水，勺聲。井一有水、一無水，謂之瀱汋。

井一有水、一無水，謂之瀱汋。从水，罽聲。

混流聲也。从水，軍聲。一曰洿下皃。

水清也。从水，列聲。《易》曰：“井洌，寒泉，食。”

清湛也。从水，叔聲。

水盛也。从水，容聲。

清也。从水，徵省聲。徐鉉曰：“今俗作澄，非是。”

朖也。徵水之皃。从水，青聲。

水清底見也。从水，是聲。《詩》曰：“湜湜其止。”

水流浼浼皃。从水，閔聲。

下漉也。从水，參聲。

不流濁也。从水，圍聲。

亂也。一曰水濁皃。从水，圂聲。

濁也。从水，屈聲。一曰滒泥。一曰水出皃。

回泉也。从水，旋省聲。

深也。从水，崔聲。《詩》曰："有漼者淵。"

滿也。从水，爾聲。

水搖也。从水，詹聲。

旁深也。从水，尋聲。

谷也。从水，平聲。

水皃。从水，出聲。讀若窋。

水至也。从水，薦聲。讀若尊。

土得水沮也。从水，龤聲。讀若麰。

盈溢也。从水，㒼聲。

利也。从水，骨聲。

不滑也。从水，嗇聲。

光潤也。从水，睪聲。

浸淫隨理也。从水，㸒聲。一曰久雨爲淫。

漬也。从水，韱聲。《爾雅》曰："泉一見一否爲瀸。"

水所蕩泆也。从水，失聲。

漏也。从水，貴聲。

水不利也。从水，㐱聲。《五行傳》曰："若其沴作。"

淺不深也。从水，戔聲。

洔水暫益且止未減也。从水，寺聲。

渻少減也。一曰水門，又水出丘前謂之渻丘。从水，省聲。

淖泥也。从水，卓聲。

濢小溼也。从水，翠聲。

溽溼暑也。从水，辱聲。

涅黑土在水中也，从水、从土，日聲。

滋益也。从水，兹聲。一曰滋水，出牛飲山白陘谷，東入呼沱。

㴂青黑色。从水，曶聲。

浥溼也。从水，邑聲。

瀨水流沙上也。从水，賴聲。

濆水厓也。从水，賁聲。《詩》曰："敨彼淮濆。"

涘水涯也。从水，矣聲。《周書》曰："王出涘。"

汻水厓也。从水，午聲。徐鉉曰："今作滸，非是。"

氿水厓枯土也。从水，九聲。《爾雅》曰："水醮曰氿。"

漘水厓也。从水，脣聲。《詩》曰："寘河之漘。"

浦瀕也。从水，甫聲。

沚小渚曰沚。从水，止聲。《詩》曰："于沼于沚。"

沸畢沸，濫泉。从水，弗聲。

水别復入水也。一曰汜，窮瀆也。从水，巳聲。《詩》曰："江有汜。"徐鉉曰："詳里切，與前'洍'字音義同，葢或體也。"

湀辟，深水處也。从水，癸聲。

滎濘也。从水，寧聲。

絶小水也。从水，熒省聲。

深池也。从水，圭聲。

清水也。一曰窊也。从水，窒聲。

積水池。从水，黄聲。

池水。从水，召聲。

大陂也。从水，胡聲。揚州浸，有五湖。浸，川澤所仰以灌漑也。

水都也。从水，支聲。

十里爲成。成閒廣八尺、深八尺謂之洫。从水，血聲。《論語》曰："盡力乎溝洫。"

水瀆。廣四尺、深四尺。从水，冓聲。

溝也。从水，賣聲。一曰邑中溝。

水所居。从水，渠省聲。

谷也。从水，臨聲。讀若林。一曰寒也。

水艸交爲湄。从水，眉聲。

山夾水也。从水，間聲。一曰澗水，出弘農新安，東南入洛。

限，厓也。其内曰澳，其外曰限。从水，奥聲。

夏有水，冬無水，曰泶。从水，學省聲。讀若學。泶或不省。

水濡而乾也。从水，鷜聲。《詩》曰："灘其乾矣。"俗灘从隹。

魚游水皃。从水，山聲。《詩》曰："蒸然汕汕。"

漏流也。从水，䜌聲。

水注也。从水，啻聲。

灌也。从水，主聲。

溉灌也。从水，芙聲。

所以攤水也。从水，昔聲。《漢律》曰："及其門首洒澘。"

埤增水邊土，人所止者。从水，筮聲。《夏書》曰："過三澨。"

水渡也。从水，𦘔聲。古文津，从舟、从淮。

無舟渡河也。从水，朋聲。

小津也。从水，横聲。一曰以船渡也。

編木以渡也。从水，付聲。

濟也。从水，度聲。

緣水而下也。从水，㕣聲。《春秋傳》曰："王沿夏。"

逆流而上曰溯洄。溯，向也。水欲下，違之而上也。从水，㡿聲。 溯，或从辵。朔，朔聲也。

潛行水中也。从水，永聲。

涉水也。一曰藏也。一曰漢水爲潛。从水，朁聲。

水入船中也。一曰泥也。从水，金聲。

淦，或从今。

浮也。从水，乏聲。

水上人所會也。从水，奏聲。

没也。从水，甚聲。一曰湛水，豫章浸。《地理志》注引作“豫州浸”。《周禮·職方氏》：“荆州浸，潁湛。” 古文。

没也。从水，垔聲。

没也。从水，畏聲。

雲气起也。从水，翁聲。

滃也。从水，央聲。

雲雨起也。从水，妻聲。《詩》曰：“有渰淒淒。”

雲雨皃。从水，弇聲。

小雨溟溟也。从水，冥聲。

小雨零皃。从水，束聲。

疾雨也。一曰沫也。一曰瀑賈也。从水，㬥聲。《詩》曰：

“終風且瀑。”

時雨，澍生萬物。从水，尌聲。

雨下也。从水，咠聲。一曰沸涌皃。

久雨涔資也。一曰水名。从水，資聲。

雨水大皃。从水，寮聲。

雨流霤下皃。从水，蒦聲。

流下滴也。从水，豖聲。上谷有涿縣。奇字涿从日、乙。

雨瀧瀧皃。从水，龍聲。

滦沛也。从水，桼聲。

久雨也。从水，高聲。

雨淒淒也。从水，妻聲。一曰汝南謂飲酒習之不醉爲淒。

小雨也。从水，微省聲。

微雨也。从水，蒙聲。

陵上滈水也。从水，冘聲。一曰濁黕也。徐鉉曰：“今俗别作沉，冗不成字，非是。”

雷震溝溝也。从水，再聲。

泥水滔滔也。一曰繅絲湯也。从水，臽聲。

水澤多也。从水，函聲。《詩》曰：“僭始既涵。”

漸溼也。从水，挈聲。

澤多也。从水，憂聲。《詩》曰：“既瀀既渥。”

漬也。一曰涔陽渚，在郢中。从水，岑聲。

漚也。从水，責聲。

久漬也。从水，區聲。

濡也。从水，足聲。

霑也。从水，屋聲。

灌也。从水，崔聲。

霑也。从水，合聲。

露多也。从水，農聲。《詩》曰：“零露濃濃。”

雨雪瀌瀌。从水，麃聲。

薄水也。一曰中絶小水。从水，兼聲。

凝也。从水，帶聲。

著止也。从水，氏聲。

水裂去也。从水，虢聲。

水索也。从水，斯聲。

水涸也。或曰泣下。从水，气聲。《詩》曰：“汔可小康。”

渴也。从水，固聲。讀若狐貈之貈。 涸亦从水、鹵、舟。

盡也。从水，肖聲。

盡也。从水，焦聲。

盡也。从水，曷聲。

水虚也。从水，康聲。

幽溼也。从水，一所以覆也。覆而有土，故溼也。㬎省聲。

幽溼也。从水，音聲。

濁水不流也。一曰窳下也。从水，夸聲。

汙也。从水，免聲。《詩》曰："河水浼浼。"《孟子》曰："汝安能浼我？"

薉也。一曰小池爲汙。一曰涂也。从水，于聲。

隘下也。一曰有湫水，在周地。《春秋傳》曰："晏子之宅湫隘。"安定朝那有湫泉。从水，秋聲。泉當作淵，唐人避諱改也。《前志》云：朝那有湫淵祠，在今甘肅平涼府。

水曰潤下。从水，閏聲。

平也。从水，隼聲。

平也。从水，丁聲。汀，或从平。

水吏也。又温也。从水，丑聲。

水浸也。从水，糞聲。《爾雅》曰："瀵，大出尾下。"

新也。从水，皐聲。

無垢薉也。从水，静聲。

拭滅皃。从水，蔑聲。

瀎泧也。从水，戉聲。讀若椒榝之榝。

灌釜也。从水，自聲。

熱水也。从水，昜聲。

洝也。一曰煮孰也。从水，而聲。

財温水也。从水，兑聲。《周禮》曰：“以涗漚其絲。”

鬵也。从水，官聲。酒泉有樂涫縣。

涫溢也。今河朔方言謂沸溢爲涾。从水，沓聲。

淅㶕也。从水，大聲。

淅也。从水，簡聲。

汏米也。从水，析聲。

浚乾漬米也。从水，竟聲。《孟子》曰：“夫子去齊，滰淅而行。”

浸沃也。从水，叜聲。

抒也。从水，夋聲。謂从水，中挹取之也。

浚也。从水，歷聲。一曰水下滴瀝。

浚也。从水，鹿聲。渌，或从录。

淅米汁也。一曰水名，在河南滎陽。从水，番聲。

潘也。从水，蘭聲。

周謂潘曰泔。从水，甘聲。

久泔也。从水，脩聲。

滓垽也。从水，殿聲。

澱滓，濁泥。从水，於聲。

澱也。从水，宰聲。

濁也。从水，念聲。

漬也。从水，侖聲。

釃酒也。一曰浚也。从网、从水，焦聲。讀若《夏書》“天用勦絶”。徐鉉曰：“以縑帛漉酒，故从网。”

側出泉也。从水，殸聲。殸，籒文磬字。

莤酒也。一曰浚也。一曰露皃。从水，胥聲。《詩》曰：“有酒湑我。”又曰：“零露湑兮。”

沈於酒也。从水，面聲。《周書》曰：“罔敢湎于酒。”

酢漿也。从水，將省聲。古文漿省。

薄也。从水，京聲。

薄味也。从水，炎聲。

食已而復吐之。从水，君聲。《爾雅》曰：“太歲在申曰涒灘。”

沃也。从水，堯聲。

盡也。从水，夜聲。

液也。从水，十聲。

多汁也。从水，哥聲。讀若哥。

豆汁也。从水，頴聲。

器滿也。从水，益聲。

滌也。从水，西聲。古文以爲灑埽字。

洒也。从水，條聲。

和也。从水，戢聲。

汁也。从水，審聲。《春秋傳》曰：“猶拾瀋也。”

飲也。从水，弭聲。

飲歃也。一曰吮也。从水，算聲。

盪口也。从水，欶聲。

滄也。从水，同聲。

寒也。从水，倉聲。

冷寒也。从水，靚聲。

滅火器也。从水，卒聲。

濯髮也。从水，木聲。

洒面也。从水，未聲。古文沬，从頁。《尚書》：“王乃洮頮水。”釋文曰：“《説文》作沬，云古文作頮。”陸所據唐本《説文》作，从𠬞，謂以兩手匊水沬面，於義尤備。

洒身也。从水，谷聲。

洒手也。从水，喿聲。

灑足也。从水，先聲。

渌也。从水，𦎧聲。

以水沃也。从水，林聲。一曰淋淋，山下水皃。

除去也。从水，枼聲。

濯衣垢也。从水，榦聲。澣，或从完。

瀚也。从水，翟聲。

瀚也。从水，束聲。河東有涑水。

於水中擊絮也。从水，敝聲。

涂也。从水、从土，龙聲。讀若隴。

汛也。从水，麗聲。

灑也。从水，卂聲。

以繒染爲色。从水，杂聲。徐鍇曰：“《説文》無‘杂’字。”裴光遠云：“从木，木者所以染，梔、茜之屬也。从九，九者染之數也。未知其審。”

滑也。从廾、从水，大聲。古文泰。

海岱之間謂相汙曰潤。从水，閻聲。

汙灑也。一曰水中人。从水，贊聲。

乳汁也。从水，重聲。

鼻液也。从水，夷聲。

涕流皃。从水，散省聲。《詩》曰：“潸焉出涕。”

人液也。从水，干聲。

無聲出涕曰泣。从水，立聲。

泣也。从水，弟聲。

瀚也。从水，朿聲。

變汙也。从水，俞聲。一曰渝水，在遼西臨俞，東出塞。

損也。从水，咸聲。

盡也。从水，威聲。

水轉轂也。一曰人之所乘及船也。从水，曹聲。

以銅受水刻節，晝夜百刻。从水，屚聲。

丹沙所化爲水銀也。从水，項聲。

水多皃。从水，歲聲。

治水也。从水，曰聲。

雨也。齊人謂靁爲霣。从雨，員聲。一曰雲轉起也。古文霣。

雷余聲也鈴鈴，所以挺出萬物。从雨，廷聲。

霅霅，震電皃。一曰衆言也。从雨，譶省聲。

陰陽激燿也。从雨，申聲。此依小徐本，大徐本作“从雨，从申”。案：申，古文作，象電光激燿之形，本最初古文“電”字也，後加雨爲“電”，加示爲“神”，古以“電”即天神也。“虹”下出爲籀文，从申，申，電也，是矣。後專用“申”爲申束字，反以“電”从雨，申會意，或以爲聲，皆非也，但相沿已久，依聲次此。古文電如此。

劈歷，振物者。从雨，辰聲。《春秋傳》曰："震夷伯之廟。" 籀文震。

凝雨，説物者。从雨，彗聲。

雨霓爲霄。从雨，肖聲。齊語也。

稷雪也。从雨，散聲。 霰，或从見。

雨冰也。从雨，包聲。 古文雹。

雨零也。从雨，各聲。

余雨也。从雨，令聲。

小雨財霽也。从雨，鲜聲。讀若斯。

霢霂，小雨也。从雨，脈聲。

霢霂也。从雨，沐聲。

小雨也。从雨，酸聲。

微雨也。从雨，烕聲。又讀若芟。

小雨也。从雨，眾聲。《明堂月令》曰："霝雨。"

久陰也。从雨，沈聲。

久雨也。从雨，兼聲。

久雨也。从雨，圅聲。

雨三日已往。从雨，林聲。

霖雨也。南陽謂霖雨曰䨏。从雨，𠂢聲。

雨聲。从雨，真聲。讀若資。

雨皃。方語也。从雨，禹聲。讀若禹。

小雨也。从雨，僉聲。

雨䨓也。从雨，沾聲。

濡也。从雨，染聲。

屋水流也。从雨，留聲。

雨止也。从雨，齊聲。

霽謂之霋。从雨，妻聲。

雨止雲罷皃。从雨，郭聲。

潤澤也。从雨，路聲。

喪也。成物者。从雨，相聲。

地气發，天不應。从雨，敄聲。今俗作“霧”，从務。籀文省。

風雨土也。从雨，貍聲。《詩》曰：“終風且霾。”

天气下，地不應，曰霿。霿，晦也。从雨，瞀聲。

屈虹，青赤，或白色，陰气也。从雨，兒聲。

寒也。从雨，執聲。或曰早霜。讀若《春秋傳》“墊阨”。

夏祭，樂于赤帝，以祈甘雨也。从雨，亏聲。或从羽。雩，羽舞也。

頦也。遇雨不進，止頦也。从雨，而聲。《易》曰：“雲上於天，需。”徐鉉曰：“案，李陽冰據《易》‘雲上於天’云‘當从天’，然諸本及前作所書皆从而，無有从天者。”

水音也。从雨，羽聲。

雲覆日也。从雲，今聲。後加雨。 古文或省。非省也，古但以云爲形。 亦古文霒。俗用陰。

魚子已生者。从魚，𤔡省聲。 籀文。

魚子也。一曰魚之美者，東海之鮞。从魚，而聲。讀若而。

魚也。从魚，去聲。

魚。似鼈，無甲，有尾，無足，口在腹下。从魚，納聲。

虛鰨也。从魚，曷聲。

赤目魚。从魚，尊聲。

魚也。从魚，㚌聲。

魚也。从魚，容聲。

魚也。从魚，胥聲。

鮥也。《周禮》：“春獻王鮪。”从魚，有聲。

䱙也。《周禮》謂之䱙。从魚，恆聲。

䱙䱙也。从魚，亢聲。

叔鮪也。从魚，各聲。

魚也。从魚，系聲。徐鉉曰：“系非聲，疑从孫省。”

魚也。从魚，眔聲。李陽冰曰：“當从罤省。”

鱣也。从魚，里聲。

鯉也。从魚，亶聲。籒文鱣。

魚也。从魚，專聲。

魚名。从魚，同聲。一曰鱶也。讀若絝襱。

鮦也。从魚，蠡聲。

魚名。一名鯉。一名鰜。从魚，妻聲。

魚名。从魚，兼聲。

魚名。从魚，攸聲。《詩·周頌》作“鰷”。箋云：“鰷，白鰷也。”今呼鰷子音刁。

魚名。从魚，豆聲。

魚名。从魚，便聲。鯾，或从扁。

赤尾魚。从魚，方聲。《詩》：“魴魚赬尾。”傳：“魚勞則尾赤。”非專名。魴，或从旁。

魚名。从魚，與聲。

魚名。从魚，連聲。

魚名。从魚，皮聲。

魚名。从魚，幼聲。讀若幽。

魚名。从魚，付聲。

魚名。从魚，巠聲。

魚名。从魚，矞聲。

魚名。从魚，麗聲。

魚也。从魚，曼聲。

魚名。从魚，蒦聲。

大鱯也。其小者名鮡。从魚，丕聲。

鱯也。从魚，豊聲。

鱧也。从魚，果聲。

楊也。从魚，嘗聲。

魚也。从魚，覃聲。《傳》曰："伯牙鼓琴，鱏魚出聽。"

刺魚也。从魚，兒聲。

鰌也。从魚，習聲。

鰼也。从魚，酋聲。

魚名。从魚，完聲。

哆口魚也。从魚，乇聲。

飲而不食，刀魚也，九江有之。从魚，此聲。

鮎也。从魚，它聲。

鰋也。从魚，占聲。

鮀也。从魚，妟聲。鰋，或从匽。

大鮎也。从魚，弟聲。

魚名。从魚，賴聲。

魚名。从魚，朁聲。

魚名。从魚，翁聲。

魚名。从魚，臽聲。

魚名。从魚，厥聲。

白魚也。从魚，取聲。

魚名。皮可爲鼓。从魚，單聲。

魚名。出薉邪頭國。从魚，免聲。一名石首，即䱄貊。今所食黄花魚首中有二石。

魚名。出薉邪頭國。从魚，分聲。《後漢書・東夷傳》："濊國海出班魚皮。"班魚，即魵魚。

魚名。出樂浪潘國。从魚，虜聲。

魚名。狀似蝦，無足，長寸，大如叉股，出遼東。从魚，區聲。

魚名。出樂浪潘國。从魚，妾聲。

魚名。出樂浪潘國。从魚，市聲。

魚名。出樂浪潘國。从魚，匊聲。一曰鮙魚，出江東，有兩乳。

魚名。出樂浪潘國。从魚，沙省聲。

魚名。出樂浪潘國。从魚，樂聲。

魚名。出貉國。从魚，羴省聲。

魚名。皮有文，出樂浪東暆。神爵四年初，捕收輸考工。周成王時，揚州獻鰅。从魚，禺聲。漢孝宣帝時，有神爵年號，又《公卿表》少府屬官，有考工輸此魚皮飾器。

魚名。从魚，庸聲。

烏鰂，魚名。从魚，則聲。 鰂，或从即。

海魚名。从魚，台聲。

海魚名。从魚，白聲。

海魚名。从魚，复聲。

海魚，皮可飾刀。从魚，交聲。

海大魚也。从魚，畺聲。《春秋傳》曰："取其䲔鯢。" 䲔，或从京。

魚骨也。从魚，更聲。

魚甲也。从魚，粦聲。

魚臭也。从魚，生聲。徐鉉曰："今俗作鯹。"

鮏臭也。从魚，喿聲。《周禮》曰："膳膏鱢。"

魚䏿醬也。出蜀中。从魚，旨聲。一曰鮪魚名。

藏魚也。南方謂之魿，北方謂之鮺。从魚，差省聲。

鮺也。一曰大魚爲鮺，小魚爲魿。从魚，今聲。

饐魚也。从魚，包聲。

蟲連行紆行者。从魚，令聲。

魵也。从魚，叚聲。

大鰕也。从魚，高聲。

當互也。从魚，咎聲。

大貝也。一曰魚膏。从魚，亢聲。讀若岡。

蚌也。从魚，丙聲。

蚌也。从魚，吉聲。漢律，會稽郡獻鮚醬。

魚名。从魚，必聲。

魚名。从魚，瞿聲。

魚名。从魚，侯聲。

骨耑脃也。从魚，周聲。

烝然鯙鯙。从魚，卓聲。此新增俗字。

鱣鮪鮁鮁。从魚，犮聲。此二文皆用《詩》說之，不言字義，古《毛詩》作“發”“罩”，此俗字。

鮇魚。出東萊。从魚，夫聲。

魚名。从魚，其聲。

魚名。从魚，兆聲。

魚名。从魚，匕聲。

神農居姜水以爲姓。从女，羊聲。

黃帝居姬水以爲姓。从女，𦣞聲。

黄帝之後百鯀姓，后稷妃家也。从女，吉聲。

少昊氏之姓。从女，羸省聲。

虞舜居姚虚，因以爲姓。从女，兆聲。或爲姚，嬈也。《史篇》以爲：姚，易也。

虞舜居嬀汭，因以爲姓。从女，爲聲。

祝融之後姓也。从女，云聲。籀文妘，从員。

殷諸侯爲亂，疑姓也。从女，先聲。《春秋傳》曰："商有

姺邳。"

人姓也。从女，然聲。

人姓也。从女，丑聲。《商書》曰："無有作政。"

人姓也。从女，其聲。杜林説："娸，醜也。"

少女也。从女，乇聲。

謀也，謀合二姓。从女，某聲。

酌也，斟酌二姓也。从女，勺聲。

女適人也。从女，家聲。

匹也。从女，己聲。

妃也。从女，毘聲。

女妊身動也。从女，辰聲。《春秋傳》曰："后緍方娠。"一曰官婢女隸謂之娠。或音振。

婦人妊身也。从女，芻聲。《周書》曰："至於嫋婦。"

生子齊均也。从女，𢮦聲。此依小徐本，大徐本作“从女、从生，免聲”，俗本誤兔聲。

婗也。从女，殹聲。

嫛婗也。从女，兒聲。一曰婦人惡皃。

母也。从女，區聲。

女老偁也。从女，𥁕聲。讀若奥。

嫗也。从女，句聲。

蜀謂母曰姐，淮南謂之社。从女，且聲。

夫母也。从女，古聲。

殁母也。从女，比聲。 籒文妣省。

女兄也。从女，𠂔聲。

女弟也。从女，未聲。

楚人謂女弟曰媦。从女，胃聲。《公羊傳》曰：“楚王之妻媦。”

兄妻也。从女，叜聲。

兄之女也。从女，至聲。

妻之女弟同出爲姨。从女，夷聲。

女師也。从女，加聲。杜林説：“加教於女也。”讀若阿。

女師也，从女，每聲。讀若母。

重婚也。从女，冓聲。《易》曰：“匪寇，婚媾。”

美女也。从女，多聲。姼，或从氏。

婦人美也。从女，犮聲。

女隸也。从女，奚聲。

婦官也。从女，弋聲。

甘氏《星經》曰："太白上公，妻曰女媊。女媊居南斗，食厲，天下祭之，曰明星。"从女，歬聲。《天官書》曰："昔之傳天數者，在齊，甘公。"徐廣曰："或曰甘公名德也，本是魯人。"

古之神聖女化萬物者也。从女，咼聲。籒文媧，从㒼。

帝高辛之妃，偰母號也。从女，戎聲。《詩》曰："有娀方將。"

帝堯之女、舜妻娥皇字也。秦晋謂好曰娙娥。从女，我聲。

台國之女、周棄母字也。从女，原聲。

女字也。从女，燕聲。

女字也。从女，可聲。讀若阿。

女字也。《楚詞》曰："女嬃之嬋媛。"賈侍中說："楚人謂姊爲嬃。"从女，須聲。

女字也。从女，圭聲。

女字也。从女，與聲。讀若余。

女字也。从女，需聲。

女字也。从女，尞聲。

女字也。从女，衣聲。讀若衣。

女字也。从女，周聲。

女字也。从女，合聲。《春秋傳》曰："嬖人婤姶。"一曰無聲。

女字也。从女，已聲。

女字也。从女，主聲。

女字也。从女，久聲。

女號也。从女，耳聲。

女之初也。从女，台聲。

説也。从女，眉聲。

媚也。从女，無聲。

媚也。从女，畜聲。

南楚之外謂好曰嫷。从女，隋聲。徐鉉曰："今俗省作媠，《唐韵》作妥，非是。"

好也。从女，朱聲。

説也。从女，興聲。

好也。从女，厭聲。

好也。从女，殳聲。《詩》曰："静女其殁。"

好也。从女，交聲。

好也。从女，員聲。讀若蜀郡布名。委員切。

好也。从女，兑聲。

目裹好也。从女，苗聲。

静好也。从女，畫聲。

體德好也。从女，官聲。讀若楚郤宛。

長好也。从女，巠聲。

白好也。从女，贊聲。

順也。从女，𤔔聲。《詩》曰："婉兮嫋兮。"

宛也。从女，夗聲。

順也。从女，宛聲。《春秋傳》曰："太子痤婉。"

直項皃。从女，同聲。

長皃。从女，焉聲。

弱長皃。从女，冄聲。

鋭細也。从女，韱聲。

嬰嫇也。从女，冥聲。一曰嫇嫇，小人皃。

曲肩行皃。从女，䍃聲。

材緊也。从女，睘聲。《春秋傳》曰："嬛嬛在疚。"

閑體，行姽姽也。从女，危聲。

姽也。一曰女侍曰婐。讀若騧，或若委。从女，果聲，孟軻曰："舜爲天子，二女婐。"小徐本有"一曰果敢也"五字。

婐姽也。一曰弱也。从女，厄聲。舊讀五果切，與婐疊

韵，今衡人謂弱女有檅行可欺梅者曰乞婐婏。段玉裁説，俗作婀娜。

小弱也。一曰女輕薄善走也。一曰多技藝也。从女，占聲，或讀若占。

妗也。从女，沾聲。

婆妗也。一曰善笑皃。从女，今聲。

竦身也。从女，篕聲。讀若《詩》："糾糾葛屨。"

竦立也。从女，青聲。一曰有才也。讀若韭菁。

静也。从女，井聲。

婦人皃。从女，乏聲。

好也。从女，旋聲。

材也。从女，齊聲。

面醜也。从女，昏聲。

直好皃。一曰嬈也。从女，翟聲。

媞也。从女，規聲。讀若癸。秦晋謂細腰爲嫢。

諦也。一曰妍黠也。一曰江淮之間謂母曰媞。从女，是聲。

不繇也。从女，敄聲。

雅也。从女，閒聲。

説樂也。从女，配聲。

美也。从女，㱿聲。

樂也。从女，吴聲。

戲也。从女，矣聲。一曰卑賤名也。

樂也。从女，甚聲。

順也。从女，尾聲。讀若媚。

孎也。从女，啻聲。

謹也。从女，屬聲。讀若人不孫爲不孎。

宴婉也。从女，冤聲。

女有心㜵㜵也。从女，弇聲。

諟也。从女，染聲。

壹也。从女，專聲。一曰女嫥嫥。

齊也。从女，責聲。

謹也。从女，束聲。讀若謹敕數數。

敏疾也。一曰莊敬皃。从女，僉聲。

服也。从女，賓聲。

至也。从女，執聲。《周書》曰：“大命不摯。”讀若摯同。一曰《虞書》“雉摯”。

俛伏也。从女，沓聲。一曰伏意。

緩也。从女，亶聲。一曰傳也。

保任也。从女，㚔聲。

奢也。从女，般聲。徐鉉曰："今俗作婆，非是。"

舞也。从女，沙聲。《詩》曰："市也媻娑。"

耦也。从女，有聲。讀若祐。姷，或从人。

鈞適也。男女併也。从女，旬聲。鈞，猶均也。

婦人小物也。从女，此聲。《詩》曰："屢舞姕姕。"

婦人小物也。从女，支聲。讀若跂行。

三女爲㛇。㛇，美也。从女，奴省聲。

問也。从女，甹聲。

隨從也。从女，录聲。

飾也。从女，牀省聲。

慕也。从女，䜌聲。

嬻也。从女，枼聲。

媟嬻也。从女，賣聲。

短面也。从女，竁聲。

便嬖愛也。从女，辟聲。

難也。从女，毄聲。

妒也。从女，介聲。

婦妒夫也。从女，户聲。

夫妒婦也。从女，冒聲。一曰相視也。

巧也。一曰女子笑皃。《詩》曰："桃之媄媄。"从女，笑聲。

小心態也。从女，熒省聲。

婟也。从女，翏聲。

嫪也。从女，固聲。

態也。从女，次聲。

嫷也。从女，虘聲。

害也。从女，方聲。

亂也。从女，亡聲。

巧黠也。从女，俞聲。

婪㜸，貪也。从女，污聲。

小小侵也。从女，肖聲。

量也。从女，朶聲。

動也。从女，由聲。徐鍇曰："當从胄省。"

不平於心也。一曰疑也。从女，兼聲。

減也。从女，省聲。

不順也。从女，若聲。《春秋傳》曰："叔孫婼。"

很也。从女，幸聲。《楚詞》曰："鮌幸直。"鍇本有"一曰見親"四字，則親幸字當作婞。

易使怒也。从女，敝聲。讀若擊擎。

好枝格人語也。一曰靳也。从女，善聲。

疾悍也。从女，叕聲。讀若唾。

含怒也。一曰難知也。从女，酓聲。《詩》曰："碩大且嬒。"

媕娿也。从女，阿聲。

技也。一曰不省録事，一曰難侵也，一曰惠也，一曰安也。从女，幵聲。讀若研。

圜深目皃。或曰吳楚之間謂好曰娃。从女，圭聲。

不媚𦍑卻㜮㜮也。从女，陜聲。

鼻目間皃。讀若煙火炔炔。从女，決省聲。

愚戇多態也。从女，巂聲。讀若隓。

不説也。从女，恚聲。

怒皃。从女，黑聲。

輕也。从女，戉聲。

輕也。从女，㑒聲。

訬疾也。从女，㢴聲。

女人自偁我也。从女，央聲。

不説皃。从女，韋聲。小徐本"皃"下有"恣也"二字。

姿雉，姿也。从女，隹聲。一曰醜也。此當以"姿也"釋"姿雉"，或作"恣睢"，錯涉此而誤。

有守也。从女，弦聲。

輕皃。从女，扁聲。

侮易也。从女，曼聲。

疾言失次也。从女，臿聲。讀若懾。

弱也。一曰下妻也。从女，需聲。

不肖也。从女，否聲。讀若竹皮箁。

遲鈍也。从女，臺聲。闒嬯亦如此。闒嬯，葢古語，《廣韵》："弱跆，連手唱歌也。"當作此。

下志貪頑也。从女，覃聲。讀若深。

婪也。从女，參聲。

貪也。从女，林聲。杜林説："卜者當相詐驗爲婪。"讀若潭。或云黨即攩，驗即譣。

懈也，怠也。一曰臥也。从女，賴聲。

娎婡也。从女，折聲。

得志婡婡。一曰婡息也。一曰少气也。从女，夾聲。

苛也。一曰擾，戲弄也。一曰嬥也。从女，堯聲。

惡也。一曰人皃。从女，毀聲。

誹也。一曰翼便也。从女，删省聲。

醜也。一曰老嫗也。从女，酋聲。讀若蹴。此敿惡正字。

嫫母，都醜也。从女，莫聲。《漢書·古今人表》："悔母，黄帝妃，生蒼林。”《荀卿書》作“嫫姆”。

往來婓婓也。一曰醜皃。从女，非聲。

煩擾也。一曰肥大也。从女，襄聲。

女黑色也。从女，會聲。《詩》曰：“嬒兮蔚兮。”

好皃。从女，耎聲。舊讀而沇切，徐鉉《切韵》又音奴困切，今俗作嫩，非是。

誣挐也。从女，奄聲。

過差也。从女，監聲。《論語》曰：“小人窮斯爁矣。”

侮易也。从女，敖聲。

私逸也。从女，𢀖聲。

除也。漢律，齊人予妻婢姦曰姘。从女，并聲。

婦人污也。从女，半聲。漢律曰：“見姅變不得侍祠。”

女出病也。从女，廷聲。

女病也。从女，卓聲。

諉也。从女，垂聲。

有所恨也。从女，𡿺聲。今汝南人有所恨曰㛴。徐鉉曰：“𡿺，古囟字，非聲，當从𡿺省。”段玉裁説：“㛴之从𡿺，與思之从囟同意，又作懊。”

慙也。从女，鬼聲。媿，或从恥省。

舊注“上諱”。徐鉉曰：“後漢和帝名也。”案，李舟《切韵》云：“擊也。”从戈，肁聲。

周制，侍臣執戣立于東垂兵也。从戈，癸聲。

盾也。从戈，旱聲。

敗也。从戈，則聲。

鬭也。从戈，單聲。

三軍之偏也。一曰兵也。从戈，虘聲。

利也。一曰剔也。从戈，呈聲。

斷也。从戈，雀聲。

殺也。从戈，今聲。《商書》曰：“西伯既戡黎。”

槍也。他國臣來弑君曰戕。从戈，爿聲。

殺也。从戈，翏聲。

刺也。从戈，甚聲。

長槍也。从戈，寅聲。《春秋傳》有檮戭。

傷也。从戈，才聲。

滅也。从戈，晋聲。《詩》曰：“實始戩商。”

藏兵也。从戈，咠聲。《詩》曰：“載戢干戈。”

斧也。从戈，𠃌聲。《司馬法》曰：“夏執玄戉，殷執白戚，周左杖黄戉，右秉白髦。”凡戉之屬皆从戉。徐鉉曰：“今俗别作鉞，非是。”

藏也。从匸，夾聲。 匧，或从竹。

飯器，筥也。从匸，𡍮聲。 匩，或从竹。以竹爲之乃加竹。

佀羹魁，柄中有道，可以注水。从匚，也聲。

淥米籔也。从匚，算聲。

小桮也。从匚，贑聲。 𣜬，或从木。

器，佀竹筐。从匚，非聲。《逸周書》曰：“實玄黄于匪。”

古器也。从匚，倉聲。

田器也。从匚，攸聲。

田器也。从匚，異聲。

古器也。从匚，曶聲。

甌器也。从匚，俞聲。

匣也。从匚，貴聲。

匱也。从匚，賣聲。

匱也。从匚，甲聲。

器也。从匚，淮聲。

棺也。从匚、从木，久聲。 籒文柩。

宗廟盛主器也。《周禮》曰：“祭祀共匰主。”从匚，單聲。

斛也，古田器也。从甾，疌聲。

𠭯屬，蒲器也，所以盛穜。从甾，弁聲。此盛糧器也。鄭注《周禮》：“挈畚以爲盛糧器。”

㽬也。从甾，并聲。杜林以爲竹筥。揚雄以爲蒲器。讀若軿。

䍡也。从甾，虍聲。讀若盧同。篆文盧。籒文盧。

周家搏埴之功也。从瓦，方聲。讀若抵破之抵。徐鉉曰：“抵音瓦，非聲，未詳。”案，《考工記》“陶瓬”注：“大鄭讀爲甫始之甫，後鄭讀如放於此之放。”此从方聲，後鄭爲是。

匋也。从瓦，亜聲。

屋楝也。从瓦，夢省聲。徐鍇曰：“所以承瓦，故从瓦。”

甗也。从瓦，曾聲。籒文甑，从鬵。

甑也。一曰穿也。从瓦，鬳聲。讀若言。

甌瓿謂之瓵。从瓦，台聲。

大盆也。从瓦，尚聲。

小盆也。从瓦，區聲。

罌也。从瓦，公聲。

佀罌，長頸，受十升。讀若洪，从瓦，工聲。

小盂也。从瓦，夗聲。徐鉉曰：“今俗別作椀，非是。”

瓮佀瓶也。从瓦，令聲。

罌謂之甎。从瓦，卑聲。

佀小瓿，大口而卑，用食。从瓦，扁聲。

甂也。从瓦，音聲。

器也。从瓦，容聲。

甓瓴甓也。从瓦，辟聲。《詩》曰："中唐有甓。"

甃井壁也。从瓦，秋聲。

甈康瓠破罌。从瓦，臬聲。甈甈，或从埶。

瓷磋垢瓦石。从瓦，爽聲。宋刻本磋作瑳。

甄蹈瓦聲。从瓦，耎聲。《玉篇》："甄甄，蹋瓦聲。"玄應以躐音讀之，云"蹈瓦聲躐躐"也。

瓴治橐榦也。从瓦，今聲。段玉裁説，治當作冶，以韋囊鼓火，其榦用瓦與木爲之。

瓵破也。从瓦，卒聲。

瓪敗瓦也。从瓦，反聲。

彰畫弓也。从弓，章聲。

弭弓無緣，可以解轡紛者。从弓，耳聲。弭弭，或从兒。

弲角弓也。洛陽名弩曰弲。从弓，肙聲。

弧木弓也。从弓，瓜聲。一曰往體寡、來體多曰弧。

弨弓反也。从弓，召聲。《詩》曰："彤弓弨兮。"

彋弓曲也。从弓，雚聲。

彄弓弩耑弦所居也。从弓，區聲。

彇弓便利也。从弓，繇聲。讀若燒。

張施弓弦也。从弓，長聲。

彏弓急張也。从弓，矍聲。

弓彊皃。从弓，朋聲。

弓有力也。从弓，畺聲。

持弓關矢也。从弓，䜌聲。

滿弓有所鄉也。从弓，于聲。

弓聲也。从弓，厶聲。厶，古文厷字。

弛弓也。从弓，璽聲。

弓有臂者。《周禮》：“四弩、夾弩、庾弩、唐弩、大弩。”从弓，奴聲。

張弩也。从弓，殸聲。

弩滿也。从弓，黃聲。讀若郭。

䠶也。从弓，畢聲。《楚詞》曰：“芎焉彃日。”

行丸也。从弓，單聲。彈，或从弓，持丸。

䠶發也。从弓，癹聲。

帝嚳䠶官，夏少康滅之。从弓，幵聲。《論語》曰：“芎善䠶。

繫也。从糸，丿聲。凡系之屬皆从系。系，或从毄處。从處而毄聲也。籒文系，从爪絲。

繹繭爲絲也。从糸，巢聲。

抽絲也。从糸，睪聲。

絲耑也。从糸，者聲。

微絲也。从糸，面聲。

絲也。从系屯聲。《論語》曰：“今也純儉。”

生絲也。从糸，肖聲。

大絲也。从糸，皆聲。

絲曼延也。从糸，巟聲。

絲下也。从糸，气聲。《春秋傳》有“臧孫紇”。

絲滓也。从糸，氏聲。

繭滓絓頭也。一曰以囊絮練也。从糸，圭聲。

絲也。从糸，樂聲。

箸絲於筟車也。从糸，崔聲。

織也。从糸，巠聲。

作布帛之總名也。从糸，戠聲。樂浪挈令織。从糸、从式。

機縷也。从糸，壬聲。紝，或从任。

機縷也。从糸，宗聲。

緯十縷爲綹。从糸，咎聲。讀若柳。

織横絲也。从糸，韋聲。

緯也。从糸，軍聲。

織余也。从糸，貴聲。

紀也。从糸，充聲。

絲别也。从糸，己聲。

𥿂類也。从糸，强聲。

絲節也。从糸，頪聲。

絲勞即紿。从糸，台聲。

絲溼納納也。从糸，内聲。

網絲也。从糸，方聲。網絲，猶紡絲也。

連也。从糸，賣聲。古文續，从庚貝。徐鉉曰："今俗作古行切。"

繼也。从糸，贊聲。

繼也。从糸，召聲。一曰紹，緊糾也。古文紹，从邵。

偏緩也。从糸，羨聲。

緩也。从糸，盈聲。讀與聽同。縕，或从呈。

緩也。一曰舍也。从糸，從聲。

緩也。从糸，予聲。

絲勞也。从糸，然聲。

詘也。从糸，于聲。一曰縈也。

直也。从糸，㚘聲。讀若陘。

細也。从糸，韱聲。

散也。从糸，囟聲。

旄絲也。从糸，苗聲。《周書》曰："惟緢有稽。"旄，猶豪毛也，言稽察細散，今書“緢”作“貌”。

縒參縒也。从糸，𢀩聲。

繙冕也。从糸，番聲。

縮亂也。从糸，宿聲。一曰蹴也。

紊亂也。从糸，文聲。《商書》曰：“有條而不紊。”

級絲次第也。从糸，及聲。

總聚束也。从糸，悤聲。徐鉉曰：“今俗作摠，非是。”

約也。从糸，具聲。

約纏束也。从糸，勺聲。

繚纏也。从糸，尞聲。

纏繞也。从糸，廛聲。

繞纏也。从糸，堯聲。

紾轉也。从糸，㐱聲。

繯落也。从糸，睘聲。

辮交也。从糸，辡聲。

結締也。从糸，吉聲。

縎結也。从糸，骨聲。

締結不解也。从糸，帝聲。

縛束也。从糸，尃聲。

繃束也。从糸，崩聲。《墨子》曰：“禹葬會稽，桐棺三寸，葛以繃之。”

絿急也。从糸，求聲。《詩》曰：“不競不絿。”

絅急引也。从糸，冋聲。

䋰散絲也。从糸，𠂢聲。

[illegible]不均也。从糸，嬴聲。

給相足也。从糸，合聲。

縪止也。从糸，畢聲。

綝止也。从糸，林聲。讀若郴。

紈素也。从糸，丸聲。

繒帛也。从糸，曾聲。縡籀文繒，从宰省。揚雄以爲，漢律祠宗廟丹書告。

緭繒也。从糸，胃聲。

絩綺絲之數也。漢律曰：“綺絲數謂之絩，布謂之總，綬組謂之首。”从糸，兆聲。

綺文繒也。从糸，奇聲。

縠細縛曰。从糸，㱿聲。

縳白鮮色也。从糸，專聲。

縑并絲繒也。从絲，兼聲。

綈厚繒也。从糸，弟聲。

練湅繒也。从糸，柬聲。

縞鮮色也。从糸，高聲。

[糸璽]粗緒也。从糸，璽聲。徐鉉曰："今俗別作絁，非是。"段玉説："粗，疏也，即今綿紬。"

紬大絲繒也。从糸，由聲。

綮𢻮繒也。一曰徽幟信也。有齒。从糸，𢼄聲。當云啟省聲。

綾東齊謂布帛之細曰綾。从糸，夌聲。

縵繒無文也。从糸，曼聲。漢律曰："賜衣者，縵表白裏。"

繡五采備也。从糸，肅聲。

絢《詩》云："系以爲絢兮。"从糸，旬聲。馬融《論語》注："絢，文貌也。"

繪會五采繡也。《虞書》曰："山龍蕐蟲作繪。"《論語》曰："繪事後素。"从糸，會聲。

緀白文皃。《詩》曰："緀兮斐兮，成是貝錦。"从糸，妻聲。小徐本作"帛文皃"。

絹繒如麥䅌。从糸，肙聲。

綠帛青黄色也。从糸，录聲。

縹帛青帛色也。从糸，䙴聲。

[糸育]帛青經縹緯。一曰育陽染也。从糸，育聲。

絑純赤也。《虞書》："丹朱如此。"从糸，朱聲。

纁淺絳也。从糸，熏聲。

絀絳也。从糸，出聲。

絑大赤也。从糸，朱聲。

綰惡色絳也。从糸，官聲。一曰綃也。讀若雞卵。“色”字或譌也。

縉帛赤色也。《春秋傳》曰：“縉雲氏禮有縉緣。”从糸，晉聲。

綪赤繒也。以茜染，故謂之綪。从糸，青聲。

緹帛丹黃色。从糸，是聲。紙緹，或从氏。

縓帛赤黃色。一染謂之縓，再染謂之䞓，三染謂之纁。从糸，原聲。

紫帛青赤色。从糸，此聲。

紅帛赤白色。从糸，工聲。

繱帛青色。从糸，蔥聲。

紺帛深青揚赤色。从糸，甘聲。

綥帛蒼艾色。从糸，畁聲。《詩》曰：“縞衣綥巾。”未嫁女所服。一曰不借綥。《禮·喪服傳》注：“繩菲今時不借也。”亦作薄借綥，見《弁師》注。篆誤从畀。綦綥，或从其。

繰帛如紺色。或曰深繒。从糸，喿聲。讀若喿。繒不得言深，蓋“涑”字之譌，當讀若澡。

緇帛黑色也。从糸，甾聲。

纔帛雀頭色。一曰微黑色，如紺纔淺也。讀若讒。从糸，毚聲。

帛騅色也。从糸，剡聲。《詩》曰："毳衣如繳。" 徐鉉曰："今俗别作毯，非是。"

帛戾艸染色。从糸，戾聲。

白鮮衣皃。从糸，不聲。《詩》曰："素衣其紑。"

白鮮衣皃。从糸，炎聲。謂衣采色鮮也。

繒采色。从糸，需聲。讀若《易》"繻有衣。" 徐鉉曰"《漢書·傳》'符帛也'，蘇林曰'繻，帛邊也'。"

繁采色也。从糸，辱聲。

冠織也。从糸，麗聲。

冠卷也。从糸，厷聲。 紘，或从弘。

冕冠塞耳者。从糸，冘聲。徐鉉曰："今俗别作髧，非是。"

冠系也。从糸，嬰聲。

纓卷也。从糸，央聲。

系冠纓也。从糸，委聲。

織帶也。从糸，昆聲。

大帶也。从糸，申聲。

帶緩也。从糸，單聲。

韍維也。从糸，受聲。

綬屬其小者以爲冕纓。从糸，且聲。

綬紫青也。从糸，咼聲。

綬維也。从糸，逆聲。

似組而赤。从糸，算聲。

系也。一曰結而可解。从糸，丑聲。

青絲綬也。从糸，侖聲。

系綬也。从糸，廷聲。

緩也。从糸，亘聲。

細疏布也。从糸，惠聲。

頸連也。从糸，暴省聲。頸連者，在衣領上，與頸相連，暴於外也。《玉篇》與“襮”同字。

衣系也。从糸，今聲。籒文。从金。

衣純也。从糸，彖聲。

裳削幅謂之纀。从糸，僕聲。

脛衣也。从糸，夸聲。

絝紐也。从糸，喬聲。

小兒衣也。从糸，保聲。徐鉉曰：“今俗作褓，非是。”

蔵貉中女子無絝，以帛爲脛空，用絮補核，名曰縛衣，狀如襜褕。从糸，尊聲。

絛屬。从糸，皮聲。讀若被，或讀若水波之波。

扁緒也。从糸，攸聲。

采彰也。一曰車馬飾。从糸，戉聲。

絨屬。从糸、从從，省聲。

圜采也。从糸，川聲。

增益也。从糸，重聲。

援臂也。从糸，襄聲。

維綱中繩。从糸，巂聲。讀若畫，或讀若維。

維紘繩也。从糸，岡聲。古文綱。

持綱紐也。从糸，員聲。《周禮》曰："緷寸。"徐鉉曰："緷，長寸也，謂以小繩毌大綱結紐。"

絳綫也。从糸，侵省聲。《詩》曰："貝冑朱綅。"

綫也。从糸，婁聲。

縷也。从糸，戔聲。古文綫。

縷一枚也。从糸，穴聲。

以鍼紩衣也。从糸，逢聲。

緶衣也。从糸，疌聲。緁，或从習。

縫也。从糸，失聲。

衣戚也。从糸，㬰聲。戚，猶蹙也。鄭康成説《詩》"縐絺"云："絺之戚戚者。"此謂衣腋縫。

補縫也。从糸，旦聲。

補也。从糸，善聲。

《論語》曰："紶衣長，短右袂。"从糸，舌聲。今《論語》作"褻裘長"。《玉篇》："紶，堅也。"此説叚借。

綴得理也。一曰大索也。从糸，畾聲。

以絲介履也。从糸，离聲。

刀劒緱也。从糸，侯聲。

戟衣也。从糸，殹聲。一曰赤黑色繒。

旌旗之游也。从糸，參聲。

衺幅也。一曰三糾繩也。从糸，微省聲。

扁緒也。一曰弩腰鉤帶。从糸，斮聲。

繟繩也。从糸，刃聲。

索也。从糸，蠅省聲。

紆未縈繩。一曰急弦之聲。从糸，争聲。讀若旌。謂未重繞之繩，詘之如環者。

收韏也。从糸，熒省聲。

纑繩約也。从糸，句聲。讀若鳩。

以繩有所縣也。《春秋傳》曰："夜縋納師。"从糸，追聲。

攘臂繩也。从糸，舜聲。

束篋也。从糸，咸聲。

緘也。从糸，朕聲。

次簡也。从糸，扁聲。

車蓋維也。从糸，隹聲。

車紴也。从糸，伏聲。紴，或从艸。紴，或从革，葡聲。

乘輿馬飾也。从糸，正聲。

紅綊也。从糸，夾聲。

馬髦飾也。从糸，每聲。《春秋傳》曰：“可以稱旌繁乎。”繁，或从㢟。㢟，籒文弁。

馬紲也。从系，畺聲。

馬尾韜也。从糸，分聲。

馬緧也。从糸，肘省聲。

馬紂也。从糸，酋聲。

馬縶也。从糸，半聲。

絆前兩足也。从糸，須聲。漢令，蠻夷卒有纇。

牛系也。从糸，引聲。讀若弦。

以長繩繫牛也。从糸，旋聲。

牛轡也。从糸，麻聲。縻，或从多。

系也。从糸，世聲。《春秋傳》曰：“臣負羈紲。”紲，或从枼。

索也。从糸，黑聲。

大索也。一曰急也。从糸，恆聲。

綆也。从糸，矞聲。古文。从絲。籒文繘。

汲井綆也。从糸，更聲。

彈彄也。从糸，有聲。

生絲縷也。从糸，敫聲。

繴謂之罿，罿謂之罬，罬謂之罦，捕鳥覆車也。从糸，辟聲。

釣魚繁也。从糸，昏聲。吴人解衣相被謂之緍。

敝緜也。从糸，如聲。

絮也。一曰麻未漚也。从糸，各聲。

絮也。从糸，廣聲。《春秋傳》曰："皆如挾纊。"纊，或从光。

絮一苫也。从糸，氏聲。苫當作箔，潎絮簀也。《後漢書》："蔡倫用樹麻敝布造紙。"

治敝絮也。从糸，音聲。

絜縕也。一曰敝絮。从糸，奴聲。《易》曰："需有衣絮。"

繫䌇也。一曰惡絮也。从糸，毄聲。

繫䌇也。一曰維也。从糸，虒聲。

績也。从糸，咠聲。

績所緝也。从糸，次聲。

緝也。从糸，責聲。

布縷也。从糸，盧聲。

布也。一曰粗紬。从糸，付聲。

蜀細布也。从糸，彗聲。

細葛也。从糸，希聲。

粗葛也。从糸，谷聲。綌，或从巾。

絺之細也。《詩》曰："蒙彼縐絺。"一曰蹴也。从糸，芻聲。

細布也。从糸，全聲。

檾屬，細者爲絟，粗者爲紵。从糸，宁聲。紵，或从緒省。

十五升布也。一曰兩麻一絲布也。从糸，恖聲。古文緦，从糸省。

細布也。从糸，易聲。緆，或从麻。

緰貲布也。从糸，俞聲。

服衣長六寸，博四寸，直心。从糸，衰聲。

喪首戴也。从糸，至聲。徐鉉曰："當从姪省，乃得聲。"

交枲也。一曰緶衣也。从糸，便聲。

履也。一曰青絲頭履也。讀若阡陌之陌。从糸，户聲。

枲履也。从糸，封聲。

麻一耑也。从糸，㓞聲。

枲之十絜也。一曰綢繆。从糸，翏聲。

繆也。从糸，周聲。

紼也。从糸，昷聲。

亂系也。从糸，弗聲。

氐人殊縷布也。从糸，并聲。

氐人𦄙也。讀若《禹貢》"玭珠"。从糸，比聲。

西胡毳布也。从糸，罽聲。

經也。从糸，益聲。《春秋傳》曰："夷姜縊。"

宗廟常器也。从糸，糸，綦也。廾，持米器，中寶也。互聲。此與爵相佀。《周禮》："六彝：雞彝、鳥彝、黃彝、虎彝、蜼彝、斝彝以待祼將之禮。"皆古文彝。

密也。从糸，致聲。

虫也。从虫，夏聲。

神蛇也。从虫，朕聲。

大蛇可食。从虫，冄聲。

螾也。从虫，堇聲。

側行者。从虫，寅聲。螾，或从引。

蟲在牛馬皮者。从虫，翁聲。

螉蜙也。从虫，從聲。

知聲蟲也。从虫，鄉聲。司馬相如："蠁从向。"

蟲也。从虫，召聲。

蟲也。从虫，㲉聲。

螪蟲也。从虫，甬聲。

蛹也。从虫，鬼聲。讀若潰。

腹中長蟲也。从虫，有聲。

腹中短蟲也。从虫，堯聲。

佀蜥蜴而大。从虫，唯聲。今用雖然字爲語詞。

虺以注鳴者。《詩》曰：“胡爲虺蜥。”从虫，兀聲。徐鉉曰：“兀非聲，未詳。舊讀許偉切。”

蜥易也。从虫，析聲。

在壁曰蝘蜓，在艸曰蜥易。从虫，匽聲。蝘，或从䖵。

蝘蜓也。从虫，廷聲。一曰螾蜓。

榮蚖蛇醫以注鳴者。从虫，元聲。

蟲也。一曰大螫也。讀若蜀都布名。从虫，雚聲。

蝨子也。一曰齊謂蛭曰蟣。从虫，幾聲。

蟣也。从虫，至聲。《釋魚》有“蛭蟣”，即水蛭，俗名馬黄。其生海中者，可食，名蛭蟣。

蛭蝚至掌也。从虫，柔聲。

蛣蚰蝎也。从虫，吉聲。

蛣蚰也。从虫，出聲。

白魚也。从虫，覃聲。

丁蛵負勞也。从虫，巠聲。

毛蠹也。从虫，臽聲。

蟲也。从虫，喬聲。

毛蟲也。从虫，𢦏聲。

蠆也。从虫，圭聲。

蠹也。从虫，氏聲。

蝤蠐也。从虫，酋聲。

蠐螬也。从虫，齊聲。

蝤蠐也。从虫，曷聲。

蚚也。从虫，弘聲。徐鍇曰："弘與強聲不相近，秦刻石文从口，疑从籀文省也。"籀文強，从䖵，从彊。

強也。从虫，斤聲。

馬蠲也。从虫，目益聲。了，象形。《明堂月令》曰："腐艸爲蠲。"即馬蚿，古音讀如圭。

齧牛蟲也。从虫，䰜聲。

尺蠖屈申蟲也。从虫，蒦聲。

復陶也。劉歆說："蝝，蚍蜉子。"董仲舒說："蝗子也。"从虫，彖聲。

蝼蛄也。从虫，婁聲。一曰螫天螻。

螻蛄也。从虫，古聲。

丁螘也。从虫，龍聲。

羅也。从虫，我聲。徐鉉曰：“《爾雅》：‘蛾羅，蠶蛾也。’蚰部已有𧕎，或作䖸，此重出。”案：鄦以此爲螘蟻之蛾，本二字。

蚍蜉也。从虫，豈聲。

螘子也。从虫，氏聲。《周禮》有“蚳醢”，讀若祁。箍文蚳，从蚰。古《周官·醢人》當作“䗹”。古文蚳，从辰土。辰，聲也。古振、祇通用。出土中，故从土。

自蠜也。从虫，樊聲。

悉䗤也。从虫，帥聲。徐鉉曰：“今俗作蟀，非是。”

馬蝒也。从虫，面聲。

螳蠰不過也。从虫，當聲。

螳蠰也。从虫，襄聲。

堂蜋也。从虫，良聲。一名蚚父。

蟲蛸堂蜋子。从虫，肖聲。

蟠蝗以翼鳴者。从虫，并聲。

蟠蟥也。从虫，喬聲。

蟠蟥也。从虫，黃聲。

姑蟹强羊也。从虫，施聲。

蛅斯墨也。从虫，占聲。

繀女也。从虫，見聲。

盧蜰也。从虫，肥聲。

渠蝍。一曰天社。从虫，卻聲。

蠣蠃，蒲盧，細要土蠭也。天地之性，細要，純雄無子。《詩》曰："螟蠕有子，蠣蠃負之。"从虫，㒳聲。蜾，蠣，或从果。

蜾蠃也。从虫，羸聲。一曰虒蝓。

螟蠕桑蟲也。从虫，霝聲。

蛺蜨也。从虫，夾聲。

蛺蜨也。从虫，疌聲。徐鉉曰："今俗作蝶，非是。"

蟲也。从虫，之聲。

盤蝥，毒蟲也。从虫，般聲。

盤蝥也。从虫，敄聲。徐鉉曰："今俗作蝥，非是。"蝥即蠿蝥，蜘蛛之別名也。

鼠婦也。从虫，番聲。

蛜威，委黍。委黍，鼠婦也。从虫，伊省聲。

蜙蝑以股鳴者。从虫，松聲。蚣蜙或省。徐鉉曰："今俗作古紅切，以爲蜈蚣，蟲名。"

蜙蝑也。从虫，胥聲。

蟲也。从虫，庶聲。

螽也。从虫，皇聲。

蟬也。从虫，周聲。《詩》曰："五月鳴蜩。" 蜩，或从舟。

以旁鳴者。从虫，單聲。

寒蜩也。从虫，兒聲。

螇鹿蛁蟟也。从虫，奚聲。

蚜蚗蛁蟟也。从虫，夬聲。

蚜蚗，蟬屬。讀若周天子赧。从虫，丏聲。

蜻蛚也。从虫，列聲。

蜻蛚也。从虫，青聲。

蜻蛉也。从虫，令聲。一名桑根。

蠛蠓也。从虫，蒙聲。

蟁蟟也。一曰蜉蝣，朝生莫死者。从虫，尞聲。

秦晋謂之蜹，楚謂之蚊。从虫，芮聲。

蠨蛸長股者。从虫，肅聲。

蟲也。从虫，省聲。

商何也。从虫，寽聲。

蠅胆也。《周禮》："蜡氏掌除骴。" 从虫，昔聲。鄭康成説："骨肉臭腐，蠅蟲所蜡也。蜡讀如狙司之狙。"《釋蟲》："蠢，醜螸。" 讀于據反，即蛆之異文。《記》叚爲八蜡字，遂讀鉏駕切。

動也。从虫，耎聲。

行也。从虫，支聲。李善據《説文》古本作“徐行也”，下有“凡生之類行皆曰蚑”八字。

蟲行也。从虫，睘聲。

蟲曳行也。从虫，中聲。讀若騁。

螶䗬，蟘䖲也。从虫，欲聲。

蠅䗬蝙，搖翼也。从虫，扇聲。

螫也。从虫，若省聲。

蟲虫行毒也。从虫，赦聲。

虺屬。从虫，亞聲。

搔蛘也。从虫，羊聲。

龍之屬也。池魚滿三千六百，蛟來爲之長，能率魚飛，置笱水中即蛟去。从虫，交聲。《韵會》作“龍屬無角”。

若龍而黄，北方謂之地螻。从虫，离聲。或云無角曰螭。

龍子有角者。从虫，丩聲。李善據古本《説文》作“龍無角者”。王逸、高誘所見同。

蛇屬，黑色，潛于神淵，能興風雨。从虫，侖聲。讀若戾艸。侖聲、戾聲音轉最近。蜧，或从戾。

海蟲也。長寸而白，可食。从虫，兼聲。讀若嗛。《玉篇》曰：“蠊，小蚌，可食。”即《本艸》蝛蜨。

雉入海化爲蜃。从虫，辰聲。

蜃屬，有三，皆生于海。千歲化爲盒，秦謂之牡厲。又云百歲燕所化。魁盒，一名復累，老服翼所化。从虫，合聲。服翼，蝙蝠也。

陛也。脩爲蠯，圜爲蠇。从虫，庳聲。

蝸蠃也。从虫，咼聲。

蜃屬。从虫，丰聲。

蚌屬。似蠊微大，出海中，今民食之。从虫，萬聲。讀若賴。

虒蝓也。从虫，俞聲。

蛸也。从虫，肙聲。《釋蟲》："蛸，蠉。"鄦不本爲訓者，蠉訓蟲行，肙訓小蟲。肙、蛸古今字。

夗蟺也。从虫，亶聲。

蠿蟉也。从虫，幽聲。

蠿蟉也。从虫，翏聲。

臧也。从虫，執聲。

青蚨，水蟲，可還錢。从虫，夫聲。

蛁蟟，詹諸，以脰鳴者。从虫，匊聲。

蝦蟆也。从虫，叚聲。

蝦蟆也。从虫，莫聲。

大龜也。以胃鳴者。从虫，巂聲。司馬相如説："蠵从敻。"

蜥離也。从虫，漸省聲。

有二敖八足，旁行，非蛇鮮之穴無所庇。从虫，解聲。"鮮"字或作"鱓"，魚之似蛇者。又作"䱇"，《荀子》作"蟺"，玄應説："鱓又作鱔、鮮二形，同。"蟹，或从魚。蟹也。从虫，危聲。

短狐也。似鼈三足，以气射害人。从虫，或聲。蜮，又从國。徐鉉曰："今俗作古獲切，以爲蝦蟇之別名。"

似蜥易，長一丈，水潛，吞人即浮，出日南也。从虫，屰聲。《異物志》云："鰐魚長二丈余，有四足，似鼉，喙長三尺，甚利齒，虎及大鹿渡水，鰐擊之，皆中斷。"即此"蝷"也。

蛧蜽，山川之精物也。淮南王説，蛧蜽狀如三歲小兒，赤黑色，赤目，長耳，美髮。从虫，网聲。《國語》曰："木石之怪夔、蛧蜽。"

蛧蜽也。从虫，兩聲。徐鉉曰："今俗別作魍魎，非是。"

善援，禺屬。从虫，爰聲。徐鉉曰："今俗別作猨，非是。"

禺屬。从虫，翟聲。

如母猴，卬鼻長尾。从虫，隹聲。

北方有蚼犬食人。从虫，句聲。

蛩蛩，獸也。一曰秦謂蟬蛻曰蛩。从虫，巩聲。

鼠也。一曰西方有獸，前足短，與蛩蛩、巨虛比，其名謂之蟨。从虫，厥聲。張揖曰：“蛩蛩，狀如馬；距虛，似蠃而小。”郭璞説：“距虛，即邛邛。”《吕氏春秋》云：“蟨，鼠前兔後。”

蝙蝠也。从虫，扁聲。

蝙蝠，服翼也。从虫，畐聲。

南蠻蛇穜。从虫，䜌聲。

東南越蛇穜。从虫，門聲。

螮蝀也，狀似蟲。从虫，工聲。《明堂月令》曰：“虹始見。”籀文虹，从申。申，電也。

螮蝀虹也。从虫，帶聲。

螮蝀也。从虫，東聲。

衣服、歌謡、艸木之怪，謂之祅。禽獸蟲蝗之怪，謂之蠥。从虫，辥聲。

八風也。東方曰明庶風，東南曰清明風，南方曰景風，西南曰涼風，西方曰閶闔風，西北曰不周風，北方曰廣莫風，東北曰融風，風動蟲生，故蟲八日而化。从虫，凡聲。凡風之屬皆从風。古文風。

黿名。从黿，屰聲。屰，古文終字。

黿甲邊也。从黿，冄聲。天子巨黿，尺有二寸，諸侯尺，大夫八寸，士六寸。《公羊傳》曰：“黿青純。”純，即黿也。何休注叚作頳。

甲蟲也。从黽，敝聲。

大鼈也。从黽，元聲。

蝦蟇也。从黽，圭聲。

䵶黿，詹諸也。《詩》曰："得此䵶黿。"言其行黿黿。从黽爾聲。

水蟲，似蜥易，長大。从黽，單聲。《大平御覽》云："長丈所，猶云丈許也。"葢古本《説文》。

水蟲也。薉貉之民食之。从黽，奚聲。

鼅屬。頭有兩角，出遼東。从黽，句聲。

鼅鼄，鼅也。从黽，智省聲。或从虫。

鼅鼄也。从黽，朱聲。鼄，或从虫。

卵不孚也。从卵，段聲。《樂記》曰："卵生者不殈。"謂毈裂也。《吕氏春秋》："雞卵多毈。"

田踐處曰町。从田，丁聲。

城下田也。一曰𤱪卻也。从田，耎聲。

燒穜也。漢律曰："𤳃田茠艸。"从田，翏聲。

三歲治田也。《易》曰："不菑畬田。"从田，余聲。汲古本引《易》"畬"下無"田"字，故空其文。

和田也。从田，柔聲。

殘田也。从田，奇聲。謂井田之餘，不方正者。殘，當作𡴞。𡴞者，禽獸所食餘也。

殘田也。从田，差聲。《詩》曰："天方薦畻。"今《毛詩》作"瘥"訓病，田之參差不齊者，病也。

六尺爲步，步百爲畮。从田，每聲。畮，或从田，十久。蓋久聲。十，四方也。

天子千里地以遠近言之，則言畿也。从田，幾省聲。小徐本遠作逮。逮，近爲畿。

田五十畝曰畦。从田，圭聲。

田三十畝也。从田，宛聲。

田界也。从田，半聲。

境也。从田，介聲。

竟也。一曰陌也。趙、魏謂陌爲阬。从田，亢聲。

兩陌間道也，廣六尺。从田，叕聲。

井田間陌也。从田，㐱聲。

天地五帝所基址，祭地。从田，寺聲。右扶風有五畤，好畤、鄜畤皆黄帝時祭，或曰秦文公立也。

經略土地也。从田，各聲。

田相值也。从田，尚聲。

農夫也。从田，夋聲。

田民也。从田，亡聲。

轢田也。从田，粦聲。

止也。从田，丣聲。

禽獸所踐處也。《詩》曰："町曈鹿塲。"从田，童聲。

不生也。从田，昜聲。徐鉉曰："借爲通暘之暘，今俗别作暢，非是。"案，漢文多言艸木暢茂，不生爲暘，義相反而相成。

白金也。从金，艮聲。

白金也。从金，尞聲。

白金也。从金，渫省聲。

青金也。从金，㕣聲。

銀鉛之間也。从金，易聲。

錫也。从金，引聲。

赤金也。从金，同聲。

銅屬。从金，連聲。

黑金也。从金，戴聲。 鐵或省。 古文鐵，从夷。

九江謂鐵曰鍇。从金，皆聲。

鐵也。一曰轡首銅。从金，攸聲。

剛鐵可以刻鏤。从金，婁聲。《夏書》曰："梁州貢鏤。"一曰鏤釜也。

鐵屬。从金，賁聲。讀若熏。

金之澤者。一曰小鑿。一曰鐘兩角謂之銑。从金，先聲。

剛也。从金，臤聲。

金屬。一曰剥也。从金，黎聲。

金色也。从金，录聲。

銷金也。从金，壽聲。

鑠金也。从金，肖聲。

銷金也。从金，樂聲。

治金也。从金，柬聲。

鍊鉼黄金。从金，丁聲。

鑄塞也。从金，固聲。

作型中腸也。从金，襄聲。

治器法也。从金，容聲。

可以持治器鑄鎔者。从金，夾聲。讀若漁人莢魚之莢。一曰若挾持。

小治也。从金，段聲。

銅鐵樸也。从金，廷聲。

鐵文也。从金，曉聲。

景也。从金，竟聲。

曲鉹也。从金，多聲。一曰鬵鼎，讀若擠。一曰《詩》云："哆兮侈兮。"小徐本作"一曰若《詩》曰侈兮之侈"，同。

似鐘而頸長。从金，幵聲。

鍾酒器也。从金，重聲。

鑑大盆也。一曰鑑諸，可以取明水於月。从金，監聲。

鐈似鼎而長足。从金，喬聲。

鐆陽鐆也。从金，隊聲。

鋞温器也。圜直上。从金，巠聲。

鑴甍也。从金，巂聲。甍者，大盆也。

鑊鑴也。从金，蒦聲。《少宰饋食禮》有羊鑊、豕鑊。鑊，所以煮也。

鍑釜大口者。从金，复聲。玄應作"如釜而大口者"。《方言》曰:"釜，自關而西或謂之鍑。"

鍪鍑屬。从金，敄聲。

錪朝鮮謂釜曰錪。从金，典聲。

銼鍑也。从金，㘸聲。

鑘銼鑘也。从金，嬴聲。

鉶器也。从金，刑聲。《禮》有鉶羹，肉汁之有菜和者。《内饔》職"鉶"，叚作"刑"字，又作鈃。

鎬温器也。从金，高聲。武王所都，在長安西上林苑中。字亦如此。

鏖温器也。一曰金器。从金，麀聲。

銚温器也。一曰田器。从金，兆聲。

鐎斗也。从金，焦聲。

小盆也。从金，肙聲。

鍵鉉也。一曰車轄。从金，建聲。

舉鼎具也。《易》：謂之鉉，《禮》謂之鼏。从金，玄聲。

鼎也。从金，彗聲。讀若彗。

可以句鼎耳及鑪炭。从金，谷聲。一曰銅屑。讀若浴。

器也。从金，熒省。聲讀若銑。謂摩鋥之器也。《爾雅》注曰：“鷉鷉，膏中鎣刀。”烏定切。

鐵器也。一曰鐫也。从金，韱聲。徐鉉曰：“今俗作尖，非是。”

鐙也。从金，定聲。

錠也。从金，登聲。徐鉉曰：“錠中置燭，故謂之鐙。今俗别作燈，非是。”

鏶也。从金，集聲。鏶，或从咠。

鏶也。从金，枼聲。齊謂之鍱。

鏶也。一曰平鐵。从金，産聲。

方鑪也。从金，盧聲。徐鉉曰：“今俗别作爐，非是。”

圜鑪也。从金，旋聲。

器也。从金，虒聲。

煎膠器也。从金，虜聲。

金涂也。从金，昔聲。

鉏鋤也。从金，御聲。鋙，或从吾。

鉏鋤也。从金，奇聲。江淮之間謂釜曰錡。

郭衣鍼也。从金，臿聲。

綦鍼也。从金，术聲。

所以縫也。从金，咸聲。徐鉉曰："今俗作針，非是。"

大鍼也。一曰劒如刀裝者。从金，皮聲。

鈹有鐔也。从金，殺聲。

印鼻也。从金，丑聲。古文鈕，从玉。

斤斧穿也。从金，巩聲。

鉴錍斧也。从金，此聲。此斧名。"鉴錍"本古語，葢斧之小者，今所用斧亦有數種。

鉴錍也。从金，卑聲。

穿木鐫也。从金，雋聲。一曰琢石也。讀若瀸。

穿木也。从金，爨省聲。

銛屬。从金，舌聲。讀若棪。桑欽讀若鐮。

臿屬。从金，冘聲。

臿屬。从金，危聲。一曰瑩鐵也。讀若跛行。

河内謂臿頭金也。从金，敝聲。

銚也。古田器，从金，戔聲。《詩》曰："庤乃錢鎛。"小徐本下有“一曰貨也”四字，漢語也。

大鉏也。从金，矍聲。

鈐𨱔大犂也。一曰類枱。从金，今聲。

鈐𨱔也。从金，隋聲。

兩刃木柄可以刈艸。从金，發聲。讀若撥。

相屬。从金，蟲省聲。讀若同。

立薅所用也。从金，且聲。

相屬。从金，罷聲。讀若嫣。

鍥也。从金，兼聲。

鎌也。从金，契聲。

大鎌也。从金，召聲。鎌謂之鉊。張徹説。

穫禾短鎌也。从金，至聲。

博壓也。从金，真聲。

鐵銸也。从金，占聲。

鉆也。从金，耴聲。

以鐵有所劫束也。从金，甘聲。

鐵鉗也。从金，大聲。

槍唐也。从金，居聲。《古史考》曰：“孟莊子作鋸。”《廣韵》引同。鋸有齒，槍唐，本古語也。

可以綴箸物者。从金，簪聲。今呼釘子叚“釘”爲之。

銳也。从金，隹聲。

銳也。从金，毚聲。

芒也。从金，兑聲。籒文説，从厂剡。

鐵杇也。从金，曼聲。鏝，或从木。徐鉉曰："木部已有此，重出。"

所以穿也。从金，贊聲。

錯銅鐵也。从金，慮聲。以厲石厝治銅鐵，使光澤也。錯，當作厝。鑢，《周禮》注作"鐧"。

衡也。从金，全聲。

權十分黍之重也。从金，朱聲。此當云"十絫黍之重也"。絫者，十黍之重也，百黍为銖。《汉厤志》曰："一龠容千二百黍，重十二銖。兩之二十四銖爲兩。"蓋鄦所本。

十銖二十五分之十三也。从金，寽聲。《周禮》曰："重三鋝。"北方以二十兩爲鋝。《尚書·音義》引作"十一銖二十五分銖之十三也"，此用命分之法，百黍以四除之，凡二十五而除盡，命爲二十五分。二十五分之十三，得五十二黍，命爲二十五分銖之十三，合十一銖千一百黍，共爲黍千一百五十二。賈逵説俗儒以鋝重六兩，蓋鋝本重六兩大半兩，故北方以二十兩爲三鋝，今本脱去"三"字，輕重懸殊。

鋝也。从金，爰聲。《書》曰："罰百鍰。"趙本作"虞書曰"本《吕刑》文，《釋文》引此作"六鋝也"。

六銖也。从金，甾聲。

錘八銖也。从金，垂聲。

鈞三十斤也。从金，匀聲。銞古文鈞，从旬。

鈀兵車也。一曰鐵也。《司馬法》："晨夜内鈀車。"从金，巴聲。今《司馬法》無此文。《方言》："箭廣長而薄鐮謂之錍，或謂之鈀。"

鐲鉦也。从金，蜀聲。軍法，公司馬執鐲。宋刻本無"公"字，汲古閣本據《周禮》補之，杜子春云："公司馬，謂五人爲伍，伍之司馬也。"

鉦鐃也。似鈴，柄中上下通。从金，正聲。

鐃小鉦也。軍法，卒長執鐃。从金，堯聲。

鐸大鈴也。軍法，五人爲伍，五伍爲兩，兩司馬執鐸。从金，睪聲。

鑮大鐘淳于之屬，所以應鐘磬也，堵以二金樂則鼓鑮應之。从金，薄聲。堵以二者，謂鐘一堵，磬一堵也。《周禮》曰："凡縣鐘磬，半爲堵，全爲肆。"堵以二，則爲肆，奏金樂以鑮應之，《左氏傳》晋侯賜魏絳以二肆之半，鐘一堵，磬一堵，及一鑮也是。

鏞大鐘謂之鏞。从金，庸聲。

鐘樂鐘也。秋分之音，物穜成。从金，童聲，古者垂作鐘。銿鐘，或从甬。

鈁方鐘也。从金，方聲。

鎛鎛鱗也。鐘上横木，上金蕐也。一曰田器。从金，尃聲。

《詩》曰："庤乃錢鎛。"

鍠聲也。从金，皇聲。《詩》曰："鐘鼓鍠鍠。"

鐘聲也。从金，倉聲。

鎗鏓也。一曰大鑿平木者。从金，悤聲。《文選》李注引此作"大鑿中木也"，謂入木使中空，故謂之鏓。

金聲也。从金，争聲。

鐘鼓之聲。从金，堂聲。《詩》曰："擊鼓其鏜。"

金聲也。从金，輕聲。讀若《春秋傳》曰："䡖而乘它車。"

劍鼻也。从金，覃聲。徐鍇曰："劍鼻，人握處之下也。"

鏌釾也。从金，莫聲。小徐及諸家於"从金，莫聲"上有"大戟也"三字，今但爲劍名。

鏌釾也。从金，牙聲。

刀削末銅也。从金，奧聲。

鋋也。从金，及聲。

小矛也。从金，延聲。

侍臣所執兵也。从金，允聲。《周書》曰："一人冕執鈗。"讀若允。

短矛也。从金，它聲。

矛也。从金，從聲。鏦，或从彖。

長矛也。从金，炎聲。讀若老聃。

鏠兵耑也。从金，逢聲。

錞矛戟柲下銅鐏也。从金，𦎫聲。《詩》曰："厹矛沃錞。"玄應書引《説文》作"鐓"，謂錞爲樂器。錞于字，疑東晋唐初《説文》篆作鐓。

鐏柲下銅也。从金，尊聲。

鏐弩眉也。一曰黄金之美者。从金，翏聲。

鍭矢。金鏃翦羽謂之鍭。从金，侯聲。小徐本奪此篆，《爾雅·釋器》："金鏃翦羽謂之鍭。"

鏑矢鏠也。从金，啻聲。

鎧甲也。从金，豈聲。甲，象人頭，因爲甲胄字。古曰甲，秦漢曰鎧。

釬臂鎧也。从金，干聲。

錏錏鍜頸鎧也。从金，亞聲。

鍜錏鍜也。从金，叚聲。

鐗車軸鐵也。从金，閒聲。

釭車轂中鐵也。从金，工聲。

銴車樘結也。一曰銅生五色也。从金，折聲。讀若誓。

釳乘輿馬頭上防釳。插以翟尾，鐵翮，象角，所以防網羅釳去之。从金，气聲。

鉞車鑾聲也。从金，戉聲。《詩》曰："鑾聲鉞鉞。"徐鉉曰："今作鐬，以鉞作斧戉之戉，非是。"

馬頭飾也。从金，陽聲。《詩》曰：“鉤膺鏤鍚。”一曰鍱車輪鐵也。徐鉉曰：“今經典作錫。”

馬銜也。从金，麃聲。䴙鑣，或从角。

組帶鐵也。从金，劫省聲。讀若劫。

莝斫刀也。从金，夫聲。

鉤魚也。从金，勺聲。

羊箠耑有鐵。从金，執聲。讀若至。

鋃鐺瑣也。从金，良聲。漢時不用纍紲，以鐵爲連環，謂之鋃鐺。今俗名鎖鋃子。

鋃鐺也。从金，當聲。

大瑣也。一鐶貫二者。从金，每聲。《詩》曰：“盧重鋂。”

鍡鑸不平也。从金，畏聲。

鍡鑸也。从金，壘聲。《莊子》有畏壘之山，後加金旁，謂金鐵之不平者。又作“碨礧”。

怒戰也。从金，氣聲。《春秋傳》曰：“諸侯敵王所鎎。”今《左傳》作“愾”。段玉裁説，从愾省。

箸門鋪首也。从金，甫聲。

所以鉤門户樞也。一曰治門户器也。从金，巽聲。

叉取也。从金，少聲。徐鉉曰：“今俗别作抄。”

以今有所冒也。从金，沓聲。

斷也。从金，昏聲。

鬍也。从金，各聲。

伐擊也。从金，亶聲。

利也。从金，族聲。

刺也。从金，夬聲。

利也。从金，敇聲。

殺也。从金，畱聲。徐鍇曰：“《説文》無劉字，偏旁有之，此字又《史傳》所不見，疑此即劉字也。从金，从丣，刀字屈曲，傳寫誤作田爾。”案：舊有“从金，畱聲”四字，爲鉉所奪。

業也。賈人占鍇。从金，昏聲。史、漢賈人緍錢字从糸。

大剛也。从金，巨聲。

鎕銻火齊。从金，唐聲。

鎕銻也。从金，弟聲。

吪圜也。从金，化聲。

下垂也。一曰千斤椎。从金，敦聲。秦始皇造鐵鐓，重不可勝，刻爲力士像以祭之，鐓乃可移動，此千斤椎之説所本。段玉裁改“鐔”篆爲“鐓”，忘其與此重也。

鈍也。从金，周聲。

鈍也。从金，屯聲。

利也。从金，朿聲。讀若齊。

側意。从金，委聲。段玉裁説，即今之“歪”字。

斫也。从斤，父聲。

方銎斧也。从斤，爿聲。《詩》曰：“又缺我斨。”

擊也。从斤，石聲。

斫也。从斤，句聲。

斫也。从斤，屬聲。

伐木聲也。从斤，户聲。《詩》曰：“伐木所所。”

析也。从斤，其聲。《詩》曰：“斧以斯之。”

斬也。从斤，昔聲。

柯擊也。从斤，良聲。

取木也。从斤，亲聲。

十斗也。从斗，角聲。

量也。从斗，臾聲。《周禮》曰：“求三斞。”今《考工記》弓人：“桼三斞”，此譌作“朮”。《論語》作“庾”。

蠡柄也。从斗，倝聲。楊雄、杜林説，皆以爲軺車輪斡。

羹斗也。从斗，鬼聲。

平斗斛也。从斗，冓聲。

勺也。从斗，甚聲。

抒也。从斗，余聲。讀若荼。今叚爲偏衺之衺。

𣄸挹也。从斗，臾聲。舉朱切。

𣂼量溢也。从斗，旁聲。

𣄺杼滿也。从斗，䜌聲。玄應引此注“滿”作“漏”。

斣相易物俱等爲斣。从斗，蜀聲。小徐本無此篆，舊讀昌六切，《篇》《韵》作丁豆切。

斛斛旁有斛。从斗，庣聲。一曰突也。一曰利也。《爾雅》曰：“斛謂之疀。”古田器也。徐鉉曰：“《説文》無庣字，疑厂象形，兆聲。今俗别作鍫，非是。”案：田器作“銚”。

𥎦矛屬。从矛，良聲。

𥎰矛屬。从矛，害聲。

䂆矛屬。从矛，昔聲。讀若笮。

矜矛柄也。从矛，今聲。段玉裁據漢石經《論語》改篆作矝，从令聲。故《毛詩》叚作“憐”。

𥎠刺也。从矛，丑聲。

軒曲輈藩車。从車，干聲。

輜軿車前、衣車後也。从車，甾聲。《左傳》正義引此作“輜軿，衣車也”。又《文選》注所引“前有衣爲軿車，後有衣爲輜車”，謂有衣蔽之也，此注疑有脱誤。

軿輜車也。从車，并聲。

輼臥車也。从車，昷聲。

輬臥車也。从車，京聲。

小車也。从車，召聲。

輕車也。从車，巠聲。

輕車也。从車，酋聲。《詩》曰："輶車鑾鑣。"

兵車也。从車，朋聲。

兵車也。从車，屯聲。

陷敶車也。从車，童聲。

兵高車加巢以望敵也。从車，巢聲。《春秋傳》曰："楚子登轈車。"或作"兵車高如巢"。

車輿也。从車，舁聲。

車和輯也。从車，咠聲。《列子・湯問篇》釋文引《説文》"輯，車輿也"。殷敬順所據葢唐本《説文》不誤。又《大玄》亦"輯航"竝言，謂舟車也。

衣車葢也。从車，曼聲。

車軾前也。从車，凡聲。《周禮》曰："立當前軓。"

車前也。从車，式聲。

車軨前橫木也。从車，各聲。徐鉉曰："各非聲，當从路省。"案：《廣韵》胡格反，本二音。

車輢上曲銅也。从車，爻聲。

車橫軨也。从車，對聲。《周禮》曰："参分軹圍，去一以爲轛圍。"

車旁也。从車，奇聲。

輒車兩輢也。从車，耴聲。

䡅車約䡅也。从車，川聲。《周禮》曰："孤乘夏䡅。" 一曰下棺車曰䡅。

轖車籍交錯也。从車，嗇聲。

軨車轖間橫木。从車，令聲。[illegible]軨，或从霝。司馬相如説。

輑軺車前橫木也。从車，君聲。讀若帬。又讀若褌。

軫車後橫木也。从車，㐱聲。

轐車伏兔也。从車，菐聲。《周禮》曰："加軫與轐焉。"

[illegible]車伏兔下革也。从車，𠪚聲。𠪚，古昏字，讀若閔。

軸持輪也。从車，由聲。徐鍇曰："當从冑省。" 案：冑亦由聲，鍇説非是。

輹車軸縛也。从車，复聲。《易》曰："輿脱輹。"

軔礙車也。从車，刃聲。

輮車軔也。从車，柔聲。

[illegible]車輮規也。一曰一輪車。从車，熒省聲。讀若煢。

轂輻所湊也。从車，嗀聲。

輥轂齊等皃。从車，昆聲。《周禮》曰："望其轂，欲其輥。"

[illegible]長轂之軝也，以朱約之。从車，氏聲。《詩》曰："約軝錯衡。" [illegible]軝，或从革。

軹車輪小穿也。从車，只聲。

輪轑也。从車，畐聲。

蓋弓也。一曰輻也。从車，尞聲。

車輨也。从車，大聲。

轂端沓也。从車，官聲。

輈也。从車，袁聲。

轅也。从車，舟聲。籀文輈。

直轅車轒也。从車，具也。

車轅而持衡者。从車，元聲。

轅前也。从車，戹聲。

軶軥也。从車，軍聲。

軶下曲者。从車，句聲。

車衡載轡者。从車，義聲。轙，或从金，从獻。

驂馬内轡繫軾前者。从車，内聲。《詩》曰：“渼以觼軜。”

軺車後登也。从車，丞聲。讀若《易》“抍馬”之抍。

乘也。从車，𢦏聲。

出將有事於道，必先告其神，立壇四通，樹茅以依神，爲軷。既祭軷，轢於牲而行，爲範軷。《詩》曰：“取羝以軷。”从車，犮聲。

範軷也。从車，範省聲。讀與犯同。《周禮·大馭》“犯軷”，古但用犯，後因車祭，改作範。

載高皃。从車，巘省聲。

車聲也。从車，害聲。一曰轄鍵也。

運也。从車，專聲。

委輸也。从車，俞聲。

重也。从車，周聲。

若軍發車百兩爲輩。从車，非聲。

輾也。从車，乙聲。

轢也。从車，𠬝聲。尸部“𠬝”訓“柔皮也”，音人善切。報讀尼展切。軋報猶轉輾也。

車所踐也。从車，樂聲。

車徹也。从車，九聲。

車迹也。从車，從省聲。徐鉉曰：“今俗别作蹤，非是。”

車相出也。从車，失聲。

車轒鈏也。从車，真聲。讀若《論語》“鏗爾舍瑟而作”，又讀若掔。鈏，小徐本作“鉱”。

抵也。从車，埶聲。

車戾也。从車，匡聲。

車小缺復合者。从車，叕聲。徐鉉曰：“网部輟與罬同，此重出。”

礙也。从車，多聲。

治車軸也。从車，算聲。

接軸車也。从車，可聲。

車堅也。从車，㱿聲。

有輻曰輪，無輻曰輇。从車，侖聲。

蕃車下庳輪也。一曰無輻也。从車，全聲。讀若饌。汲古閣本“蕃”作“轓”，本當作“藩”。

大車轅耑持衡者，从車，兒聲。輗，或从宜。輗，又从木。

大車後也。从車，氐聲。

大車簀也。从車，秦聲。讀若臻。

淮陽名車穹隆轒。从車，賁聲。

大車後壓也。从車，宛聲。

大車駕馬也。从車，共聲。

連車也。一曰却車抵堂爲䡨。从車，差省聲。讀若遲。舊音土皆切，李善音柴。

引之也。从車，免聲。

紡車也。一曰一輪車。从車，㞷聲。讀若狂。

車裂人也。从車，睘聲。《春秋傳》曰：“轘諸栗門。”

喪車也。从車，而聲。

人頰車也。从車，甫聲。

危高也。从𠂤，屮聲。讀若臬。

大𨸏也。从𨸏，夌聲。

大𨸏也。从𨸏，鲧聲。

地理也。从𨸏，力聲。

闇也。水之南，山之北也。从𨸏，侌聲。

高明也。从𨸏，昜聲。

大陵也。一曰曲𨸏也。从𨸏，可聲。

阪也。一曰沱也。从𨸏，皮聲。

坡者曰阪。一曰澤障。一曰山脅也。从𨸏，反聲。

阪隅也。从𨸏，取聲。

陬也。从𨸏，禺聲。

阻難也。从𨸏，僉聲。

阻也。一曰門榍。从𨸏，皀聲。

險也。从𨸏，且聲。

隗隗高也。从𨸏，隹聲。

隗隗也。从𨸏，鬼聲。

高也。一曰石也。从𨸏，允聲。

磊也。从𨸏，厽聲。

陖也。从𨸏，肖聲。

陖陗高也。从𨸏，夋聲。

隥仰也。从𨸏，登聲。

陋阸陝也。从𨸏，㔷聲。

陝隘也。从𨸏，夾聲。徐鉉曰："今俗从山，非是。"今又作陿狹。

隰阪下溼也。从𨸏，㬎聲。

䧢敧也。从𨸏，區聲。徐鉉曰："今俗作嶇，非是。"

隤下隊也。从𨸏，貴聲。

隊從高隊也。从𨸏，㒸聲。

降下也。从𨸏，夅聲。

隕從高下也。从𨸏，員聲。《易》曰："有隕自天。"

阤小崩也。从𨸏，也聲。

隓敗城𨸏曰隓。从𨸏，𢀡聲。徐鉉曰："《説文》無'𢀡'字，葢二左也。眾力左之，故从二左。今俗作隳，非是。"𡐦篆文。

陊落也。从𨸏，多聲。徐鉉曰："今俗作墮，非是。"

阬閬也。从𨸏，亢聲。徐鉉曰："今俗作坑，非是。"案：閬者，門高大之皃，故高深爲閬阬。

𨽍通溝也。从𨸏，賣聲。讀若瀆。小徐作"讀若洞"。《急就篇》"乘風縣鐘華洞樂"，皇象碑本"洞"作"𨽍"。又"襱"或作"襩"，从賣聲，《廣韵》引此注"通溝"下有"以防水者也"

五字，與小徐本同。古文隫，从谷。

防隄也。从𠂤，方聲。防，或从土。

隄塘也。从𠂤，是聲。

阯基也。从𠂤，止聲。阯，或从土。

陘山絶坎也。从𠂤，巠聲。

附附婁小土山也。从𠂤，付聲。《春秋傳》曰：“附婁無松柏。”

阺秦謂陵阪曰阺。从𠂤，氐聲。

隒崖也。从𠂤，兼聲。讀若儼。

阸塞也。从𠂤，戹聲。

隔障也。从𠂤，鬲聲。

障隔也。从𠂤，章聲。

隱蔽也。从𠂤，㥯聲。

隩水隈崖也。从𠂤，奥聲。

隈水曲隩也。从𠂤，畏聲。

解水衡官谷也。从𠂤，解聲。一曰小谿。

隴天水大阪也。从𠂤，龍聲。

陭酒泉天陭阪也。从𠂤，衣聲。

陝弘農陝也。古虢國，王季之子所封也。从𠂤，夾聲。

𨻰弘農陝東陬也。从𠂤，𡪢聲。

河東安邑陬也。从𠂤，卷聲。

上黨隑氏阪也。从𠂤，奇聲。

北陵西隃鴈門是也。从𠂤，俞聲。

代郡五阮關也。从𠂤，元聲。

大𠂤也。一曰右扶風郿有陪𠂤。从𠂤，告聲。

丘名。从𠂤，夌聲。

丘名。从𠂤，貞聲。

丘名。从𠂤，丁聲。讀若丁。

鄭地阪。从𠂤，爲聲。《春秋傳》曰："將會鄭伯於隝。"

如渚者陼丘，水中高者也。从𠂤，者聲。

宛丘，舜後嬀滿之所封。从𠂤、从木，申聲。徐鉉曰："陳者，大昊之虛，畫八卦之所，木德之始，故从木。"古文陳。

再成丘也，在濟陰。从𠂤，匋聲。《夏書》曰："東至于陶丘。"陶丘有堯城，堯嘗所居，故堯號陶唐氏。在今山東曹州定陶縣西南。

耕以臿浚出下壚土也。一曰耕休田也。从𠂤，从土，召聲。

壁危也。从𠂤，占聲。

殿陛也。从𠂤，余聲。

陛也。从𠂤，皆聲。

主階也。从𠂤，乍聲。

升高階也。从𠂤，坒聲。

階次也。从𠂤，亥聲。

壁會也。从𠂤，祭聲。

重土也。一曰滿也。从𠂤，音聲。

道邊庳垣也。从𠂤，彖聲。

築牆聲也。从𠂤，耎聲。《詩》曰："捄之陾陾。"

城上女牆俾倪也。从𠂤，卑聲。籀文陴，从𩫏。

城池也。有水曰池，無水曰隍。从𠂤，皇聲。《易》曰："城復于隍。"

依山谷爲牛馬圈也。从𠂤，厷聲。

危也。从𠂤，埶聲。

小障也。一曰庳城也。从𠂤，烏聲。

堅也。从𠂤，完聲。徐鉉曰："宀部已有此，重出。"

山𠂤陷也。从𠂤，侖聲。

水𠂤也。从𠂤，辰聲。《集韵》"水"作"小"。案："陖"亦水𠂤，與"陙"相次。

水𠂤也。从𠂤，戔聲。

乳也。从子，㱿聲。一曰㱿瞀也。

一乳兩子也。从子，䜌聲。

乳子也。一曰輸也，輸尚小也。从子，需聲。孺子。

長也。从子，皿聲。古文孟。

庶子也。从子，辥聲。

汲汲生也。从子，兹聲。籒文孳，从絲。

無父也。从子，瓜聲。

恤問也。从子，才聲。

效也。从子，爻聲。

惑也。从子、止、匕，矢聲。徐鍇曰：“止，不通也。㚤，古矢字，反匕之幼子多惑也。”案：宋刻本作“矢聲”，他本皆作“㚤聲”。

引前也。从牛，象引牛之縻也。玄聲。此从牛爲形，从玄爲聲，本形聲字。而冂象引牛之縻，是指牽引之事也。於六書爲不純，故附於篇末。

右形聲之文三千六百四十六　重二百九十九